Das Vermächtnis des Highlanders

Amanda Scott

Das Vermächtnis des Highlanders

Deutsch von Carola Kasperek

Weltbild

Originaltitel: *Reiver's Bride*
Originalverlag: Warner Books

Dieses Werk wurde vermittelt durch die
Literarische Agentur Thomas Schlück GmbH, 30827 Garbsen.

Die Autorin

Amanda Scott stammt aus einer alten Juristen-Dynastie und ist in Kalifornien aufgewachsen. Die studierte Historikerin mit Schwerpunkt in englischer Geschichte hat einige Jahre als Lehrerin gearbeitet, bevor ihr Ehemann sie zum Schreiben brachte. Seither hat Amanda Scott jedes ihrer Manuskripte verkauft und mittlerweile weit über 40 Titel veröffentlicht. Ihre Romane stehen auf den Bestsellerlisten und haben zahlreiche Auszeichnungen gewonnen. Die Autorin lebt mit ihrer Familie in Nordkalifornien.

Weltbild Taschenbuch

Mein Dank gilt Sue B. Steele, Lady Peel und Kay Cole.
Ihre anregende Kritik beflügelt mich stets aufs Neue.

Alles, was täuscht, scheint auch zu bezaubern.
Platon

Prolog

Ellyson Towers im schottischen Grenzland, Juli 1541

Lady Anne Ellyson blickte verzweifelt auf ihren sterbenden Vater, den dritten Grafen von Armadale, der soeben kraftlos versuchte, sich im Bett aufzurichten. Die Schlafkammer war stickig, zu warm und von den mannigfaltigen Gerüchen eines Krankenzimmers erfüllt. Sie gab dem Diener des Grafen ein Zeichen, dass er seinem Herrn behilflich sein sollte.

Zierlich, wie sie war, fühlte sich Anne neben dem riesigen Bett ihres Vaters noch kleiner und verletzlicher als gewöhnlich. Als ihre Zofe sie geweckt hatte, hatte sich Anne ein altes Kleid über ihr Nachthemd gezogen und war in pelzgefütterte Pantoffeln geschlüpft. Ihr kastanienbraunes Haar fiel ihr in wildem Lockengewirr über den Rücken, und ihre grauen Augen blickten traurig. Die Kehle war ihr wie zugeschnürt, und als sie einen Blick auf den Grafen warf, krampfte sich ihr vor Angst der Magen zusammen.

»Kissen«, flüsterte Armadale.

Ohne Widerrede, doch mit deutlicher Missbilligung half ihm sein Diener, sich ein wenig aufzurichten, und schob ihm ein dickes Kissen in den Rücken.

»Er ermüdet schnell, Mylady«, sagte der Mann mit einem vielsagenden Blick.

Mit matter, aber etwas kräftigerer Stimme als zuvor sagte der Graf: »Geh hinaus, John. Ich möchte unter vier Augen mit der Lady sprechen.«

»Jawohl, Mylord.« Im Hinausgehen fügte der Diener hinzu: »Ich werde vor der Tür warten, Lady Anne.«

Sie nickte, ohne die Augen von der hinfälligen Gestalt im Bett abzuwenden.

Es war vier Uhr morgens, und in den zwei kurzen Stunden, seit sie ihn verlassen hatte, schien er noch mehr an Gewicht, Kraft und Farbe eingebüßt zu haben. Sein normalerweise rötlicher Teint war grau, die Augenlider hingen schwer herab. Doch die hellblauen Augen dahinter funkelten noch beinahe so wild wie früher.

Wie die meisten Männer aus dem schottischen Grenzland war auch Armadale nur knapp mittelgroß, aber ein vorzüglicher Reiter, und er besaß einen ausgeprägten Sinn für Unabhängigkeit. Bis vor vierzehn Tagen war er noch ein gesunder, handfester und vitaler Mann gewesen. Seine legendäre Macht beruhte nicht allein auf seinem Rang und seiner Energie, sondern ebenso auf seinem überlegenen Auftreten und seinem sprichwörtlich aufbrausenden Temperament. Alles, was ihm von dieser Kraft und diesem Elan geblieben war, lag in dem grimmigen Blick, den er seinem einzigen überlebenden Kind zuwarf, sobald der Diener die Tür hinter sich zugezogen hatte.

Unwillkürlich wappnete Anne sich, doch schon seine ersten Worte machten deutlich, dass sich sein Zorn nicht gegen sie richtete.

»Ich lasse dich schmählich im Stich, Mädchen. Bei Gott, das tue ich wirklich.«

Dieses unverhoffte Eingeständnis löste in ihr ein ungewohntes Gefühl der Zuneigung für ihn aus, und sie antwortete: »Ihr tut nichts dergleichen, Sir. Und Ihr solltet Euch nicht mit solchen Gedanken belasten, sondern versuchen, wieder einzuschlafen. Ich bin sicher, Ihr werdet Euch viel besser fühlen, wenn Ihr ein wenig geruht habt.«

»Ach was, ich gehe nun dahin, wie deine Mutter und deine beiden kleinen Schwestern vor mir. Und bald genug werde ich die ewige Ruhe finden. Ob ich mich dann allerdings besser fühlen werde, hängt davon ab, wohin der Allmächtige mich schickt. Ich habe nicht viel Hoffnung, in den Himmel zu kommen, denn ich habe kein sehr frommes Leben geführt. Aber das lässt sich jetzt auch nicht mehr ändern. Aber ein Gutes hat die Sache doch: Wo auch immer ich lande, ich werde dort die meisten der Männer treffen, mit denen ich im Laufe der Jahre zu tun hatte und die mir vorausgegangen sind. Wir waren alle vom gleichen Schlag, egal auf welcher Seite wir standen.«

Anne bekreuzigte sich hastig und sagte: »So dürft Ihr nicht reden!«

Der Hauch eines Lächelns trat auf seine trockenen, rissigen Lippen. »Gott kennt mich durch und durch, Anne, mein Mädchen. Er wird sich schon nicht daran stören, was ich jetzt noch sage.«

»Aber ...«

»Still, Mädchen. Ich habe weder die Zeit noch die Kraft, mich mit dir zu zanken. Ich weiß überhaupt nicht, wie ich es schaffe, mit dir zu reden, denn gerade eben noch hätte ich kaum den Mund öffnen können, um einen Schluck Wasser zu trinken. Doch ich muss die Gelegenheit nutzen, denn es gibt noch einiges, das du wissen musst, bevor ich dich verlasse.«

»Das kann ich doch alles von Eurem Vertrauensmann in Hawick erfahren«, widersprach sie. »Ich nehme an, er kennt Eure Verfügungen?«

»Ja, Scott weiß Bescheid. Doch in einigen Angelegenheiten bin ich ratlos, besonders jetzt, da dein Bruder nicht mehr da ist.«

Er verstummte, und seine Augen nahmen diesen abwesenden Ausdruck an, den Anne seit jenem Tag vor fast einem Jahr so oft an ihm bemerkt hatte. Damals hatten sie die entsetzliche Nachricht erhalten, dass Sir Andrew Ellyson in einem kurzen, aber blutigen Scharmützel an der Grenze bei Carter Bar gefallen war. Zu den Kämpfen war es gekommen, nachdem die Soldaten des englischen Königs Heinrich VIII.

im Zuge ihrer Zermürbungstaktik einen Überfall auf schottisches Gebiet unternommen hatten.

Von diesem Tag an hatte sich der Graf innerlich immer mehr zurückgezogen und immer weniger Interesse an seinen Ländereien und Leuten gezeigt. Er war auch weiterhin seinen Pflichten nachgekommen, doch Andrews Tod schien auch die Lebensflamme seines Vaters zum Erlöschen gebracht zu haben.

Vor zwei Monaten dann hatte die Nachricht, dass die Gräfin wieder ein Kind erwartete, seine Lebensgeister noch einmal ein wenig geweckt. Doch der schwache Hoffnungsschimmer war nicht von langer Dauer gewesen, denn bereits sechs Wochen später waren seine Lady und ihr ungeborenes Kind ebenfalls gestorben.

Im Grenzland, besonders in Roxburghshire, wütete zu der Zeit ein schreckliches Fieber, das Familien dahinraffte und ganze Dörfer entvölkerte. Die Seuche hatte bereits nachgelassen, und die Familie des Grafen hoffte schon, das Schlimmste überstanden zu haben, da schlug die Krankheit auch auf Ellyson Towers zu.

Um den Grafen wieder in die Gegenwart zurückzuholen, fragte Anne ihn: »Was soll ich tun?«

»Du darfst nicht hierbleiben«, erwiderte er mit kraftloser Stimme.

»Aber ich dachte …« Es fiel ihr schwer, in diesem Augenblick über die Verfügungen ihres Vaters zu sprechen.

»In zwei Jahren, wenn du einundzwanzig wirst, gehört Ellyson Towers dir. Bis dahin wirst du von den Pachtgeldern auskömmlich leben können, auch wenn der vermaledeite König Heinrich Unruhe stiftet, wo er nur kann.«

Sie nickte. Das hatte die Gräfin vor ihrem Tod auch erwähnt. Bei der Erinnerung an ihre Mutter kamen Anne die Tränen. Sie schluckte sie hinunter und richtete ihre Aufmerksamkeit erneut auf die Worte ihres Vaters, dessen Stimme jetzt rasch schwächer wurde.

»Scott wird einen Brief an Thomas schreiben und ihm alles Wichtige mitteilen …« – »Thomas Ellyson?«

»Ja. Er erbt meine Titel und die Ländereien der Armadales in Stirlingshire.« Er tat einen rasselnden Atemzug. »Er wird darüber etwas überrascht sein.«

»Aber du hast ihn doch sicher von Andrews Tod unterrichtet?«

»Das schon, aber damals hat er sich nicht einmal die Mühe gemacht zu antworten. Wahrscheinlich glaubte er, mir bliebe noch genügend Zeit, eine ganze Schar von Söhnen in die Welt zu setzen. Du musst ihm ebenfalls schreiben, Mädchen. Das gehört sich so; immerhin wird er nach meinem Tod das Familienoberhaupt sein.«

»Aber er muss sich doch gewiss nicht um mich kümmern, oder?«, fragte Anne. Aus den Tagen ihrer Kindheit und von seinen wenigen späteren Besuchen her hegte sie durchaus freundliche Erinnerungen an den entfernten Cousin, doch der Gedanke, dass ein praktisch Fremder über ihr Leben bestimmen sollte, war nicht sehr verlockend.

Die ausgedörrten Lippen des Grafen verzogen sich ein wenig. »Du musst meinen Anordnungen folgen, Mädchen.«

»Ja, Sir, aber ich würde doch lieber hierbleiben.«

»Das geht nicht, da wir nur drei Meilen von der Grenze und Heinrichs Armee entfernt sind. Außerdem stellen die adeligen Befehlshaber unseres Königs Jakob ebenfalls ein Heer zur Verteidigung Schottlands auf, und als schutzloses Mädchen darfst du auf keinen Fall zwischen die Fronten geraten, wenn der Kampf losgeht. Du kannst auch nicht damit rechnen, dass Jakob dich beschützt, denn zum einen ist er gar nicht hier und zum anderen hat er genug damit zu tun, jeden Tag von neuem herauszufinden, wer für ihn und wer gegen ihn ist.«

»Aber ich …«

»Keine Widerrede«, sagte ihr Vater. »Du gehst zu deiner Tante Olivia nach Mute Hill House.«

»Mute Hill House?« Daran konnte sich Anne kaum noch erinnern, denn der Wohnsitz ihrer Tante Olivia, Lady Carmichael, lag ziemlich weit entfernt, und Anne war zuletzt als kleines Kind dort gewesen.

»Das ist keine schlechte Lösung«, fuhr der Graf mit brüchiger Stimme fort. »Es ist nur zehn Meilen von zu Hause entfernt, und außerdem ist das Haus groß und wohlbefestigt, und es lässt sich behaglich und sicher darin leben. Du könntest auch versuchen, deine Tante ein wenig aufzuheitern, da sie immer noch ihrem vor zwei Jahren verstorbenen Gatten nachtrauert. Ihre Gesellschaft mag ja nicht sehr anregend sein, aber vielleicht freundest du dich mit deiner Cousine an. Du bist zwar ein wenig älter als sie, doch habt ihr einiges gemeinsam, nicht zuletzt tragt ihr beide den Namen meiner Mutter, Fiona Anne.«

»Aber ich …«

»Es ist beschlossene Sache«, knurrte ihr Vater. »Du gehst zu Olivia.«

Anne nickte seufzend. »Auf jeden Fall würde ich lieber auf Mute Hill leben als weit weg in Stirlingshire bei meinem Cousin Thomas.«

»Falls Thomas Ellyson mittlerweile geheiratet haben sollte, so hat er es zumindest nicht für nötig gehalten, mich davon in Kenntnis zu setzen«, sagte der Graf mit einem leisen Anflug seiner alten Gereiztheit. »Und wenn er noch ledig ist, wäre es sowieso höchst unschicklich für dich, bei ihm zu leben, auch wenn er Jahre älter ist als du.«

»Damit habt Ihr wohl recht.«

»Ich bin überzeugt davon, dass du sowieso nicht lange bei Olivia bleiben wirst, mein Mädchen. Als Erbin von Ellyson Towers und mit dem Vermögen deiner Mutter und dem, was ich dir hinterlasse – inklusive der Anteile deiner Schwestern –, wirst du eine reiche Frau sein und eine gute Partie machen können, egal ob Heinrich nun das Grenzland oder womöglich ganz Schottland erobert.«

»Wenn das so ist, Sir, habt Ihr mich doch nicht wirklich im Stich gelassen.«

»Mein liebes Kind, du bist nun fast neunzehn Jahre alt und solltest längst verheiratet sein. Aber ich bin sicher, deine Tante Olivia wird im Handumdrehen eine Ehe für dich einfädeln. Sie ist zwar eine törichte Person, die zu viel an sich selbst denkt, aber immerhin hat sie eine Verlobung zwischen ihrer Tochter und Sir Christopher Chisholm von Ashkirk und Torness arrangiert. Das war kein schlechter Schachzug, und ich möchte meinen ...«

Doch was er meinte, sollte sie nie erfahren, denn er wurde von einem heftigen Hustenanfall geschüttelt, und es ging mit ihm zu Ende. Sein Blick erstarrte, sein geschwächter Körper verfiel in einen Krampf, er tat noch einen letzten keuchenden Atemzug und schloss dann für immer die Augen.

Die Verzweiflung schlug über Anne zusammen. Noch vor kaum zwei Wochen war sie Mitglied einer glücklichen, lebhaften Familie gewesen, und nun stand sie ganz allein in der Welt. Zwar gefiel es ihr nicht, wie selbstherrlich ihr Vater über ihre Zukunft verfügt hatte, dennoch war es sein gutes Recht, und sie musste gehorchen. Und außerdem brachte sie noch nicht einmal jetzt, da er tot war, den Mut auf, sich gegen seine Wünsche aufzulehnen.

Sobald er auf dem kleinen Friedhof vor der Burgmauer lag, würde sie ihre Sachen packen und nach Mute Hill House ziehen.

1

Sechs Wochen später

Der achtundzwanzigjährige Kit Chisholm musste hart schlucken, als er und seine beiden schweigenden Gefährten den Gipfel des einige Meilen südlich von Moffat gelegenen Hügels erklommen hatten. Denn der Salzgeruch, den die sanfte Brise herantrug, löste sehnsüchtige Erinnerungen in ihm aus. Die drei waren an diesem ersten sonnigen Morgen seit einer Woche in aller Frühe von Lanark aufgebrochen und hatten bereits acht Stunden im Sattel hinter sich. Während der vergangenen vier Tage, die ebenso lang wie regnerisch und trübsinnig gewesen waren, hatten sie sich vom Hochland aus immer nach Süden gehalten. Jetzt waren die Männer müde, doch Kit wusste, dass Tam und Willie als Abkömmlinge des Grenzlandes in diesem Augenblick dasselbe empfanden wie er. Vor ihren Augen, jenseits des weiten Waldes von Eskdale, lag die Heimat seiner Kindheit, die steilen Hügel und die schroffen Flusstäler von Roxburghshire. Zwischen dicht bewaldeten Hängen und vereinzelten Flecken Ackerland rauschten wilde Bergbäche zu Tal, um sich in Flüsse wie den Teviot, Ewes oder Liddel zu ergießen.

Das schmerzhafte Heimweh, das Kit bei diesem Anblick empfand, schien umso stärker zu werden, je näher er seinem Zuhause kam. Sechs lange Jahre waren vergangen seit jenem Tag, an dem er Hawks Rig Castle wutentbrannt verlassen und sich auf den Weg ins Hochland gemacht hatte. Damals hätte er sich nicht vorstellen können, dass er jemals Heimweh haben würde, doch er hatte sich getäuscht. Seine Sehnsucht war noch immer so stark wie während der fünfzehn

Monate, die er als Gefangener an Bord der *Marion Ogilvy* verbracht hatte. Diese endlosen Monate hatten sich ihm als eine Zeit der Einsamkeit ins Gedächtnis gebrannt, in der hilfloser Zorn und tiefe Verzweiflung einander abgewechselt hatten.

Jetzt, da er beinahe zu Hause war, fiel es ihm leichter, sich sein Heimweh einzugestehen. Vielleicht, so dachte er, war er auch einfach erwachsen geworden.

Er hatte keine Ahnung, was vor ihm lag. Sein Vater, der Laird von Ashkirk und Torness, war während Kits Abwesenheit gestorben, daher gehörten Hawks Rig und die Ländereien jetzt ihm, seinem Sohn. Doch Kits erste Regung, als er vom Tod seines Vaters erfahren hatte, war Zorn gewesen – Zorn über den alten Laird, der gegangen war, bevor er sich mit seinem Sohn ausgesöhnt hatte, und Zorn auf sich selbst, dass er nicht eher eingelenkt hatte.

»Was glaubst du«, brach der junge Willie Armstrong das Schweigen, »wie weit ist es noch bis Hawks Rig?«

Kit runzelte die Stirn. »Ich weiß nicht genau«, sagte er. »Wenn wir fliegen könnten, vielleicht zehn Meilen. Aber da wir reiten müssen, brauchen wir bestimmt noch einen halben Tag. Doch bis nach Dunsithe ist es nur eine gute Stunde.«

»Das trifft sich gut«, erwiderte der ältere, stämmige Tam mit seiner tiefen, rauen Stimme. »Ich freue mich schon auf ein bequemes Nachtquartier.«

»Ich bin gespannt, was sie dort zu unseren Neuigkeiten sagen«, bemerkte Kit nach einer Weile.

In der Nähe von Dunsithe Castle

»Reiter!« Der zwölfjährige Klein Jock von der Mauer raste barfuß durch das feuchte Gras den Hügel hinab und schrie: »Reiter auf dem Weg zur Burg, Laird!«

Der »wilde« Fin Mackenzie, Laird von Kintail, und sein Burgvogt und bester Freund, Sir Patrick MacRae, drehten sich in ihren Sätteln um. Sie hatten den ersten trockenen Tag nach einer Regenwoche genutzt, um auf die Beizjagd zu gehen.

»Wie viele, Jock?«, brüllte Fin zurück.

»Drei«, antwortete der Junge. »Von den Bäumen da hinten könnt Ihr sie selbst sehen.«

»Reite schon mal los, Fin«, sagte Patrick. »Ich hole Zeus und komme dann nach. Pfeif die Hunde zurück, Jock.«

»Ja, Sir.« Jock steckte zwei Finger in den Mund und ließ einen gellenden Pfiff hören. Kurz darauf kamen die drei Spaniels hechelnd und schwanzwedelnd angerannt. Thunder, der riesige Hirschhund, folgte ihnen in gemessenem Tempo. Dennoch war er immer noch schnell genug, um die kleineren Hunde zu überholen und als Erster bei seinem jungen Herrn zu sein.

Patrick stieß einen besonderen Lockruf aus, worauf der große Hühnerhabicht sich mit ausgebreiteten Schwingen von seinem Ansitz auf einem nahe gelegenen Baum gleiten ließ und auf ihn zugeflogen kam. Als Zeus sich auf Patricks Lederhandschuh niederließ, griff der nach den Fußfesseln des Vogels und gab ihm zur Belohnung einen Wachtelflügel. Während Zeus sich darüber hermachte, trieb Patrick sein Pferd an und hatte Kintail bald eingeholt.

»Es sind drei, genau wie der Junge gesagt hat«, berichtete ihm Kintail. »Sie tragen kein Banner.«

Mit seinen scharfen Augen, die denen des Habichts in nichts nachstanden, hatte Patrick diesen Umstand bereits bemerkt und darüber hinaus noch weitere Einzelheiten erkannt.

»Lieber Himmel«, murmelte er. »Ich glaube, mein Blick trügt mich.«

»Das wäre mal etwas Neues«, erwiderte Kintail. »Wie kommst du darauf?«

»Weil mir scheint, dass wir gerade Besuch von einem Toten bekommen.«

Sobald Dunsithe Castle in Sichtweite kam, machte Kit seine Gefährten darauf aufmerksam. Massig thronte die Festung auf dem höchsten Hügel weit und breit und hob sich mit ihren grauen eckigen großen Türmen und den kleineren runden scharf gegen den klaren blauen Himmel ab.

»Ein nettes Plätzchen«, bemerkte Willie Armstrong. »Möchte mal wissen, wie viele Rinder sie in den Hügeln drumherum weiden lassen.«

»Du wirst deine Räuberseele gefälligst im Zaum halten, solange wir hier sind, Bürschchen«, wies ihn Kit zurecht. »Kintail ist mein Freund und außerdem ein Mann, mit dem man sich besser nicht anlegt. Und sein Burgvogt, Sir Patrick MacRae, erlegt einen Hirsch auf eine viertel Meile Entfernung mit einem Schuss seines Langbogens.«

Mit großen unschuldigen Augen sagte Willie: »Ich würde doch nie im Leben Vieh stehlen, das einem Freund von dir gehört, Kit. So gut solltest du mich doch kennen, oder was sagst du, Tam?«

Der ältere Mann grunzte bloß.

»Glaubst du wirklich, dass ich mich am Besitz von Freunden vergreifen würde, Tam?«, empörte sich Willie.

»Um ehrlich zu sein, Junge«, erwiderte Tam, »ich glaube, du würdest deiner Mutter das Federbett klauen, wenn du es versilbern könntest.«

Kit prustete, woraufhin Willie ihm einen finsteren Blick zuwarf, sich dann aber besann und das Thema fallen ließ.

»Sie haben uns gesehen«, sagte Tam.

»Ja«, antwortete Kit, der die zwei Männer, die ihnen entgegengeritten kamen, auch bemerkt hatte.

Obwohl die beiden große und breitschultrige Hochländer waren wie er selbst, saßen sie so sicher im Sattel wie Männer aus dem Grenzland. Einer von ihnen trug einen großen Habicht auf der Faust, der ab und zu die Flügel hob, als wolle er bei dem schnellen Ritt den Wind unter seinen Schwingen spüren.

Lächelnd sagte Kit: »Gleich lernt ihr unseren Gastgeber und seinen Burgvogt kennen.« Er zügelte sein Pferd und wartete auf die Ankunft der beiden Reiter. Dabei bemerkte er einen Jungen, der in Begleitung von vier Hunden den Hügel zur Burg hinaufrannte.

Auch Tam waren sie nicht entgangen. »Wahrscheinlich hetzt er uns gleich eine ganze Armee auf den Hals«, knurrte er grimmig.

»Ich glaube eher, die Diener legen noch ein paar Gedecke mehr fürs Abendessen auf«, entgegnete Kit.

»Ich rechne eher mit Pfeilen und Speeren«, widersprach Tam. »Sie können uns unmöglich schon erkannt haben.«

»Sie wissen genau, wer wir sind«, sagte Kit und hob die Hand, um Patricks Gruß zu erwidern.

»Wie das?«, fragte Willie.

»Sir Patrick hat auf die Entfernung einen noch schärferen Blick als ich.«

»Ja dann«, erwiderte Willie und nickte. »Auf dem Schiff konntest du ein Segel oder eine Anlegestelle immer als Erster ausmachen.«

Tam warf Kit einen prüfenden Blick zu. »Ich habe dich schon mit dem Schwert kämpfen sehen, doch noch nie mit einem Bogen. Wenn du so gute Augen hast, dann sollte das doch eigentlich die ideale Waffe für dich sein.«

»Sir Patrick kann besser mit dem Bogen umgehen«, erwiderte Kit, »aber ganz schlecht bin ich auch nicht.«

»Bei allem, was wir im Hochland und in der Gegend hier gesehen haben, möchte ich wetten, dass du bald Gelegenheit haben wirst, dein Können unter Beweis zu stellen«, sagte Tam. »Es heißt, Heinrichs Heer hält sich irgendwo zwischen der Grenze und der englischen Stadt York zum Angriff bereit.«

Die beiden Reiter waren langsamer geworden und winkten sie zu sich.

»Los, kommt«, sagte Kit und trieb sein Pferd an.

Er freute sich wie ein kleiner Junge, als Kintail ihm auf die Schulter schlug und Patrick rief: »Bei allen guten Geistern, Kit Chisholm! Wir dachten, du wärst tot!«

»Ich war es fast, das kann ich euch sagen«, antwortete Kit. »Auf jeden Fall habe ich fünfzehn lange Monate in der Hölle verbracht. Das hier sind meine Jungs, Tam und Willie«, fügte er hinzu, bevor Kintail oder Patrick ihn ausfragen konnten.

Nachdem die Männer sich die Hände geschüttelt hatten, sagte Kit: »Wie kommt ihr darauf, dass ich tot wäre? Ich habe mich zwar länger als beabsichtigt außer Landes aufgehalten, aber davor war ich vier Jahre lang im Hochland und davor …«

»Ach, so war das also?«, fragte Patrick und kniff die Augen zusammen. »Weißt du, ich habe gehört, was geschah, bevor du verschwunden bist, und Fin weiß auch Bescheid. Aber wir müssen wohl nicht betonen, dass wir kein Wort von den Gerüchten über dich geglaubt haben.«

Mit hochgezogenen Brauen warf er einen fragenden Blick auf Tam und Willie, bevor er sich wieder Kit zuwandte.

»Die beiden wissen mehr über die Morde als du«, beantwortete dieser die unausgesprochene Frage. »Wir können also offen reden. Ich kenne die beiden seit meinen Kindertagen, sie sind absolut vertrauenswürdig«, fügte er noch hinzu.

»Dann darf ich wohl annehmen, dass die Sache erledigt ist, und die Anklage gegen dich fallen gelassen wurde?«

»Ja«, antwortete Kit nur.

»Aber wie hast du es fertiggebracht, über ein Jahr lang zu verschwinden?«, fragte Patrick.

»Dafür kann ich mich beim Sheriff von Inverness bedanken. Seine Männer glaubten, ich hätte zwei Morde begangen. Doch da sie fürchteten, dass mich das Gericht freisprechen würde, nahmen sie mich einfach gefangen und übergaben mich einem von Kardinal Beatons Schiffskapitänen, so als sei ich ein verurteilter Verbrecher. Fünfzehn Monate lang musste ich zwangsweise als Matrose dienen. Dabei spielte es keine Rolle, dass es nie eine ordentliche Verhandlung gegeben hatte und ich immer wieder meine Unschuld beteuerte. Endlich gelang es Tam, Willie und mir zu fliehen, und ich konnte meine Schuldlosigkeit beweisen.«

Patrick warf einen neugierigen Blick auf Tam und Willie, als hätte er sie zu gerne gefragt, welche Verbrechen sie denn begangen hatten. Doch dann riss er sich zusammen und sagte zu Kit: »Ich bin froh, dass du dich von dem Verdacht reinwaschen konntest. Aber ob es dir nun gefällt oder nicht, mein Junge, offiziell bist du mausetot.«

»Tot?« Als Patrick nickte, fuhr Kit fort: »Aber wieso *offiziell*, wo doch jeder sehen kann, dass ich noch am Leben bin?«

Bevor Patrick zu einer Erklärung ansetzen konnte, gebot ihm Kintail mit erhobener Hand Einhalt. »Sollen wir nicht nach Dunsithe reiten und uns dort weiter unterhalten? Ihr müsst auf jeden Fall über Nacht bleiben, Kit. Molly und Beth möchten euch sicher kennenlernen und hören, was für Neuigkeiten ihr bringt.«

»Molly und Beth?«

»Unsere Frauen«, erklärte Patrick mit vor Stolz leuchtenden Augen. »Sie sind beide in anderen Umständen, also achtet auf eure Worte.«

»Meine Gratulation«, sagte Kit. »Ich bringe in der Tat Neuigkeiten, vor allem von deiner Mutter und Schwester, Patrick.«

Überrascht und ein wenig auf der Hut fragte Patrick: »Wie geht es den beiden?«

»Ausgezeichnet«, erwiderte Kit. »Um genau zu sein, deine Schwester hat kürzlich meinen Cousin Alex Chisholm geheiratet.«

Patrick fiel der Unterkiefer herunter. »Warum haben wir nichts davon gehört?«, wollte er wissen.

Kit lachte leise. »Ich vermute, dass Bab dir eins auswischen wollte«, sagte er.

»Er kann dir ja auf dem Weg zur Burg alles darüber erzählen«, unterbrach Kintail in bestimmtem Ton. »Mittlerweile haben unsere Männer sicher schon auf den Zinnen Aufstellung genommen und halten nach uns Ausschau, und wenn wir nicht bald zurückkommen, werden uns unsere Frauen noch entgegenreiten.«

Während sie den Hügel nach Dunsithe hinaufritten, berichtete Kit, was er über die Heirat zwischen Barbara MacRae und Sir Alex Chisholm wusste.

»Also hat meine Mutter alles eingefädelt«, sagte Patrick, als Kit geendet hatte. »Das ist ja erstaunlich!«

»Das kann man wohl sagen«, antwortete Kit grinsend. »Aber du warst auch nicht ganz unschuldig daran, Patrick. Schließlich hast du diese Heirat ja so oft vorgeschlagen, dass sie es wohl nicht für notwendig hielten, dich um Erlaubnis zu fragen.«

Sie sprachen noch länger über die Hochzeit und andere Neuigkeiten aus dem Hochland, bis sie durch das geöffnete Tor in den kopfsteingepflasterten Burghof ritten.

Zwei schöne junge Frauen, die einander sehr ähnlich sahen, kamen herbeigeeilt.

»Wir dachten schon, ihr würdet nie mehr zurückkommen«, sagte die ältere vorwurfsvoll zu Kintail. Ihre üppigen rotgoldenen Locken fielen ihr fast bis auf die Hüften, und daraus, dass Kintail vom Pferd sprang und sie in die Arme nahm, konnte Kit unschwer schließen, dass es sich um seine Gemahlin handelte.

Die andere Frau hatte, bei aller sonstigen Ähnlichkeit, glattes silberblondes Haar und strahlte eine heitere Ruhe aus, die Kintails Frau fehlte. Geduldig wartete sie, bis Patrick den Habicht einem bereitstehenden Diener übergeben hatte und abgesessen war, bevor sie ihm entgegenging und seine Umarmung herzlich erwiderte. Beide Frauen waren ganz offensichtlich schwanger.

Nachdem Kintail sie vorgestellt hatte, sagte er, während

auch Kit vom Pferd stieg: »Dieser Gentleman ist Sir Christopher Chisholm, Laird von Ashkirk und Torness.«

Molly runzelte die Stirn. »Aber wurde denn nicht erzählt, dass ... Ich meine ...«

Als sie verstummte, sagte Patrick mit einem glucksenden Lachen: »Ja, Kit ist tot. Wir haben ihn soeben von seinem Ableben unterrichtet. Er wusste nämlich noch nichts davon.«

»Vielleicht sollten wir das Gespräch nach dem Essen fortsetzen, wenn wir unter uns sind«, wandte sich Kit an Kintail.

Molly Mackenzie warf ihrem Gatten einen vielsagenden Blick zu.

Mit einem kleinen Zwinkern sagte Kintail: »Wie du möchtest, Kit. Aber du solltest wissen, dass du uns einem hochnotpeinlichen Verhör aussetzt, wenn die Mädchen bei dem Gespräch nicht dabei sein dürfen. Falls du es natürlich wünschst, werden wir die Unterredung für uns behalten.« Er warf seiner Frau einen Blick zu, woraufhin diese ihre kesse Stupsnase krauszog, jedoch nichts sagte.

»Ich habe keinen Grund, den Ladys zu misstrauen«, erwiderte Kit. »Dennoch möchte ich nicht, dass Hinz und Kunz unsere Unterhaltung mitbekommen. Also sollten wir vielleicht bis nach dem Essen damit warten.«

Als Molly ihm daraufhin ein strahlendes Lächeln schenkte, wurde Kit klar, womit sie Fin so sehr in ihren Bann geschlagen hatte. »Ich werde Anweisung geben, dass man die Mahlzeit in meiner Kemenate serviert, Sir«, sagte sie. »Dort werden uns nur unsere persönlichen Dienstboten aufwarten, und die werden sich hüten, Vertrauliches weiterzutragen.«

Sie streifte Kintail mit einem Blick, raffte auf sein zustimmendes Nicken hin ihre Röcke und eilte, dicht gefolgt von Beth, in die Burg zurück.

Kit, der ihnen mit den Augen gefolgt war, fragte: »Sind sie Schwestern?«

»Ja«, antwortete Patrick. »Allerdings hatten sie sich viele

Jahre lang aus den Augen verloren, bis ich das Glück hatte, Beth kennenzulernen und zu heiraten. Aber wir werden dir das alles später erzählen. Jetzt wollen wir euch erst einmal euer Quartier zeigen und euch etwas zu essen anbieten.«

»Würde mir jetzt vielleicht einer von euch erkären, wieso man mich offiziell für tot erklärt hat?«, fragte Kit, als sie eine Stunde später zu Tisch saßen.

Tam, der neben ihm saß, fügte hinzu: »Ja, das wüsste ich auch gerne, denn ich kann mir nicht vorstellen, wie so etwas geschehen konnte, wo doch der Betreffende ganz eindeutig noch am Leben ist.«

»Aber wo wart Ihr denn bloß, Sir?«, fragte Molly Kit. »Wie konnte Eure Familie jede Spur von Euch verlieren?«

Als Kit mit der Antwort zögerte, sprang Kintail für ihn ein: »Er konnte aufgrund eines Missverständnisses zwischen ihm und dem Sheriff von Inverness-Shire nicht zurückkommen, Mädchen.«

Bei der Erinnerung daran verzog Kit schmerzlich das Gesicht. »Sagen wir, ich war außer Landes, Mylady.«

Molly wandte sich wieder ihrem Mann zu, als dieser weitersprach: »Ostern vor einem Jahr wurden zwei Cousins von Kit im Hochland ermordet und Kit wurde der Tat fälschlicherweise verdächtigt.«

Patrick nickte zustimmend und setzte mit einem Blick auf Kit hinzu: »Sein Verschwinden danach hat die Gerüchte weiter genährt. Ich finde, das hättest du dir denken können, mein Junge«, sagte er dann zu Kit gewandt, »dass zwei Frauen, die so schlau waren, Fin und mich zu heiraten, sich schwerlich mit einer Erklärung wie ›ich war außer Landes‹ zufriedengeben würden.«

»Ganz gewiss nicht«, pflichtete ihm Molly bei und wandte sich dann an Kit: »Aber Ihr hättet doch sicher einem Freund oder Verwandten mitteilen können, wo Ihr Euch aufhaltet, oder?«

»Die meiste Zeit über wusste ich überhaupt nicht, wo ich war«, murmelte Kit und tauschte einen Blick mit Tam und Willie. »Ich wurde auf einem von Beatons Schiffen gefangen gehalten«, fuhr er fort. »Aber nun bin ich ja hier, der wahre Mörder ist gefasst, und gegen mich liegt in Inverness keine Klage mehr vor.«

Sie wechselten zu weniger verfänglichen Gesprächsthemen, während die Diener den nächsten Gang auftrugen. Dann, als die kleine Gruppe wieder unter sich war, sagte Kit unvermittelt: »Ihr habt mir immer noch nicht gesagt, warum man mich für tot erklärt hat. Normalerweise geschieht das doch nicht, wenn jemand sich knapp anderthalb Jahre lang nicht meldet. Und außerdem spielte meine Abwesenheit bis zum Tode meines Vaters ja keine große Rolle.«

Patrick und Fin sahen sich an, bevor Fin das Wort ergriff: »Weißt du etwas über die gegenwärtige politische Lage hier?«

Kit nickte. »Ich weiß, dass König Heinrich, nachdem er Rom und seiner Heiligkeit dem Papst die Herrschaft über die englische Kirche entrissen hat, auch noch die Kirche von Schottland in seine Gewalt bringen will.«

»Genauer gesagt will der Schuft ganz Schottland in Besitz nehmen«, fügte Tam hinzu.

Patrick blickte den älteren Mann an und nickte. »Das stimmt. Vor einiger Zeit lud Heinrich unseren König Jakob ein, sich mit ihm in York zu einem Gespräch über die Kirche von Schottland zu treffen. Dabei stellte er es Jakob gegenüber so dar, als sei er nur ein netter Onkel, der seinem jungen Neffen erklären will, wie vorteilhaft es wäre, wenn auch er seine Kirche von Rom löste.«

»Heinrich ist alles andere als ein netter Onkel. Und außerdem wäre Jakob ja ein Narr, wenn er sich für ein Gespräch so weit in Feindesland begeben würde.«

»Und ein Narr ist unser Jakob ganz gewiss nicht«, sagte Patrick. »Allerdings ist er sorgsam darauf bedacht, sich

Heinrich nicht offen zu widersetzen. Zuerst konnte er sich leicht damit herausreden, dass er die Königin, die ihr zweites Kind erwartete, nicht allein lassen wollte. Und dann, weniger als einen Monat später, starben die beiden kleinen Prinzen ja leider, wahrscheinlich an derselben Fieberseuche, die kurz darauf auch das Grenzland heimsuchte, und Jakob konnte wieder nicht reisen. Aber langsam wird Heinrich ungeduldig.«

»Und der Tod der kleinen Prinzen macht die Lage heikler denn je«, fügte Kintail hinzu. »Jetzt, wo er keinen Erben mehr hat, steht Jakobs Herrschaft auf wackligen Beinen. Im Laufe der Zeit hat er es sich mit den meisten seiner Grenzland-Lords verdorben, daher kann er bei einem Kampf gegen Heinrich nicht auf sie zählen. Im Gegenteil, viele der machthungrigen Adeligen würden ihn am liebsten mit Heinrichs Hilfe entthronen. Und Kardinal Beaton …«

»Ja«, warf Kit beiläufig ein, »erzähl mir von dem guten Kardinal.«

Patrick kniff nachdenklich die Augen zusammen, sagte jedoch nur: »Er rät Jakob natürlich, sich enger an Rom anzuschließen.«

»Nun ja«, antwortete Kit. »In diesem Streit neige ich keiner Seite zu. Aber was hat das alles denn nun mit meinem angeblichen Tod zu tun?«

»Die unsichere politische Lage und die Notwendigkeit, Hawks Rig und deine anderen Besitzungen zu schützen, boten nach dem Tod deines Vaters deinem Onkel Eustace Chisholm einen Vorwand, dich durch den Rat von Jedburgh offiziell für tot erklären zu lassen, wenn du ein volles Jahr lang verschwunden wärest«, erklärte Kintail. »Dadurch verschaffte sich Eustace die Herrschaft über deine Ländereien und darf darüber hinaus deine Titel führen, seit das Jahr im April um war.«

»Verdammt noch mal!«, entfuhr es Kit.

»Dieser elende Schuft!«, rief Tam ebenso empört aus.

Willie saß nur da und blickte mit großen Augen von einem zum anderen.

»Ich habe natürlich nichts Genaues gehört«, sagte Kintail, »aber ihr wisst ja, wie rasch sich Nachrichten dort verbreiten, wo sich ein Heer sammelt. Es heißt, Eustace nennt sich schon seit einigen Monaten Ashkirk.«

»Als einziger noch lebender Bruder deines Vaters wäre Eustace Chisholm sein rechtmäßiger Erbe, wenn du tatsächlich gestorben wärest, nicht wahr?«, bemerkte Patrick.

»Ja, das stimmt«, erwiderte Kit. »Aber trotzdem war das ganz schön dreist von ihm. Wenn mein Onkel sich im Hochland nach meinem Verbleib erkundigt hätte, hätte ich sicherlich davon erfahren. Selbst mein Verwalter auf Torness, woher ich gerade komme, hatte nichts von Eustace gehört. Allerdings hat er durch meinen Cousin Alex vom Tod meines Vaters erfahren. Alex war es auch, der sich in meiner Abwesenheit um meine Ländereien im Hochland gekümmert hat.«

Kintail runzelte die Stirn. »Ich an deiner Stelle wäre vorsichtig, Kit. Am besten versuchst du erst einmal herauszufinden, was Eustace Chisholm unternommen hat und wie die Dinge stehen, bevor du dich auf Hawks Rig zeigst.«

»Das ist ein guter Rat«, stimmte ihm Kit zu und versuchte, sich die Enttäuschung darüber nicht anmerken zu lassen, dass sich seine Heimkehr weiter verschieben sollte. »Um ehrlich zu sein, habe ich keine Ahnung, wie mein Vater seine Angelegenheiten geregelt hat. Aber falls er glaubte, dass ich tot sei, könnte es nun alles ein wenig kompliziert werden.«

»Dein Onkel hat die Zügel erstaunlich schnell an sich gerissen«, sagte Patrick.

»Eustace ist ein durchtriebener Kerl«, antwortete Kit. »Ich habe ihn noch nie gemocht und traue ihm nicht über den Weg. Wir haben ihn zwar selten zu Gesicht bekommen, doch mit seinen Briefen voller bösartigem Klatsch und kleinen Seitenhieben hat er die Schwierigkeiten zwischen meinem Vater und mir noch geschürt.«

»Dann solltest du auf jeden Fall herausfinden, was er im Schilde führt, bevor du ihm gegenübertrittst«, sagte Kintail bestimmt.

Nachdenklich fügte Patrick hinzu: »Entsinne ich mich recht, dass du in Abwesenheit verlobt wurdest, kurz bevor deine Cousins zu Tode kamen, Kit?«

»Ja, mein Vater hat mir etwas in der Art geschrieben«, antwortete Kit mit einer Grimasse.

»*Uns* gegenüber hast du das Mädchen nie erwähnt«, sagte Tam offensichtlich überrascht.

»Ich muss gestehen, dass die Angelegenheit mich schon beschäftigt hat. Doch da ich keine Gelegenheit mehr hatte, meinem Vater zu antworten, nahm ich an, dass sich die Sache erledigt hat. Nachdem ich offiziell tot bin, hat sie sich bestimmt mit jemand anderem verlobt. Und eigentlich mache ich mir viel mehr Sorgen um Hawks Rig.«

»Aber bestimmt trauert sie noch um Euch«, protestierte Molly, »und fragt sich, was aus Euch geworden ist.«

»Das mag ja sein«, erwiderte Kit mit einem schiefen Lächeln. »Aber ich bezweifle, dass sie sehr trauert. Wir sind einander nie begegnet. Mein Vater und ihre Mutter haben die Verbindung eingefädelt, und ich habe, wie gesagt, erst davon erfahren, kurz bevor ...«

»Wer ist sie denn?«, wollte Molly wissen. »Kennen wir sie?«

»Ihr Name ist Fiona Carmichael«, antwortete Kit. »Wenn ich mich recht entsinne, ist ihre Mutter irgendwie mit den Armadales verwandt.«

»Lady Carmichael ist Graf Armadales Schwester«, sagte Patrick. »Ich bin erst seit kurzem Burgvogt hier auf Dunsithe, aber Armadales Name ist hier ebenso bekannt wie der von Scott von Buccleuch oder Maxwell von Caerlaverock. Ich habe mich für die Familie interessiert, weil Armadale eine Gordon geheiratet hat. Sie war eine Cousine von Molly und Beth, auch wenn die beiden das nicht wussten.« – »War?«

»Ja, sie starb an dem Fieber, das vor kurzem im Grenzland grassierte. Auch Graf Armadale ist daran gestorben, und da sein einziger Sohn letztes Jahr bei einem Gefecht mit englischen Truppen gefallen ist, geht der Titel nun an irgendeinen unbekannten Cousin aus Stirlingshire.«

Molly wandte sich an Patrick. »Habe ich das richtig verstanden, dass Kits Fiona eine Cousine von Beth und mir ist?«

»Sie ist nicht meine Fiona«, widersprach Kit. »Jedenfalls kann ich mir vorstellen, dass die Verlobung annulliert wurde, nachdem ich fast achtzehn Monate verschollen und dann für tot erklärt worden war.«

»Fiona war nicht deine richtige Cousine, Liebste«, erklärte Kintail. »Ihre Mutter war schließlich nur durch die Heirat ihres Bruders Armadale entfernt mit den Gordons verwandt.«

»Dann ist es ja gut«, sagte Molly lächelnd zu Kit. »Vielleicht war Euer dreister Onkel ja so nett, sie mitsamt Euren Titeln und Besitztümern zu übernehmen.«

Alle lachten, doch Kit erwiderte: »Von mir aus gerne, obwohl ich glaube, dass er viel zu alt für sie ist. Aber ich suche mir meine Frau schon selbst aus. Jetzt sehe ich erst einmal zu, dass ich das bekomme, was mir zusteht.«

Kits Freunde verstanden ihn und billigten seine Einstellung. Sie sprachen noch lang und breit über diese Angelegenheit, und Kintail gab Kit noch einmal den Rat, bedachtsam vorzugehen.

»Fin hat recht«, sagte Kit später, als er mit Willie und Tam allein war. »Bevor ich meinen Onkel zur Rede stelle, brauche ich noch einige Informationen. Doch offen gestanden weiß ich nicht, wo ich anfangen soll, außer, dass ich herausfinden muss, wer den Nachlass meines Vaters verwaltet.«

»Ich kenne hier in der Gegend ein paar Leute«, sagte Tam darauf. »Wenn du ein paar Tage ohne mich auskommen kannst, werde ich sie mal aufspüren. Ich muss sowieso noch einiges regeln.«

»Das kann ich mir vorstellen«, antwortete Kit und schlug ihm auf die Schulter. »Du und Willie, ihr habt schon zu viel Zeit mit mir und meinen Problemen vergeudet und müsst euch endlich auch um eure eigenen Angelegenheiten kümmern. Trotzdem wäre ich froh, wenn ihr etwas herauskriegen könntet.«

»Da brauche ich nicht erst lange auf Tam zu warten«, sagte Willie mit einem verschmitzten Zwinkern. »Meine Jungs wissen bestimmt alles, was im vergangenen Jahr hier in der Gegend geschehen ist. Denen entgeht so leicht nichts.«

»Deine Jungs?« Kit wechselte einen Blick mit Tam.

Der runzelte erbost die Stirn und sagte: »Ich sag's dir im Guten, mein Bürschchen, lass Kit bei den Geschäften mit deinen üblen Kumpanen aus dem Spiel.«

Willie grinste. »Du musst trotzdem zugeben, dass ich recht habe. Ob diesseits oder jenseits der Grenze, hier geschieht so schnell nichts, ohne dass die Räuber es spitzkriegen.«

Es konnte in der Tat gefährlich sein, sich mit den Räubern einzulassen, da war Kit mit Tam einer Meinung. Doch irgendetwas musste er schließlich unternehmen.

Als Kit von seinen Freunden auf Dunsithe dankbar Abschied nahm – nicht ohne zu versprechen, so bald wie möglich eine Nachricht zu schicken –, trennten sich daher auch zum ersten Mal seit anderthalb Jahren seine und Tams Wege. Unter einem grauen Himmel mit rasch dahinziehenden Wolken ritt er mit Willie Armstrong davon, um dessen Bande zu suchen.

2

Anderswo – in einer eigenen Zeit

Maggie Malloch war wütend. Außerdem befand sie sich in einer selten verzwickten Lage. Selten, weil es ihr nicht oft geschah, dass sie nicht mehr weiterwusste, und verzwickt, weil ihr von den Auswegen, die ihr blieben, kein einziger zusagte.

Noch nie zuvor war sie so hilflos gewesen und zugleich so überzeugt, dass jetzt nichts schiefgehen durfte. Wäre es um jemand anderen gegangen, hätte sie bestimmt gewusst, was zu tun wäre, doch jetzt, da ihr eigener Sohn unauffindbar war, wusste sie einfach nicht weiter.

Nahezu alle Mitglieder des Geheimen Clans, die von der Sache wussten, hielten es für pure Zeitverschwendung, überhaupt etwas zu unternehmen.

»Er ist tot, da gibt es kein Vertun, Maggie«, sagte das Clanoberhaupt unverblümt. »Und du darfst deine Pflichten nicht vernachlässigen, ganz zu schweigen von der kleinen Aufgabe, die dir die Runde schon vor geraumer Zeit gestellt hat. Mit der hast du dich noch nicht allzu eingehend befasst.«

»Ich habe dir doch schon einmal gesagt, dass die Zänkereien zweier nichtsnutziger Sippen mich nicht interessieren, jetzt, wo mein Claud verschwunden ist«, entgegnete sie.

»Du liebe Zeit, Frau, er ist doch nicht einfach verschwunden! Dein Claud wurde von einem Blitz in Stücke gerissen, geschleudert von der Hand des mächtigsten Zauberers unseres Clans.«

»Mag sein«, gab Maggie zur Antwort. »Aber auch wenn dieser zauberische Schuft Jonah Bonewits so mächtig ist wie ich selbst – oder fast …«, verbesserte sie sich.

»Aber Maggie, genau das habe ich doch gerade …« – »Pscht! Willst du jetzt endlich mal ruhig sein? Es ist doch so: Du weißt so gut wie ich, dass dieser Jonah unseren Claud überhaupt nicht treffen wollte. Denn immerhin ist Claud ja auch sein Kind.«

»Das weiß ich doch. Obwohl ich sagen muss, ohne darauf herumreiten zu wollen, dass der Junge eine schwere Enttäuschung für Jonah war.«

»Egal. Selbst ein solcher Schurke wie Jonah würde unmöglich seinen eigenen Sohn umbringen, auch wenn er ihn für einen hirnlosen Dummkopf hält.«

»Du bist also sicher, dass Jonah es nicht mit Absicht getan hat?«

»Ich war an Ort und Stelle mit Catriona, dieser Schlampe vom Fröhlichen Volk«, erinnerte ihn Maggie. »Jonah hat ein anderes übles Flittchen auf Claud angesetzt – diese Lucy Fittletrot mit den Tanzfüßchen –, aber Claud konnte Catriona noch immer nicht vergessen. Ich möchte wetten, auch du erinnerst dich sehr genau an Catriona«, setzte sie spöttisch hinzu.

»Jawohl, das tue ich«, antwortete der Häuptling mit vor Wut funkelnden Augen. »Sie ist das arme kleine Ding vom Fröhlichen Volk, das du unablässig mit deiner üblen Nachrede in den Schmutz ziehst.«

Maggie schnaubte verächtlich. »Ihr Männer! Aber eines muss ich dieser Catriona doch lassen: Sie interessiert sich wenigstens dafür, was mit meinem Claud passiert ist.«

»Das sollte sie auch. Soweit ich mich erinnere, hast du selbst gesagt, dass sich Claud vor Catriona warf, als der Blitz herabfuhr, um sie zu treffen.«

»Ja, und wenn er sie getroffen hätte, hätte es mir keine schlaflosen Nächte bereitet. Darin sind Jonah und ich uns übrigens einig.«

»Aber Maggie …«

»Nichts da ›aber Maggie‹! Du weißt ja, wie ich darüber

denke. Ich habe noch nie mit meiner Meinung hinter dem Berg gehalten und werde es auch jetzt nicht tun.«

»Ist ja gut, Frau, aber was willst du nun eigentlich anfangen? Du bringst ja schon einiges fertig, aber ein Mitglied des Clans, das in tausend Stücke zerschmettert wurde, wieder zum Leben zu erwecken, das dürfte sogar dir unmöglich sein.«

»Wenn es wirklich so geschehen wäre, könnte ich ja noch etwas tun. Aber ich nehme an, du stimmst mit mir darin überein, dass Jonahs Zorn nichts mit Catriona oder Claud zu tun hatte.«

Der Häuptling nickte. »Wie üblich warst du es selbst, die den Mann in Wut gebracht hat. Hast du etwa nicht seine Pläne durchkreuzt und dafür gesorgt, dass er seinen Sitz in der Runde verliert?«

»Nein, das hat nichts mit mir zu tun. Den hat er abtreten müssen, weil er habgierig war und sich in die Angelegenheiten der Sterblichen gemischt hat!«

»Aber genau das hast du doch auch getan«, gab der Anführer zurück. »Immerhin war es nicht Jonah, der eine Dienstmagd in ein prächtiges Kleid gesteckt, sie wie eine Königin mit Schmuck behängt und dann auf den Ball des Königs geschickt hat.«

Maggie wedelte den Einwand mit einer Handbewegung beiseite. »Das hat alles ein glückliches Ende genommen. Jonah dagegen hat sich schwarzer Magie bedient und seine Gestalt verändert, um einen Schatz den rechtmäßigen Eigentümern vorzuenthalten, nur weil sein ehrgeiziger Lord Angus ihn für sich haben wollte. Ganz zu schweigen von Jonahs jüngster Untat.«

»Ja, da hast du schon recht«, stimmte ihr der Häuptling bei.

»Aber letztendlich«, fuhr Maggie fort, »macht Jonah mich für alles verantwortlich, was ihm widerfahren ist. Und er wird nicht eher ruhen, bis er es mir gründlich heimgezahlt hat. Aber trotzdem glaube ich einfach nicht, dass er unseren Claud getötet hat.«

»Wer war es denn dann?« – »Gar keiner.«

»Aber Maggie ...«

»Jonah ist der mächtigste Zauberer im Clan. Das hast du doch selbst gesagt.« – »Ja.«

»Und wenn wir Mitglieder des Geheimen Clans dahinscheiden, gehen wir doch zuweilen in die Welt der Sterblichen über, oder etwa nicht?«

»Ja, schon, aber das geschieht nur sehr selten«, erwiderte der Häuptling stirnrunzelnd.

»Also, ich glaube, Jonah hat den Blitz im letzten Augenblick so abgelenkt, dass Claud nun nicht für alle Zeiten mit der Wilden Jagd durch die Lüfte fliegen muss – wie es zweifellos Catriona passiert wäre, wenn der Blitz sie getroffen hätte. Stattdessen wurde Claud nur mit einem Schlag in die Welt der Sterblichen versetzt.«

Der Häuptling blickte Maggie eine ganze Weile grübelnd an. Endlich sagte er: »Das ist schon möglich. Doch die Welt der Sterblichen ist groß. Wie willst du ihn da jemals wiederfinden?«

»Ich werde einfach immer weiter suchen. Du wirst schon sehen ...«

»Jetzt hör aber auf!«, befahl ihr der Clanoberste. »Du musst immer noch die Streitigkeiten zwischen den beiden Sippen schlichten, die du ›nichtsnutzig‹ zu nennen beliebst. Und zwar noch vor unserem nächsten Treffen. Wenn dir das nicht gelingt, verlierst du ebenfalls deinen Sitz in der Runde. Wir haben bereits Jonah Bonewits verloren, der kaum zu ersetzen ist. Wir können nicht auch noch auf dich verzichten.«

»Das braucht ihr auch nicht«, erwiderte Maggie zuversichtlich. »Seit unserem letzten Treffen ist zwischen dem Fröhlichen Volk und den Helfenden Händen alles ruhig geblieben, und beide Häuptlinge haben mir ihr Wort gegeben, dass sie Frieden halten werden, bis es Catriona schafft – oder auch nicht schafft –, ihren sterblichen Schutzbefohlenen an den richtigen Ort zu führen und dafür zu sorgen, dass er dort glücklich wird. Bis dahin habe ich Claud längst gefunden, denn Catriona muss noch …«

»Jetzt hör mal, gute Frau, du brauchst mir doch nicht zu erzählen, was Catriona zu tun hat. Schließlich habe ich in meiner langen schwarzen Robe unmittelbar neben dir gesessen, als ihr das Abkommen geschlossen habt, oder etwa nicht? Und die zehn anderen waren ebenfalls anwesend, falls ich dich daran erinnern darf. Einige von ihnen sind übrigens immer noch entschlossen, Jonah wieder in die Runde aufzunehmen.«

»Ja, ich weiß.«

»So. Und du hast fest versprochen, keine Regeln zu brechen, wenn du zwischen dem Fröhlichen Volk und den Helfenden Händen in dem Streit darüber vermittelst, wer von ihnen sich um diejenigen Hochlandclans der Sterblichen kümmern soll, die ihre uralten Wurzeln im Grenzgebiet haben.«

»Ich werde das Problem schon lösen. Denn wenn jedes Mal, wenn ein sterblicher Hochländer ein Mädchen von der Grenze heiratet und sie mit in den Norden nimmt, jemand von uns aus dem Grenzland sie ins Hochland begleitet, dann werden wir dort oben bald fast so zahlreich vertreten sein wie die Leute vom Fröhlichen Volk. Das werden die schnell genug merken.«

»Doch in der Zwischenzeit hast du der niedlichen kleinen Catriona befohlen, sich um einen Burschen zu kümmern, der zwar aus einem Hochlandclan stammt, aber so im Grenzland verwurzelt ist, dass er sich dort niederlassen will. Und dein Claud, der doch aus dem Grenzland stammt, sollte für ein Hochlandmädchen zuständig sein.«

»Und diese Aufgabe hat er auch aufs beste erfüllt.«

»Das stimmt. Aber trotzdem …«

»Ich werde ihn finden und wieder nach Hause holen«, fiel

ihm Maggie ins Wort, und es klang äußerst entschlossen. »Wenn du vorhast, mir dabei Steine in den Weg zu legen, kann ich es nicht ändern. Aber wenn du mir helfen willst, dann sorge dafür, dass die Runde nicht so bald zusammentritt.«

Der Häuptling zog ein Gesicht, nickte jedoch zustimmend. Gleich darauf war Maggie verschwunden.

Mute Hill House, Roxburghshire

»Dreh dich mal langsam, Fiona, damit ich dein Aussehen begutachten kann«, sagte Olivia, Lady Carmichael, und fächelte sich mit der Hand Luft zu. Sie war eine gut aussehende Frau Ende dreißig und trug modische Trauerkleidung in dunklem Rot mit schwarzer Spitze. Die Ähnlichkeit zwischen ihr und dem schlanken blonden Mädchen, das mitten in dem geschmackvoll eingerichteten Gemach stand, war offensichtlich.

Folgsam drehte sich die siebzehnjährige Fiona Anne Carmichael um sich selbst, wobei sie aufmerksam die Mienen ihrer Mutter und der beiden weiteren Personen im Zimmer beobachtete, die sie alle kritisch beäugten.

Fiona war von strahlender Schönheit, und das elegante himmelblaue Brokatkleid, das sie trug, stand ihr ausgezeichnet. Allerdings tat an Fiona jedes Kleidungsstück seine Wirkung.

In diesem Augenblick durchdrang ein Sonnenstrahl die dichte Wolkendecke und fiel durch die bleiverglasten Fenster neben dem großen Kamin mit seiner Haube. Doch das goldene Sonnenlicht konnte es kaum mit Fionas weichen, schimmernden Locken aufnehmen, die bis auf ihre Taille herabfielen. Sie hatte große, leuchtende blaugraue Augen und fein geschwungene Brauen, und ihre Wimpern waren so dicht und dunkel, als hätte sie sie geschwärzt. Ihre vollen, rosigen Lippen luden zum Küssen ein. Bedauerlicherweise fanden sich auf ihrer kleinen Stupsnase einige Sommersprossen, ein Umstand, der Lady Carmichael – wie Fionas Cousine Anne Ellyson bald nach ihrer Ankunft erfahren hatte – sehr betrübte. Denn ohne diese Sprenkelchen wäre der Teint ihrer Tochter makellos gewesen.

Bereits nach ihrer ersten Woche auf Mute Hill war Anne zu der Auffassung gekommen, dass sie besser entgegen der Anordnung ihres Vaters auf Ellyson Towers geblieben wäre.

Bei näherer Betrachtung fiel ihr auf, dass Fiona ausgesprochen erschöpft wirkte. Kein Wunder, schließlich stand das arme Mädchen seit fast zwei Stunden da, drehte sich hin und her, zog sich immer wieder um und musste sich das Genörgel ihrer Mutter anhören. Was Anne selbst betraf, so wäre sie am liebsten auf der Stelle verschwunden. Und sie wusste auch schon genau, wohin sie gehen würden, sobald sie sich davonmachen konnte.

»Was hältst du davon?«, fragte jetzt Olivia in dem matten Tonfall, den sie dieser Tage immer annahm, wenn mehr als ein Gesprächspartner anwesend war.

Da Anne wusste, dass die Frage nicht ihr galt, wandte sie sie sich zu der vierten Person im Zimmer um.

Die Zofe ihrer Tante Olivia, Moira Graham, war klein und rundlich und sah aus, als sei sie aus prallen, weichen Kissen gemacht. Als sie jetzt die Lippen schürzte und die Augen zusammenkniff, erinnerte sie Anne an eine Stoffpuppe, die sie als Kind gehabt hatte. Selbst Moiras gekrauste weiße Haube sah aus wie die der Puppe.

»Ich finde, es macht sich sehr gut, Mylady«, entgegnete Moira ihrer Herrin.

»Glaubst du nicht, es könnte in der Taille noch ein wenig enger sein?«

»Ganz wie Ihr wünscht, Madam«, antwortete Moira, »doch mir scheint, das würde den Faltenwurf an den Hüften verderben.«

Anne war der gleichen Meinung. Sie fand das Kleid sehr

hübsch, genauso wie vor einer Stunde, als Fiona es angezogen hatte. Wenn man jedoch Anne gefragt hätte, dann hätte sie keinen himmelblauen Stoff ausgesucht, sondern etwas, das besser zu den Augen ihrer Cousine gepasst hätte. Am schönsten wäre Fionas Lieblingsfarbe, ein helles Rosa, gewesen. Schließlich sollte das Hochzeitskleid vor allem der Braut gefallen und erst in zweiter Linie ihrer Mutter.

Zumindest hatte Olivia nicht darauf bestanden, dass ihre Tochter zu ihrer Hochzeit das dunkle Rot trug, das sie selbst als Trauerfarbe bevorzugte. Aus irgendeinem Grund war sie auf die Idee verfallen, dass Fionas zukünftiger Gemahl, Sir Eustace Chisholm, Laird von Ashkirk und Torness, Himmelblau bevorzugte. Also musste es ein Kleid in dieser Farbe sein. Niemand protestierte, denn man konnte nie genau wissen, wie Olivia auf die kleinste Andeutung von Widerspruch reagieren würde.

»Anne, meine Liebe, hol doch bitte den lavendelfarbenen Spitzenschal vom Tisch dort drüben und leg ihn deiner Cousine um die Schultern.«

»Ja, Tante Olivia«, erwiderte Anne und kam der Bitte mit der ihr eigenen ruhigen Gelassenheit nach. Als sie mit dem zarten Spitzenschal auf Fiona zutrat, traf sie ein so jammervoller, Hilfe suchender Blick, dass sie das Mädchen am liebsten tröstend in die Arme genommen hätte.

Doch sie unterdrückte den Impuls, lächelte ihr stattdessen zu und sagte zu ihrer Tante: »Es muss schon fast Mittag sein, Tante Olivia, und der Laird von Ashkirk verspätet sich selten. Sollte ich nicht besser Fiona dabei behilflich sein, sich zu seinem Empfang etwas Passenderes anzuziehen?«

»Ja, natürlich«, antwortete Olivia seufzend. »Aber vorher müssen wir das hier noch erledigen. Schließlich sind es nur noch zwei Tage bis zur Hochzeit.«

»Wenn ich mich eine Minute setzen dürfte«, hauchte Fiona mit ihrer sanften Stimme. »Mir ist ein wenig schwindlig, aber ich bin sicher, das wird gleich wieder vorübergehen.«

»Rede keinen solchen Unsinn«, entgegnete Olivia mit mehr Nachdruck als gewöhnlich. »Du kannst dich in diesem Kleid unmöglich hinsetzen, ohne den Rock vollständig zu ruinieren. Und überhaupt kannst du nicht halb so müde sein wie ich. Seit dem Tod deines Vaters habe ich kaum eine Nacht geschlafen. Als dann kurz nach Sir Christopher und seinem Vater auch noch mein lieber Bruder Armadale starb, war meine Trauer grenzenlos. Und Trauer, meine liebe Fiona, ist sehr viel anstrengender, als bloß dazustehen und sein Brautkleid anzuprobieren. Ich möchte also kein Gejammer mehr von dir hören.«

In Fionas Augen glitzerten Tränen, als sie an den Tod ihres Vaters erinnert wurde, und Anne musste an den Verlust ihrer eigenen Familie denken. Anscheinend kam es Olivia gar nicht in den Sinn, dass sie nicht die Einzige war, die trauerte.

Anne lächelte Fiona aufmunternd zu und flüsterte: »Nur noch ein paar Minuten, Liebes.«

Da sie mit dem Rücken zu ihrer Tante und Moira stand, konnten die beiden ihre Äußerung nicht mitbekommen haben. Doch als lediglich noch mehr Tränen in Fionas Augen aufstiegen, verwünschte sich Anne selbst für ihre mitfühlenden Worte.

»Hier, bitte«, sagte sie daher laut, wobei sie sich um einen forscheren Ton bemühte, und drapierte die lavendelfarbene Spitze um die Schultern ihrer Cousine. »Ist es so richtig, Tante Olivia?«

»Geh etwas beiseite, damit ich es sehen kann«, erwiderte ihre Tante mit ihrer üblichen klagenden Stimme.

Anne tat, wie ihr geheißen, und hoffte inständig, ihre Tante würde selbst sehen, dass der Schal nicht zum Kleid passte. Es gab nicht viel, was Fionas ätherische Schönheit beeinträchtigen konnte, doch das zarte Violett auf dem satten Himmelblau des Brokatkleides schaffte es beinahe. Ohne den Schal wirkte das Kleid wesentlich eleganter.

Olivia runzelte die Stirn, doch ob nun wegen des Schals

oder weil sie Fionas Tränen bemerkt hatte, sollte Anne nicht erfahren, denn in diesem Augenblick brach in der großen Halle nebenan die Hölle los.

Hunde bellten, Männer brüllten. Es herrschte ein allgemeiner Tumult und die dicke Moira lief schleunigst, die Verbindungstür zur Halle zu öffnen. Ihre Herrin rief ihr noch eine Warnung zu, doch es war bereits zu spät. Die Tür flog auf und herein purzelte ein kleines rotes Pelzbündel, gefolgt von sechs großen jaulenden Jagdhunden.

Zwar gelang es Moira noch, ihre Röcke vor den hereinstürmenden Tieren in Sicherheit zu bringen, doch da sie noch immer mit einer Hand die Klinke festhielt, wurde sie um ein Haar mitgerissen, als die Tür jetzt mit Schwung gegen die Wand krachte.

Fiona kreischte auf und raffte ihre Röcke zusammen. Olivia rief Moira zu, sie solle die Tür schließen, doch da drängten sich hinter den Hunden bereits zwei große Männer ins Zimmer, indem sie beide gleichzeitig versuchten, sich durch die Tür zu quetschen.

Anne blieb stehen, wo sie war. Nachdem sie mit Erleichterung festgestellt hatte, dass die Hunde keine Notiz von der kreischenden Fiona nahmen, bemerkte sie, dass das kleine Fellbündel, das sie zunächst für eine Katze gehalten hatte, in Wahrheit ein verängstigter Fuchs war. Dieser raste durch den Raum zu der Wendeltreppe, die in die oberen Stockwerke von Mute Hill House führte.

Anne ergriff Fiona bei den Schultern und schüttelte sie ein wenig.

»Still, Liebes«, sagte sie. »Den Hunden geht es bloß um den Fuchs. Schau nur, sie sind ihm schon auf den Fersen.«

Die erschöpfte Fiona brach in Tränen aus.

Anne hielt sie in den Armen und lauschte auf den verklingenden Lärm, den Männer, Hunde und Fuchs bei ihrer Jagd veranstalteten. Dann wandte sie sich an ihre Tante: »Ich bringe sie nach oben, Madam. Bevor sie sich umzieht und

Eustace Chisholm empfängt, sollte sie sich das Gesicht waschen und ein wenig ruhen.«

»Wo sind diese verdammten Hunde hin?«, brüllte da eine vertraute Männerstimme. Lady Carmichaels Onkel, Sir Toby Bell, stand in der breiten Türöffnung, die er fast zur Gänze ausfüllte. Wutschnaubend drehte er sich ein wenig zur Seite, um nicht mit seinem Zierdegen am Türrahmen hängen zu bleiben, und kam herein. Die Daumen in den Waffengurt gehakt, stand er da und starrte seine Nichte wütend an. Offensichtlich erwartete er von ihr die Antwort auf seine Frage.

»Eure Hunde haben in meinem Gemach nichts zu suchen, Sir«, bemerkte sie mit schwacher Stimme und nun wieder schlaffer und niedergedrückter Haltung. »Draußen ist es nach dem Regen noch immer nass, und sie haben mir bestimmt den ganzen Boden schmutzig gemacht. Ihr wisst doch, wie sehr sie mich aufregen!«

»Dann hättest du die Tür eben nicht aufmachen sollen«, gab er mit spöttischem Lächeln zur Antwort. »Ich könnte mir vorstellen, dass meine Hunde diesen dämlichen Fuchs noch viel mehr aufregen als dich. Dieses Tier kam doch glattweg über den Weg auf das Tor zu spaziert, kannst du dir so etwas vorstellen? Das Tor war natürlich geschlossen, bis meine Hunde zu bellen anfingen und dein blöder Diener aufmachte, um nachzusehen, warum es draußen so einen Spektakel gab.«

»Bitte, geht und fangt sie wieder ein«, hauchte Olivia und legte sich einen Handrücken an die Stirn. »Ihr wisst doch, wie sehr mir in meiner Trauer selbst die kleinste Störung zusetzt.«

»Du lieber Himmel, Olivia, Ashkirks Tod ist doch schon mehr als fünf Monate her.«

»Ich betrauere immerhin meinen Gemahl«, begehrte sie empört auf.

»Ach Unfug, Mädchen. In Wahrheit trauerst du um deinen Liebsten. Stephen ist jetzt schon seit zwei Jahren tot, und nach Kit Chisholms Verschwinden und vermutlichem Tod zerschlugen sich deine Pläne, Fiona mit einem Mitglied dieser Familie zu verheiraten. Daraufhin hast du selbst ein Auge auf den alten Ashkirk geworfen. Sein Tod hat dich in diese alberne Traurigkeit gestürzt, denn nach Stephens Tod ging es dir lange nicht so schlecht. Und ich muss es ja wissen«, fügte er hinzu, »schließlich kam ich gleich nach Stephens Tod hierher, damit du einen Mann im Haus hast, nicht wahr? Ich sage dir, es ging dir blendend, bis Ashkirk abgekratzt ist.«

Anne war nicht überrascht, dass Olivia sogleich die Tränen kamen. Sie hatte schnell herausgefunden, dass die Lady ebenso wie ihre Tochter nach Bedarf Tränen vergießen konnte, die ihren zarten Teint jedoch nicht im mindesten beeinträchtigten.

»Ihr seid grausam, Onkel«, sagte Olivia matt.

»Ich bin ehrlich, Olivia, das ist alles.«

»Bis zu meinem letzten Tag werde ich um Stephen trauern«, erwiderte Lady Carmichael und schniefte leise.

»Blödsinn«, gab Sir Toby zurück. »Wo sind denn jetzt diese verdammten Hunde hin?«

Anne wartete nicht länger darauf, dass sie wieder jemand aufhalten würde, sondern brachte Fiona flugs aus dem Zimmer und ging dann hinauf in ihre Schlafkammer. Dennoch dauerte es noch drei Stunden, bis sie sich endlich davonstehlen konnte.

Anderswo

Nach ihrem Treffen mit dem Clanhäuptling begab sich Maggie in ihre Wohnstube, um ihr weiteres Vorgehen zu planen. Sie traute Catriona nicht über den Weg. Wenn es auf der Welt überhaupt eine Gewissheit gab, dann die, dass Catriona unzuverlässig war. Obwohl Maggie sich eingestehen musste, dass das Mädchen sich seit Clauds Verschwinden ordentlich betragen hatte. Catriona hatte die Aufgabe übernommen, sich um die Chisholms zu kümmern, und diese Pflicht getreulich und gegen den Widerstand ihrer Sippe erfüllt, selbst als Jonah Bonewits versucht hatte, ihr Steine in den Weg zu legen.

Maggies Gedanken an den unangenehmen Zauberer, der sich so hervorragend verwandeln konnte, schienen ihn geradezu heraufzubeschwören. Fast meinte sie seine scharfen Gesichtszüge im flackernden Kaminfeuer zu sehen. Mit einem Blinzeln verscheuchte sie das Trugbild und richtete ihre Gedanken wieder auf Catriona und darauf, was für ein Opfer Claud für dieses kleine Flittchen gebracht hatte.

Im Grunde genommen wusste Maggie, dass es ungerecht war, Catriona allein die Schuld zu geben, doch wegen der Leichtigkeit, mit der das Mädchen Claud nach ihrer Pfeife tanzen ließ, hatte Maggie eine unüberwindbare Abneigung gegen sie gefasst. Natürlich war Claud daran auch nicht ganz unschuldig. Warum musste er sich auch in jedes hübsche Mädchen vergaffen, das ihm über den Weg lief? Und dennoch – wenn Catriona nicht da gewesen wäre, als Jonah …

Erneut meldete sich Maggies Sinn für Gerechtigkeit. Als Claud das Unglück widerfuhr, war Catriona zur Stelle gewesen, weil es ihre Pflicht war. Und ebendieses Pflichtbewusstsein hatte Jonah so erzürnt, dass es sie beinahe das Leben gekostet hätte. Dass sie Jonah so wütend gemacht hatte, konnte Maggie ihr schlecht vorwerfen, denn das war ihr selbst schon des Öfteren passiert.

Immer höher flackerten die Flammen, und wieder schien es ihr, als sehe sie ein Gesicht darin. Es war sogar noch deutlicher zu erkennen als zuvor. Auf einmal wurde ihr klar, was da vor sich ging, und ihr lang aufgestauter Zorn brach sich Bahn.

»Zeig dich gefälligst, du niederträchtiger Halunke, oder ich lasse das Feuer so heiß werden, dass du es nicht mehr aushalten kannst!«, fauchte sie und sprang aus ihrem Sessel auf. »Du brauchst dich nicht da herumzudrücken und meine Gedanken auszuschnüffeln. Ich sage dir schon offen in dein Spitzbubengesicht, was ich von dir halte.«

Die Gestalt im Feuer wurde ein wenig undeutlich, als verlöre sie an Energie. Doch gleich darauf kam ein Wirbel goldgelber Funken aus dem Kamin gezischt und zog sich immer mehr in die Länge, bis die Umrisse eines hochgewachsenen Mannes sichtbar wurden. Und dann stand da Jonah Bonewits, genau so, wie er immer aussah.

Er trug ein wallendes graues Gewand, und sein Haar, dunkel an den Wurzeln und hell an den Spitzen, stand ihm strahlenförmig vom Kopf ab. Sein langes, schmales Gesicht war unauffällig, bis auf die dünnen gelben, grünen, roten und blauen Streifen auf den Wangen, doch seine dunklen Augen funkelten. Er lächelte boshaft, winkte mit seiner ringgeschmückten sechsfingrigen Hand und fragte: »Alles in Ordnung, Mag?«

»*Gar nichts* ist in Ordnung, du infamer Mörder. Was hast du mit meinem Claud gemacht?«

Er stieß ein unheimliches, bedrohliches Lachen aus. »*Unser* Claud, Frau – er ist ein Esel. Wenn du nur einen Funken Verstand hättest, würdest du ihm keine Träne nachweinen.«

»Wo ist er?«, wiederholte sie, um Beherrschung bemüht.

»Ich dachte, du mit deinem klugen Köpfchen hättest das schon längst herausgefunden.«

»Hast du mir etwa nachspioniert?«

»Ja, ich gebe es zu. Du bist einfach zu schlau für mich, Mag.«

»Du hast mich schon oft an der Nase herumgeführt, Jonah Bonewits, und ich weiß, was ich von dir zu halten habe. Aber ich bin noch immer davon überzeugt, dass du unseren Claud nicht absichtlich töten würdest. Und du würdest auch nicht wollen, dass er mit der Wilden Jagd fliegen muss, denn dann wäre er ja auch für dich verloren. Und deshalb …« Sie zögerte, weil sie fürchtete, er könnte ihre Hoffnung mit einem Wort zunichtemachen.

Doch wie so oft gelang es ihm mühelos, ihre Gedanken zu lesen. »Du bist doch sonst kein solcher Feigling, Maggie«, sagte er. »Du wirst ihn nicht finden, wie viel Mühe du dir auch geben magst.«

Sie war erleichtert. Zumindest hatte er zugegeben, dass Claud noch am Leben war. »Es würde dir doch den ganzen Spaß verderben, wenn ich ihn wirklich nicht finden könnte«, bemerkte sie scharfsinnig. »Ich wette daher, du hast ihn irgendwo versteckt, wo ich ihn ganz leicht sehen würde, wenn ich nur wüsste, wo ich suchen muss.«

Er grinste. »Na, vielleicht hast du recht, Mädchen. Aber selbst wenn es so wäre, hätte ich möglicherweise noch eine kleine Falle eingebaut.«

»Das würde mich nicht wundern«, antwortete sie.

»Willst du denn nicht wissen, was es ist?«

Sie schwieg, wohl wissend, dass er es ihr sowieso nicht verraten würde. Diese Genugtuung wollte sie ihm auf keinen Fall bereiten.

»Also gut. Damit du siehst, dass du eine falsche Meinung von mir hast, gebe ich dir einen ganz kleinen Tipp: Er ist wirklich ganz leicht zu entdecken, aber trotzdem würdest du ihn niemals als unseren Claud erkennen.«

»Also hast du einen Sterblichen aus ihm gemacht.«

Jonah zuckte die Achseln. »In gewisser Weise schon. Ich habe ihn vermischt.«

»Vermischt? Was soll denn das nun wieder heißen?«

»Einfach, dass ich Clauds Dasein mit dem eines Sterblichen verbunden habe. Und dabei bleibt es auch.«

»Außer, du machst es wieder rückgängig«, sagte Maggie und warf ihm einen scharfen Blick zu.

Er antwortete nicht.

Kopfschüttelnd fuhr sie fort: »Du kannst mir nicht weismachen, dass du dir bei dieser ganzen Vermischerei nicht ein Hintertürchen offengehalten hättest, um die ganze Sache wieder rückgängig machen zu können. Auch bei deinen schlimmsten Schurkenstreichen weißt du doch immer genau, was du tust.«

»Vielleicht überschätzt du mich.«

»Nein, ich glaube nämlich, dass du etwas von mir willst. Und um es zu bekommen, brauchst du ein Druckmittel gegen mich.«

»Du weißt sehr gut, worauf ich aus bin, Maggie.«

»Du willst nicht, dass ich einen Friedensschluss zwischen dem Fröhlichen Volk und den Helfenden Händen zustande bringe. Daraus hast du von Anfang an kein Geheimnis gemacht.«

»Nur würdest du, wenn du scheiterst, deinen Sitz in der Runde verlieren. Dann könntest du mal sehen, wie das ist. Von mir aus kannst du diesen blöden Frieden herbeiführen. Aber zuerst musst du zurücktreten und dafür sorgen, dass ich stattdessen wieder in die Runde aufgenommen werde.«

Sie runzelte die Stirn, während sich die Gedanken in ihrem Kopf jagten. Zugleich bemühte sie sich, diese Gedanken vor Jonah zu verbergen, was ihr in der Regel auch gelang, wenn sie sich sehr darauf konzentrierte.

»Sie werden mir aber nicht gestatten, zurückzutreten, solange ich den Frieden nicht ausgehandelt habe«, sagte sie schließlich. »Und wenn ich kein Mitglied der Runde mehr bin, hören diese widerspenstigen Hochlandsippen sowieso nicht auf mich.«

»Dann sorge doch jetzt gleich für Frieden.«

»Du weißt genau, dass diese dreimal verwünschte Catriona zuerst noch eine Aufgabe zu erfüllen hat. Sie muss den verschollenen Chisholm-Jungen wieder heil und gesund nach Hause bringen. Erst wenn das erledigt ist, kann ich einen dauerhaften Frieden aushandeln.«

»Dann wäre es das Beste, wenn du dem kleinen Biest helfen würdest, Mag.«

Seine Stimme war sanft und ölig, sein Gesicht vollkommen ausdruckslos.

»Du lässt sie besser in Ruhe, wenn du deinen Sitz wiederhaben willst, Jonah.«

Seine Umrisse wurden schon ein wenig unscharf. Doch bevor er sich vollends auflöste, sagte er noch: »Du kannst mich nicht für dumm verkaufen, Mädchen. Du würdest deinen Sitz in der Runde noch nicht einmal für unseren Claud aufgeben. Und jetzt pass gut auf dich auf, bis wir uns wieder sprechen.«

Dann war er verschwunden und die Flammen des kleinen Kaminfeuers mit ihm. Nur noch ein paar Funken glühten unter der Asche, bis Maggie mit einem kleinen Zucken des Fingers das Feuer wieder zum Leben erweckte.

Sie waren kaum außer Sichtweite von Dunsithe, als Willie sagte: »Wir werden mal mit meinem Cousin Sammy reden, Kit. Er weiß sicher, wo die Jungs sind und ob es womöglich Ärger geben könnte.«

»Ich will keinen Ärger«, antwortete Kit, doch Willie lachte bloß.

Eine Stunde später standen sie in einem schmucken Häuschen, neben dem ein Bach munter rauschte, und wurden von einem wild aussehenden Burschen gemustert. Obgleich er ganz offensichtlich sehen konnte, wurde er »der blinde Sammy Crosier« genannt, wie Kit zuvor von seinem Gefährten erfahren hatte. Als Willie ihn vorstellen wollte, fiel ihm der »blinde« Sammy schroff ins Wort: »Keine Namen, wenn's recht ist.« Daher verkniff Kit es sich, ihn nach der Bedeutung seines Spitznamens zu fragen.

Rasch bat Willie Sammy um die Auskünfte, die sie benötigten, worauf der ältere Mann nur grunzte und Kit mit einem langen Blick bedachte, den dieser wortlos erwiderte.

Endlich sagte Sammy: »Morgen Nacht scheint der Mond.«

Kit blickte zu Willie hinüber und bemerkte die Verblüffung auf dem Gesicht seines Freundes.

»Aber ... aber ...«. Mit einem wütenden Blick brachte Sammy Willie zum Schweigen, doch kurz darauf hatte der Junge seine Sprache wiedergefunden: »Das kannst du nicht machen, Sam. Kit ist kein Räuber, sondern ein geborener Gentleman. Das siehst du doch selbst.«

Sammy schnaubte. »Meine Güte, Junge. Drei Viertel der Gentlemen hier reiten mit den Räubern, wann immer ihnen der Sinn danach steht. Denk doch bloß an Buccleuch!«

»Kann sein, aber Kit ist nicht wie Buccleuch oder wie wir. Er ist nicht dafür gemacht, als Räuber herumzuziehen.«

Kit, der Sammys eindringlichen Blick spürte, sagte: »Ich möchte nur ein paar Auskünfte über Hawks Rig und Eustace Chisholm. Das ist alles.«

»Ja, mag schon sein, aber diese Auskünfte wollt Ihr von unseren Jungs. Und vielleicht haben ein paar von ihnen keine Lust, mit einem Mann zu reden, der gegen sie aussagen könnte, falls sie mal in Schwierigkeiten geraten. Wenn Ihr also mit uns reden wollt, dann müsst Ihr zuvor mit uns reiten. Und, wie ich bereits sagte, morgen Nacht scheint der Mond.«

Wieder blickte Kit rasch auf Willie, doch dieses Mal funkelten die Augen des Burschen vergnügt, und Kit spürte ebenfalls eine leise Belustigung. Und da war noch etwas anderes, das er seit seiner Kindheit nicht mehr empfunden hatte: Ihm stand der Sinn nach Abenteuern.

Also sagte er zu Sammy: »Du willst also, dass ich ebenfalls ein Verbrechen begehe, bevor du zulässt, dass ich mit deinen Männern spreche.«

»Aber, Sir, die Räuberei ist doch kein Verbrechen«, gab Sammy zur Antwort. »Es ist einfach unsere Art zu leben. Also sagen wir, wenn Ihr mit uns reitet, werdet Ihr wohl kaum gegen uns aussagen, falls uns irgend so ein übler Kerl beim nächsten Waffenstillstandstag verleumden sollte.«

»Wollt ihr über die Grenze gehen?«

Sammy zuckte die Schultern. »Wenn es sich so ergibt. Aber

hier auf unserer Seite gibt es auch jede Menge Vieh. Denn mehr als ein Gutsherr ist dem Fieber zum Opfer gefallen und musste seinen Besitz und seine Herden in der Obhut seines Verwalters und einiger Hütejungen zurücklassen. Sie haben mehr Vieh, als sie brauchen, und wir haben zu wenig. Gegen dieses Ungleichgewicht muss man doch etwas tun.«

»Sehr einleuchtend, wenn man es so betrachtet«, antwortete Kit, wider Willen belustigt. »Ich nehme an, ihr werdet mir nicht verraten, wo genau ihr euch von dieser Überfülle bedienen wollt?«

»Noch nicht. Seid Ihr also dabei?«

»Ja, ich mache mit.«

»Es ist Euch doch klar, dass wir uns woanders umschauen werden, wenn das Vieh irgendwo übermäßig gut bewacht wird. Wir müssen unbedingt Beute machen, jetzt, wo der Winter naht.«

»Ich verstehe«, erwiderte Kit lächelnd. »Und ich muss gestehen, dass ich auf diesen Raubzug sogar schon sehr gespannt bin.«

»Das wird ein Abenteuer«, bemerkte Willie grinsend. »Du wirst schon sehen.«

3

Anderswo

Während Kits gesamter Reise vom Hochland bis zur Grenze hatte Catriona ihn nicht aus den Augen gelassen. Jetzt, wo er auf Dunsithe Halt machte, nutzte sie die Zeit, um zu prüfen, ob von irgendwoher Gefahr drohte. Dann flog sie nach Torness, um die Papiere zu suchen, die der verstorbene Lord Ashkirk seinem Sohn übersandt hatte. Sie fand die Unterlagen schnell und stellte beim Lesen fest, dass die Lösung für ihre Probleme auf der Hand lag.

Sie brauchte bloß dafür zu sorgen, dass Kit sich in die Frau verliebte, die ihm versprochen war.

Catriona war sich sicher, dass Claud in dieser Lage das Gleiche getan hätte, und Clauds Pläne, so einfältig sie zuweilen schienen, führten schließlich doch immer zum Erfolg. Bevor man ihr die Aufgabe übertragen hatte, sich um Kit Chisholm zu kümmern, hatte Catriona ihre Pflichten den Sterblichen gegenüber nie allzu ernst genommen. Daher war sie auf diesem Gebiet reichlich unerfahren. Doch wenn sie damit Claud retten konnte, würde sie sich alle erdenkliche Mühe geben. Kit Chisholm musste Mistress Fiona Carmichael heiraten, und damit hätte es sich. Also stattete Catriona Mute Hill House einen raschen Besuch ab, bevor sie wieder zu Kit zurückkehrte. Die Tatsache, dass Mistress Carmichael im Begriff stand, einen anderen Mann zu heiraten, war ein herber Rückschlag, aber Catriona ließ sich davon nicht entmutigen. Sie wusste, dass Kits wenig freundliche Gefühle für seinen Onkel auf Gegenseitigkeit beruhten. Also konnte sie guten Gewissens Eustaces Heiratspläne vereiteln.

Kits offensichtliches Desinteresse an seiner Verlobten stellte da schon ein größeres Hindernis dar. Augenscheinlich hatte er weder Lust noch die Zeit, diesbezüglich irgendwelche Nachforschungen anzustellen.

Catriona kehrte gerade noch rechtzeitig zu Kit zurück, um mitzubekommen, dass er einwilligte, mit Willies Räubern zu reiten. Sie erwog kurz, sie alle nach Mute Hill House zu dirigieren, doch das Bild einer ganzen Räuberbande, die in den Schlosshof preschte, brachte sie von der Idee ab. Aber was konnte man sonst tun?

Vielleicht lag die Lösung doch auf Mute Hill House. Sie beschloss, sich noch einmal dort umzusehen, während Kit und seine neuen Kumpane sich zum Aufbruch rüsteten.

Das Mittagessen war noch unerfreulicher, als Anne befürchtet hatte. Auch nach ihrem kurzen Nickerchen war Fiona nicht ausgeruhter, und obwohl sich Anne und Fionas Zofe um sie bemühten, wirkte das Mädchen bleich und matt.

Olivia fiel sofort auf, wie blass ihre Tochter war, als sie das Zimmer betrat und Anne und Fiona ihren Knicks machten.

»Kneif dir in die Wangen, Mädchen, sonst tue ich es«, zischte sie, als Fiona auf sie zutrat, um ihr einen Kuss zu geben.

Fiona gehorchte hastig, und so zeigte ihr Gesicht immerhin einen Anflug von Farbe, als sie sich umdrehte, um ihren Zukünftigen mit einem unsicheren Lächeln zu begrüßen.

Eustace Chisholm war ein langer, knochiger Mann mit einer Nase, die zu groß für sein Gesicht wirkte, und einem so durchdringenden Blick, dass er sein Gegenüber förmlich zu durchbohren schien. Wie immer war er nach der neuesten Mode gekleidet. Er trug ein Wams aus hellgrünem Satin und eine dazu passende Pluderhose, die geschlitzt und mit dunkelgrün und golden gestreifter Seide unterfüttert war. Um seinen Hals hing ein schweres Medaillon mit dem geprägten Wappen der Chisholms.

In dieser Aufmachung wirkte Eustace reich und mächtig, wenn auch nicht besonders freundlich.

Als Antwort auf Fionas gemurmelten Gruß fasste er sie unters Kinn und sagte vergnügt: »Aber, aber, mein Kätzchen, du brauchst dir doch nicht in die hübschen Wangen zu kneifen. Ich werde schon dafür sorgen, dass sie Farbe bekommen. Und außerdem gefällt mir deine Elfenbeinblässe sowieso viel besser, das habe ich dir ja schon oft gesagt. So, und nun darfst du mir zum Dank für meine netten Komplimente einen Kuss geben, denn ich schwöre, ich hatte auf dem ganzen Weg von Hawks Rig nur deine weichen Lippen im Sinn.«

Als sie sah, wie Fiona vor Verlegenheit dunkelrot anlief, dachte Anne, dass selbst Olivia jetzt mit der Farbe ihrer Tochter zufrieden sein dürfte. Fiona tat ihr noch mehr leid, als sich die Augen des Mädchens vor Furcht und Abscheu weiteten. Fiona machte sich ganz steif, als Eustace sie in seine Arme zog, ihr Kinn anhob und sie unsanft auf den Mund küsste.

Eustace konnte die Reaktion seiner Verlobten nicht entgangen sein. Doch Anne hatte den Eindruck, als bereite ihm Fionas Abneigung sogar Vergnügen, denn er drückte sie nur noch fester an sich und versetzte ihr einen weiteren schmatzenden Kuss.

Als er sie endlich losließ, trat Fiona so hastig zurück, dass sie fast über ihren Rock gefallen wäre. Schon hob sie die Hand, als wollte sie sich die Küsse abwischen, doch dann bemerkte sie den strengen Blick ihrer Mutter, besann sich eines Besseren und ließ die Hand wieder sinken.

Mit einem kleinen Lachen und einem flinken Schlag ihres tiefroten Fächers sagte Olivia: »Ihr nehmt Eure ehelichen Rechte vorweg, Sir Eustace. Ich bitte Euch, bezähmt Eure Leidenschaft, bis das Kind Euer Eigen ist, sonst verliert sie vor Angst noch den Verstand.«

»Wahrhaftig, Madam«, entgegnete er prustend, »der Verstand interessiert mich an dem Mädchen am wenigsten. Also darf sie ihn von mir aus gerne verlieren. Mir geht es mehr um ihre weiche Haut und ihre strahlenden Augen – und noch ein paar Dinge mehr«, fügte er hinzu und besah Fiona dabei von oben bis unten mit einem derart lüsternen Blick, dass sich Anne der Magen umdrehte.

In diesem Augenblick trat Sir Toby Bell ins Zimmer, und zum ersten Mal freute sich Anne, ihn zu sehen. Im Allgemeinen fand sie ihn zu laut und polternd, doch jetzt war seine Ankunft eine willkommene Unterbrechung. Er war offensichtlich sehr erfreut, Eustace zu sehen, und stürzte sich sofort auf ihn, um die Episode mit dem verirrten Fuchs zum Besten zu geben.

»Dieses verflixte Tier muss noch irgendwo hier im Haus stecken«, sagte er abschließend. »Ich habe ein paar von den Jungs befohlen, alles auf den Kopf zu stellen, aber sie konnten nicht mal seine Schwanzspitze entdecken. Die Hunde lassen sich auch nur mit Gewalt nach draußen zerren; also scheinen sie auch zu merken, dass er sich noch hier drinnen aufhält. Keine Sorge, meine Liebe«, setzte er hinzu, als Olivia abermals den Handrücken an die Stirn legte, »ich habe das ganze Pack rausgejagt.«

»Aber der Fuchs!«

»Ach ja, aber der hat sich bestimmt irgendwo versteckt. Und wenn du ihm nichts tust, tut er dir auch nichts. Wie wäre es mit einem Spielchen Piquet, Ashkirk?«, wandte er sich an Eustace. »Ein Penny Einsatz?«

»Eigentlich wollte ich ein wenig Zeit ganz allein mit meinem Mädchen verbringen«, erwiderte der Angesprochene und warf Fiona einen Blick zu, der sie sichtlich schaudern ließ.

Anne hätte ihn am liebsten geschüttelt, bis ihm die Zähne klapperten. Anscheinend machte es ihm Spaß, das arme Mädchen zu ängstigen.

Die Rettung kam von unverhoffter Seite. In einem Ton, der keinen Widerspruch duldete, sagte Toby: »Das kann ich nicht zulassen, mein Lieber. Du wirst noch genug Zeit mit dem Mädchen verbringen können, sobald Pfarrer Allardice euch das Eheversprechen abgenommen hat. Es dauert ja nicht mehr lange, und du wirst bis dahin schon nicht an unerfüllter Begierde zugrunde gehen.«

»Ich glaube, Malcolm will uns mitteilen, dass das Essen angerichtet ist«, mischte sich Anne rasch ein, da sie bemerkt hatte, dass Malcolm Vole, der Haushofmeister ihrer Tante, ins Zimmer getreten war.

Er war ein schmächtiger Mann, der die Gewohnheit hatte, seine Hände auf Taillenhöhe zu falten, und ansonsten einherstolzierte, als sei er der Herr auf Mute Hill House. Jetzt rief er sie zum Mittagessen, woraufhin sie sich allesamt zur hohen Tafel in die Halle begaben.

Anne und Fiona saßen an den gegenüberliegenden Enden der Tafel, daher konnte Anne ihrer Cousine keine tröstenden Worte zuflüstern. Es war nur gut, dass Olivia sich lang und breit über die Hochzeitsvorbereitungen ausließ.

Für jede Einzelheit bat sie Eustace, den sie mit »Ashkirk« anredete, um Zustimmung, bis dieser leicht entnervt erwiderte, dass sie bestimmt alles trefflich regeln würde. Daraufhin bedachte sie ihn mit einem unterwürfigen Lächeln. »Aber ich will doch nur, dass alles zu Eurer Zufriedenheit ist, Sir.«

»Zu Fionas Zufriedenheit doch wohl auch, möchte ich meinen«, platzte Anne heraus.

»Ja, ja, gewiss. Wie kannst du so etwas fragen, wo du doch weißt, dass ich mich geradezu aufgerieben habe, um die Hochzeit für meinen Liebling so schön wie möglich zu machen. Aber das letzte Wort müssen doch nun einmal die Herren haben.«

Es lag Anne auf der Zunge, zu sagen, dass dieser Bräutigam wohl der Letzte wäre, der sich um die Details einer Hochzeitsfeier kümmern würde. Nicht nur, dass er alt genug war, um Fionas Vater zu sein, er interessierte sich auch wesentlich mehr für ihr Vermögen und ihre Schönheit als für ihre Gefühle. Und außerdem bereitete es ihm Vergnügen, sie in Angst zu versetzen. Aber jeder Hinweis darauf wäre vergeblich gewesen. Schon seit langem wünschte sich Olivia heiß und innig, eine Verbindung mit der Familie Chisholm einzugehen, auch wenn sie dafür ihre Tochter an Eustace verschachern musste.

Als das Mahl zu Ende ging, brannte Anne darauf, zu entfliehen. Sie mochte ihre Cousine sehr und war ihrer Tante dankbar, dass sie sie, Anne, aufgenommen hatte, doch je länger sie in diesem riesigen festungsähnlichen Herrenhaus lebte, desto heftigere Mordgelüste entwickelte sie.

Nicht, dass es irgendjemand bemerkt hätte. Von frühester Jugend an hatte sich Anne nach außen hin eine heitere Gelassenheit angewöhnt, die ihr schließlich zur zweiten Natur geworden war. Doch als sich Olivia jetzt von ihrem Stuhl erhob, stand Anne ebenfalls auf und sagte leise: »Komm, Fiona. Wir haben doch deiner Molly versprochen, dass sie die neue Frisur an dir ausprobieren darf, die Tante Olivia vorgeschlagen hat.«

Erstaunt blickte Fiona sie an, doch sie fasste sich schnell – sie war zwar nicht übermäßig gewitzt, aber auch keineswegs dumm. »Oh ja, natürlich«, antwortete sie. »Bitte entschuldigt uns.«

Eustace sprang ebenfalls auf. Sein Gesichtsausdruck verriet auch ohne alle Worte, dass er am liebsten Einspruch erhoben hätte. Daher sagte Anne schnell: »Malcolm, Sir Eustaces Becher ist leer. Bitte weist einen der Diener an, ihn wieder zu füllen.«

»Sofort, Mylady«, erwiderte der Haushofmeister ohne zu zögern. Doch der böse Blick, den er ihr zuwarf, entging Anne nicht.

Sie unterdrückte einen Seufzer und verließ mit Fiona die Halle. Seit ihrem ersten Tag auf Mute Hill House hatte Malcolm Vole ihr böse Blicke zugeworfen, und sie hatte den Versuch, seine Meinung über sie zu ändern, schon lange aufgegeben.

Da sie es gewohnt war, dem großen Haushalt auf Ellyson Towers vorzustehen, hatte sie sich von Anfang an bemüht, sich auch im Hause ihrer Tante und Cousine nützlich zu machen. Sie fand jedoch bald heraus, dass Malcolm als Haushofmeister seine Anweisungen von Sir Stephen erhalten und nach dessen Tod alle Haushaltsangelegenheiten einfach selbst in die Hand genommen hatte. Dabei versuchte er stets, im Sinne seines verstorbenen Herrn zu handeln.

Toby Bell war unfähig, den Haushofmeister zu beaufsichtigen, doch Anne wurde schnell klar, dass Malcolm seine Sache nicht besonders gut machte. Als sie ihm taktvoll vorgeschlagen hatte, ein wenig mehr Ordnung in seine Arbeit zu bringen, hatte er es sehr übel genommen, und Olivia hatte Partei für ihn ergriffen.

»So etwas können Männer einfach besser als Frauen, meine Liebe«, hatte sie gesagt. »Und Malcolm weiß genau, was ich wünsche. Ich könnte mir vorstellen, dass deine etwas eigenartigen Auffassungen sehr gut nach Ellyson Towers passten – Mute Hill House ist jedoch wesentlich moderner. Du solltest Malcolm ebenso vertrauen wie ich. Er wird schon am besten wissen, wie alles sein soll.«

Danach hatte sich Anne nie wieder offen gegen Malcolms Methoden ausgesprochen, da sie nicht viel Hoffnung hatte, ihn oder Olivia zu überzeugen.

Auch wenn der Haushofmeister ihr die Bitte, Eustace aufzuwarten, offensichtlich übel nahm, so verschaffte die Pause Anne doch immerhin die Gelegenheit, mit Fiona die Halle zu verlassen.

»Ich verabscheue ihn«, flüsterte Fiona.

»Dann sag doch einfach deiner Mutter, dass du ihn nicht heiraten willst«, riet Anne ihr.

»Du weißt doch, dass das nicht geht«, erwiderte Fiona niedergeschlagen. »Sie würde schrecklich wütend werden, Anne.«

»Das glaube ich auch«, stimmte Anne ihr zu. »Aber solange du dich nicht weigerst, ihn zu heiraten, hat es wenig Sinn, dass du dich bei mir beklagst.«

»Aber findest du ihn denn nicht auch fürchterlich?«

»Wie ich ihn finde, spielt überhaupt keine Rolle.«

»Trotzdem, Anne, sag schon!«

»Ich finde, man hätte ihn gleich nach der Geburt ertränken sollen«, erwiderte Anne. Fiona kicherte.

»Aber meine Meinung zählt in diesem Falle wirklich nicht«, setzte Anne in nüchternem Ton hinzu. »Und da man ihn nun einmal nicht ertränkt hat und du unbedingt deiner Mutter gehorchen willst …«

»Das ist doch meine Pflicht, Anne. Und außerdem kann man sich ihr einfach nicht widersetzen.«

Zumindest Fiona konnte es nicht, das war Anne klar. »Dann wird dir wohl nichts anderes übrig bleiben, als dich mit der Heirat abzufinden.«

»Da hast du wohl recht.« Fiona liefen die Tränen über die Wangen. »Was soll ich bloß tun?«

»Ich habe dir ja schon einen Rat gegeben, Liebes, trotzdem werde ich darüber nachdenken, ob mir noch etwas anderes einfällt«, sagte Anne. »Aber du wirst müde sein, weil du bei deiner kurzen Erholungspause vor dem Essen bestimmt keinen Schlaf gefunden hast. Ich will heute Nachmittag ausreiten, um ein wenig zur Ruhe zu kommen, und deine Mutter ist nach dem Mahl wohl wie gewöhnlich mit ihren eigenen Angelegenheiten beschäftigt.«

»Meistens hält sie Mittagsschlaf«, sagte Fiona.

»Stimmt«, antwortete Anne lächelnd. »Also kannst du auch ein ausgiebiges Nickerchen machen. Meine Peg Elliot soll Wache stehen, und du weißt ja, Peg würde jeden in die Flucht schlagen, der es wagte, dich zu stören.«

»Also gut, ich werde mich ein wenig hinlegen, aber ich muss immer daran denken, wie nahe die Hochzeit bevorsteht. In zwei Tagen werde ich Lady Chisholm sein und kann nicht einmal den Gedanken daran ertragen.«

»Sei jetzt still, und leg dich ins Bett«, redete Anne ihr sanft zu. Fiona gehorchte, doch bis sie endlich Ruhe fand, wurde Annes Geduld noch auf eine harte Probe gestellt. Außerdem war es schon recht spät. Anne überzeugte sich noch kurz, dass auch Olivia ihren gewohnten Mittagsschlaf hielt, dann ließ sie rasch ihr Lieblingspferd satteln und zog sich ein Reitkleid an. Der Himmel war noch immer bedeckt, doch sie war entschlossen, sich ihren Ausritt auch nicht von einem Regenschauer verderben zu lassen.

Als sie von Mute Hill fort ins Tal hinunterritt, empfand sie ein berauschendes Gefühl von Freiheit. Der Weg war ihr vertraut und leicht gangbar, sie hatte ein schnelles Pferd und war eine ausgezeichnete Reiterin. Und außerdem war es nicht das erste Mal, dass sie die zehn Meilen nach Ellyson Towers hinüberritt.

Anne wusste, dass Olivia ihre einsamen Ausritte nach Ellyson Towers missbilligte und sie schelten würde, wenn sie davon erführe. Doch wie immer würde Anne die Strafpredigt ungerührt über sich ergehen lassen und weiterhin tun, was ihr beliebte.

Sie dachte über die Probleme ihrer Cousine nach und suchte vergeblich nach einer Lösung. Sie mochte Eustace nicht, den sie für einen alten Wüstling hielt und für einen Mann, der für gesellschaftlichen Rang, Macht und Reichtum über Leichen gehen würde. Die weitläufigen Ländereien der Chisholms, die er kürzlich geerbt hatte, hatten seine Habgier wahrscheinlich erst richtig geweckt. Und was eine andere Art von Gier anbelangte, so war Anne überzeugt davon, dass Fiona ihm niemals würde genügen können. Oft genug hatte Anne beobachtet, wie er Dienstmägden und anderen jungen Frauen lüsterne Blicke zuwarf oder sie gar bedrängte.

Daher war sie ganz und gar nicht damit einverstanden, dass Fiona mit ihm verkuppelt wurde, nur um die Besitztümer der Carmichaels und der Chisholms zu vereinigen. Es war noch nachvollziehbar gewesen, dass Olivia mit dem alten Laird von Ashkirk vereinbart hatte, dass ihre Tochter seinen Sohn heiraten sollte, und manch einer würde es für folgerichtig halten, dass sie nun, nach dem Tod des Sohnes, Ashkirks Erben ehelichte. Doch Sir Christopher Chisholm hatte wenigstens das passende Alter gehabt. Zwar war Anne ihm nie begegnet, doch im Vergleich mit seinem widerlich aufdringlichen Onkel konnte er nur gewinnen.

Während sie so in Gedanken versunken dahinritt, schien die Zeit wie im Flug zu vergehen. Als sie beinahe bei Ellyson Towers angelangt war, riss die Wolkendecke auf, und ein paar schräge Sonnenstrahlen ließen den grasbewachsenen Burghügel glitzern. Von hier unten bot die mächtige Burg einen imposanten Anblick, doch für Anne war es einfach ihr Zuhause.

Die Sonne stand bereits ziemlich tief am Himmel, und so blieben ihr höchstens zwei kurze Stunden, bevor sie wieder zurückreiten musste, obwohl sich ihr Pferd bis dahin von dem schnellen Ritt noch nicht völlig erholt haben würde.

Als Catriona sah, dass Lady Anne allein ausritt, wusste sie sofort, was sie zu tun hatte. Anne wollte die Heirat ihrer Cousine mit Sir Eustace verhindern, also mussten sie und Kit sich begegnen.

Er würde sich Anne vorstellen, sie würde ihn schnurstracks zu Fiona führen, und damit hätte sich die unerwünschte Heirat erledigt. Es war ein vorzüglicher Plan, viel besser als Claud ihn sich hätte ausdenken können, denn Catriona würde nichts dem Zufall überlassen.

Anne war seit vierzehn Tagen nicht mehr zu Hause gewesen und daher eifrig darauf bedacht, mit jedem zu reden und alle etwaigen Neuigkeiten zu erfahren.

Noch immer kursierten Gerüchte, dass das Heer des englischen Königs gefährlich nah war und eine Invasion unmittelbar bevorstand, und sie wusste, dass Ellyson Towers in diesem Fall unweigerlich in die Schusslinie geraten würde. Doch vorerst schien noch alles friedlich. Nur hin und wieder stießen an einem entfernten Abschnitt der Grenze bewaffnete Stoßtrupps auf schottisches Gebiet vor.

Anne hatte sich ihrer Handschuhe und des Umhangs entledigt und schwatzte glücklich mit den Menschen, die schon ihr ganzes Leben lang auf Ellyson Towers gelebt und gearbeitet hatten. Der Verwalter ihres Vaters hatte mehrfach eine Botschaft zu Thomas Ellysons Familiensitz bei Dumfries und zu seinem Haus in Stirling gesandt, doch bisher noch keine Antwort erhalten. Daher gingen die Dinge auf Ellyson Towers ihren gewohnten Gang.

Sie saß noch in der Küche und plauschte gemütlich mit der Frau des Verwalters, als dieser selbst seinen Kopf zur Tür hereinstreckte und wissen wollte, ob Anne die Absicht hatte, über Nacht zu bleiben. »Denn wenn nicht, solltet Ihr Euch am besten bald auf den Weg machen, Mistress. Um diese Jahreszeit wird es schon früh dunkel.«

Widerstrebend erhob sich Anne und sagte: »Ich weiß, und ich hätte mich auch gar nicht so lange aufhalten sollen. Aber, um ehrlich zu sein, ich habe gar keine Lust zu gehen. Wenn meine Cousine nicht wäre, würde ich wahrscheinlich hierbleiben. Und wenn sie erst verheiratet ist …«

»Nein, Mistress, nicht einmal dann dürft Ihr hierher zurückkehren«, widersprach der Verwalter. »Ellyson Towers ist nicht der richtige Ort für ein alleinstehendes junges Mädchen, jetzt, wo Heinrich und sein Gesindel auf der Lauer liegen und man Freund und Feind nur schwer unterscheiden kann. Ihr macht Euch besser gleich auf den Weg, und ich schicke Euch einen von den Burschen zur Begleitung mit.«

»Nein, lasst nur«, erwiderte sie wie immer, wenn er diesen Vorschlag machte. »Ich reite gerne allein, denn auf Mute Hill habe ich kaum jemals Zeit für mich. Hier in der Gegend kennt mich doch jeder; mir wird also schon nichts zustoßen.«

»Die Wolken verziehen sich, und mit dem Mond kommen

sicher ein paar Räuber aus ihren Schlupfwinkeln«, warnte er sie. Anne lächelte bloß, erhob sich jedoch folgsam und ließ sich in ihren Umhang helfen. Dann nahm sie ihre Handschuhe und sagte: »Ich gehe jetzt, weil ich nicht möchte, dass Ihr Euch Sorgen macht. Aber für die Räuber ist es noch zu früh, und ich werde wieder auf Mute Hill sein, noch bevor der Mond aufgegangen ist.«

Er schüttelte nur wortlos den Kopf. Es war eine gefährliche Gegend, doch alle Dienstboten auf der Burg wussten, dass Lady Anne, so ruhig und freundlich sie war, doch immer ihren Willen durchsetzte. Selbst dem alten Grafen war es selten gelungen, sie zu zügeln, und obgleich ihr Verhalten manches Mal leichtsinnig schien, war ihr doch noch niemals etwas zugestoßen.

Catriona stieß einen missmutigen Seufzer aus. Alles war so schön gelaufen. Sie hatte dafür gesorgt, dass Anne sich so lange auf der Burg aufhielt, wie es für ihren ausgeklügelten Plan notwendig war. Doch dann war der Verwalter dazwischengekommen, und Catriona wagte es nicht, das Mädchen noch stärker zu beeinflussen. Aber es war bei weitem noch nicht spät genug.

Anne hatte Pech. Während sie in der herabsinkenden Dämmerung dahinritt, dachte sie darüber nach, wie sie ihre Tante dazu bewegen könnte, die Hochzeit zu verschieben. Dabei achtete sie nicht auf den Weg; ihr Pferd trat in ein Kaninchenloch und begann zu lahmen. Sie stieg ab und untersuchte sorgfältig Bein und Huf des Tieres.

Es schien nicht allzu schwer verletzt zu sein, dennoch konnte sie es nicht wagen, weiterzureiten. Seufzend versuchte sie auszumachen, wo sie sich befand.

Die Wolken hatten sich aufgelöst, und obgleich es noch hell war, zeigten sich die ersten Sterne. Der Mond würde frühestens in zwei Stunden aufgehen.

»He du, was treibst du hier?« – Catriona, die ihre ganze Aufmerksamkeit auf Anne konzentriert hatte, fuhr beim Klang der zornigen Männerstimme vor Schreck zusammen. Sie wirbelte herum und blickte den Sprecher entgeistert an. So einen Burschen hatte sie noch nie gesehen. Selbst von den Kleinen Leuten im Grenzland, zu denen auch Maggie Malloch gehörte, war keiner durchsichtig gewesen.

Nun ja, ganz und gar durchsichtig war er nicht, nur gerade so transparent, dass die grasbedeckten bräunlichen Hügel durch ihn hindurchschimmerten.

Er schien ebenso verblüfft wie sie. »Ja, wer bist denn du?«, rief er.

Schon hatte sie sich wieder gefangen. »Ich heiße Catriona«, antwortete sie lächelnd.

Er riss die Augen so weit auf, dass seine Lider kaum noch zu sehen waren. »Du bist aber hübsch!«

»Vielen Dank.«

»Warum hast du denn das Pferd meines Mädchens verunglücken lassen?«

»Sie ist zu schnell geritten.«

»Aber sie muss doch nach Hause!« Er richtete einen Finger auf den lahmenden Wallach.

»Was tust du da?«

»Ich mache ihn wieder gesund, was denn sonst? Du kannst doch nicht einfach Pferde zum Lahmen bringen. Dagegen gibt es Gesetze!«

»Wer bist du überhaupt, und was kümmert es dich, was ich tue?«

»Mein Name ist Fergus Fishbait«, gab er zur Antwort. »Hier herum kennt mich jeder.«

»Das ist mir gleich. Ich will einfach nicht, dass sie reitet. Aber da sie ja nicht weiß, dass du das Pferd geheilt hast, wird sie weiter laufen. Und das ist auch gut so.«

»Dann werde ich ihr eben einflüstern, es zu versuchen.«

»Aber sie weiß doch schließlich, dass das Tier in ein Loch

getreten ist, und wird nicht riskieren, dass das Bein noch schlimmer wird.« Nachdem Catriona den Fremden gründlich taxiert hatte, war sie zu dem Ergebnis gekommen, dass sie mehr Zauberkraft besaß als er. Doch das würde ihr nicht viel nützen, falls er sich bei der Runde über sie beschwerte. Sie trat einen Schritt auf ihn zu und lächelte erneut. »Es ist sehr wichtig, weißt du.«

»Warum?«

»Weil Lady Anne verhindern will, dass ihre Cousine den Mann heiratet, den man ihr aufgezwungen hat. Und ich will ihr dabei helfen.«

»Wirklich? Und das kannst du?«

»Ja, wenn du mich unterstützt. Du bist ihr Schutzgeist, nicht wahr?«

»Ja«, antwortete er und schaute nachdenklich zu Anne hinüber. »Sie will tatsächlich nicht, dass ihre Cousine mit diesem Kerl vermählt wird. Und ich kann ihn übrigens auch nicht besonders gut leiden.«

»Dann wirst du mir ja keine Steine in den Weg legen«, sagte Catriona vergnügt, während sie zu dem Pferd hinüberhuschte und sich behaglich in seiner Mähne niederließ. »Komm schon, Fergus Fishbait«, sagte sie und klopfte einladend auf den Platz neben sich. »Hier können wir beide sitzen. Du willst doch wohl nicht verpassen, wie es weitergeht.«

Anne führte das Pferd am Halfter und wanderte mühsam dahin. Dabei verwünschte sie sich selbst dafür, dass sie sich so lange aufgehalten und obendrein nicht auf den Weg achtgegeben hatte. Da tauchte vor ihr in der zunehmenden Dunkelheit ein kleines Gehölz auf. Sie erinnerte sich daran, dass der Pfad sich eine Weile an diesem Wäldchen entlangzog, bevor er am Fuße des Hügels an einer flachen Stelle einen Bach durchquerte. Als ihr klar wurde, dass sie noch mindestens drei Meilen zu laufen hatte, seufzte sie noch einmal über ihre eigene Dummheit.

Sie tätschelte dem Pferd die Nüstern und murmelte: »Mir geschieht es ja recht, dass ich hier laufe, aber es tut mir leid, dass du die Schmerzen ertragen musst.«

Als sie zehn Minuten später an den Bach kam, ließ ein Geräusch im Unterholz sie zusammenfahren. Bevor sie wusste, wie ihr geschah, kam ein halbes Dutzend Reiter aus dem Wäldchen galoppiert und umringte sie.

»Ach du liebe Zeit, Mädchen, jetzt schau nur, was du da angerichtet hast«, rief Fergus verzweifelt.

»Pst!«, erwiderte Catriona. »Warte doch mal ab. Genau so habe ich es mir gedacht.«

Im schwindenden Tageslicht musterte Anne die Männer, in der Hoffnung, wenigstens ein bekanntes Gesicht zu entdecken. Doch von diesem zerlumpten Haufen kannte sie keinen.

»Das ist aber ein hübsches Pferdchen«, sagte einer von ihnen, glitt aus dem Sattel und packte sie am Arm.

»Lass mich auf der Stelle los«, befahl ihm Anne mit fester Stimme. »Es wäre schön dumm von dir, mir etwas zu tun, bevor du überhaupt weißt, wer ich bin.«

»Aber, aber, Mädchen, ich will dir doch nichts tun«, entgegnete er mit einem leisen Lachen. »Doch wenn du mir ein kleines Küsschen gönnen würdest, wäre ich ein glücklicher Mann.«

Anne stand reglos und starrte ihm in die Augen. Ihr Pferd tänzelte unruhig, doch sie hielt ihren Blick unverwandt auf den Mann gerichtet, bis der blinzelte und einen unsicheren Blick auf seine Begleiter warf.

»Lass sie in Ruhe.«

Die ruhige, tiefe Stimme, die klang, als sei ihr Besitzer das Befehlen gewohnt, kam nicht aus der Gruppe der Männer, die auf sie herunterschauten, sondern vom Wäldchen her.

Der Mann, der sie angegriffen hatte, ließ ihren Arm unverzüglich los. Sein angstvoller Blick ging an den Reitern vorbei, die jetzt für einen weiteren eine Gasse bildeten, und er stammelte: »Ich hatte nichts Böses mit dem Mädchen im Sinn, Sir. Ihr wisst doch sehr gut, dass wir …«

»Geh weg von ihr.«

»Ja, sicher, sofort«, erwiderte der Mann und trat beiseite. »Aber Ihr müsst zugeben, das Pferd, das sie da hat, ist nicht übel.«

»Versteckt euch wieder zwischen den Bäumen, Jungs. Ich kümmere mich um das Mädchen«, sagte der Fremde ruhig.

Keiner widersetzte sich ihm. Die Reiter verschwanden im Gehölz und ließen Anne mit ihrem unbekannten Retter allein.

»Wer seid Ihr?«, fragte er, noch immer hoch zu Ross.

»Anne Ellyson.« Sie blickte zu ihm hoch und streichelte dabei noch immer beruhigend ihr Pferd. Im Zwielicht konnte sie ihn nur undeutlich erkennen. Er wirkte sehr groß und schien breite Schultern zu haben.

»Ellyson?«, fragte er nachdenklich. »Seid Ihr etwa mit Armadale verwandt?«

»Er war mein Vater.«

Zu ihrer Verblüffung brach er in ein kurzes, heftiges Lachen aus. Er fing sich jedoch rasch wieder und entgegnete ernst: »Ich bedauere ehrlich Euren Verlust, Lady Anne, aber unser Zusammentreffen ist nicht ohne Ironie.«

»Ich dachte schon, Eure Männer wären Räuber«, sagte sie.

»Das sind sie auch.« Er saß ab und stand auf einmal ganz dicht vor ihr.

Jetzt wirkte er fast noch größer als zu Pferd. Stirnrunzelnd blickte Anne an ihm hoch. »Aber Ihr hört Euch an wie ein Gentleman.«

»Manche würden auch sagen, dass ich ein Gentleman bin. Auf jeden Fall war ich mal einer.« Mit einer leichten Verbeugung fügte er hinzu: »Mein Name ist Christopher Chisholm. Meine Freunde nennen mich Kit.«

4

Anne bekam einen Schreck. »Aber Ihr könnt gar nicht Sir Christopher sein. Der ist doch tot!«

»Das haben mir andere auch schon erzählt. Aber ich versichere Euch, ich bin kein Gespenst.«

»Das ist ja einfach wunderbar!«, rief sie aus. »Wenn Ihr wahrhaftig Sir Christopher Chisholm seid, dann seid Ihr die Lösung für unser größtes Problem!«

»Das bezweifle ich, Mylady. Ich habe genug eigene Probleme und eines davon ist die Tatsache, dass ich den Burschen da hinten versprochen habe, heute Nacht mit ihnen zu reiten. Sobald der Mond aufgeht …«

»Wollt Ihr denen wirklich helfen, Vieh zu stehlen? Und wessen Vieh überhaupt?«

Die Frage erheiterte ihn offensichtlich. »Na, Eures, Lady Anne.« – *»Meines?«*

»Ja. Wir haben nämlich gehört, dass jetzt nach Armadales Tod Ellyson Towers keinen Herrn mehr hat. Also kann man dort leichte Beute machen.«

Sie starrte ihn sprachlos an.

»Und jetzt, glaube ich, solltet Ihr besser nach Hause gehen«, fuhr er fort und legte ihr eine Hand auf den Rücken. Die Gefühle, die seine Berührung in ihr auslöste, machten sie gänzlich konfus. Zum ersten Mal in ihrem Leben hatte sie keine Antwort parat.

»Willie«, befahl er knapp, »leih mir dein Pferd. Ich bringe die Lady nach Hause.«

»*Mein* Pferd?«, murmelte eine klägliche Stimme.

»Das ist absolut nicht nötig, Sir«, sagte Anne rasch. »Ich finde schon allein heim.«

»Da seid Ihr aber in die falsche Richtung geritten«, bemerkte er mit sanfter Stimme.

Sie hatte keine Angst vor ihm, doch etwas in seinem Gebaren riet ihr, auf der Hut zu sein. Wenn sie ihn nur besser hätte erkennen können. Sie ließ sich ihren Argwohn jedoch nicht anmerken, sondern sagte nur: »Ich wohne jetzt bei meiner Tante, Lady Carmichael, auf Mute Hill.«

Er schwieg eine ganze Weile, doch als einer seiner Männer aus dem Schatten auf sie zugeritten kam, wiederholte er den Namen Carmichael gedankenvoll.

»Ja, genau«, sagte Anne. »Lady Carmichael von Mute Hill House.«

»Wofür brauchst du mein Pferd, Kit?«

Anne konnte das Gesicht des Burschen nicht erkennen, doch er war wesentlich kleiner und schmächtiger als Sir Christopher, und seine Stimme klang jünger.

»Die Lady bekommt mein Pferd«, erwiderte Sir Christopher. »An seine Art ist sie wohl eher gewöhnt als an die deines Tieres.«

Bevor der Bursche etwas erwidern konnte, warf Anne ein: »Also wirklich, Sir …«

»Widersprecht mir nicht, Mylady«, entgegnete er in einem Ton, der sie stark an ihren Vater erinnerte.

»Aber …«

»Falls Ihr behaupten wollt, dass Ihr allein vollkommen sicher wäret, dann spart Euch Euren Atem. Wir haben Euch doch wohl bewiesen, dass Ihr keineswegs sicher seid, selbst wenn Euer Pferd vier gesunde Beine hätte. Und außerdem habe ich keine Lust, mich zu zanken.«

»Aber was ist mit meinem Pferd?«, fragte sie.

»Das nehmen wir natürlich mit. Wenn es keinen Reiter tragen muss, kann es leicht mithalten.«

»Und ich?«, ließ sich der Junge vernehmen. »Was soll ich machen?« – »Du wartest mit den anderen, bis ich zurückkomme, falls sie noch Wert darauf legen, dass ich mit ihnen reite«, sagte Chisholm. »Berede das mit Sammy. Der Mond geht frühestens in einer Stunde auf, und dann bin ich auch bald zurück. Wenn die anderen weiterreiten wollen, warte hier und sag Sammy, dass ich später zu ihm und seinen Männern stoßen werde.«

»Ja, gut, aber er wird nicht gerade begeistert sein«, erwiderte Willie. »Und ich bin nicht begeistert davon, hier allein im Dunkeln zu sitzen. Vielleicht treiben sich Gespenster in der Gegend herum.«

Anne sagte beiläufig: »Ihr könnt Euren Freunden auch sagen, dass die Rinder, Schafe und Pferde von Ellyson Towers bewacht werden, egal, was man ihnen erzählt haben mag.«

»Ach ja?«, sagte Willie. »Und woher will ein Mädchen wie Ihr das wissen?«

»Weil es meine Tiere sind?«

»Ach, tatsächlich?«

»Das stimmt wirklich«, sagte Sir Christopher mit einem erheiterten Glucksen. »Sie ist Lady Anne Ellyson, Armadales Tochter.«

Willie stieß einen leisen Pfiff aus. »Und Ihr sagt also, Mylady, dass …«

Er verstummte zartfühlend, doch Anne sagte: »Ich sagte, dass mein Vieh von zahlreichen Männern gut bewacht wird. Ihre Spürhunde würden mit Vergnügen jedem Räuber nachsetzen. Hättet Ihr Euch getraut, Ellyson Towers zu überfallen, als mein Vater noch lebte?«

»Nein, nie!«, rief Willie.

»Dann lasst es jetzt besser auch bleiben«, sagte Anne.

»Gut, Mylady, Ich werde es ihnen sagen. Und vielen Dank auch.«

Während sie zusahen, wie die dunkle Gestalt im Dickicht verschwand, sagte Sir Christopher mit einem belustigten Unterton: »Eure Methode ist absolut empfehlenswert, Mädchen. Das habt Ihr geschickt angestellt. Wird Euer Vieh wirklich so gut bewacht?«

»Glaubt Ihr denn etwa, ich hätte es gesagt, wenn es nicht wahr wäre?«

Wieder lachte er leise, und sie entdeckte mit Erstaunen, dass sie den Klang seines Lachens mochte. Bevor sie es sich versah, packten sie zwei starke Hände um die Taille und hoben sie in den Sattel. Plötzlich fühlte sie sich ganz außer Atem.

»Kommt Ihr zurecht, oder soll ich Euch helfen?«, fragte er höflich.

»Es geht schon. Euer Sattel ist größer als meiner, aber ich bin oft mit den Sätteln meines Vaters und meines Bruders geritten.«

Er schwang sich auf Willies tänzelndes Pferd. »Ihr habt einen Bruder?«

»Sir Andrew Ellyson war mein Bruder«, erwiderte sie. »Er ist letztes Jahr bei einem Scharmützel mit König Heinrichs Soldaten in der Nähe von Carter Bar gefallen.«

»Dann habt Ihr ja einen doppelten Verlust erlitten«, sagte er mitfühlend.

Sie schluckte, von ihrem Kummer überwältigt. »M-meine Mutter und meine b-beiden kleinen Schwestern sind an demselben Fieber gestorben, das auch meinen Vater dahingerafft hat«, sagte sie stockend. Sie wunderte sich selbst, dass sie ihm so viel über sich erzählte.

Er schwieg lange, dann sagte er leise: »Ihr habt meine volle Anteilnahme. Und ohne Euch zu nahe treten zu wollen, möchte ich sagen, dass Ihr in meinen Augen eine bemerkenswerte junge Frau seid.«

Die Wärme, die in seinen Worten lag, überwältigte sie beinahe. Sie holte tief Luft und schluckte die aufsteigenden Tränen hinunter. Dann sagte sie mit erzwungener Ruhe: »Ich danke Euch für Euer Mitgefühl, Sir. Aber hier in der Gegend haben viele ihre Angehörigen verloren, sei es durch das Fieber oder durch Heinrichs Soldaten. Selbst die kostbaren Söhne unseres Königspaares sind an dem Fieber gestorben.

Also bemühe ich mich, anderen eine Hilfe zu sein, obgleich mein Verlust mir natürlich nahegeht.«

»Ihr seid ein gutes Mädchen«, antwortete er. »Mir scheint, Heinrich von England wird zu einer wahren Landplage.«

»Ja«, erwiderte sie, dankbar dafür, das Thema wechseln zu können. »Allerdings war es in den vergangenen Monaten recht ruhig in der Gegend.«

Er nickte nur und richtete seine Aufmerksamkeit auf den Weg vor ihnen.

Das Pferd, auf dem sie saß, war vorzüglich ausgebildet, und sie hatte keine Schwierigkeiten, es durch die flache Stelle im Bach zu dirigieren. Sie war froh, dass auf diese Weise ihre Füße nicht nass wurden, denn es wurde langsam kühl.

Chisholm führte ihr verletztes Pferd behutsam über die schlüpfrigen Steine im Bachbett. Als er das andere Ufer unbeschadet erreicht hatte, drehte er sich zu ihr um und fragte: »Seid Ihr sicher, dass Ihr auch bei Nacht den Weg findet?«

»Ja. Und Ihr werdet auch ohne Schwierigkeiten zurückfinden. Es ist der einzige richtige Weg zwischen Ellyson Towers und Mute Hill.«

Nach einigen Minuten des Schweigens fragte er: »Kümmert sich denn niemand um Euch, Mistress?«

»Ich wüsste nicht, was Euch das anginge, Sir«, entgegnete sie und reckte das Kinn.

»Vielleicht bin ich ja doch kein solcher Gentleman.«

Sie unterdrückte den Schauer, den seine brüsken Worte ihr über den Rücken jagten und erwiderte in ihrem gewohnten ruhigen Ton: »Ich verfüge über eine ausgezeichnete Menschenkenntnis, Sir Christopher, und ich glaube, ich kann mich darauf verlassen, dass Ihr mich sicher nach Hause bringt.«

»Ihr könnt mir in der Tat vertrauen«, erwiderte er, »aber Ihr solltet Euch in einer solchen Angelegenheit nicht auf Euer Gefühl verlassen, Mädchen. Wenn Ihr meine Tochter oder Schwester wäret …«

»Habt Ihr denn eine Tochter oder Schwester?«, fragte sie interessiert.

»Nein, aber darum geht es doch gar nicht.«

»Mir geht es aber schon darum«, entgegnete sie. »Ihr habt kein Recht, mich zu tadeln oder mir etwas vorzuschreiben, Sir. Überhaupt sollten wir besser eine wichtige Sache besprechen, die Euch betrifft.«

»Und das wäre?«

»Meine Cousine natürlich. Da Ihr mit ihr verlobt seid ...«

»Den Teufel bin ich!«

Anne bekreuzigte sich hastig. »Das ist kein Grund zum Fluchen. Aber Ihr wisst doch, dass Ihr mit Fiona Carmichael verlobt seid, oder etwa nicht?«

»Irgendwann einmal war ich vielleicht mit Mistress Carmichael verlobt«, sagte er, »aber ich wundere mich, dass Ihr glaubt, diese Verlobung sei immer noch gültig, wo mich doch jeder für tot hält.«

»Aber auf jeden Fall wart Ihr mit Fiona verlobt«, beharrte Anne.

»Mein Vater hat mir so etwas geschrieben. Aber das ist mehr als anderthalb Jahre her, und ich habe den Brief auch nie beantwortet. Wieso ich dann also ...«

»Aber wie kann ein Sohn denn nur einen solchen Brief unbeantwortet lassen?«

»Ihr solltet mich nicht immer unterbrechen«, sagte er. »Bestimmt haben Eure Eltern Euch bessere Manieren beigebracht.«

»Ja, schon«, gab sie zu. »Aber ich werde eben einfach ungeduldig, wenn ich unbedingt etwas wissen möchte, und der andere immerzu ...«

»Immerzu was?«, fragte er lauernd.

»Nun ja, ›lügt‹, wollte ich eigentlich sagen. Aber da ich dafür keine Beweise habe, nennen wir es stattdessen ›Ausflüchte macht‹. Wenn Euer Vater Euch also von der Verlobung unterrichtet hat ...« Sie schwieg taktvoll.

»Wenn Ihr es unbedingt wissen müsst: Er befahl mir, auf der Stelle heimzukehren, damit ich die Verlobung besiegeln oder ihm eine Vollmacht erteilen könnte.«

»Ihr seid aber nicht nach Hause gegangen.«

»Nein, weil gewisse Umstände mich daran gehindert haben. Ich konnte mich erst jetzt auf den Heimweg machen.«

»Trotzdem war die Abmachung zwischen Eurem Vater und meiner Tante gültig, nicht wahr?«

»Das ist anzunehmen, obwohl ich selbst niemals etwas unterschrieben habe.«

»Aber wahrscheinlich durfte doch Euer Vater als Familienoberhaupt in Eurem Namen handeln. Für meine Tante und meine Cousine war die Verlobung jedenfalls bindend.«

»Ihr scheint mir einiges von der Materie zu verstehen«, sagte er.

Der ironische Unterton entging ihr nicht, daher erwiderte sie schnippisch: »Meint Ihr vielleicht, Frauen könnten keine komplizierten Sachverhalte begreifen, Sir?«

»Das habe ich nie gesagt. Ihr scheint mir nur älter zu sein, als ich anfangs dachte.«

»Ich bin fast neunzehn. Zwei Tage nach Weihnachten habe ich Geburtstag.«

»Dann überrascht es mich, dass Ihr noch nicht verheiratet seid und keine eigene Familie habt«, antwortete er. »Ihr seid doch eine durchaus gute Partie und scheint auch ein freundliches Wesen zu haben, wenn man von Eurer Neigung zu spitzen Bemerkungen einmal absieht.«

»Ich bitte um Verzeihung, falls Euch meine Äußerungen gekränkt haben sollten«, sagte sie aufrichtig. »Ich weiß gar nicht, was ich mir dabei gedacht habe. Und dass ich noch ledig bin, liegt daran, dass mein Vater sehr nachsichtig war und mir erlaubte, jeden Freier, der mir nicht zusagte, zurückzuweisen. Mir sagte keiner zu.«

»Das war in der Tat nachsichtig«, erwiderte Kit. »Ich wünschte, mein Vater hätte genauso gedacht. Aber ich könnte mir vorstellen, dass viele um Eure Hand angehalten haben. Seid Ihr denn so wählerisch?«

Sie nagte an ihrer Unterlippe und wusste nicht, ob sie offen zu ihm sein durfte. Doch als er nach einer Weile immer noch geduldig auf ihre Antwort wartete, wagte sie es. »Um die Wahrheit zu sagen, Sir, ich will keinen Ehemann, der mich nur wegen meiner guten Familie und meinen Beziehungen heiratet. Ich wünsche mir einen Gatten, dem meine Meinung etwas bedeutet. Doch obwohl ich mir habe sagen lassen, dass es solche Männer gibt, ist mir noch keiner von ihnen begegnet.« Sie verschwieg, dass sie sich in ihrem tiefsten Herzen nach einem Mann sehnte, der sein Leben für ihre Liebe hingeben würde. Ein solcher Wunsch, das wusste sie, war selbstsüchtig und ihrer nicht würdig.

Wieder schwieg er so lange, dass sie schon glaubte, er wolle die Unterhaltung beenden.

Da sagte sie leise: »Ich würde lieber mit Euch über Fiona sprechen.«

»Ihr wisst sicher, dass ich offiziell für tot erklärt wurde. Daher sind alle Dokumente und Verträge, die in meinem Namen unterzeichnet wurden, hinfällig.«

»Aber Euer Testament ist doch bestimmt noch gültig«, erwiderte sie. Wieder vernahm sie sein leises warmes, nun schon vertrautes Lachen.

»Wenn ich so vorausschauend gewesen wäre, ein solches Dokument zu verfassen, hättet Ihr vermutlich recht«, sagte er. »Seid Ihr eigentlich nie um ein Argument verlegen, Mylady?«

»Diese Angelegenheit ist für mich überaus wichtig«, erwiderte sie.

»Braucht Eure Cousine denn so dringend einen Ehemann? Sie ist doch wohl nicht …«

»Sagt doch so etwas nicht! Falls Ihr andeuten wolltet, dass sie in anderen Umständen ist, so kann ich Euch beruhigen.«

»Verzeiht mir, aber weil Ihr so sehr betont, dass ich ihre letzte Hoffnung bin, kam mir eben der Gedanke.«

»Sie braucht nicht einfach einen Ehemann. Im Gegenteil, sie steht sogar kurz vor der Hochzeit, und genau das ist das Problem. Vielleicht habt Ihr ja schon davon gehört?«

»Nein, wie sollte ich? Aber es wundert mich nicht. Wenn mein Vater sie für eine geeignete Braut für mich hielt, muss sie schon über außergewöhnliche Qualitäten verfügen.«

»Sie ist berückend schön und eine reiche Erbin«, antwortete Anne.

»Nun, ich muss zugeben, das ist schon eine Menge wert. Aber wenn sie doch schon einen neuen Verlobten hat …«

»Nun lasst mich doch ausreden! Meine Tante wünscht, dass Fiona Euren schrecklichen Onkel heiratet, und das dürfen wir auf keinen Fall zulassen.«

»Das interessiert mich nun doch«, sagte er in deutlich schärferem Ton.

»Das dachte ich mir«, erwiderte sie kurz angebunden.

»Ist er wirklich so schrecklich?«

Sie war überrascht. »Ja, kennt Ihr ihn denn nicht?«

»Ich habe ihn seit sechs Jahren nicht mehr gesehen. Also kann ich nicht behaupten, ihn zu kennen. Ich erinnere mich nur noch, dass ich ihn als Junge nicht mochte.«

»Fiona hat Angst vor ihm.«

»Das wird ja immer spannender. Obwohl ich ihn nicht besonders nett fand, hätte ich doch nie gedacht, dass er ein Unhold ist, der unschuldige Jungfrauen in Angst und Schrecken versetzt. Wie alt ist Eure Cousine eigentlich?«

»Nicht einmal das wisst Ihr?«

»Ich hatte immer schon ein beklagenswert schlechtes Gedächtnis«, erwiderte er, fügte dann jedoch ernsthafter hinzu: »Offen gestanden habe ich mich nicht sehr gründlich mit diesen Papieren befasst, die mein Vater mir schickte. Falls ihr Alter darin vermerkt war …«

»Sie war erst fünfzehn, als meine Tante der Verlobung zustimmte«, erklärte Anne. »Jetzt ist sie siebzehn, wirkt aber jünger.«

»Ach, nun verstehe ich. Das Mädchen ist wohl ein bisschen einfältig.«

»Das ist sie nicht!« Doch kaum hatte Anne die Worte ausgesprochen, überlegte sie, dass sie ihm seine Schlussfolgerung nicht verdenken konnte. Aber vielleicht wollte er sie mit seinen Sticheleien auch nur aus der Reserve locken.

»Fiona ist außerordentlich folgsam und ein wenig schüchtern«, fuhr sie fort. »Meine Tante will, dass sie Euren Onkel heiratet, und sie wird gehorchen, wenn wir es nicht verhindern. Sie schafft es einfach nicht, sich gegen Tante Olivia durchzusetzen.«

»Kein Mumm, was?«

Er wollte sie eindeutig provozieren. Doch so gerne sie ihm auch widersprochen hätte, ihre Aufrichtigkeit ließ es nicht zu. Also sagte sie nur: »Fiona ist ein liebes, treuherziges Mädchen. Der Mann, der sie einmal heiratet, wird gut mit ihr auskommen, sofern er nett zu ihr ist und sie nicht ängstigt.«

»Dann sagen wir meinem Onkel doch einfach, dass er sanfter mit dem Mädchen umgehen soll.«

»Leider Gottes ist Ashkirk …« Sie unterbrach sich mit einem kleinen schuldbewussten Lächeln. »Ach je, der Name steht ihm ja gar nicht zu, nicht wahr? Normalerweise nenne ich ihn einfach Eustace, worüber sich Olivia immer ärgert. Aber jetzt wollte ich ein wenig respektvoller sein, weil er doch schließlich Euer Onkel ist.«

»Oh, macht Euch darüber keine Sorgen. Wie ich schon sagte, ich konnte den Kerl noch nie leiden.«

»Nun, ich nehme an, Ihr tragt jetzt den Namen Ashkirk, aber ich kann mich einfach nicht daran gewöhnen, Euch so zu nennen, weil …« Sie wusste nicht recht weiter. Schließlich konnte sie ihm ja schlecht sagen, dass der Name für sie fest mit seinem abscheulichen Onkel verbunden war. »Wie soll ich ihn also nennen?«

»Da fiele mir so einiges ein«, antwortete er, »aber keine dieser Titulierungen darf eine Dame wie Ihr in den Mund nehmen. Also nennt ihn ruhig weiterhin Eustace, oder Sir Eustace Chisholm – falls Ihr es unbedingt ganz genau nehmen wollt. Er besitzt sogar die Ritterwürde, obwohl ich nie verstanden habe, aus welchem Grund.«

»Wie auch immer«, sagte Anne. »Auf jeden Fall weiß er genau, dass sich meine Cousine vor ihm fürchtet. Es hat den Anschein, als würde ihn das nur noch mehr anstacheln.«

»Ich verstehe. Und was für erfreuliche Eigenschaften besitzt er sonst noch?«

»Ich kann nichts Erfreuliches an ihm finden.«

»Ich habe nur Spaß gemacht.«

Sie warf ihm einen abschätzenden Blick zu. »Das klang mir aber gar nicht so.«

»Vielleicht habt Ihr recht. Aber erzählt mir doch mehr über ihn.«

»Also gut. Ich finde es abstoßend, dass er junge Frauen in die Wange kneift und sie mit derben Sprüchen in Verlegenheit bringt. Außerdem gehört er zu der Sorte von Männern, die Dienstmädchen auf der Treppe abfangen und küssen.«

»Und woher wisst Ihr das alles?«.

»Weil er mich kurz nach meiner Ankunft auf Mute Hill House leider einmal mit einer Dienstmagd verwechselt hat.«

»Verstehe.«

Er stieß das Wort so grimmig hervor, dass sie ihm prüfend ins Gesicht schaute. Doch es war mittlerweile so dunkel geworden, dass sie selbst den Weg kaum noch erkennen konnte.

Trotzdem hatte sie keine Angst, dass sie sich verirren könnten, denn sie hatten bereits mehr als die Hälfte des restlichen Weges zurückgelegt und würden bald zu einem Hügelrücken kommen, von dem aus man auf Ewesdale hinabblicken und bereits die Lichter von Mute Hill House sehen konnte.

Schweigend ritten sie dahin. Doch es war kein unbehagliches Schweigen. Vielmehr gab es ihr Gelegenheit, darüber nachzudenken, warum sie sich in der Gegenwart dieses Mannes, den sie kaum kannte und der ihr wie ein Grenzräuber erschienen war, so wohlfühlte.

Sir Christopher hatte zweifelsohne etwas sehr Beruhigendes an sich. Sie konnte sich sogar vorstellen, dass er lässig und ohne mit der Wimper zu zucken das gesamte englische Heer in die Flucht schlagen könnte. Das war natürlich Unfug, rief sie sich selbst zur Ordnung. Dennoch fühlte sie sich unendlich sicher in seiner Gegenwart, geborgen wie bei einem alten Freund.

Denn ihr war, als würde sie ihn schon immer kennen. Nicht, was seine Lebensgeschichte anging. Darüber wusste sie so gut wie nichts. Doch sein innerstes Wesen war ihr seltsam vertraut. Und auf ihre Gefühle hatte sich Anne bisher immer verlassen können.

Schon vor langer Zeit war ihr klar geworden, dass sie die Gabe der Menschenkenntnis besaß und die Guten von den Bösen, die Vertrauenswürdigen von den Unzuverlässigen unterscheiden konnte. Ihre Mutter hatte es Intuition genannt, doch ihr Vater hatte ganz andere Bezeichnungen dafür gehabt. Besonders, als die zehnjährige Anne ihn eines Tages vor einem Mann gewarnt hatte, mit dem er gerade ein Geschäft abschließen wollte. Armadale hatte seine Tochter bestraft und ihre Warnung in den Wind geschlagen – zu seinem eigenen Schaden, wie sich später herausstellte. Nach dieser Erfahrung hatte er sie zwar noch immer in ihre Schranken gewiesen und so getan, als gäbe er nichts um ihren Rat, doch war er vorsichtiger geworden und fragte sie zuweilen sogar nach ihrer Meinung über Menschen, die etwas von ihm erbaten.

Diese und ähnliche Erfahrungen bestärkten Anne in dem Glauben, dass sie Sir Christopher vertrauen konnte, mochte er selbst auch das Gegenteil behaupten.

»Siehst du, sie vertraut ihm«, sagte Catriona, sehr zufrieden mit dem Fortgang der Dinge. »Obwohl ich es ja nicht recht verstehe, wo sie ihn doch kaum kennt.«

Neben ihr rutschte Fergus unbehaglich in der dichten Mähne von Annes Pferd hin und her. »Er ist doch schließlich auch ein anständiger Kerl.«

»Ja, schon, aber woher soll sie das denn wissen?«

»Sie hat eben eine besondere Gabe.«

»Ich habe schon gehört, dass manche Sippen ihren Schutzbefohlenen solche Fähigkeiten mitgeben«, sagte sie in Erinnerung an etwas, das Claud ihr erzählt hatte.

»Du bist wohl nicht von hier, was?«, fragte er.

»Natürlich nicht. Sehe ich etwa so aus?«

»Nein. Du bist noch schöner als die Frauen meiner Sippe, also gehörst du wohl zu einem Volk aus den Bergen. Ich habe zwar noch nie eine Elfe von dort gesehen, doch es heißt, sie seien die Einzigen, die unsere Mädchen an Schönheit übertreffen.« – »Na, jemandem wie dir bin ich auch noch nie begegnet«, gab Catriona zurück.

»Wir hier statten die Menschen mit guten Gaben aus, aber so etwas, wie du es eben getan hast, kommt für uns nicht in Frage«, erklärte er. »Du kannst dich doch hier nicht so einfach in die Angelegenheiten der Sterblichen einmischen.«

»Aber wir müssen sie doch beschützen!«

»Schon, aber nur durch kleine Hilfen«, erwiderte Fergus. »Wir vertreiben böse Träume, besänftigen aufgebrachte Gemüter, lindern Sorgen und so etwas.«

»Aber das kann doch nicht alles sein«, widersprach Catriona. »Deine Aura ist so stark, ganz anders als zum Beispiel bei einem schwachen Wichtelmännchen. Zu welcher mächtigen Sippe gehörst du?«

»Ich bin ein Ellyl«, sagte er und warf sich stolz in die Brust. »Meine Sippe heißt Ellyllon.«

»Ich fürchte, von denen habe ich noch nie gehört«, antwortete Catriona. »Was für ein Volk ist das?«

»Das ›Vergessliche Volk‹ könnte man sie wohl nennen«, ertönte Maggies barsche Stimme. Gleich darauf kam sie zwischen ihnen in einem Dunstwölkchen zum Vorschein.

»Maggie Malloch!«, rief Fergus überrascht. »Was machst du denn hier?«

»Ich habe etwas zu erledigen«, antwortete sie. »Und es tut mir leid, wenn du da mit hineingezogen wirst, Fergus Fishbait. Und jetzt nimm mal ordentlich Gestalt an. Sonst könnte man ja meinen, du liefest immer so halb gar durch die Gegend oder würdest dich jeden Augenblick in Luft auflösen.«

Erschrocken blickte Fergus an sich hinab. »Ach, hab ich ganz vergessen!«, rief er und nahm augenblicklich deutliche Formen an. »Ich war so verblüfft über das, was Catriona getan hat, dass ich nicht daran gedacht habe, mich ganz sichtbar zu machen.«

»Aber wie kann denn das passieren?«, fragte Catriona.

»Das spielt doch jetzt keine Rolle.« Maggie warf ihr einen strengen Blick zu. »Womit hast du den Mann denn derart aus der Fassung gebracht?«

Catriona lächelte. »Ich habe bloß dafür gesorgt, dass mein Junge die Cousine seiner Verlobten trifft, das ist alles. Mit ein bisschen Glück, und falls Fergus Fishbait endlich aufhört, sich mit mir zu zanken ...«

»Aber wir dürfen uns doch nicht einmischen«, protestierte er. »Das ist gegen das Gesetz!«

»Kümmere dich gar nicht um ihn, Mädchen«, sagte Maggie. »Wahrscheinlich hat er das sowieso bald wieder vergessen. Hast du schon mal vom Heiligen Gral gehört?«

Catriona blinzelte ein wenig verwirrt angesichts des plötzlichen Themenwechsels. »Ja«, antwortete sie zögernd. »Das heißt, so ganz genau erinnere ich mich nicht, aber ging er nicht vor vielen Hundert Jahren verloren?«

»Genau, und zwar, weil die Ellyllon ihn hüten sollten«, sagte Maggie mit einem beredten Blick auf Fergus. »Sie schworen, sie hätten den Gral an einem sicheren Ort verborgen. Doch als dann die Zeit gekommen war, dass die Sterblichen ihn wiederfinden sollten, konnten sich die Ellyllon nicht mehr an das Versteck erinnern. Seitdem nennt man sie das Vergessliche Volk. Sie leben in der ganzen Gegend verstreut und vergessen noch immer alles. Das ist eben ihre Natur, so wie es deine Natur ist, zu ...«

»Ich vergesse nichts!«, warf Fergus gekränkt ein.

»Erinnerst du dich an meinen Claud?«, fragte ihn Maggie.

»Ja, natürlich.«

»Also, er ist verschwunden, und wir müssen ihn suchen.« Sie schaute Catriona an. »Es ist genauso, wie ich dachte, Mädchen.«

Catriona verzog das Gesicht. »Also hat Jonah Bonewits ihn tatsächlich in die Welt der Ster ...«

»So ist es«, unterbrach Maggie sie und warf einen prüfenden Blick auf Fergus. Dann schaute sie genauer hin. »Na hör mal, Fergus, du bist ja schon fast völlig verschwunden«, schimpfte sie. »Reiß dich gefälligst zusammen, du dummer Kerl.«

Fergus gab sich alle Mühe, ihr zu gehorchen. Dann fragte er: »Hat das Mädchen tatsächlich Jonah *Bonewits* gesagt?«

»Ja, was weißt du denn über den?«

»Er kann mich nicht leiden«, erwiderte Fergus bebend.

»Jonah kann niemanden leiden«, erklärte Maggie. »Das ist eben *seine* Natur.«

»Mag ja sein, aber als er das letzte Mal wütend auf mich war, sagte er, ich würde sogar meinen Kopf vergessen, wenn er nicht angewachsen wäre. Und wenn ich ihm noch ein einziges Mal auf die Nerven ginge, würde er es mir schon zeigen.« Fergus weinte jetzt beinahe. »Wenn du vorhast, dich mit ihm anzulegen, möchte ich nicht dabei sein.«

»Armer kleiner Mann«, sagte Catriona und tätschelte sein Knie.

»Ach Unfug«, blaffte Maggie. »Du brauchst keine Angst zu haben. Ich weiß schon, wie ich mit Jonah umgehen muss.«

5

»Erzählt mir mehr über diese Hochzeit«, sagte Sir Christopher unvermittelt.

Anne lächelte, da sie sicher war, dass er ihr Gesicht in der Dunkelheit nicht erkennen konnte.

»Was ist an dieser Bitte so lustig, Mädchen?«

Überrascht fragte sie: »Wieso konntet Ihr mein Lächeln sehen?«

»Ich kann im Dunklen ebenso gut sehen wie auf Entfernung«, antwortete er. »Warum habt Ihr also gelächelt?«

Noch immer erstaunt erwiderte sie aufrichtig: »Ich freue mich einfach, dass Ihr Euch dafür interessiert.«

»Mein Onkel hat mich für tot erklären lassen und sich meinen Besitz und meine Titel angeeignet. Und jetzt erfahre ich auch noch, dass er vorhat, meine Verlobte zu heiraten. Ihr müsst zugeben, dass ich einigen Grund habe, mich dafür zu interessieren.«

»Der Gerechtigkeit halber muss man sagen, dass er Euch für tot hält, Sir.«

»Wirklich?«

»Ja, sicher. Das muss er doch wohl.« Doch kaum hatte sie die Worte ausgesprochen, stieg ein leiser Verdacht in ihr auf. Wusste Eustace womöglich, dass sein Neffe noch am Leben war?

Sir Christopher gab keine Antwort, als sei ihm klar, dass seine kurze Frage ihr zu denken gegeben hatte.

»Wo wart Ihr denn so lange, dass alle dachten, Ihr wärt umgekommen?«, fragte sie schließlich.

»Fort.«

»Ihr habt selbst gesagt, dass man seit fast anderthalb Jahren nichts mehr von Euch gehört hat, Sir. Und natürlich waren Gerüchte im Umlauf. Zwar haben weder meine Tante noch meine Cousine ein Wort dazu gesagt, doch ich habe gehört, dass …« Sie verstummte und biss sich auf die Lippen.

»Redet weiter. Was habt Ihr gehört?«

»Nur, dass etwas Schreckliches geschehen wäre. Dass Ihr ein Verbrechen begangen und Euch dann aus Reue das Leben genommen hättet.«

Als er nickte, fuhr sie fort: »Ist es also wahr? Ich meine natürlich nicht, dass Ihr Euch umgebracht habt, aber dass Ihr freiwillig verschwunden seid?«

Statt einer direkten Antwort sagte er: »Würdet Ihr mir glauben, wenn ich Euch versicherte, dass ich kein Verbrechen begangen habe?«

»Ja.«

»Einfach so?«

»Ja, sicher. Warum solltet Ihr mich anlügen?«

»Vielleicht weil es mir ratsam erscheint oder ganz ohne besonderen Grund.«

»Mir ist schon klar, dass viele Leute lügen, weil es ihnen ›ratsam‹ erscheint, besonders, wenn sie etwas zu verbergen haben. Aber zu denen gehört Ihr, glaube ich, nicht.«

»Man weiß nie, wozu man fähig ist, bis man auf die Probe gestellt wird«, entgegnete er verbittert.

»Mag sein.« Sie wartete einen Augenblick, und setzte, als keine Antwort kam, hinzu: »Mir ist bewusst, dass Euch meine Neugier unziemlich erscheint. Schließlich habt Ihr es mir schon zweimal zu verstehen gegeben. Aber ich möchte doch zu gerne wissen, wo Ihr wart. Immerhin ist Euer Onkel nicht der Einzige, der Euch für tot hält.«

»Wollt Ihr mir vielleicht erzählen, dass Eure Cousine in tiefste Trauer verfiel?«

»Nein, denn sie hat Euren Namen kaum jemals erwähnt. Aber traurig und enttäuscht war sie schon.«

»Sie hat mich doch gar nicht gekannt.«

»Habt ihr beide euch denn nie kennengelernt? Noch nicht einmal als Kinder?«

»Ihr sagtet, sie sei siebzehn. Ich bin achtundzwanzig und seit mehr als fünf Jahren nicht mehr im Grenzland gewesen. Vielleicht sind wir uns einmal in Stirling begegnet, als ich meinen Vater an den Hof begleitete, doch ich kann mich nicht daran erinnern.«

»Ich glaube nicht, dass Fiona jemals dort war. Ihre Mutter hatte vor ... das heißt, sie *hat* vor, sie nach ihrer Heirat bei Hofe einzuführen.«

»Ich entsinne mich, dass Fionas Vater starb, noch bevor unsere Verlobung vereinbart wurde. Lebt ihr drei Frauen denn ohne jeden männlichen Schutz auf Mute Hill House?«

Offensichtlich wollte er sie erneut von der Frage nach seinem Aufenthaltsort ablenken. Also sagte sie: »Nach Sir Stephens Tod bat Tante Olivia ihren Onkel, Sir Tobias Bell, bei ihr zu wohnen. Ich habe so meine Zweifel, ob Toby als ›männlicher Schutz‹ gelten kann, aber einen gewissen Rückhalt bietet er schon. Zumindest wenn man sich an Fuchsjagden in der großen Halle nicht stört.«

Er lachte. »Veranstaltet er wirklich Fuchsjagden im Haus?«

»Wahrscheinlich nicht mit Absicht«, erwiderte sie lächelnd. »Aber er hat eindeutig einen Hang zum Chaos. Deshalb wollte ich heute auch unbedingt nach Ellyson Towers, wo alles so ruhig und friedlich ist. Zuerst hat nämlich Tante Olivia Fiona zwei Stunden lang mit der Anprobe des Brautkleides gequält, und dann raste ein armer kleiner Fuchs durchs Zimmer und ein halbes Dutzend Hunde hinterher. Ihr könnt Euch nicht vorstellen, was das für ein Tumult war.«

»Was ist aus dem Fuchs geworden?«

»Zuletzt sah ich, wie er auf eine Treppe zurannte. Gleich darauf bin ich mit Fiona nach oben gegangen, damit sie sich ein wenig ausruhen konnte.« – »Ich könnte mir vorstellen, dass Toby Bell nicht ganz Lady Carmichaels Vorstellungen von einem Haushaltsvorstand entspricht.«

»Ehrlich gesagt, verlässt sie sich in diesen Dingen mehr auf ihren Haushofmeister als auf ihren Onkel. Toby ist dick wie eine Zuchtsau und ein lustiger Bursche. Er hat etwas für kindische Späße übrig, für einen guten Claret und die Gesellschaft von Männern, die er im Wirtshaus trifft. Andauernd bringt er einen von ihnen mit nach Hause und erzählt Tante Olivia, er täte es nur, um einen passenden Heiratskandidaten für sie zu finden.«

»Das müsste Euch doch eigentlich gefallen. Wenn Lady Carmichaels Tochter erst siebzehn ist, dürfte es der Mutter doch ein Leichtes sein, sich wieder zu verheiraten.«

Anne unterdrückte ein Lachen und sagte: »Eure Meinung würde ihr wohl ebenso wenig gefallen wie Tobys Bemühungen. Sie zieht es vor, sich ganz ihrer Trauer hinzugeben.«

»Sie zu hegen und zu pflegen, wollt Ihr wohl sagen.« Als Anne ihm nicht widersprach, fügte er nachdenklich hinzu: »Sir Stephen ist jetzt seit gut zwei Jahren tot. Sie hat doch bestimmt nicht die ganze Zeit so zurückgezogen gelebt.«

»Nun …« Anne schluckte ihre Erwiderung gerade noch rechtzeitig hinunter. – »Jetzt aber heraus mit der Sprache, Mädchen. Was wolltet Ihr gerade sagen?«

Nach kurzem Zögern sagte sie steif und förmlich: »Ihr werdet doch wissen, dass sie auch um meinen Vater und meine Mutter trauert.«

»Das war gut gekontert«, sagte er anerkennend. »Damit habt Ihr mich zurechtgewiesen und mich zugleich dafür getadelt, dass ich nicht an den Tod Eurer Eltern gedacht habe. Aber es klappt trotzdem nicht. Wenn es nur um Eure Eltern ginge, wäret Ihr nicht so plötzlich verstummt. Was wolltet Ihr also sagen?«

Anne biss sich auf die Lippen und wünschte, sie wäre nicht in diese Falle getappt.

»Na los«, drängte er. »So viel Schüchternheit passt gar nicht zu Euch. Und mir schwant, was Ihr mir da verschweigt, hat etwas mit mir zu tun.«

»Nein, eigentlich nicht«, erwiderte sie. »Und ich will auch keinen Klatsch verbreiten. Ich habe Euch schon viel zu viel erzählt. Das macht wahrscheinlich die Dunkelheit.«

»Raus mit der Sprache.«

Er hatte die Stimme nicht erhoben. Dennoch wurde ihr auf einmal klar, dass es sich nicht immer so gemütlich mit ihm plaudern ließ. Ganz offensichtlich war er es gewöhnt, dass seine Befehle unverzüglich befolgt wurden.

»Sie trauert auch um Euren Vater«, sagte Anne.

»Das ist ja überaus freundlich von ihr, aber warum tut sie das?«

Wieder schwieg Anne.

»Ich verstehe«, sagte er. »Das erklärt wohl auch die Verlobung. Dann muss Lady Carmichael eine schöne Frau sein, denn für ein hübsches Gesicht hatte mein Vater immer etwas übrig. Hat sie gehofft, er würde sie heiraten?«

»Dazu kann ich nun wirklich nichts sagen«, antwortete Anne.

»Du lieber Himmel«, murmelte er, »was für ein Durcheinander.«

»Das ist aber nicht meine Schuld!«

»Ich weiß, aber bestimmt erwartet Ihr von mir, dass ich eine Lösung finde.«

»Unbedingt«, erwiderte sie. »Ihr dürft nicht zulassen, dass Euer Onkel Fiona heiratet. Wenn er wüsste, dass Ihr noch am Leben seid …«

»Wie sollte er davon erfahren? Ich werde es ihm jedenfalls nicht erzählen, bevor ich nicht weiß, was er alles unternommen hat und was er noch im Schilde führt.«

»Aber …«

»Ist das da unten Euer Zuhause?«

»Ja«, sagte sie, denn mittlerweile hatten sie den Hügelrücken erklommen und sahen in einer Entfernung von etwa einer halben Meile die Lichter von Mute Hill House.

»Warum heißt es Mute Hill?«

»An diesem Ort fand in früheren Zeiten eine Volksversammlung statt, die man *moot* nannte«, erklärte Anne und fügte dann hinzu: »Bei allem Respekt, Sir Christopher, Ihr dürft ja das Thema wechseln, so oft Ihr wollt, aber ich bin davon überzeugt, dass Ihr Euer Geheimnis nicht mehr lange bewahren könnt.« – »Wollt Ihr mich denn verraten?«

»Das wird hoffentlich nicht nötig sein. Euer Onkel will Fiona in zwei Tagen, also am Freitag, heiraten. Das müsst Ihr unbedingt verhindern.«

Er zuckte die Achseln. »Eure Abneigung gegen ihn mag ja verständlich sein. Trotzdem finde ich nicht, dass ich mich in diese Angelegenheit einmischen sollte. Das würde mir nur Scherereien einbringen. Ich möchte nämlich nicht heiraten, bevor ich nicht weiß, wie es um meine Angelegenheiten steht. Und da ich offiziell als tot gelte, würde es vielleicht gar nichts nützen, wenn ich Einspruch gegen die Heirat erheben würde. Was ist, wenn mein Onkel bei der Trauung dem Pfarrer einfach befiehlt, weiterzumachen?«

»Für Fiona würde es auf jeden Fall viel bedeuten, dass Ihr noch lebt«, entgegnete Anne. Für Olivia auch, fügte sie im Stillen hinzu, sagte jedoch nichts. Sie würde sich selbst keinen Gefallen tun, wenn sie ihm verriete, dass es Olivia lediglich darum ging, ihrer Tochter den Reichtum, das Ansehen und die Titel der Chisholms zu verschaffen. Daher sagte sie nur: »Vielleicht habt Ihr es ja vergessen, aber Fiona ist eine reiche Erbin. Und außerdem, finde ich, habt Ihr eine moralische Verpflichtung ihr gegenüber. Schließlich wurdet Ihr ihr im Namen Gottes versprochen, und Gott weiß ja, dass Ihr nicht tot seid.«

Er seufzte. »Wie war übrigens meine Beerdigung?«

Auch wenn sie mittlerweile an seine abrupten Themenwechsel gewöhnt war, fand sie diesen Gedankensprung doch sehr überraschend und amüsant. Doch sie antwortete lediglich in sachlichem Ton: »Ich weiß es nicht, weil ich nicht dabei war. Und das ist ja jetzt auch gleichgültig.«

»Mir nicht. Aber jetzt bitte ich um einen Augenblick Ruhe, ich muss nachdenken.«

Anne schwieg gehorsam, bis sie das Tal durchquert hatten und den Mute Hill zur Hälfte hinaufgeritten waren. Dann sagte sie: »Wenn Ihr mir schon nicht enthüllen wollt, wo Ihr die ganze Zeit gewesen seid, sagt Ihr mir dann wenigstens, warum Ihr heute Nacht mit den Räubern unterwegs wart?«

»Das Abenteuer hat mich gereizt«, antwortete er leichthin. »Und dann wollte ich auch herausfinden, was mein Onkel Übles im Schilde führt. Ein guter Freund hat mir gesagt, die Räuber wüssten alles, was im Grenzland vor sich geht.«

»Na, ich will nur hoffen, dass Ihr nicht zulasst, dass sie mir mein Vieh stehlen, wenn Ihr wieder bei ihnen seid. Sie sollen lieber irgend so einen gemeinen Engländer ausrauben.«

Sie freute sich über sein leises Lachen. Gleich darauf ritten sie durch das Tor in den von Fackeln erleuchteten Hof von Mute Hill House.

Sir Christopher saß ab und warf einem der herbeieilenden Stallburschen die Zügel seines Pferdes und desjenigen, das er geführt hatte, zu. Dann war er Anne beim Absitzen behilflich.

Während er sie mit festem Griff um die Taille fasste und aus dem Sattel hob, sah sie ihn forschend an. Er hatte ein angenehmes Gesicht mit ausgeprägten Zügen, das jetzt im Fackelschein golden schimmerte. Selbst seine Augen wirkten golden und begegneten ihrem prüfenden Blick mit einem übermütigen Funkeln. Gerade dachte sie, dass ihr dieses Funkeln gefiel, da verwandelte sich sein Blick, wurde tiefer und wärmer.

Dass er sie so ansah, brachte sie ganz aus der Fassung, zumal er sie zwar auf den Boden stellte, ihre Taille jedoch weiterhin umspannt hielt.

»Wir sehen uns wieder«, sagte er.

Urplötzlich waren ihre Lippen wie austrocknet. »Nun, gewiss, Sir. Fiona ist …«

»Vergesst Fiona«, erwiderte er und legte ihr sanft eine Hand unter das Kinn. »Ich habe das Interesse in Euren Augen gelesen, und ich muss gestehen, ich bin genauso neugierig auf Euch. Und außerdem kommt diese Gelegenheit nie wieder.« Mit diesen Worten beugte er sich zu ihr hinunter. Bevor sie es sich versah, presste er seine Lippen auf ihren Mund und gab ihr mitten im Hof ihrer Tante vor allen möglichen Dienstboten einen innigen Kuss, als wäre es das Selbstverständlichste auf der Welt. Dabei schob er seine Hand von ihrer Taille nach hinten in ihren Rücken und drückte ihren Körper auf ganz und gar unziemliche Weise an sich.

Eine ganze Weile rührte sie sich nicht, sondern erwiderte nur seinen Kuss und schmeckte seine Lippen. Doch als ihr klar wurde, dass sie es genoss, so von ihm überrumpelt und festgehalten zu werden, stemmte sie beide Hände gegen seine Brust und schob ihn von sich.

Er ließ sie unverzüglich los, doch schon hatte sie mit der rechten Hand ausgeholt, und ohne weiter nachzudenken versetzte sie ihm eine heftige Ohrfeige.

Da packte er sie mit schmerzhaftem Griff ums Handgelenk und zog sie eng an sich. Seine Lippen waren nur wenige Zentimeter von ihrem Gesicht entfernt, als er flüsterte: »Ihr solltet einen Mann nur schlagen, wenn Ihr sicher seid, dass er nicht zurückschlägt.«

»Jede Frau hat das Recht, sich gegen Zudringlichkeiten zu wehren«, erwiderte sie mit mühsam unterdrücktem Zorn.

»Ja, Lady Anne, aber eine Frau, die ohne Begleitung durch die Gegend spaziert, fordert Zudringlichkeiten geradezu heraus«, sagte er. »Ihr habt mir vorhin gesagt, dass es mir nicht zusteht, Euch Vorschriften zu machen, und das stimmt wohl auch. Doch wenn Ihr klug seid, haltet Ihr Euch nicht wieder ohne Begleitung draußen auf, besonders nicht bei Nacht.«

»Weiß Gott«, entgegnete sie wütend, »wenn ich nur mit einer Pistole schießen könnte …«

»Ja, das wäre etwas anderes«, stimmte er ihr zu. »Wenn

Ihr wollt, bringe ich es Euch bei. Aber bis dahin solltet Ihr nicht allein ausreiten, denn ich würde es bestimmt erfahren.«

»Und wie wollt Ihr mich daran hindern?«, fauchte sie.

»Zwingt mich nicht, es Euch zu zeigen«, sagte er. Dann trat das schelmische Funkeln wieder in seine Augen, und er machte einen Schritt zurück. »Geht, Mädchen. Wenn Eure Tante auch nur einen Funken Verstand hat, dann wird sie Euch ausschimpfen und ohne Abendessen ins Bett schicken.«

Sie bemühte sich um eine möglichst würdevolle Haltung, obwohl sie sich eher wie ein trotziges Kind vorkam, das man zurechtgewiesen hatte. Vor Olivia hatte sie keine Angst, doch was Sir Christopher Chisholm anging, so wusste sie nicht mehr so recht, was sie von ihm halten sollte.

Doch gerade, als er sich in den Sattel schwang und dem Stallburschen die Zügel von Willies Pferd abnahm, fiel ihr ein, dass sie ein Druckmittel gegen ihn in der Hand hatte.

»Sagt mir, wo Ihr die ganze Zeit über gewesen seid«, sagte sie, »sonst gehe ich auf der Stelle hinein und erzähle allen, dass Ihr noch lebt.«

Er warf einen raschen Blick auf die neugierig herumstehenden Diener, dann lehnte er sich weit aus dem Sattel und sagte leise: »Ich war auf einem Gefängnisschiff und sollte dort eine lebenslange Strafe verbüßen, Mylady. Vielleicht gibt Euch das ja zu denken, bevor Ihr mich wieder einmal zu einer Heirat mit Eurer albernen Cousine überreden wollt.«

»Meine Güte, jetzt hör dir das an.« Fergus' Stimme triefte vor Abscheu. »Was hast du da bloß für einen Mann nach Mute Hill House geführt? Wahrscheinlich ist er ein Dieb oder Mörder und eine Gefahr für die ganze Familie!«

»Psst!«, sagte Maggie, noch bevor Catriona antworten konnte. »Ich gebe dir mein Wort, dass du dir seinetwegen keine Sorgen zu machen brauchst, Fergus. Und mein Wort wirst du doch wohl nicht anzweifeln, oder?«, fügte sie mit drohendem Blick hinzu.

»Nein, nein«, erwiderte er rasch, »aber was ist, wenn er sich in sie verliebt? Das könnte schließlich jedem Mann passieren, so nett, wie sie ist.«

Darauf sagte Catriona lachend: »Was für ein Unsinn! Hast du ihre Cousine denn nicht gesehen?«

»Doch, natürlich, und sie ist auch wirklich eine Schönheit. Aber mein Mädchen ist mindestens doppelt so viel wert wie sie.«

Maggie schnaubte. »Kein sterblicher Mann – und auch keiner von uns, wenn ich es mir recht überlege – schert sich um innere Werte, wenn ihm Schönheit ins Auge sticht. Wenn du dein Mädchen richtig beschützen willst, solltest du mehr über die Männer lernen, Fergus Fishbait.«

»Aber ...«

»Nun hör doch mal auf zu meckern und folge ihr. Sie wird deine Hilfe brauchen können, wenn sie ihrer Tante erklären soll, warum sie so lange weg war.«

»Ja, stimmt«, gab Fergus zu und huschte hinter Lady Anne her.

Sobald er außer Hörweite war, sagte Maggie: »Ich wollte nichts sagen, solange er dabei war, Catriona, aber ich glaube, wir müssen ihn ins Vertrauen ziehen.«

»Aber was ist, wenn er vergisst, dass er nichts von unseren Plänen verraten darf?«

»Ich werde schon dafür sorgen, dass er nichts ausplaudert«, erwiderte Maggie.

»Warum müssen wir ihm denn überhaupt etwas erzählen?«

»Das ist deine Schuld. Schließlich war es deine Idee, sein Mädchen ins Spiel zu bringen.«

»Selbst wenn ich es nicht getan hätte, wäre Kit Chisholm irgendwann an die Familie Carmichael geraten. Und dann wäre uns Fergus auf jeden Fall über den Weg gelaufen«, verteidigte sich Catriona.

»Da könntest du recht haben«, gab Maggie zu. »Ich habe

mich so über diesen verdammten Jonah aufgeregt, dass ich mich einfach nicht beruhigen kann. Aber du solltest eigentlich selbst darauf kommen, warum wir Fergus einweihen müssen.« – »Warum denn?«

»Weil er uns nützlich sein kann. Wenn er das Mädchen immer gut im Auge behalten hat, wird er eine Menge über den ganzen Haushalt wissen.«

»Glaubst du denn, dass Claud hier ist?«

»Vielleicht«, antwortete Maggie. »Er ist irgendwo in der Nähe, das spüre ich deutlich. Und Jonah will ja auch, dass wir ihn finden. Er lacht sich ins Fäustchen, weil er glaubt, dass wir Claud sowieso nicht helfen können. Er hat den Jungen mit irgendjemandem vermischt, entweder hier oder auf Hawks Rig. Wir müssen nur herausfinden, mit wem.«

»Aber wie?«

»Ich könnte mir vorstellen, dass es jeden Sterblichen beträchtlich verändert, wenn er mit meinem Claud vermischt wird«, sagte Maggie mit einem schiefen Grinsen. »Also müssen wir nach einem oder einer Sterblichen Ausschau halten, der oder die sich nicht mehr wie gewöhnlich, sondern eher wie Claud benimmt.«

»Eine sterbliche *Frau*?«

»Ja, warum nicht? Claud könnte überall sein.«

»An eine Frau habe ich nie gedacht«, sagte Catriona. »Und was ist, wenn sich niemand verändert hat?«

»Dann müssen wir uns etwas anderes einfallen lassen. Aber wir geben nicht auf, bis wir ihn gefunden haben. Und dann wird Jonah Bonewits seine Tat bereuen, das schwöre ich dir.«

»Mit einem hatte Fergus recht, Maggie. Jonah ist wirklich gefährlich.«

»Mag sein, aber das bin ich auch. Und jetzt los, folge deinem Burschen. Ich muss nachdenken.«

Folgsam machte sich Catriona auf den Weg. Dabei kullerte ihr eine Träne über die Wange. Was wäre, wenn sie Claud nie wieder fänden?

Durch seinen Körper, oder das, was davon übrig war, ging ein Ruck, so, als hätte Catriona ihn berührt. Schon die ganze Zeit über hatte er vage ihre Gegenwart gespürt.

Als ihm das Unglück zustieß, war ihm gewesen, als fahre ein Blitzschlag durch ihn hindurch. Unmittelbar darauf klatschte er in eisiges Wasser, wurde aber gleich wieder von Wassernymphen herausgefischt, die ihn zu einer lichtdurchfluteten Pforte brachten. Während er hindurchging, hatte er das Gefühl, als wiche alles Leben samt seiner Wünsche und Begierden aus ihm. Er hatte gehört, dass man – ob nun Sterblicher oder Mitglied des Geheimen Clans – beim Sterben sein Selbst und alles irdische Begehren hinter sich lassen würde, also musste das wohl der Tod sein.

Anscheinend hatte er sich geirrt.

In dem undurchdringlichen grauen Licht, das ihn, wie es schien, seit einer Ewigkeit umgab, hatte er sich so verlassen gefühlt. Er sehnte sich nach Catriona, die gewiss längst mit einem anderen flirtete, und hatte Angst, dass er nie wieder in ihr hübsches Angesicht blicken würde.

Doch auf einmal hatte er die drei gesehen und gehört. Er selbst allerdings blieb unsichtbar und konnte sich ihnen nicht bemerkbar machen.

Wer war bloß dieser Halunke da bei Catriona, und warum himmelte sie ihn so an? Niemals zuvor hatte er sich so hilflos gefühlt.

Als Kit von Mute Hill House fortritt, hatte er das Gefühl, als sei sein sonst so scharfer Verstand eigenartig getrübt. In seinem Kopf jagten sich Gedankenfetzen, die vage und undeutlich blieben. Er rutschte unbehaglich im Sattel hin und her. Seine Lippen brannten und sein Körper reagierte so heftig auf die Frau, die er soeben geküsst hatte, dass ihm das Sitzen eine ganze Zeit lang schwer fiel.

Einer Frau wie Lady Anne Ellyson war er noch nie zuvor begegnet. Ihr wacher Geist und ihre Selbstsicherheit gefielen ihm, hatten ihn aber auch dazu verleitet, sich Freiheiten herauszunehmen, die eines Gentlemans unwürdig waren. Andererseits, wenn er sie nicht geküsst hätte, hätte er sie wahrscheinlich vor Wut geschüttelt, weil sie sich so leichtfertig in Gefahr gebracht hatte.

Was, wenn er nicht gewesen wäre, als sie auf die Räuber traf? Ihn schauderte. Auf jeden Fall hätten Sammy und seine Bande ihr das Pferd weggenommen und sie in der Finsternis nach Hause laufen lassen. Vielleicht sogar ... Aber an die schlimmste Möglichkeit wollte er lieber gar nicht denken. Grenzlandräuber hatten zwar so einiges auf dem Kerbholz, doch an unschuldigen Frauen und Kindern vergriffen sie sich selten.

Jede vernünftige junge Frau hätte einer Räuberbande natürlich ohne Widerrede ihr Pferd ausgehändigt, doch nicht so Lady Anne. Bestimmt hätte sie weiter Theater gemacht, wenn er nicht dazugekommen wäre. Wie konnten ihre Leute ihr nur so viele Freiheiten gestatten?

Immerhin gab es nicht nur Räuber im Grenzgebiet, sondern auch englische und schottische Soldaten mitsamt dem Abschaum, der sich gewöhnlich unter ihren Tross mischte. Kit war sicher, dass Graf Armadale ein solches Benehmen bei seiner Tochter nie und nimmer geduldet hätte. Doch Lady Carmichael, obschon aus derselben Familie, war offenbar nicht aus dem gleichen Holz geschnitzt wie der verstorbene Graf.

Am östlichen Horizont stieg soeben eine schmale Mondsichel auf und ergoss ihr Licht auf den Weg. Kit ließ Willies und sein eigenes Pferd in Trab fallen und bemühte sich weiter, Ordnung in seine Gedanken zu bringen.

Zunächst einmal musste er unbedingt herausfinden, was sein Onkel vorhatte. Dann musste er versuchen, seine Angelegenheiten zu regeln, und sich bemühen, Landbesitz und Titel, die ihm zustanden, zurückzubekommen. Dabei konnte er nicht länger so tun, als gäbe es die Verlobung nicht.

Jetzt, da man ihn für tot hielt, würde die arme Fiona gegen ihren Willen und unter falschen Voraussetzungen vor den Altar geschleppt. Denn gleichgültig, was sie von Eustace Chisholm hielten, mit Sicherheit gingen Fiona und ihre Mutter davon aus, dass Fiona durch die Heirat mit ihm als Lady Chisholm über die ausgedehnten Ländereien der Chisholms herrschen würde. Und was seinen habgierigen Onkel anging, so begnügte der sich offenbar nicht mit dem Land und den Titeln, sondern war auch noch auf die reiche Erbin aus.

Doch auf jeden Fall hatten sie alle die Rechnung ohne Lady Anne gemacht, und Kit hatte das sichere Gefühl, dass die Lady sich etwas einfallen lassen würde, um die Hochzeit zu verhindern, auch wenn sie ganz allein auf sich gestellt wohl wenig Aussicht auf Erfolg haben würde. Bei dem Gedanken an Annes Entschlossenheit konnte Kit ein anerkennendes Lächeln nicht unterdrücken.

Falls sie vorhatte, offen kundzutun, dass er noch am Leben und Mistress Carmichaels rechtmäßiger Verlobter war, würde man wahrscheinlich nicht viel darum geben und sie für die Dauer der Hochzeitszeremonie einfach irgendwo einsperren. Dann hätte Eustace sich seine Erbin gesichert, und Kit würde nichts mehr dagegen unternehmen können. Nach Lady Annes Beschreibung zu urteilen, war ihre Cousine, Mistress Carmichael, nicht die Frau, die sich gegen die Pläne ihrer Mutter auflehnte.

Kit wollte Anne wirklich wiedersehen. Zu sehr freute er sich auf ein neues Wortgefecht mit ihr. Ihre Cousine dagegen schien eine von den jungen Frauen zu sein, die nur stumm erröteten und alles taten, was der Mann sagte. Das mochte ja durchaus schicklich sein, doch er konnte sich vorstellen, dass eine derartige Unterwürfigkeit auf die Dauer ziemlich öde war. Die lammfromme Fiona kam ihm jedenfalls wie eine ausgemachte Langweilerin vor.

Lady Anne dagegen war so kühl, dass es einen reizte, sie in Hitze zu bringen, so gelassen, dass man einfach versuchen musste, sie in Erregung zu versetzen. Er hatte sich schon gefragt, ob sie jemals die Beherrschung verlor, und als das tatsächlich geschah, hatte es ihn mit einer gewissen Genugtuung erfüllt. Aber er hatte sich auch wirklich unangemessen verhalten, um sie zu provozieren. Ihr erschrockener Blick, nachdem sie ihm die Ohrfeige versetzt hatte, verriet ihm, dass sie sich höchst selten solch einen Zornesausbruch gestattete.

Er verweilte noch genussvoll bei der Erinnerung an Lady Anne, als ihm plötzlich einfiel, was es für ihn bedeuten würde, wenn er Fiona vor einer Heirat mit seinem Onkel rettete. Dieser unerfreulichen Konsequenz konnte er nur entgehen, wenn es ihm gelang, die Frauen davon zu überzeugen, dass seine Verlobung mit Fiona hinfällig war.

Als er schließlich wieder zu Willie, Sammy und den anderen stieß, war er entschlossen, auf jeden Fall an der Hochzeit teilzunehmen. Von den Gästen würde ihn wohl schwerlich jemand erkennen, und Eustace selbst kannte ihn nur als ganz jungen Mann und wusste nicht, wie sehr sich Kit in den vergangenen Jahren verändert hatte. Er war gewachsen, stämmiger und muskulöser geworden. Und die letzten anderthalb Jahre hatten seinem Gesicht alle Weichheit genommen und seinem Körper eine drahtige Zähigkeit verliehen.

Lady Anne würde ihn selbstverständlich wiedererkennen. Sie hatte sich seine Gesichtszüge ebenso eingeprägt wie er sich die ihren. Zwar würde sie ihrer Cousine zur Hand gehen müssen und kaum Zeit haben, einen Blick auf die Gäste zu werfen. Dennoch täte er gut daran, sich ihr nicht zu zeigen, wenn er nicht wollte, dass sie ihm den Überraschungseffekt verdarb.

Jetzt musste er nur noch überlegen, wie er sich verhalten sollte. Im Augenblick war er geneigt, den Dingen ihren Lauf zu lassen und nach der Hochzeit einfach ungesehen zu verschwinden. Vielleicht würde er sich Anne doch noch zu erkennen geben – allerdings erst *nach* der Trauung. Bei dem Gedanken musste er lächeln.

6

Nachdem Sir Christopher durch das Tor davongeritten war, stand Anne noch immer wie angewurzelt da. Sein Kuss und ihre Reaktion darauf hatten sie völlig aus der Fassung gebracht. Welcher Teufel hatte sie nur geritten, ihn zu schlagen? Noch immer gingen ihr seine Abschiedsworte im Kopf herum.

Sie konnte sich einfach nicht an den Gedanken gewöhnen, dass er ein Adeliger war, den der König für seine Tapferkeit zum Ritter geschlagen hatte. Für sie war er Kit Chisholm, der Grenzlandräuber. Schließlich passte sein Benehmen ganz gut zu ihrer Vorstellung von einem Räuber, und außerdem wusste sie, dass den Räuberbanden diesseits und jenseits der Grenze auch hochrangige Männer angehörten.

Ihrem Vater, Graf Armadale, hatte dieses Verhalten seiner Standesgenossen stets missfallen, doch jeder wusste, dass einige der mächtigsten Männer im Grenzland – Scott von Buccleuch und Scott von Hardin sowie die Oberhäupter der Maxwells, Johnstons und Armstrongs – immer wieder an der Spitze ihrer eigenen Räuberbanden ritten. Man erzählte sich, dass eine Schottin, deren Vorräte an Lebensmitteln zusammengeschmolzen waren, eine Servierplatte mit einem Paar Sporen darauf vor ihren Gatten hinstellte. Damit wollte sie ihm bedeuten, dass es mal wieder Zeit für einen kleinen Raubzug sei. Der Wahlspruch der Scotts von Buccleuch lautete sogar: »Möge der Mond scheinen«, und andere Sippen hatten sich ein ganz ähnliches Motto auf die Fahnen geschrieben.

Anne konnte noch immer nicht glauben, dass sie Sir Christopher wahrhaftig geschlagen hatte. Und noch immer brannten ihre Lippen von seinem Kuss so sehr, dass sie sich am liebsten über den Mund gewischt hätte. Doch die Stallburschen beobachteten sie und würden alles, was sie tat, umgehend Malcolm Vole hinterbringen. Und dann konnte es nicht mehr lange dauern, bis es ihrer Tante zu Ohren kam. Den Kuss hatte Anne allerdings durchaus genossen, auch wenn sie das niemandem gegenüber zugeben würde. Und der Gedanke, dass es der Verlobte ihrer Cousine war, der sie geküsst hatte, trieb ihr noch immer die Schamröte in die Wangen.

Mit einem tiefen Atemzug rief sie sich energisch zur Ordnung, bevor sie ihren Rock ein wenig raffte und sich anschickte, ins Haus zu gehen. Wie erwartet waren die Augen mehrerer Stallburschen auf sie gerichtet. Jetzt wichen alle hastig ihrem Blick aus, bis auf einen, der tapfer vortrat und sagte: »Bitte um Verzeihung, Mylady, aber vielleicht interessiert es Euch, dass die Fessel Eures Wallachs kaum noch geschwollen ist. Ein Ruhetag, und er ist wieder ganz gesund.«

»Danke, Teddy«, erwiderte sie mit einem kleinen schuldbewussten Lächeln. »Es war meine Schuld, dass er in ein Kaninchenloch getreten ist, und deshalb bin ich besonders froh, dass er sich nicht ernsthaft verletzt hat.«

»Naja, in der Dunkelheit ...«

»Nein«, sagte Anne. »Ich muss zu meiner Schande gestehen, dass es am helllichten Tag geschah. Danach bin ich eine ganze Weile gelaufen, bevor Sir ... bevor mir jemand zu Hilfe kam.« Es würde die Angelegenheit nur unnötig verkomplizieren, wenn sie jetzt Sir Christophers Namen nannte.

»Gut, dass der Betreffende vorbeigekommen ist«, erwiderte Teddy. Offensichtlich platzte er fast vor Neugier, würde es jedoch nicht wagen, sich nach dem Namen ihres Retters zu erkundigen. Peg Elliot und Olivia würden da nicht so zurückhaltend sein. Besser, sie überlegte sich jetzt gleich, wie viel sie ihnen verraten wollte.

Während sie raschen Schrittes auf das Haus zuging, malte sie sich aus, wie sie geradewegs in das Gemach ihrer Tante marschierte und verkündete, dass Sir Christopher Chisholm, der wahre Laird von Ashkirk, noch am Leben war und sein Eigentum zurückforderte. Diese Eröffnung so kurz vor der Hochzeit würde zweifellos einen solchen Aufruhr auslösen, dass Olivia bestimmt nicht mehr an Annes einsamen Ausritt dachte. Dass Sir Christopher beunruhigend gut aussah und imposant breite Schultern hatte, würde dagegen weniger Eindruck auf sie machen. Doch Fiona würde es schon eher interessieren.

Anne hätte gerne gewusst, ob Sir Christopher von ihr erwartete, dass sie alles berichtete. Er hatte sie nicht um Stillschweigen gebeten, schien jedoch auch nicht besonders erfreut darüber zu sein, dass Fiona seinen abscheulichen Onkel noch nicht geheiratet hatte.

Im Vorübergehen registrierte Anne, dass die Öllampen auf ihren niedrigen Pfosten brannten und die verschlungenen Gartenpfade beleuchteten. Das bedeutete, dass ihre Tante Gäste zum Abendessen hatte. Für die Familie allein hätte man kein Öl verschwendet. Gleich darauf waren Annes Gedanken wieder bei ihrem Retter.

Sie verstand nicht viel von schottischen Gesetzen. Trotzdem kam es ihr merkwürdig vor, dass Vermögen und Titel, die so bedeutend waren wie die des Laird von Ashkirk und Torness, so ohne weiteres den Besitzer gewechselt hatten. Schließlich hatte Eustace Chisholm keinen Beweis für den Tod seines Neffen beibringen können. Wie hatte er das nur geschafft?, fragte sich Anne, als sie ins Haus trat.

Ihre Augen hatten sich noch nicht ganz an die Helligkeit gewöhnt, da hörte sie schon eine durchdringende männliche Stimme: »Man sollte meinen, dass eine wohlerzogene junge Dame sich überlegt, welche Sorgen sie ihrer Familie bereitet, bevor sie stundenlang einfach verschwindet.«

Mit verschränkten Armen und wütendem Blick stand Malcolm Vole vor ihr. Ganz offensichtlich hatte er auf der Lauer gelegen, um sie bei ihrer Rückkehr abzufangen.

Ungerührt erwiderte Anne, während sie sich die Handschuhe abstreifte: »Ist meine Tante in ihrem Zimmer, Malcolm?«

»Wo sollte sie wohl sonst sein? Das Abendessen ist ja schon seit einer guten halben Stunde vorüber. Ashkirk ist so liebenswürdig, ihr Gesellschaft zu leisten, und Ihr solltet …«

»Danke, das wäre alles«, fiel sie ihm ins Wort. »Ich gehe auf der Stelle zu ihr.«

Er starrte sie wütend an, trat jedoch wortlos einen Schritt beiseite und ließ sie passieren.

Dann ging er hinter ihr her zu Olivias Gemach und öffnete ihr die Tür. Doch anstatt sie vorbeizulassen, schlüpfte er als Erster ins Zimmer und verkündete großspurig: »Eure verlorene Nichte ist zurückgekehrt, Mylady.«

Anne stellte sich unwillkürlich vor, wie sie eine Pistole aus ihrem Umhang zog und ihn erschoss. Von dieser Vorstellung war es nur ein kleiner Schritt zu der Frage, ob Sir Christopher ihr wohl wirklich das Schießen beibringen würde. Vielleicht, wenn er und Fiona erst verheiratet wären …

Rasch rief sie sich zur Ordnung und sagte: »Guten Abend, Tante Olivia. Es tut mir leid, dass ich das Abendessen versäumt habe.«

»Meine Güte, Anne, wo bist du nur gewesen?«, nörgelte Olivia. »Ich habe mir solche Sorgen gemacht. Aber Gott sei Dank hat sich der gute Ashkirk bereit erklärt, noch mit uns zu essen. Jetzt wird er über Nacht bleiben müssen.«

»Das war überaus rücksichtsvoll von ihm, Madam, aber Ihr hättet Euch nicht zu sorgen brauchen. Wir Ihr seht, bin ich gesund und munter.«

Eustace, der mit weit von sich gestreckten Beinen in einem Sessel lümmelte, einen Krug Ale auf einem runden Tischchen neben sich, starrte sie böse an. Doch als sie ihn mit gelindem Befremden betrachtete, riss er sich zusammen und stand auf.

»Hier, Malcolm«, brummte er und reichte dem Haushofmeister den Krug, »bring mir noch ein Ale. Ich bin geradezu ausgedörrt, denn der Fisch heute Abend war einfach zu salzig. Und was Euch angeht, Mädchen«, fügte er hinzu, als Malcolm das Zimmer verlassen hatte, »so solltet Ihr Eure Tante nicht so beunruhigen. Ihr habt doch sicher nichts dagegen, dass ich ein Wörtchen dazu sage, Lady Carmichael. Wenn Fiona und ich erst einmal verheiratet sind, wird es solch ein Benehmen sowieso nicht mehr geben.«

»Habt Ihr denn vor, hier auf Mute Hill zu leben, Sir?«, erkundigte sich Anne scheinheilig.

»Nein, natürlich nicht, aber die Lady weiß, dass sie sich jederzeit an mich wenden kann. Sie hat Euch – und gewiss auch Fiona – entschieden zu viel Freiheit gelassen.«

»Wo ist Fiona überhaupt?«, wandte sich Anne an ihre Tante.

»Sie ist gleich nach dem Essen zu Bett gegangen«, antwortete Olivia. »Angeblich hatte sie Kopfschmerzen. Auf jeden Fall war es äußerst rücksichtslos von ihr, mich hier mit Ashkirk allein zu lassen. Nicht, dass es mir das Geringste ausmachen würde, Sir«, fügte sie höflich hinzu. »Ich könnte mir keine angenehmere Gesellschaft vorstellen als die Eure.«

»Bedauerlich, dass Euch niemand mitgeteilt hat, dass ich nach Ellyson Towers geritten bin«, sagte Anne. »Malcolm, Fiona und Peg Elliot wussten davon.«

»Ja, ja, Fiona hat so etwas erwähnt«, erwiderte Olivia, »aber ich konnte mir einfach nicht vorstellen, dass du einfach wegreiten würdest, solange Ashkirk noch hier ist.«

»Ihr habt doch wohl nicht erwartet, dass ich ihm die ganze Zeit Gesellschaft leiste.«

»Wenn man bei Verwandten Unterschlupf gefunden hat, kann man nicht einfach tun und lassen, was einem passt«, sagte Eustace und setzte sich wieder.

Mehr denn je reizte es Anne, ihm an den Kopf zu werfen, dass sein Neffe noch am Leben war und sein Eigentum zurückverlangen würde. Nur der Gedanke, dass sie Sir Christopher keinen Gefallen damit täte, hielt sie davon ab. Ihr Gefühl sagte ihr, dass er nicht damit einverstanden wäre, wenn sie sein Geheimnis verraten würde. Außerdem stand ihm allein der Triumph zu, seinen Onkel mit der Wahrheit zu konfrontieren.

Ein Diener trat mit einem Krug Ale ein und füllte Eustaces Becher. Das Gespräch stockte, bis er wieder fort war, dann fragte Anne: »Kann ich noch etwas für Euch tun, bevor ich mich zurückziehe, Tante Olivia?«

»Nein, meine Liebe. Aber du darfst uns noch nicht verlassen. Was sollen denn die Dienstboten sagen, wenn ich hier ganz allein mit Ashkirk sitze«, erwiderte sie geziert.

»Ehrlich gesagt habe ich mich schon gewundert, Euch beide hier anzutreffen«, sagte Anne.

»Wahrscheinlich hätte ich mich mehr vorsehen sollen«, entgegnete Olivia, »aber Moira ist gerade erst hinausgegangen, um mir ein Stück Leinen für meinen Stickrahmen zu holen. Vielleicht wärst du ja so nett, noch mit ihr zusammen das Stickgarn auszusuchen, auch wenn du sicher schon vor Hunger umkommst.«

»Wenn ich Euch einen Rat geben darf, Mylady«, warf Eustace mit einem herausfordernden Blick auf Anne ein, »dann schickt Ihr das Mädchen ohne Abendessen ins Bett.«

Anne lächelte leise, da sie schon wieder an Sir Christopher denken musste. Doch als sie Eustaces erbosten Blick bemerkte, schlug sie rasch die Augen nieder.

Sie zog ihren Umhang aus, faltete ihn zusammen und legte ihn mit den Handschuhen über einen Hocker. Dann sagte sie ruhig zu Olivia: »Ich hatte nicht vor, so spät zu kommen, aber mein Pferd ist in ein Kaninchenloch getreten, und ich musste ein gutes Stück zu Fuß gehen.«

Erneut setzte Eustace zu einer Predigt über die Erziehung junger Mädchen an, doch Anne beachtete ihn nicht weiter. Sie begann, sich um die Kerzen zu kümmern, steckte eine neue in einen der Halter und kürzte bei zwei anderen die Dochte. Dabei warf sie nur hin und wieder einen flüchtigen Blick in Eustaces Richtung, damit er nicht merkte, dass sie ihm überhaupt nicht zuhörte. Dabei fiel ihr plötzlich auf, dass er sie viel zu eingehend musterte. Ja, sie hatte sogar den Eindruck, als wolle er sie mit den Augen verschlingen, was sie nicht wenig beunruhigte.

In diesem Augenblick trat Moira mit Olivias Stickrahmen ins Zimmer, und Anne hatte keine Zeit mehr, über ihre Beobachtung nachzudenken. Sie erfuhr, dass Eustace beschlossen hatte, bis zur Hochzeit auf Mute Hill House zu bleiben. Er hatte bereits seinen Diener nach Hawks Rig geschickt, damit er ihm seine Sachen holte.

Natürlich hatte ihn Olivia überredet, zu bleiben. »Es wird mir eine große Beruhigung sein, einen tatkräftigen Gentleman an meiner Seite zu haben«, erklärte sie mit einer solchen Leidensmiene, dass Anne sie am liebsten geschüttelt hätte.

»Es ist mir ein Vergnügen, Madam«, erwiderte er. »Aber Euer Onkel ist doch sicher ein Mann, auf den Ihr Euch voll und ganz verlassen könnt.«

Olivia seufzte. »Ich wünschte, es wäre so, Sir. Doch offen gestanden hat Onkel Toby mich sehr enttäuscht. Er verbringt einen Großteil seiner Zeit in Wirtshäusern, wo er sich mit zwielichtigen Gestalten abgibt. Ein paar von denen hat er doch tatsächlich schon nach Mute Hill House eingeladen.«

»Du lieber Himmel, warum denn das?«

Zu Annes Überraschung senkte Olivia errötend den Blick. »Nun ja, Sir«, sagte sie verlegen, »Ich fürchte, er begreift einfach nicht, wie tief meine Trauer ist, und will mir einen passenden neuen Ehemann verschaffen.«

»Arme Lady.« Eustace tätschelte ihr die Hand. »Ihr müsst entsetzlich leiden.«

Anne hatte den Eindruck, er mache sich über ihre Tante lustig, doch Olivia schenkte ihm ein herzliches Lächeln und sagte: »Ihr seid so freundlich, Sir. Meine liebste Fiona – *unsere* liebste Fiona, sollte ich wohl sagen – weiß ihr großes Glück gar nicht zu würdigen.«

»Das Glück ist ganz auf meiner Seite«, erwiderte er.

Anne sprang ein wenig zu hastig auf, sagte jedoch mit vorgetäuschter Ruhe: »Entschuldigt mich bitte, Madam. Morgen wartet eine Menge Arbeit auf mich. Daher sollte ich jetzt wohl schlafen gehen. Gute Nacht, Sir Eustace.«

Er warf ihr einen unwilligen Blick zu, weil sie ihn mit Sir Eustace statt mit Ashkirk angeredet hatte, doch sie achtete nicht weiter darauf, sondern lief die Treppe hinauf in ihre Kammer, wo Peg Elliot schon ungeduldig auf sie wartete.

»Endlich!«, rief die Zofe. »Mistress Fiona sitzt schon wie auf glühenden Kohlen, weil sie unbedingt mit Euch reden will. Geht doch bitte gleich zu ihr.«

»Ich dachte, sie schläft schon längst«, sagte Anne.

»Ach was, sie ist ganz außer sich vor Sorge darüber, was aus ihr werden soll. Wenn sie ein Pferd wäre, würde ich sagen, sie ist kurz davor, durchzugehen.«

»Das kann ich mir beim besten Willen nicht vorstellen«, erwiderte Anne. »Sie ist doch die Letzte, die sich gegen die Wünsche ihrer Mutter auflehnen würde. Und einem so anmaßenden Mann wie Eustace Chisholm die Stirn zu bieten, das brächte sie erst recht nicht fertig.«

»Ja, schon, aber sie hat inzwischen so eine Heidenangst vor ihm, dass sie zu allem fähig ist.«

Seufzend gab Anne zurück: »Ich weiß, dass sie Angst hat, und es ist auch wirklich grausam, sie zu dieser Ehe zu zwingen, aber mit Gottes Hilfe finden wir vielleicht doch noch einen Ausweg, Peg.«

»So? Ich wüsste nicht, wie.«

»Noch darf dir nichts Näheres verraten«, sagte Anne, »aber wenn wir Glück haben ... Lass uns einfach hoffen und beten, dass alles gut geht.«

Peg beäugte sie skeptisch. »Mir scheint, Ihr habt mal wieder irgendwelche Dummheiten im Sinn. Und am Ende sitzen wir dann alle in der Patsche.«

»Eigentlich hat es bisher doch immer nur mich erwischt, oder etwa nicht?«

Peg grinste. »Jaja, ich weiß, Ihr könnt kein Wässerchen trüben. Aber ich könnte da so ein paar Geschichten erzählen, wenn ich wollte.«

»Aber du willst ja nicht, oder?«, gab Anne zurück. »Ich gehe jetzt zu Mistress Fiona. Wenn du meine Sachen herausgelegt hast, kannst du schlafen gehen.«

»Ich geh' schon«, sagte Peg leise kichernd. »Aber falls Mistress Fiona durchbrennt, bevor man sie vor den Altar schleifen kann, könnte ich mir schon denken, wer ihr diesen Floh ins Ohr gesetzt hat.«

Auf dem Weg zur Schlafkammer ihrer Cousine ließ sich Anne die Worte ihrer Zofe durch den Kopf gehen, verwarf die Idee aber sofort. Selbst wenn es ihr gelang, ihre schüchterne Cousine gegen Olivia und Eustace aufzuwiegeln, wüsste sie immer noch nicht, wohin sie das Mädchen bringen sollte. Sie würden sie unweigerlich finden und die Heirat durchsetzen. Und obendrein würde auch Anne dann ihrer Strafe nicht entgehen, was allerdings ihre geringste Sorge war.

Anne wusste ziemlich genau, was sie von Eustace und ihrer Tante zu halten hatte. Olivia war eine Frau, die so vom Glauben an die männliche Überlegenheit durchdrungen war, dass sie sich nicht nur ihrem Onkel und Eustace, sondern sogar ihrem lächerlichen Haushofmeister beugte. Toby gegenüber empfand Anne eine gewisse Verachtung, weil er nicht die geringste Autorität besaß. Er weigerte sich schlicht, Verantwortung zu übernehmen, und gefiel sich stattdessen in der Rolle eines verhätschelten Dauergastes.

Da Olivia in allen Fragen auf Eustaces Rat hören würde, mussten Anne und Fiona behutsam vorgehen. Bisher hatte sich Eustace, bis auf seine Anflüge von Lüsternheit, einigermaßen zivilisiert benommen, doch hinter seiner geschliffenen Fassade spürte Anne sein primitives, gewalttätiges Wesen.

Über all das dachte sie auf dem Weg zu Fionas Kammer nach, doch die Gedanken waren wie weggeblasen, als sie beim Eintreten sah, wie ihre Cousine händeringend vor dem

Kamin auf und ab wanderte. – »Oh, Anne, endlich! Ich warte schon seit Stunden auf dich!«

»Nur ruhig, Liebes, jetzt bin ich ja da. Aber wieso läufst du in dem dünnen Nachthemd hier in der Kälte herum?«

»Ich konnte nicht schlafen und auch nicht still sitzen. Ach, Anne, ich kann ihn nicht heiraten! Beim Abendessen hat er mich die ganze Zeit angestarrt wie der Wolf das Lamm!«

»Dann sag doch einfach deiner Mutter, dass du ihn nicht heiraten wirst«, erwiderte Anne, öffnete eine Truhe und nahm einen weichen rosa Wollschal heraus.

»Das schaffe ich nicht! Das wäre solch eine schreckliche Schande, dass sich mir bei der bloßen Vorstellung schon der Magen umdreht.«

Kopfschüttelnd, doch mit einem leisen Lächeln legte Anne dem Mädchen den Schal um die schmalen Schultern. »Wenn du willst, sage ich es ihr.«

Fiona schüttelte derart heftig den Kopf, dass ihr langes Haar nur so flog. »Sie wäre entsetzlich wütend auf mich, und das könnte ich nicht ertragen. Das *weißt* du doch.«

Nach kurzem Zögern sagte Anne leise: »Vielleicht geschieht ja noch etwas, das die Hochzeit verhindert.«

Unvermittelt hellte sich Fionas Miene auf. »Du könntest doch meinen Platz einnehmen! Oh, Anne, das ist es! Jede Frau muss schließlich eines Tages heiraten, und du hast wenigstens keine Angst vor ihm. Er ist auch eine besonders gute Partie, sagt meine Mutter, wohlhabend und einflussreich. Er ist mit so mächtigen Männern wie Kardinal Beaton und sogar mit dem König befreundet. Die Hochzeitsgeschenke, die sie geschickt haben, sind einfach fantastisch. Aber es macht mir gar nichts aus, sie dir zu überlassen«, setzte sie hastig hinzu und fuhr dann mit gesenkter Stimme fort: »Es heißt, Ashkirk habe selbst in England einflussreiche Freunde.«

Abermals lachte Anne leise. »Aber meine liebe Fiona, du weißt doch sicher, dass hier in der Gegend jeder bedeutende Mann Freunde auf beiden Seiten der Grenze hat. Einer der engsten Freunde meines Vaters war der verstorbene Lord Dacre von Naworth, der Grenzwächter auf der englischen Seite. Mein Vater hat immer gesagt, du kannst nur bestehen, wenn du auch deinen Gegnern mit Respekt begegnest.«

»Siehst du, genau das meinte ich«, erwiderte Fiona. »Du würdest ihn viel besser verstehen als ich. Ach bitte, Anne, sag doch Ja! Niemand braucht es zu wissen!«

»Unsinn, sie würden es sofort herausfinden. Wir sind zwar in etwa gleich groß, aber unser Haar ...«

»Ich werde einen Schleier tragen, sagt Mama, weil dein Papa erst vor so kurzer Zeit verstorben ist.«

»Aber nach der Trauung wird der Schleier abgenommen«, gab Anne zu bedenken. »Das Ganze ist vollkommener Unsinn, denn ich habe nicht die geringste Lust, Eustace Chisholm zu heiraten. Wahrscheinlich würde ich ihn bei der ersten Gelegenheit umbringen.« – »Aber nicht doch, Anne!«

»Doch, das weiß ich genau«, entgegnete Anne.

»Man darf ihn übrigens nicht Eustace nennen, sagt Mama, sondern muss Ashkirk zu ihm sagen.«

»Für mich ist und bleibt er Eustace Chisholm«, sagte Anne. »Und du wirst nach der Heirat Lady Chisholm und nicht Lady Ashkirk sein, weil dein Titel an seine Ritterwürde und nicht an die Besitzungen der Familie gebunden ist. Aber das ist ja jetzt egal. Geh nun schlafen, Liebes, denn morgen ist ein langer Tag. Und lass den Kopf nicht hängen. Ich habe so eine Ahnung, dass sich alles doch noch zum Guten wenden wird.«

Fiona blickte sie skeptisch an, doch wie immer beugte sie sich Annes stärkerem Willen. »Gut, wenn du es sagst«, gab sie nach und kuschelte sich unter ihre Daunendecke.

Während Anne die Bettdecke glatt strich und ihrer Cousine Gute Nacht sagte, kam ihr in den Sinn, dass sie sich wahrscheinlich nicht so strikt geweigert hätte, wenn Fiona sie gebeten hätte, Sir Christopher zu heiraten. Wieder musste sie an seinen heißen Kuss denken, tadelte sich aber gleich darauf wegen ihrer Albernheit. Schließlich war er Fionas Verlobter, und er würde bestimmt einen besseren Ehemann für sie abgeben als Eustace. »Und *das* in die Wege zu leiten, ist deine Aufgabe, meine Liebe«, sagte sie zu sich selbst.

Kit verging der Rückweg wie im Flug, denn auch seine Gedanken wanderten immer wieder zu diesem Kuss und zu Lady Anne zurück. Auch wenn er sich zu überzeugen versuchte, dass ihn die Begegnung allein deshalb so beeindruckt hatte, weil er seit anderthalb Jahren keine Frau mehr berührt hatte, dachte er doch gerne an Lady Anne und fragte sich, wie sie wohl mit ihrer Tante zurechtgekommen war.

Obwohl die Wolkendecke das Licht des Mondes dämpfte, fand er Willie und die übrigen Männer ohne Schwierigkeiten. Dagegen war es nicht ganz so leicht, sie davon zu überzeugen, sich ihre Beute anderswo zu suchen. Zu sehr hatten sie sich auf das Vieh von Ellyson Towers versteift. Doch endlich erinnerte sich einer der Männer, dass unmittelbar hinter der Grenze ein Herrenhaus mit gut bestückten Viehpferchen lag. Daraufhin erklärte sich Sammy einverstanden, Ellyson Towers ungeschoren zu lassen.

Trotzdem beschloss Kit, Lady Annes Verwalter eine anonyme Warnung zu schicken, damit er seine Tiere in nächster Zeit besonders gut bewachen ließ.

Sammy und die anderen waren überaus zufrieden mit der Beute, die ihnen auf dem englischen Landgut in die Hände fiel, und waren auf dem Rückweg von ihrem Raubzug daher so redselig, wie Willie es vorausgesagt hatte. Die Räuber wussten alles, was in der Gegend vorging.

»Jaja«, antwortete Sammy auf die Frage nach dem neuen Herrn auf Hawks Rig, »Sir Eustace – oder Ashkirk, wie er sich seit ein paar Monaten nennt – ist ein gerissener Kerl und bewacht sein Vieh genauso gut wie früher der alte Laird. Aber so großzügig wie der Alte ist er nicht.«

»Der frühere Laird war also ein großzügiger Mensch?« In diesem Licht hatte Kit seinen Vater nie gesehen.

»Ja«, sagte Sammy und bedachte ihn mit einem abschätzenden Blick. »Ihr seht ihm sehr ähnlich, wisst Ihr? Das wird den Leuten hier bald auffallen.«

»Weißt du denn, wer ich bin?« Kit war verblüfft, denn er hatte den Räubern seinen Namen nicht genannt, sondern war immer nur als Willies Freund aufgetreten.

»Aber ja, es ist doch ganz offensichtlich, dass Ihr der Sohn des alten Laird seid. Allerdings frage ich mich, ob Ihr wohl der junge Kit seid, der von den Toten auferstanden ist, oder ein anderer Sohn, von dem wir noch nie etwas gehört haben.«

Kit warf Willie einen schnellen Blick zu, und als dieser nur mit den Schultern zuckte, sagte er: »Ich bin tatsächlich Kit Chisholm, aber es wäre mir sehr lieb, wenn ihr noch keinem verraten würdet, dass ich hier bin.«

»Wie Ihr wollt«, antwortete Sammy. »Wir werden stumm sein wie die Fische.«

»Kannst du mir sagen, wann Eustace den Besitz übernommen hat?«

»Weniger als eine Woche nach dem Tod des alten Laird war er schon zur Stelle. Ist ja auch verständlich, wo er Euch doch für tot hielt.«

Kit nickte. »Was ist mit unseren Leuten? Sorgt er gut für sie?«

»Nein, er hat die meisten von ihnen entlassen. Ein paar sind zu ihren Familien zurückgekehrt, doch einige sind einfach verschwunden. Sir Eustace hat seine eigenen Männer mitgebracht. Die sind nicht von hier und bleiben meist unter sich.«

Das waren beunruhigende Neuigkeiten. Falls sich sein Onkel wirklich mit seinen bewaffneten Männern auf Hawks Rig verschanzt hatte, musste Kit Fin Mackenzies Rat folgen und äußerst behutsam vorgehen.

Aber womöglich würde er sich den Zeitpunkt gar nicht aussuchen können, an dem er Eustace gegenübertrat. Sollte es Lady Anne wider Erwarten gelingen, ihre Tante und die unglückliche Fiona davon zu überzeugen, dass er, Kit, noch am Leben war, würde Eustace sofort reagieren. Darauf musste sich Kit gefasst machen.

Gerade überlegte er, ob er auf der Stelle nach Hawks Rig reiten und die Sache mit Eustace ausmachen sollte, da wandte sich Sammy, der zuvor mit einem seiner Männer geredet hatte, wieder an ihn: »Wisst Ihr, dass Sir Eustace heiraten will, Sir?«

»Ja, am Freitag, habe ich gehört.«

»Der Bursche hier hat mir gerade erzählt, dass die Hochzeit auf Mute Hill stattfinden soll. Euer Onkel hält sich schon dort auf und wird auf Einladung der Lady wohl auch dort bleiben. Sir Eustace lebt gern auf Kosten anderer.«

Kit runzelte die Stirn. »Also soll die Trauung auf Mute Hill vollzogen werden?«

»Ja, aber in die Kapelle dort passen eine Menge Leute, und außerdem wird die Zeremonie öffentlich sein, also kann jeder, der will, einen Blick auf die kleine Braut werfen.«

»Ich würde gerne hingehen«, sagte Kit, »aber ich will nicht, dass man mich sofort erkennt.«

»Verstehe«, erwiderte Sammy. Selbst im schwachen Mondlicht konnte Kit sehen, wie die Augenbrauen des Räubers in die Höhe gingen. Dann räusperte sich Sammy kurz und fuhr fort: »Wenn das so ist, Sir, dann solltet Ihr Euch an einen von den geladenen Gästen halten. Ein Gentleman mehr oder weniger wird denen auf Mute Hill nicht auffallen, selbst wenn er so groß ist wie Ihr.«

Kit hoffte, dass er recht hatte, und überlegte schon, wem er sich anschließen könnte.

Catriona jauchzte vor Freude. »Dem Schicksal sei Dank!«, rief sie. »Jetzt wird er endlich Mistress Carmichael sehen und sich in sie verlieben.«

Maggie verzog das Gesicht. »Du bist genauso schlimm wie Fergus Fishbait.« – »Bin ich nicht!«

»Dann sei nicht so eingenommen von dir selbst. Wie kommst du darauf, dass er sich in sie verlieben wird?«

»Du hast sie doch gesehen, Maggie, und du hast auch gesagt, dass alle Männer von Schönheit geblendet werden. Außerdem ist Fiona eine reiche Erbin, und deshalb wird kein sterblicher Mann ihr widerstehen können.«

»Abwarten«, sagte Maggie. »Bis dahin müssen wir sie alle genau beobachten, um herauszufinden, in welchem Sterblichen sich Claud verbirgt.«

»Was heckt ihr beiden denn nun schon wieder aus?« Mit diesen Worten tauchte Fergus aus dem Nichts auf.

»Du solltest doch auf unser Mädchen aufpassen«, sagte Maggie.

»Das habe ich auch getan, aber jetzt schläft sie. Und dich, Maggie, kenne ich gut genug, um zu merken, dass ihr beide etwas im Schilde führt. Das Mädchen hier hat irgendetwas mit dem jungen Chisholm vor.«

»Ich will bloß, dass er Mistress Carmichael heiratet«, sagte Catriona. »Und das wird er auch, denn er hat die Absicht, zu der Hochzeit zu gehen. Dann wird er sehen, wie schön Fiona ist.«

»Und was nützt das, wenn Mistress Carmichael seinen Onkel heiratet?«

»Nicht doch. Wenn Kit Chisholm sieht, wie schön sie ist, wird er sich zu erkennen geben und sie selbst zur Frau nehmen.«

»Und das ist euer ganzer Plan?« Fergus blickte skeptisch drein.

Catriona warf einen raschen Blick auf Maggie, die antwortete: »Naja, ein Teil davon. Aber ich weiß nicht, ob ich dir alles verraten soll.«

Fergus wollte sich schon aufregen, da sagte Catriona: »Du hast selbst gesagt, dass wir es ihm erzählen müssen, Maggie. Schließlich ist er nicht auf den Kopf gefallen und kann uns eine große Hilfe sein.«

Da beruhigte sich Fergus wieder und schaute Maggie erwartungsvoll an.

»Also gut«, sagte sie. »Du musst wissen, dass Jonah Bonewits Claud mit einem Sterblichen vermischt hat, der sich wahrscheinlich auf Mute Hill oder auf Hawks Rig aufhält. Und diesen Sterblichen müssen wir finden, wenn wir Claud retten wollen.«

»Und wie machen wir das?«, wollte Fergus wissen. Der Name Jonah Bonewits hatte ihn offensichtlich erschreckt.

»Wir müssen nach Sterblichen suchen, die sich wie mein Claud verhalten.«

»Aber ich kenne ihn doch gar nicht.«

»Was einem bei Claud als Erstes auffällt, ist, dass er sich in jedes Mädchen verguckt, das nur mal kurz mit dem Hintern wackelt«, erklärte Maggie, wobei sie einen vielsagenden Blick auf Catriona warf. »Außerdem ist er impulsiv und gedankenlos. Und er hält sich nicht gerne an Regeln. Es sollte also nicht allzu schwierig sein.«

»Ja, gewiss«, stimmte ihr Catriona zu. »Aber Claud ist auch nett und freundlich. Und er wird Angst und Heimweh haben. Es lässt sich nicht sagen, welchen Einfluss er auf den Sterblichen hat, an den er gebunden ist. Daher müssen wir sie alle – Männer und Frauen – genau beobachten und herausfinden, wer von ihnen sich in letzter Zeit verändert hat. Stimmt das nicht, Maggie?«

»Doch. Streng deinen Grips an, Fergus. Catriona scheint ja der Meinung zu sein, dass du welchen hast.«

Er warf ihr einen beleidigten Blick zu und lächelte dann Catriona an. »Wir werden ihn finden«, sagte er zuversichtlich. »Du wirst schon sehen.«

Maggie nickte. Sie freute sich, dass sie und Catriona wider Erwarten so gut zusammenarbeiteten. Auf jeden Fall wusste das Mädchen genau, wie sie mit Typen wie Fergus Fishbait umgehen musste.

7

In der Nacht setzte der Regen wieder ein. Der Sturm trieb die Schauer mit einer solchen Wucht gegen die geschlossenen Fensterläden, dass Anne davon aufwachte. Das war nicht das erste Mal in dieser Nacht, denn wie gewöhnlich war Sir Toby spät heimgekommen und hatte entweder wieder einen seiner Zechkumpane mitgebracht oder aber Eustace geweckt, damit der ihm beim Trinken Gesellschaft leistete. Anne hatte sich nicht weiter darum gekümmert, sondern sich bloß das Kissen über den Kopf gezogen und war wieder eingeschlafen.

Doch das Prasseln des Regens hielt sie wach. Sie überlegte, ob die Fensterläden in Fionas Kammer wohl geschlossen waren. Das Mädchen schlief häufig bei geöffneten Läden, und da auf Mute Hill House nur die obere Hälfte der Fenster verglast war, würde es in diesem Fall hereinregnen.

Weil die Frage ihr keine Ruhe ließ, stand Anne auf und zog ihren Schlafrock und die pelzgefütterten Pantoffeln über. Die Galerie war nur schwach erleuchtet vom flackernden Licht der Nachtkerzen, die an beiden Seiten in ihren wassergefüllten Porzellanschalen brannten. Anne eilte zu Fionas Kammer und trat ein.

Wie sie befürchtet hatte, wehten die Vorhänge wild im Wind, und Regen prasselte auf den Fußboden. Sie schloss die Tür, damit sie nicht zuschlagen konnte, bevor sie schnell zum Fenster hinüberging, um die Läden zu schließen. Dabei achtete sie darauf, nicht in die Pfützen zu treten. Fionas Bettvorhänge waren nur halb zugezogen, und Anne konnte erkennen, dass ihre Cousine trotz des tosenden Unwetters friedlich schlief. Lächelnd durchquerte Anne wieder den Raum und öffnete die Tür.

Direkt vor ihr stand Eustace Chisholm, die Hand noch nach der Türklinke ausgestreckt, und starrte sie verdutzt an. Anne konnte seinen weingeschwängerten Atem riechen.

Mit großer Willensanstrengung gelang es ihr, sich ihren Schrecken und Zorn nicht anmerken zu lassen. Sie starrte ihn nur kalt und schweigend an und verkniff sich, den Gedanken laut auszusprechen, der ihr durch den Kopf schoss – dass es besser gewesen wäre, diesen elenden Lüstling gleich nach der Geburt zu ersäufen.

Er richtete sich leicht schwankend auf und lallte mit schwerer Zunge: »W-was zum Teufel macht Ihr denn hier?«

»Ich habe die Fensterläden geschlossen«, entgegnete sie mit eisiger Stimme. »Fiona lässt sie häufig offen.«

»Dumm von ihr«, erwiderte er. »Es regnet, als käme die Sintflut, und außerdem ist es immer gefährlich, nachts die Fenster offen zu lassen. Ich werde auf jeden Fall dafür sorgen, dass dieser Leichtsinn aufhört.« Als Anne nicht reagierte, sondern ihn nur weiter anstarrte, setzte er steif hinzu: »Ich wollte nur sehen, ob das Gewitter sie nicht erschreckt hat.«

»Sie ist hier zu Hause und hat schon so manchen Sturm erlebt.«

»Ja, gewiss, aber ein Mann will schließlich sein Mädchen beschützen«, sagte er. »Das gilt wohl für jeden Bräutigam.«

Malcolm Voles Stimme vom anderen Ende der Galerie ließ sie beide zusammenfahren. »Du liebe Zeit, was soll denn das? Das ist doch wohl nicht die richtige Zeit für eine Unterhaltung.«

»Hütet Eure Zunge, Sir«, blaffte Eustace.

Malcolm richtete sich zu seiner vollen Größe auf, kniff die Augen zusammen und sagte, hochmütig wie immer: »Dies hier ist ein ehrbares Haus, Sir, auch wenn der Hausherr schon seit langem das Zeitliche gesegnet hat. Ich wüsste gerne, was Euch und Lady Anne mitten in der Nach herführt.«

Anne wäre fast vor Wut geplatzt, doch dann bemerkte sie

Eustaces bestürztes Gesicht und musste beinahe lachen. Nicht einmal ihre törichte Tante würde es für möglich halten, dass sie ausgerechnet mit Eustace direkt vor Fionas Tür ein Stelldichein haben könnte. So ein Blödsinn konnte nur Malcolm Vole einfallen.

Immerhin ließ sich der Haushofmeister von Eustaces empörtem Protest nicht einschüchtern, der beteuerte: »Ich bin Euch zwar keine Rechenschaft schuldig, aber ich kann versichern, dass ich Lady Anne ganz zufällig hier getroffen habe. Und was meine Anwesenheit angeht, so glaubte ich einen Schrei aus Mistress Fionas Kammer gehört zu haben. Ich fürchtete, sie könnte bei diesem Wetter Angst bekommen haben.«

»Aha«, sagte Malcolm lediglich mit hochgezogenen Brauen. In diesem Augenblick war er Anne beinahe sympathisch.

Eustace sah das offenbar anders. »Ihr ... Ihr seid unverschämt, Sir«, knurrte er.

Jetzt hatte Anne es satt. »Gewiss wollte auch Malcolm sich nur vergewissern, dass der Sturm draußen bleibt, wo er hingehört. Und nun, Sir Eustace, wo wir beide uns davon überzeugt haben, dass es Fiona gut geht, wird Malcolm Euch zu Eurer Kammer begleiten. In diesem großen Haus kann man sich wirklich leicht verlaufen.«

Eustace funkelte sie böse an, sagte jedoch nichts, und während Anne nachdenklich den Männern nachsah, die über die Galerie davongingen, kam sie zu dem Schluss, dass der Alkohol Eustaces Gehirn vernebelt haben musste. Selbst dem dusseligen Malcolm konnte man nicht weismachen, dass ein Schrei aus Fionas Zimmer bis zu Eustaces Kammer auf der anderen Seite des Hauses dringen würde.

Maggie war kaum wieder in ihrer Wohnstube, als Fergus mit leuchtenden Augen hereingestürmt kam.

»Ich weiß, mit wem dein Claud vermischt wurde!«, rief er.

»Tatsächlich?«, fragte Maggie trocken. »Und wen hast du im Verdacht?«

»Es ist nicht bloß ein Verdacht. Es geht um diesen Halunken Eustace Chisholm.«

Sie runzelte die Stirn. »Wie kommst du darauf?«

»Er hat versucht, in Mistress Fionas Schlafkammer einzudringen. Mein Mädchen war drinnen, um die Fensterläden zu schließen und ist beim Hinausgehen fast in den elenden Kerl hineingerannt.«

Maggie blickte noch düsterer drein. »Willst du damit sagen, dass du auf Eustace gekommen bist, nur weil er hinter Mistress Fiona her ist?«

»Naja«, verteidigte sich Fergus, »du hast doch gesagt, dass Claud jedem Rock nachrennt, und Eustace benimmt sich genauso.«

»Überleg doch mal«, sagte Maggie, »Claud verliebt sich zwar öfter, als gut für ihn ist, doch er würde nie ein Mädchen belästigen, das nichts von ihm wissen will. Und außerdem ist Eustace doch schon seit mehr als einem Jahr scharf auf Mistress Fiona.«

»Ja, schon, aber Eustace schäkert doch mit jedem weiblichen Wesen, und ich wette, er geht mit jeder ins Bett, die dazu bereit ist«, beharrte Fergus. »Deshalb glaube ich immer noch, dass er es ist, mit dem Jonah Bonewits deinen Claud vermischt hat. Das wäre doch auch viel schlauer, als jemanden auszusuchen, der früher ganz anders war.«

»Da könnte was dran sein«, sagte Maggie. »Aber trotzdem brauchen wir noch mehr Beweise. Also halte weiterhin die Augen offen, mein Junge.«

»Ich bin jedenfalls sicher, dass es Eustace ist, und ich werde ihn genau beobachten«, antwortete Fergus.

»Tu das«, sagte Maggie freundlich und schob ihn zur Tür hinaus. Gedankenverloren starrte sie ins Feuer, das mittlerweile zusammengesunken war. Sie schnippte mit den Fingern, um es wieder zu entfachen, als sie eine Stimme hörte.

»Der alberne Bursche hat's noch nicht mal annähernd getroffen, Mag.«

Sie wirbelte so schnell herum, dass ihr ganz schwindlig wurde. Hinter ihr stand Jonah mit verschränkten Armen und boshaft funkelnden Augen. Fergus' Worte hatten sie so sehr beschäftigt, dass sie Jonahs Anwesenheit gar nicht bemerkt hatte.

»Was willst du nun schon wieder?«, fragte sie, bemüht, ihre Überraschung zu verbergen.

»Na, ich wollte nur hören, was der Junge zu erzählen hatte«, erwiderte er ganz unschuldig.

»Lass ihn in Ruhe, Jonah«, sagte sie. »Er hat mir erzählt, dass du ihm gedroht hast.«

Jonah zuckte die Achseln. »Du hättest ein bisschen besser nachdenken sollen, Maggie«, sagte er.

Sie schaute ihn wortlos an.

»Anscheinend hast du eine Kleinigkeit übersehen«, setzte er hinzu. Dann schwieg er, und Maggie wusste, dass er sie nur auf die Folter spannen wollte. Trotzdem konnte sie ihre Neugier nicht bezähmen.

»Was denn?«, fragte sie.

Er verdrehte nur die Augen, und in seinen Pupillen begannen sich bunte Ringe zu drehen wie auf einer Zielscheibe für Bogenschützen.

Maggie wartete stumm. Sie wusste, dass er im Grunde darauf brannte, es ihr zu verraten.

Leise fragte er: »Was wirst du tun, wenn du ihn findest?«

»Ich nehme ihn natürlich mit nach Hause.«

»Und wie?«

Sie zögerte. Er hatte sie gewarnt, dass er ihr irgendeine Falle gestellt hatte. Dennoch musste sie Claud unbedingt ausfindig machen und zurückholen. Wenn sie bloß wüsste, wie Jonah es angestellt hatte, Claud mit einem Menschen zu vermischen! Nur dann würde es ihr gelingen, den Bann zu lösen. Doch leider hatte sie keinen blassen Schimmer.

»Siehst du, Mädchen. Wie ich schon sagte, du hättest besser nachdenken sollen.«

»Ich kann jeden deiner Zauber rückgängig machen«, erwiderte sie zuversichtlich.

»Das mag schon sein, aber in diesem Fall ist es damit nicht getan.«

Sein Ton ließ sie aufhorchen, und sie antwortete: »Du hast also etwas ganz Schreckliches angestellt. Und was ist es?«

»So schlau, wie du bist, wird es überhaupt kein Problem für dich sein, Mag, aber um die Sache ein bisschen spannender zu machen, habe ich ihn noch mit einem klitzekleinen Extrazauber belegt.«

»Was für einen Extrazauber?«, fragte sie, nun doch ein wenig unsicher.

»Wirklich nur eine winzige Kleinigkeit, Mädchen. Um Claud zu befreien, musst du den Sterblichen töten, mit dem ich ihn vermischt habe.«

Das also hatte er die ganze Zeit im Schilde geführt. Wenn sie irgendeinen Sterblichen tötete, würde sie viel mehr einbüßen als nur ihren Sitz in der Runde. Für immer und ewig würde sie aus dem Geheimen Clan ausgestoßen und wäre damit eine leichte Beute für die Wilde Jagd.

Die Wilde Jagd, das waren die Geister von Sterblichen und Angehörigen des Kleinen Volkes, die mit ungesühnten Sünden beladen in den Tod gegangen waren. Wie ein riesiger Krähenschwarm fegten sie durch die Nacht und ergriffen jeden, der einen Verrat begangen oder die Gesetze des Clans gebrochen hatte. Sie zwangen diese armen Seelen, zur Buße bis in alle Ewigkeit mit ihnen zu fliegen. Soweit Maggie wusste, war es noch nie jemandem gelungen, der Wilden Jagd wieder zu entkommen. »Und was ist, wenn jemand anders diesen Sterblichen tötet, oder er eines natürlichen Todes stirbt?«

»Dann muss auch Claud sterben, fürchte ich. Da gibt es übrigens noch etwas«, fügte er hinzu.

Mit zusammengepressten Lippen funkelte sie ihn an.

»Falls du den falschen Sterblichen tötest, wird der Junge zwar von meinem Zauber erlöst, doch zur Strafe müsst ihr dann beide mit der Wilden Jagd fliegen.«

Maggie zuckte zusammen. Claud hatte immer entsetzliche Angst davor gehabt, dass ihn die Wilde Jagd zu fassen bekäme, das wusste Jonah genau. Was hatte er ihr da bloß eingebrockt!

Doch bevor sie ihm mitteilen konnte, was sie von ihm hielt, löste er sich schon in einem Wirbel bunter Funken auf.

Auf dem Weg in ihre Kammer überlegte Anne, was Eustace wohl in Fionas Schlafzimmer gewollt hatte. Alles, was ihr einfiel, ließ ihn noch verachtenswerter erscheinen.

Doch gleich darauf war sie mit ihren Gedanken wieder bei dem faszinierenden Sir Christopher und den Worten, die er ihr beim Abschied auf dem Hof zugeflüstert hatte.

Bestimmt war es keine Lüge gewesen, dass man ihn auf einem Gefängnisschiff eingesperrt hatte. Doch was hatte er nur verbrochen, und war er entkommen oder freigelassen worden? War er wirklich der richtige Mann für Fiona?

Energisch schob sie diese Gedanken beiseite. Zwar kannte sie ihn kaum und wusste nur das über ihn, was er ihr selbst erzählt hatte. Selbst sein Gesicht war im schwach erleuchteten Hof nur undeutlich zu sehen gewesen. Doch er hatte ein ansteckendes Lachen und eine warme, volltönende Stimme. Und insgeheim musste sie zugeben, dass sie seinen kurzen, unverhofften Kuss sehr genossen hatte. Ihr Gefühl sagte ihr, dass sie ihm vertrauen konnte, und ihr Gefühl hatte sie noch nie getrogen.

Am nächsten Morgen war sie fest entschlossen, die Pläne dieses widerwärtigen Eustace mit allen Mitteln zu vereiteln.

Als Peg geschäftig in die Kammer gelaufen kam, um ihr beim Ankleiden behilflich zu sein, fragte Anne: »Sind noch weitere Gäste im Haus?«

Peg, die ausgezeichnet zwischen den Zeilen lesen konnte,

antwortete: »Gott sei Dank nicht. Sir Toby hat gestern Nacht tatsächlich ein paar neue Freunde mitgebracht, aber dieser Ashkirk war noch auf und hat sie wieder weggeschickt. Einer der Diener, der dabei war, hat mir erzählt, dass Ashkirk Sir Toby einen Dummkopf nannte, weil der glaubte, Lady Carmichael würde jemals so einen Trunkenbold zum Mann nehmen. Doch dabei hätten die beiden gelacht und danach noch eine ganze Weile Piquet gespielt und zwei Krüge Ale geleert.«

Obgleich Anne über Eustaces Benehmen genauso empört war wie Peg, war sie doch froh, dass sie sich am Tag vor Fionas Hochzeit nicht mit Tobys Saufkumpanen abgeben mussten. Zwar behauptete er immer, er sei nur auf der Suche nach einem neuen Ehemann für seine Nichte. Doch wusste er ganz genau, wie abstoßend Olivia diese angeblichen Freier fand. Ihm ging es ganz offensichtlich nur darum, sie ein bisschen zu ärgern.

Nach dem Frühstück machte sich Anne auf die Suche nach Fiona. Bestimmt würde Olivia gleich nach ihnen schicken und ihnen eine ganze Reihe von Arbeiten auftragen.

Fiona war zwar schon wach, hatte aber anscheinend nicht die geringste Lust, aufzustehen und sich anzuziehen. Ihre Zofe schien sehr erleichtert, als Anne in die Kammer trat.

»Ich habe Angst, dass sie krank ist, Mylady«, sagte sie mit verhaltener Stimme.

Nach einem kurzen Blick auf ihre Cousine erwiderte Anne: »Sie ist erschöpft, Molly, das ist alles. Ich finde, sie sollte sich heute ausruhen, doch vermutlich ist meine Tante da anderer Meinung.«

»Die Lady hat schon nach ihr gefragt«, sagte die Dienerin.

Anne nickte. »Lass mich nur machen. Ich schicke nach dir, falls ich dich brauche.«

»Danke, Mylady. Ich bin nebenan und packe die Sachen ein, die sie mit nach Hawks Rig nehmen soll.«

Als Molly fort war, drehte sich Anne zum Bett um, wo

Fiona lag, die Decke bis zum Kinn hochgezogen und die Augen fest zusammengekniffen.

»Du brauchst gar nicht so zu tun, als ob du schlafen würdest«, sagte Anne. »Ich weiß genau, dass du wach bist. Wenn du nicht aufstehen willst, kannst du ja von mir aus liegen bleiben, aber dann bekommst du auch kein Frühstück.«

»Ich will gar keins«, flüsterte Fiona mit schwacher Stimme. »Ich bin ganz furchtbar krank, Anne. Bestimmt habe ich dieses schreckliche Fieber, an dem die ganzen Leute gestorben sind.«

»In weitem Umkreis hat sich schon seit Wochen keiner mehr mit dem Fieber angesteckt«, erwiderte Anne und zog die Bettvorhänge vollends auf. Graues Licht drang durch die Fenster, denn der nächtliche Sturm hatte sich zwar gelegt, doch noch immer fiel ein leichter Nieselregen.

»Nun komm schon«, sagte Anne in bestimmtem Ton. »Wenn deine Mutter hört, dass du krank bist, kommt sie bestimmt auf der Stelle angerannt, und du möchtest dich doch sicher anziehen und etwas stärken, bevor du mit ihr redest.«

Fiona wurde noch bleicher, schlug aber die Augen auf und schaute Anne bekümmert an. »Was würdest du an meiner Stelle tun, Anne?«

»Ich würde Eustace zum Teufel schicken und Tante Olivia bitten, mir einen anderen Mann zu suchen.«

»Bei dir klingt das alles so einfach, aber du weißt doch genau, dass es immer schiefgeht, wenn ich versuche, so zu sein wie du. Ich bin sicher, auch diesmal würde es mir schlecht bekommen.«

Das war nicht übertrieben. Anne hatte schon öfter erlebt, was geschah, wenn ihre Cousine Anstalten machte, sich Olivias Wünschen zu widersetzen. Dennoch wünschte sie, Fiona wäre ein wenig beherzter.

»Dann solltest du jetzt besser aufstehen und tun, was sie verlangt, Liebes«, sagte sie nur. »Molly sagt nämlich, deine Mutter habe schon nach dir gefragt.«

Seufzend setzte sich Fiona auf und schlug widerwillig die Bettdecke zurück.

Als Anne ihr half, ein schlichtes, aber elegantes lavendelblaues Kleid anzuziehen, murmelte Fiona: »Ich sollte einfach fortlaufen. Ich könnte ja in ein Kloster gehen. Genau das werde ich auch tun!«

Anne konnte sich das Lachen nicht verkneifen. »Ja, das wäre genau das Richtige. Dann hätte sich die Hochzeit wohl erledigt«, kicherte sie, worauf Fiona ihr einen vorwurfsvollen Blick zuwarf.

»Genau.«

»Du kleines Dummerchen, du bist doch schließlich eine bedeutende Erbin. Ich kann mir zwar vorstellen, dass dich jedes Kloster mit Kusshand aufnehmen würde, aber nur, wenn du deine Besitztümer mitbrächtest. Doch dazu brauchtest du die Erlaubnis deiner Treuhänder, und da deine Mutter unter ihnen ist, scheidet diese Möglichkeit von vornherein aus.«

»Hast du auch solche lästigen Treuhänder, Anne?«, erkundigte sich Fiona und nahm auf einem Hocker Platz, damit Anne sie frisieren konnte.

»Nun ja, ich habe zwei, aber lästig sind sie nicht«, erklärte Anne, während sie Fionas Zöpfe löste und das goldblonde Haar bürstete. »Einer von ihnen ist Ben Scott, der Vertraute meines Vaters in Hawick, und der andere der jetzige Graf von Armadale. Obwohl ich ihn schon vor einer ganzen Weile vom Tod meines Vaters unterrichtet habe, hat er sich bisher noch nicht dazu herabgelassen, auf meinen Brief zu antworten. Aber Mr. Scott hat mir mitgeteilt, dass die meisten Entscheidungen auch von einem Treuhänder allein getroffen werden können, und er hat auf jeden Fall nie versucht, mir etwas vorzuschreiben. Er weiß, dass ich ein vernünftiges Mädchen bin, sagt er, und deshalb brauche ich nur zu sagen, was ich wünsche, und er wird es in die Wege leiten. Ich kann mir nicht vorstellen, dass mir der neue Graf Schwierigkeiten machen wird, wenn er sich überhaupt jemals meldet.«

»Aber deine Situation muss doch meiner ganz ähnlich sein«, sagte Fiona. »Bestimmt war dein Vater mindestens so reich wie meiner.«

»Das weiß ich nicht, und es ist mir auch gleichgültig«, erwiderte Anne. Sie legte die Bürste aus der Hand, um das Haar ihrer Cousine zu einem dicken Zopf zu flechten, der dann im Nacken zu einem Knoten geschlungen wurde. »Das meiste von dem, was mein Vater hinterlassen hat, ging direkt auf seinen Nachfolger über, musst du wissen. Dazu gehören auch seine Titel und sein Landbesitz. Ich erbe nur Ellyson Towers, weil es ursprünglich zum Erbteil meiner Mutter gehörte, und dazu genügend Geld, um das Haus und mich selbst zu unterhalten. Mr. Scott hat mir versichert, dass es für ein standesgemäßes Leben reicht. Trotzdem erwartet er, dass ich meine Zukunft durch eine gute Heirat zusätzlich absichere.«

»Das solltest du auch«, sagte Fiona und betrachtete sich in dem Spiegel, den Anne ihr vorhielt. »Mutter sagt, sobald ich verheiratet bin, wird sie einen Mann für dich suchen. Sie meint, das wird ihr ein Leichtes sein, wo du doch eine Grafentochter bist.«

»Bei allem Respekt für deine Mutter, die ja selbst die Tochter eines Grafen ist, aber die Tatsache, dass mein Vater nicht mehr lebt und sein Nachfolger mich kaum kennt, erhöht meine Chancen auf dem Heiratsmarkt nicht gerade.« Anne versuchte, sich nicht anmerken zu lassen, wie unangenehm ihr das Thema war. »Und außerdem«, fuhr sie fort, »kann ich mir nicht vorstellen, dass deine Mutter in Bezug auf Männer den gleichen Geschmack hat wie ich.« Und das ist noch stark untertrieben, fügte sie im Stillen hinzu. »Bist du jetzt bereit hinunterzugehen?«, fragte sie schließlich.

»Ich glaube schon.«

Ohne ein weiteres Wort ging sie mit ihrer Cousine in die Halle hinunter, nahm neben ihr an der hohen Tafel Platz und sah zu, wie Fiona einen Korb mit kleinen Weißbroten und weichem weißem Gebäck, einer Spezialität der Gegend, begutachtete. Schließlich nahm sie sich ein Stück davon, bestrich es mit Honig und begann, daran zu knabbern. Als sie einem Diener befahl, ihr ein Glas Claret zu bringen, gab Anne ihm die Anweisung, den Wein großzügig mit Wasser zu mischen.

Fiona bedachte sie mit einem schiefen Blick. »Hast du Angst, ich könnte einen Schwips kriegen, Anne?«

»Ich glaube nur, es wäre besser, wenn wir beide Tante Olivia heute keinen Grund zur Klage geben würden«, entgegnete Anne.

Doch in dem Augenblick, als sie beide das Gemach der Lady betraten, war ihre Hoffnung dahin, denn ihre Tante beäugte sofort missbilligend Fionas Kleidung.

»Dieses Kleid ist einfach trübsinnig, Fiona. Du musst dich unbedingt umziehen, bevor du Ashkirk unter die Augen trittst.« Dabei wies sie Malcolm Vole mit einer Handbewegung an, den Becher auf dem Tischchen neben ihr erneut zu füllen. »Du wirkst heute so blass und fade, deshalb ist es umso wichtiger, dass du etwas anziehst, das deine Schönheit zur Geltung bringt.«

Anne sah, wie ihrer Cousine die Tränen in die Augen stiegen, und ärgerte sich darüber, dass Olivia ihre Tochter in Gegenwart des Haushofmeisters zurechtwies. Daher versuchte sie, ihre Tante vom Thema abzulenken. »Fiona ist immer noch sehr müde, Tante Olivia. Sie kann sich doch später auch noch umziehen.«

»Ich denke doch, ich weiß am besten, was meine Tochter zu tun hat, Anne. Auf jeden Fall steht es dir nicht zu, mir gute Ratschläge zu erteilen.«

Unwillkürlich versteifte sich Anne, erwiderte jedoch ganz ruhig: »Wenn ich zuweilen meine Befugnisse überschreite, Madam, dann liegt es wohl daran, dass ich es mir nur schwer abgewöhnen kann, Anweisungen zu geben. Wie die meisten Frauen im Grenzland blieben meine Mutter und ich oft allein auf Ellyson Towers zurück, wenn mein Vater und mein

Bruder unterwegs waren. Daher erscheint es mir vielleicht nur zu natürlich, einen großen Haushalt zu führen.« Dass die Trägheit, die ihre Tante häufig an den Tag legte, einen Anteil daran hatte, sagte sie nicht.

Olivia fächelte sich ein wenig heftiger Luft zu. »Ich weiß wirklich nicht, wie ich einen Mann für dich finden soll, wenn du immer so entschlossen auftrittst. Trotzdem werde ich mein Bestes tun, sobald meine liebste Fiona versorgt ist. Vielleicht weiß ja Ashkirk jemanden für dich. Malcolm, bitte sieh nach, ob er etwas benötigt«, fügte sie an den Haushofmeister gewandt hinzu. Anne war nur froh, dass sie nicht zu antworten brauchte. Nur mit äußerster Mühe gelang es ihr, die Bemerkung hinunterzuschlucken, dass kein Mann, den Eustace Chisholm vorschlug, jemals Gnade vor ihren Augen finden würde. Als der Haushofmeister hinausging, hatte sie sich wieder einigermaßen in der Gewalt.

Olivia blickte Malcolm mit einem fast zärtlichen Blick nach. »Wenn Malcolm nur von besserer Herkunft und ich nicht in so tiefer Trauer wäre«, sagte sie mit einem leisen Lachen, noch bevor sich die Tür ganz hinter ihm geschlossen hatte, »wäre ich tatsächlich in Versuchung, ihn zu heiraten. Er wäre genau der Richtige für mich.«

»Aber Mama, das kann doch nicht dein Ernst sein!« Fiona schüttelte sich.

Anne sah, wie die Tür, die noch einen Spalt offen gestanden hatte, erst jetzt ganz leise zugezogen wurde. »Ich bin sicher, dass Malcolm Euch gute Dienste leistet, Madam«, sagte sie.

»Das tut er wirklich«, erwiderte Olivia. »Und wer weiß, vielleicht haben sich ja die Sitten geändert, wenn ich meine Trauerzeit eines Tages beende – falls ich es denn jemals über mich bringen sollte.«

Fiona starrte ihre Mutter nur sprachlos an, doch Anne lenkte ihre Cousine mit der Frage ab, ob sie vor dem Mittagessen noch etwas für sie tun könne.

»Das solltest du besser mich fragen, meine Liebe«, bemerkte Olivia wie erwartet. »Wenn Fiona mit dem Frühstück fertig ist, sollte sie mit Ashkirk ein wenig im Garten spazieren gehen. Und wenn sie sich jetzt noch nicht umziehen möchte, kann sie ja den grauen Umhang mit dem Pelzbesatz tragen, der ihr so gut steht.«

Anne warf einen Blick aus dem Fenster in den Garten hinaus.

Es hatte aufgehört zu nieseln, doch überall auf den Wegen standen Pfützen, und die Sträucher glitzerten vor Nässe.

»Es ist zu feucht, um im Garten herumzulaufen«, sagte Fiona.

»Dann kannst du ja ein wenig mit ihm durch die Galerie flanieren«, entgegnete Olivia mit schmalen Augen. »Bitte, Fiona, fang doch nicht wieder an zu weinen. Kein Gentleman mag eine Frau, die bei seinem Anblick dauernd in Tränen ausbricht.«

Anne legte Fiona den Arm um die Schultern. »Ich helfe ihr beim Umziehen, Madam.«

»Gut.«

Daraufhin schob Anne ihre Cousine geradezu aus dem Zimmer. Draußen bat sie eine Dienstmagd, die gerade Blumen aus einer Vase nahm, Fiona in ihre Kammer zu begleiten. »Ich komme gleich nach, Liebes«, sagte sie. »Ruh dich so lange aus.«

»Wo gehst du denn hin?«

»Noch einmal zu deiner Mutter, bevor Moira oder Eustace auftauchen. Ich versuche, sie zu überreden, dich heute ein bisschen in Ruhe zu lassen.«

»Ach, das wäre zu schön«, seufzte Fiona.

Anne ging zurück in das Gemach der Lady, die soeben ihren Stickrahmen zur Hand genommen hatte, um das neue Muster zu begutachten.

»Verzeiht, dass ich Euch noch einmal störe«, entschuldigte sich Anne, als Olivia aufblickte, »aber ich wollte nur sagen, dass ich es besser fände, wenn Fiona Eustace heute, einen Tag vor der Hochzeit, nicht zu treffen brauchte.«

»Du vergisst dich, Anne. Fiona wird tun, wie ihr geheißen.«

»Ja, genau wie sonst auch«, erwiderte Anne. »Aber sie ist ganz außer sich vor Angst vor diesem schrecklichen Mann, und ich fürchte, wenn sie heute schon wieder seine Aufdringlichkeiten erdulden muss, wird sie morgen vor dem Altar ohnmächtig. Oder sie wird Mittel und Wege finden, sich dieser Heirat zu entziehen.«

Olivia runzelte die Stirn. »Hat sie wirklich so viel Angst vor ihm?«

»Aber das muss Euch doch klar sein. Ich finde es grausam, sie zu dieser Ehe zu zwingen.«

»Mag sein, aber hier geht es ja nicht darum, was du findest. Fiona ist ein törichtes Mädchen und weiß nicht, was gut für sie ist. Wenn sie erst einmal mit Ashkirk verheiratet ist, wird sich die Angst schon legen, wie ich aus eigener Erfahrung weiß. Es wird dich vielleicht überraschen, aber ich war auch nicht gerade begeistert, als ich Sir Stephen heiraten musste. Doch ich hatte meinem Vater zu gehorchen, und du weißt ja, wie sehr ich meinen Gatten dann geschätzt habe.«

»Ja, aber mein Onkel war auch ein netter Mann«, erwiderte Anne. »Und das ist Eustace nicht.«

»Ich habe dich doch schon hundert Mal gebeten, ihn Ashkirk zu nennen. Er ist ein echter Gentleman, und selbst wenn nicht, musst du bedenken, dass er das Oberhaupt der einflussreichen Familie Chisholm ist. Als Lady Chisholm wird meine Fiona eine bedeutende Dame sein und bei Hofe verkehren.«

»Ja, das wird sie wohl«, sagte Anne nur und beschloss, es dabei zu belassen.

Die Dinge hatten sich so entwickelt, dass Maggie damit rechnete, bald selbst ins Geschehen eingreifen zu müssen. Doch zunächst einmal wollte sie sich vergewissern, ob die anderen sich auch pflichtbewusst um ihre Schutzbefohlenen kümmerten. Sie tauchte genau im richtigen Augenblick auf Mute Hill House auf, um zu sehen, wie Fergus in Richtung auf Lady Carmichael mit den Fingern schnippte.

»Was machst du denn da?«, erkundigte sich Maggie.

Wie ein ertappter Sünder fuhr er herum. »Schleich dich doch nicht so an!«, rief er. »Damit bringst du mir ja meinen ganzen Zauber durcheinander.«

»Ich werde dich gleich durcheinanderbringen, du vergesslicher Wurm. Antworte mir gefälligst!«

Fergus zog eine unwillige Grimasse. »Lady Anne möchte, dass sich ihre Cousine ausruht. Das ist alles.«

»Aber ihre Cousine ist doch gar nicht hier«, stellte Maggie fest.

»Nein, sie ist oben. Mein Mädchen wollte gerade ihre Tante überreden, Fiona noch ein wenig ruhen zu lassen, und ich habe ein bisschen nachgeholfen. Das wird man ja wohl noch dürfen, oder?«

»Ja«, erwiderte Maggie. »Aber ich habe so eine Ahnung, dass wir in dieser Geschichte noch so manches tun werden, was der Runde besser nicht zu Ohren kommt. Wo ist eigentlich Catriona?«

Fergus zuckte die Achseln. »Bei ihrem Schützling, nehme ich an.«

Maggie nickte. Sie würde sich vergewissern, wie Catriona sich machte und ihr mitteilen, was Jonah ihr verraten hatte. Danach würde sie entscheiden, wie viel sie Fergus erzählen würde. Doch zuerst einmal wollte sie sich unter vier Augen mit Anne Ellyson unterhalten.

Nachdem es ihr schließlich doch noch gelungen war, ihrer Tante das heutige Treffen zwischen Fiona und Eustace auszureden, stieg Anne die Treppe hinauf. Bewacht von Molly schlief ihre Cousine tief und fest.

»Lass keinen hier herein, Molly«, wies Anne die Zofe an.

»Wenn die Lady Mistress Fiona zum Mittagessen holen lässt, dann sagst du, Fiona habe das Frühstück erbrochen und könne noch immer nichts zu sich nehmen. Das sollte uns eine Atempause bis zum Abendessen verschaffen. So wie ich Sir Toby kenne, wird er unseren erlauchten Gast heute Abend unterhalten, sodass Fiona unbesorgt zum Nachtmahl erscheinen kann.«

Anne fragte sich noch immer leicht beunruhigt, was Olivia vorhaben mochte, doch gegen Mittag wurde klar, dass sie sich darüber nicht den Kopf zu zerbrechen brauchte. Kaum hatte der Vorschneider den Braten tranchiert, da teilte Olivia Eustace schon mit, dass Fiona unpässlich sei. »Sie ist einfach völlig erschöpft von den Hochzeitsvorbereitungen«, erklärte sie. »Sie möchte eben, dass alles reibungslos vonstattengeht. Aber morgen wird sie wieder munter wie immer sein, das verspreche ich Euch, Sir.«

»Du liebe Zeit«, erwiderte er, »will sie denn auch noch den ganzen Nachmittag verschlafen?«

Scheinbar beiläufig sagte Anne: »Vielleicht benötigt sie nur ein wenig Ruhe, Sir. Sie ist wirklich völlig ausgelaugt, und wir wollen doch nicht, dass sie krank wird. Stellt Euch nur vor, sie würde bei der Trauung zusammenbrechen!«

»Ich muss zugeben, das wäre äußerst unerfreulich«, erwiderte er und fasste sie scharf ins Auge. »Seid Ihr sicher, dass sie auch wirklich vor dem Altar erscheint?«

»Aber ja doch«, warf Anne in demselben leichten Ton ein, noch bevor Olivia etwas sagen konnte. »Dafür werde ich persönlich sorgen, Sir. Wie Ihr wisst, ist Fiona überaus folgsam. Und wenn sie sich heute ein wenig ausruhen kann, wird sie ihren Part morgen mit Bravour meistern.«

Und mit ein wenig Glück, dachte Anne, *wird sie dann einen angenehmeren Ehemann haben.*

Sie konnte nur hoffen, dass Sir Chisholm zur Hochzeit kommen würde. Wenn nicht, musste sie sich eben etwas anderes einfallen lassen.

8

Als Anne am nächsten Morgen aufstand, war ihr klar, dass sie für den Rest des Tages keinen Augenblick mehr für sich haben würde. Also kleidete sie sich rasch an und nahm das Brötchen, das Peg ihr brachte, mit hinaus in den Garten. Sie hatte keine Lust, sich in der Halle sehen zu lassen, wo Diener sich daranmachten, die Tische für das Festmahl aufzustellen, das Brautpaar und Gäste nach der Zeremonie erwartete.

Auf der hohen Tafel standen Speisen für diejenigen Gäste bereit, die schon am Vortag eingetroffen waren. Die meisten von ihnen nahmen jedoch ihr Frühstück auf ihren Zimmern ein und würden daher Malcolm bei den Vorbereitungen nicht im Wege stehen. Braut und Bräutigam blieben in ihren jeweiligen Gemächern, bis es an der Zeit war, zur Kapelle aufzubrechen.

Anne benutzte die Dienstbotentreppe und huschte lautlos an Lady Carmichaels Schlafkammer vorüber, damit ihre Tante ihr nicht schon jetzt zahlreiche Aufgaben aufhalsen konnte. Anne musste noch einen Augenblick nachdenken, bevor das Getümmel begann.

Nach einer Reihe regnerischer Tage und einem Vorabend mit wolkenverhangenem Himmel war für Fiona ein sonniger Hochzeitsmorgen angebrochen. Die Luft duftete nach den Niederschlägen frisch, und das Bächlein, das mitten durch den Garten floss, plätscherte munter dahin.

Während Anne über die schmale gewölbte Steinbrücke schritt, bemerkte sie, dass mehrere Gärtner noch damit beschäftigt waren, Bäume und Büsche zu stutzen und so den Garten für die bevorstehende Feier herzurichten.

An einer Weggabelung atmete Anne tief durch, bevor sie

den Pfad einschlug, der von der Kapelle wegführte. Vielleicht gelang es ihr ja, ungestört noch ein wenig darüber nachzudenken, wie sie Fionas Hochzeit mit Eustace vereiteln konnte, falls Sir Christopher nicht erschien. Sie wusste, es würde immer schwieriger werden, einzugreifen, je näher die Trauung rückte. Auf jeden Fall würde der Vorfall auf ewig in die Annalen der örtlichen Geschichte eingehen, zumal, wenn Lady Anne Ellyson daran beteiligt war.

»Wäre das denn so schlimm? Schließlich willst du doch verhindern, dass deine Cousine diesen Mann heiratet.«

Anne blieb wie angewurzelt stehen und sah sich um.

»Hier bin ich. Hier oben.«

Als sie ihre Augen nach oben wandte, erblickte sie eine kleine, dicke Frau, die einen langen grauen Umhang über einem grünen Kleid trug. Sie saß auf dem untersten Ast einer hohen Buche.

»Du lieber Himmel, wer seid Ihr denn? Und wie seid Ihr da hinaufgekommen?«

»Mein Name ist Maggie Malloch«, antwortete die Frau. »Und ich sitze hier oben, weil ich es für klüger hielt, nicht unmittelbar vor deinen Augen aus dem Nichts aufzutauchen. Ich kann aber runterkommen, wenn du willst.«

»Ja, bitte, aber seid vors…«

Die Frau war verschwunden.

»Ist es so besser?«

Jetzt kam die Stimme von hinten, doch als Anne herumfuhr, war da niemand.

»Hier, auf dem Strauch!« Aus dem Augenwinkel bemerkte sie, dass sich im nahen Rosenbeet etwas bewegte. Die Frau, die auf einmal viel kleiner war, winkte ihr von einem Blatt aus zu, auf dem sie es sich – etwas unterhalb von Annes Sichthöhe – bequem gemacht hatte.

Anne schnappte nach Luft. »Was habt Ihr …? Ich meine, wie …?«

»So ist es schon viel besser, findest du nicht auch?«

Anne stellten sich die Nackenhaare auf; ihr Mund war wie ausgetrocknet. »Was für ein Wesen seid Ihr?«, fragte sie. »Schlafe ich vielleicht noch und träume das alles nur?«

»Du träumst nicht, und du wüsstest zweifellos, was ich bin, wenn du deinen eigenen Augen trauen würdest. Aber du brauchst keine Angst zu haben. Ich tue dir nichts. Ich hätte nur gerne gewusst, warum du dir solche Sorgen machst, wenn du dir doch im Grunde klar darüber bist, was das Richtige ist.«

»Seid Ihr eine vom Kleinen Volk?«

»So ist es. Aber wir wollen nicht von mir sprechen. Lass uns lieber über deinen Verdruss reden.«

»Aber Ihr müsst irgendwie meine Gedanken gelesen haben, denn ich habe bestimmt nicht laut gedacht.«

»Pst, nun hör doch mal auf zu plappern. Sag mir lieber, warum du nicht eingreifen kannst.«

»Weil sich das einfach nicht gehört, mag der Mann auch noch so ein Ekel sein«, erwiderte Anne und setzte hinzu: »Ich nehme an, es nützt nichts, wenn ich Euch sage, dass Euch die Sache nichts angeht.«

Maggie wischte den Einwand mit einer Handbewegung beiseite. »Über ein Problem zu reden ist oft schon die halbe Lösung«, sagte sie. »Hast du Angst, ich könnte ausplaudern, was du mir anvertraust?«

»Nein, das nicht«, antwortete Anne, die sich schon ein wenig beruhigt hatte. Noch nie zuvor hatte sie jemanden vom Kleinen Volk gesehen, ja, sie hatte die Geschichten darüber sogar immer als Ammenmärchen abgetan. Doch aus irgendeinem unerfindlichen Grund vertraute sie Maggie Malloch. »Wieso stellt Ihr mir diese Frage, wenn Ihr doch einfach meine Gedanken lesen könntet?«, wollte sie wissen.

»Ich möchte mich ein bisschen unterhalten. Und außerdem ist Gedankenlesen ungeheuer anstrengend. Mancher Sterbliche findet es außerdem verwirrend, wenn er meine Stimme in seinem Kopf hört.« – »So etwas könnt Ihr auch?«

»Ja schon, aber das fällt normalerweise unter unerlaubte Einmischung.«

»Und das hier ist keine Einmischung?«, fragte Anne ein wenig spöttisch.

»Nein«, kicherte Maggie.

»Aha. Nun ja, vielleicht hilft es mir wirklich, darüber zu reden. Welchen meiner Gedanken habt Ihr zuletzt gehört oder gelesen oder was auch immer?«

»Das mit den Annalen der örtlichen Geschichte. Wieso glaubst du eigentlich, dass es nicht geht?«

»Es ist eben so. Man mischt sich einfach nicht in die Hochzeitspläne anderer Leute ein. Ich meine, Eltern tun das natürlich schon. Sie arrangieren schließlich die Ehen ihrer Kinder. Aber für mich gehört sich das schlichtweg nicht.«

»Warum? Weil du eine Lady bist?«

»Zum einen das. Und ein paar Leute würden vielleicht behaupten, ich täte es nur aus Eifersucht, oder weil ich Eustace selbst heiraten will.«

»Und das stimmt nicht.«

»Selbstverständlich nicht. Er ist ein widerlicher Lüstling, der mich vermutlich umbringen würde, wenn ich eingriffe. Und wenn nicht er, dann meine Tante. Sie würde mich bestimmt von Mute Hill House fortjagen. Nicht, dass ich das besonders schlimm fände.« Sie schwieg, weil ihr mit einem Mal auffiel, wie bitter ihre Worte geklungen hatten. »Das hätte ich nicht sagen sollen, aber ... Wie ist es, sollen wir nicht ein wenig weitergehen? Wenn mich jemand sieht, wundert er sich sicher, dass ich mich mit einem Rosenstrauch unterhalte.«

»Einverstanden«, sagte Maggie, zupfte ein wenig Distelflaum von einer Pflanze und warf ihn in die Luft.

Zu Annes Verblüffung wurde der kleine flauschige Tuff immer größer, bis er so groß war wie ihre Faust. In etwa einem Meter Entfernung schwebte er vor ihr her, und auf einmal saß Maggie darauf, behaglich wie auf einem dicken Kissen, die Füße in den Stiefelchen sittsam gekreuzt, die molligen Hände im Schoß gefaltet.

»So können wir gehen und dabei reden«, sagte Maggie.

»Eure Stimme bleibt immer gleich, egal, wie groß Ihr seid«, bemerkte Anne erstaunt.

»Ja, warum auch nicht? Und jetzt los, Mädchen, heraus mit der Sprache. Sag ganz einfach, was dir durch den Kopf geht, denn ich weiß sehr wohl, dass du am liebsten wieder in deinem Zuhause wärst, König Heinrich hin oder her. Das ist doch auch ganz normal.«

»Ihr versteht mich anscheinend wirklich.«

»Ich weiß, dass du in dieser Sache kaum einen Ausweg siehst. Und was du auch tätest, immer liefe es auf einen Skandal hinaus.«

»Wenn ich meiner Tante erzähle, dass ich Sir Christopher getroffen habe ... Aber das wisst Ihr wahrscheinlich auch schon. Offenbar wisst Ihr ja alles über mich.«

»Ich habe gerade erst angefangen, dich zu beobachten, doch ich weiß wirklich schon mehr über dich, als du glaubst. Der Mann schien es dir ja sehr angetan zu haben.«

»Oh nein, eigentlich ...«

Sie verstummte, als Maggie nur mit einem wissenden Lächeln den Kopf schüttelte.

Anne runzelte die Stirn. Sie fand die Vorstellung, beobachtet zu werden, sehr beunruhigend. Und über ihre Gefühle gegenüber Sir Christopher wollte sie am liebsten gar nicht weiter nachgrübeln. Kaum war ihr der Gedanke durch den Kopf geschossen, da kam plötzlich ein warmes, tröstliches Gefühl über sie. »Habt Ihr das jetzt gemacht?«, fragte sie.

»Ja. Sei unbesorgt, wir wollen dir wirklich nichts Böses.«

»Wir?«

»Ich bin nicht die Einzige, mein Mädchen. Aber du musst wissen, dass nur wenige von meinem Clan denjenigen Sterblichen erscheinen können, die nicht das zweite Gesicht haben.«

»Können die anderen, die Ihr erwähntet, auch meine Gedanken lesen?«

»Nein, diese Fähigkeit haben nur ein paar von uns. Jeder vom Clan wäre in der Lage, dir zu sagen, wie du dich fühlst oder in welcher Stimmung du bist, aber um zu sehen, was im Kopf eines Menschen vorgeht, braucht es schon besondere Kräfte.«

»Ich verstehe«, sagte Anne, obgleich sie noch verwirrter war als zuvor.

»Um wieder auf unsere Angelegenheit zurückzukommen«, fuhr Maggie fort, »du befürchtest also, dass deine Tante dir nicht glauben würde, dass Sir Christopher noch am Leben ist, weil sie es nicht glauben *will.*«

»Wenn er noch am Leben wäre, würde sie sagen, hätte er sich auf Hawks Rig gemeldet, sobald er vom Tod seines Vaters erfuhr.«

»Und dann müsstest du ihr erläutern, warum er das nicht getan hat.«

Anne mochte sich gar nicht vorstellen, wie ihre Tante diese Erklärung aufnehmen würde.

»Du fürchtest, sie würde ihre Tochter lieber dem üblen Eustace geben, selbst wenn er nicht der rechtmäßige Ashkirk ist, als einem Mann, der auf einem Gefängnisschiff war«, sagte Maggie, die Annes Gedankengang gefolgt war.

Anne schaute sie forschend an. »Womit hat er sich in diese Lage gebracht?«

»Das darf ich dir nicht verraten«, erwiderte Maggie. »Denn das wäre nun wirklich eine Einmischung.«

»Ich verstehe das nicht«, sagte Anne. »Ist es nicht schon eine Einmischung, wenn Ihr Euch mir zeigt?«

»Ja, mag sein. Also sollte ich wohl besser verschwinden.«

»Nein, geht noch nicht!« Anne überlegte blitzschnell. »Könnt Ihr mir denn wenigstens sagen, für welche Verbrechen man im Allgemeinen zu einer derartigen Strafe verurteilt wird? Seit ich ihn getroffen habe, geht mir das nicht aus dem Sinn. Ich kann mir einfach nicht vorstellen, dass er ein Verbrechen begangen hat.«

Das Flaumwölkchen schoss nach oben und sank dann langsam wieder herab. Als es erneut auf Annes Augenhöhe angekommen war, sagte Maggie: »Frag mich nicht danach, denn ich darf es dir wirklich nicht verraten. Ich weiß auch nicht, ob der Bursche zur Hochzeit kommen wird. In die Zukunft blicken kann ich nämlich nicht. Ich wünschte, ich könnte es«, fügte sie bitter hinzu.

Anne seufzte. »Wenn Ihr mir nicht helfen könnt, weiß ich auch nicht mehr weiter. Denn sie würden mich bestimmt einsperren, wenn sie wüssten, dass ich die Hochzeit verhindern will. Und selbst wenn es mir gelänge, Einspruch gegen die Trauung zu erheben, würden Eustace oder Olivia mich wohl einfach fortschaffen lassen, und die Zeremonie ginge weiter.«

»Dürften sie sich so etwas denn erlauben?«

»Ja. Schließlich sind die meisten Gäste ihre Freunde. Und die würden wohl annehmen, dass ich den Verstand verloren habe.«

»Wer wird denn alles zur Hochzeit kommen?«

»Sicher viele Armstrongs« antwortete Anne achselzuckend. »Ihr müsst nämlich wissen, dass diese wilde Sippe, die vor nichts zurückschreckt, mit den Carmichaels verbündet ist. Wenn denen etwas ins Auge sticht, nehmen sie es sich ohne viel Federlesens und räumen jeden aus dem Weg, der ihnen nicht passt. Scott von Buccleuch und Branxholme wird auch da sein, weil seine erste Frau eine Carmichael war.«

»Aber sie ist tot, und seine zweite Gemahlin stammt aus einer anderen Familie.«

»Wenn Ihr das alles schon wisst ...«

»Ach egal, rede einfach weiter, so als ob du laut denken würdest.«

»Also gut. Es heißt, dass Buccleuch seiner zweiten Frau, Janet Kerr von Ferniehirst, schon überdrüssig ist und dass er ein Auge auf Janet Beaton geworfen hat. Wenn es einen rechtmäßigen Weg gäbe, würde er sie sofort heiraten.«

»Er ist ein sehr einflussreicher Mann, dieser Buccleuch.«

»Ja, und ebenso wie die Armstrongs steht er auf Eustaces und Olivias Seite. Die jetzige Lady Scott dagegen käme durchaus als Verbündete für Fiona in Frage.«

»Eine etwas unsichere Verbündete, nicht?«, gab Maggie zu bedenken.

Anne stieß einen Seufzer aus. »Selbst wenn sie mir zuhören sollten, würde sich doch keiner gegen Olivia stellen. Jedenfalls nicht sofort während der Trauungszeremonie.«

»Ich glaube, da hast du recht. Es hängt also alles von Sir Christopher ab. Die Frage ist nur, wird er überhaupt erscheinen und sich auch trauen, den Mund aufzumachen?«

»Könnt Ihr denn nicht auch mit ihm reden?«, fragte Anne. Doch in diesem Augenblick kam ein Gärtner um eine Wegbiegung, und Maggie Malloch verschwand. Der Distelflaum, jetzt wieder von ganz gewöhnlicher Größe, schwebte langsam zu Boden.

»Was hast du dir bloß dabei gedacht, mit meinem Mädchen über das alles zu reden?«, ertönte Fergus' Stimme, kaum dass Maggie sich unsichtbar gemacht hatte.

Natürlich hatte sie die ganze Zeit über bemerkt, dass er da war. Lautstark protestierend war er auf und ab und um sie herum geschwirrt, doch Maggie hatte ihn einfach ignoriert.

Jetzt sagte sie aufgebracht: »Darauf gebe ich dir gar keine Antwort, Fergus Fishbait. Und achte in Zukunft auf deinen Ton, wenn du mit mir redest!«

»Aber es geht dich doch ...«

Seine Worte endeten in einem schrillen Quieken; dann verstummte er abrupt und blickte Maggie entsetzt an. Die knurrte nur: »Wirst du mir jetzt vielleicht mal in Ruhe zuhören, Fergus? Und endlich still sein?«

Er nickte eifrig.

»Mir geht es nur um meinen Claud«, erklärte sie. »Ich habe zwar seine Gegenwart gespürt, konnte ihn aber noch nicht ausfindig machen. Es wird uns auch nicht weiterbringen, diese Sterblichen nur zu beobachten, und da du dich ihnen genauso wenig wie Catriona zeigen kannst ... He, bleib gefälligst sichtbar!«

Völlig konfus nickte er und schüttelte gleich darauf den Kopf, während er sich eilends bemühte, wieder feste Gestalt anzunehmen. Dabei deutete er flehentlich auf seinen Mund.

Sie schnippte mit den Fingern. »Willst du etwa sagen, dass du dich ihnen zeigen kannst?«

»Ja«, keuchte er.

»Ach ja, jetzt wo du es sagst, fällt mir wieder ein, dass die Ellyllon zuweilen über diese Fähigkeit verfügen. Aber ihr könnt doch nicht mit den Sterblichen reden, oder?«

Fergus schüttelte den Kopf.

»Na, das ist vielleicht auch ganz gut so. Doch ich denke, ich werde noch mit ein paar anderen dieser Menschen sprechen. Wir werden sehen. Ich habe dafür gesorgt, dass das Mädchen unser Gespräch schnell wieder vergisst, denn ich bin sicher, dass sie uns bei unserer Suche nach Claud nicht weiterhelfen kann.«

»Ich sage dir, er steckt in Eustace Chisholm«, sagte Fergus.

»Ach Quatsch«, blaffte Maggie und brachte ihn damit auf der Stelle zum Schweigen. Doch dann fiel ihr ein, dass Jonah das letzte Mal aufgetaucht war, gleich nachdem Fergus von seinem Verdacht gesprochen hatte, mit dem er ja angeblich so völlig falsch lag. Diese Behauptung Jonahs brachte sie auf den Gedanken, dass Fergus' Idee doch vielleicht nicht ganz so abwegig war.

Während sie zum Haus zurückging, fragte sich Anne, ob ihr die kleine Frau wirklich erschienen oder nur eine Ausgeburt ihrer Fantasie gewesen war. Eines war jedoch sicher, wenn Sir Christopher nicht kam, durfte sie während der Hochzeit auch nichts sagen. In diesem Augenblick fiel ihr ein, dass sie ihm ja gar nicht erzählt hatte, wo die Trauung stattfinden würde. Doch das, beruhigte sie sich gleich selbst, würde er bestimmt auch allein herausfinden.

Sie hatte sich jedenfalls lange genug hier draußen aufgehalten. Bestimmt war Fiona schon aufgestanden und musste sich der Ankleidezeremonie unterziehen, die die Tradition jeder Braut vorschrieb. Da sie versprochen hatte, dabei zu helfen, ging sie direkt zum Zimmer ihrer Cousine, wo es jedoch noch überraschend geruhsam zuging. Molly strich Fionas himmelblaues Hochzeitskleid glatt, das auf dem Bett ausgebreitet lag, während Fiona selbst hinter einem Wandschirm am Feuer ein Bad nahm. Olivia war noch nicht aufgetaucht.

»Wir sollen die Lady rufen, bevor wir mit dem Ankleiden beginnen«, erklärte Molly, als Anne sich nach ihrer Tante erkundigte.

Von ihrem Standort am Bett aus konnte Anne Fiona in dem tiefen Badezuber mit dem hoch gezogenen Rückenteil sitzen sehen. Ihre goldenen Locken waren aufgesteckt, und ihre Schultern und Brüste schimmerten rosig vom heißen Wasser. Die Luft war erfüllt vom Duft der französischen Seife und des Bouquets aus rosa und weißen Astern und hellblauem Rosmarin, das in einem Krug auf einem Tischchen neben der Tür stand.

»Du warst wohl noch eher auf als ich und hast die Blumen für deinen Brautstrauß und den Kranz gepflückt«, sagte Anne und deutete auf die Blumen.

»Nein«, antwortete Fiona, »Ich wollte nicht riskieren, ganz allein im Garten mit *ihm* zusammenzutreffen. Also hat Molly mir die Blumen geholt. Ich habe aber geholfen, sie in der Vase zu arrangieren.«

Anne brauchte nicht zu fragen, wer mit *ihm* gemeint war. Zwar sagte man, es brächte Unglück, wenn eine Braut ihre Blumen nicht selbst pflückte, doch Anne war nicht abergläubisch. Ihrer Ansicht nach wäre es für Fiona das größte Unglück gewesen, wenn sie draußen Eustace begegnet wäre. Obwohl er sich wohl kaum früher als unbedingt nötig aus dem Bett erhoben hatte.

Anne hatte befürchtet, dass es erneut zu einer so unangenehmen Szene wie am Tag zuvor kommen würde, daher sah sie mit Erleichterung, dass ihre Cousine sich anscheinend schweigend ihrem Bad widmen wollte. Leise fragte Anne die Zofe: »Willst du ihr nicht behilflich sein?«

Molly schüttelte den Kopf. »Sie hat seit dem Aufstehen kaum ein Wort gesprochen. Sie sagte nur, ich solle sie in Ruhe lassen, da heute noch genug Gewese um sie gemacht würde.«

»Ja, die ersten Gäste werden bald eintreffen«, erwiderte Anne, »und viele der Frauen werden ihr beim Ankleiden helfen wollen.«

»Ja, und die Lady ist bestimmt schon ganz ungeduldig«, sagte Molly. »Die Trauung beginnt erst in zwei Stunden, aber ich wette, im Garten an der Kapelle werden sich schon lange vorher die Leute drängen und auf den Brautzug warten.«

»Dann sollten wir jetzt zusehen, dass sie aus dem Zuber steigt. Bestimmt steht sie lieber im Hemd da, wenn die Damen kommen, als noch im Bad zu sitzen.«

»Ich kann euch hören«, ließ sich Fiona hinter dem Wandschirm vernehmen.

Anne lächelte. »Dann ist es ja nur gut, dass wir nichts gesagt haben, was du nicht hören solltest. Möchtest du jetzt das Handtuch haben?«

»Ja, bitte.«

»Ich bringe es ihr schon, Molly. Sag du bitte der Lady Bescheid, dass Mistress Fiona in ein paar Minuten zum Ankleiden bereit ist.«

Nachdem sie Fiona das große Badetuch und ihr Hemd aus weichem Baumwollstoff gereicht hatte, zog Anne einen Hocker ans Feuer und bedeutete Fiona, sich hinzusetzen, damit sie ihr das Haar bürsten konnte. Sie hatte gerade erst die Haarnadeln herausgezogen, mit denen Fionas weiche Locken festgesteckt waren, da ging die Tür auf, und Olivia trat ein, gefolgt von vier schwatzenden und lachenden Frauen. Fröhlich begrüßten sie Fiona und Anne, doch Olivia blieb unmittelbar hinter der Tür stehen und warf einen kritischen Blick in die Runde. Statt wie üblich schlichtes Schwarz oder dunkles Rot trug sie heute einen weißen Seidenschleier, der ihr immer noch hübsches Gesicht umrahmte und ihr im Rücken bis fast zum Boden reichte. Ihr modisches schwarzes Kleid war überladen mit ebenfalls schwarzer neapolitanischer Spitze, und an ihrem goldenen Gürtel hingen kleine Schmuckfigürchen und eine edelsteinbesetzte Parfumkugel.

Um den kritischen Bemerkungen zuvorzukommen, die ihrer Tante offensichtlich auf der Zunge lagen, sagte Anne freundlich: »Ich sehe, Ihr habt Eure Trauer ein wenig gelockert, Madam.«

»Ganz gewiss nicht«, entgegnete Olivia. »Doch nicht ausgerechnet am heutigen Tag, wo die Erinnerung an meinen geliebten Stephen allgegenwärtig ist. Weiß ist die Trauerfarbe der französischen Könige, musst du wissen, und daher einer Grafentochter absolut angemessen.«

»Es ist wirklich ein überaus elegantes Kleid«, pflichtete Anne ihr bei.

»Warum hast du diesen Badezuber nicht fortschaffen lassen?«, fragte Olivia. »Er steht im Weg.«

»Molly wird sich darum kümmern«, erwiderte Anne und fuhr fort, Fionas Haar zu bürsten.

»Aber du bist ja noch nicht umgezogen, Anne. Wie willst du rechtzeitig fertig werden? Ich habe angenommen, du würdest zuerst dich selbst zurechtmachen, bevor du Fiona hilfst.«

Anne, die Fionas wachsende Nervosität spürte, legte ihrer Cousine eine Hand auf die Schulter und sagte lächelnd zu Olivia: »Ich möchte nicht wissen, was Ihr gesagt hättet, wenn ich mir hier mein Kleid beschmutzt oder zerknittert hätte.«

»Oh ja, das wäre wirklich sehr ärgerlich gewesen«, stimmte eine der anderen Frauen zu. »Stell dir nur vor, ein dicker Fleck mitten auf dem Mieder.«

Anne drehte sich nach der Sprecherin um und erkannte Lady Scott. Sie hatte die Dame schon öfter getroffen, da ihr Gatte, Buccleuch, zu den mächtigen Lords im Grenzland gehörte, mit denen Graf Armadale bekannt gewesen war.

Abrupt das Thema wechselnd, sagte Olivia, während sie ein Paar Handschuhe aus einer verborgenen Tasche zog: »Diese hier schickt dir Ashkirk als Hochzeitsgeschenk. Sieh nur, die kostbare Stickerei!«

Die Frauen scharten sich um Olivia, um die Handschuhe zu bewundern, und Fiona antwortete höflich auf ihre Bemerkungen, ohne jedoch der Gabe besondere Beachtung zu schenken. Da Anne mit dem Haarebürsten fertig war, überließ sie ihre Cousine der Obhut der Damen und eilte in ihre eigene Schlafkammer, wo Peg Elliot bereits auf sie wartete. Mit ihrer Hilfe zog Anne ihr gewöhnliches Alltagskleid aus und legte ein herrliches Gewand aus smaragdgrünem Samt an, das mit goldbestickten schwarzen Borten besetzt war. Die dazu passende französische Haube war ebenfalls schwarz und bedeckte ihr Haar fast vollständig. Der strenge Eindruck wurde durch den langen Schleier gemildert, der aus dem gleichen grünen Samt wie das Kleid gearbeitet war. Borten und Haube verrieten, dass sie noch um ihren Vater trauerte, der allerdings immer gegen eine lange Trauerzeit gewesen war. Eigentlich hatte er es generell nicht gutgeheißen, Trauer nach außen hin zu zeigen. Er sah darin nur eine weitere üble Sitte der römischen Kirche, die den Leuten gar nicht genug Vorschriften machen konnte.

»Das Kleid steht Euch gut, Mistress Anne«, sagte Peg. »Es lässt Eure Augen grün schimmern.«

»Ich freue mich, dass es dir gefällt«, sagte Anne mit einem leisen Lachen. »Aber du bist wahrscheinlich die Einzige, der es überhaupt auffällt. Alle anderen werden nur Augen für meine Cousine haben. Und so soll es ja auch sein.«

»Ja, Mistress Fiona ist wirklich ein hübsches Mädchen und wird eine wunderschöne Braut abgeben.«

»Bestimmt ist sie schon fertig«, sagte Anne. »Ich sollte mich besser beeilen.« Sie zögerte ein wenig. Die Zeit war einfach zu kurz, und in weniger als einer Stunde würde die Trauung vorüber sein.

»Es wird schon alles gut, Mylady«, sagte Peg sanft. »Alles kommt, wie es kommen soll.«

»Manchmal schon, Peg, aber nicht immer.« Trotzdem fühlte sie sich getröstet, und ihre Gedanken wanderten zu Maggie Malloch, die ihr jetzt mehr denn je wie ein Traum erschien. Maggie hatte zwar gesagt, sie würde sich nicht einmischen, aber vielleicht fand sie ja doch einen Weg, um Fiona zu helfen. Anne konnte nur das Beste hoffen, als sie sich auf den Weg zu den anderen machte.

Wie erwartet war Fiona fast fertig. Offensichtlich hatte sie sich in ihr Schicksal ergeben. Schön und elegant stand sie in ihrem himmelblauen Kleid mitten im Zimmer, und das Haar fiel ihr in sanften Locken bis auf die Hüften. Am Ärmelansatz und an anderen Teilen des Kleides hingen kurze Stücke blau-weißer Bändchenspitze. Sie waren nur lose angenäht und würden nach alter Tradition von den männlichen Gästen abgerissen werden, sobald die Trauungszeremonie beendet war.

Olivia schien erleichtert, als Anne zurückkam. »Jetzt, wo du da bist, wird Fiona vielleicht endlich den Schleier anlegen, damit wir nach unten gehen können«, sagte sie. »Ashkirk ist wahrscheinlich schon auf dem Weg zur Kapelle, und die Zuschauer warten bestimmt auch schon. Bring ihr Haar nicht durcheinander, Molly«, ermahnte sie die Zofe, die sich anschickte, Fiona die taillenlange Stoffbahn über den Kopf zu legen.

Da Fergus wie wild mit den Händen fuchtelte, erlaubte ihm Maggie schließlich zu reden.

»Das Mädchen darf sein Gesicht nicht verdecken!«, rief er. »Bestimmt will Lady Anne, dass der Bursche sieht, wie schön Mistress Fiona ist – wenn unsere Catriona ihn nur herbringen kann.«

»Ja, sehen sollte er sie schon«, stimmte Maggie zu. Sie beschloss, bis nach der Hochzeit zu warten, bevor sie Catriona und Fergus von Jonahs neuestem Auftritt berichtete.

Anne wurde auf einmal klar, dass es ein Fehler gewesen war, Fiona den fast undurchsichtigen Schleier umzuhängen. Im Gegensatz zu Olivias Kopfschmuck, der lediglich ihr Gesicht umrahmte, ließen diese Massen himmelblauer Spitze Fionas schlanke Gestalt nahezu verschwinden. Von ihrer zarten, ätherischen Schönheit, die Sir Christopher zum Eingreifen bewegen sollte, war nicht mehr viel zu erkennen. Stattdessen wirkte sie wie ein hellblaues Rechteck.

Anne fasste sich ein Herz und sagte zu Olivia: »Dieser Schleier sieht noch schlimmer aus, als ich befürchtet habe.«

»Anne hat recht, Madam«, pflichtete Lady Scott ihr bei, die Fiona mit schief gelegtem Kopf betrachtete. »So eine hübsche Braut sollte ihre Schönheit nicht verstecken.«

»Obgleich Schleier ja seit neuestem große Mode sind«, erwiderte Olivia, »bin ich auch der Meinung, dass die Leute mehr von Fiona sehen sollten. Nimm ihr das gute Stück ab, Molly. Sie kann den Kranz auch so tragen.«

Wie befohlen setzte Molly Fiona den mit frischen Blumen umwundenen Goldreif auf den Scheitel, und die Damen, die ihr zur Hand gingen, nahmen die Entscheidung mit Beifall auf.

»Zieh die Schuhe an, Liebes, und pass auf, dass dein Saum nicht am Boden schleift und schmutzig wird«, sagte Olivia.

»Ich werde mich vorsehen«, murmelte Fiona. Sie konnte offensichtlich nur mit Mühe Haltung bewahren und schaute Anne nicht an. Von ihren bescheidenen Erfahrungen mit Hochzeiten wusste Anne, dass Bräute oft blass und ängstlich waren. Schließlich wussten die meisten von ihnen nicht, was sie erwartete. Dennoch beunruhigte es sie, wie niedergeschlagen Fiona wirkte.

Unten in der Halle warteten schon zahlreiche Gäste darauf, die Braut durch die Gartenanlagen zur Kapelle zu begleiten. Unter ihnen auch Sir Toby, hochherrschaftlich herausgeputzt mit einem dunkelblauen Wams, einer geschlitzten und mit weißem Satin unterfütterten Pumphose und einer Halskette mit einem goldenen Medaillon. Er sollte als Fionas Brautführer fungieren. Endlich brachen sie auf, die fröhliche Festgesellschaft und die traurige Braut.

Wie es auf beiden Seiten der Grenze Brauch war, sollte die eigentliche Trauung am Eingang zur Kapelle stattfinden, bevor dann die Hochzeitsmesse im Innenraum gelesen wurde. Als Anne Sir Toby nach dem Grund für diese Sitte gefragt hatte, hatte er sein übliches spitzbübisches Grinsen aufgesetzt: »Na, Mädchen, du kannst doch von einem Pfarrer nicht erwarten, dass er einem Mann und einer Frau drinnen in der Kirche die Erlaubnis gibt, miteinander zu schlafen!«

Natürlich hatte sie gekichert, doch gleichzeitig fiel ihr wieder ein, was Armadale über den wahren Ursprung dieser Tradition gesagt hatte, dass nämlich die Leute einfach die Kirche so lange wie möglich aus ihren Angelegenheiten heraushalten wollten.

Der Hochzeitszug wurde von zwei kleinen Mädchen angeführt, die Rosmarin und Blütenblätter aus vergoldeten Körbchen streuten. Hinter ihnen ging ein Junge mit dem silbernen Brautbecher. Aus diesem Becher, der ebenfalls mit Rosmarinzweigen und Bändern umwunden war, würde das Brautpaar bei der Messe den Abendmahlswein trinken. Als nächstes kam Anne als Brautjungfer, gefolgt von Fiona, die am Arm von Sir Toby einherschritt, und den übrigen Gästen.

Um Fruchtbarkeit für die Braut zu erbeten, trugen viele der jüngeren Frauen kleine Weizengarben im Haar oder Sträuße aus Rosmarin und Rosen, die mit Getreidehalmen durchsetzt waren. Nahe der Kapelle hatten drei Spielleute Aufstellung genommen. Der Klang ihrer Lauten begrüßte den Festzug, der sich nun der gewölbten Steinbrücke näherte.

Die Brücke besaß weder Einfassung noch Geländer, und als Anne in der Mitte angelangt war, warf sie einen verstohlenen Blick über die Schulter, um zu sehen, ob Fiona und Toby nebeneinander über die Brücke gehen konnten.

In Anbetracht von Sir Tobys Leibesfülle war das kein einfaches Unterfangen, doch er schlang seinen Arm um Fiona, zog sie dicht an sich und gelangte so mit ihr sicher, wenn auch nicht besonders elegant, ans andere Ufer des Baches.

Während sich der Zug der Kapelle näherte, wo Eustace mit einem Freund und dem Pfarrer bereits an dem behelfsmäßigen Altar wartete, suchte Anne in der Menge nach einem ganz bestimmten Gesicht.

Traurig und enttäuscht, dass Sir Christopher nirgends zu sehen war, stieg sie die flachen Stufen zum Eingang empor und nahm ihren Platz Eustace gegenüber am Portal ein. Zu beiden Seiten des Altars wehten rot-grüne Banner mit dem Wappen der Carmichaels in der leichten Brise. Von ihrem Standpunkt aus bemerkte Anne, dass viele der Zuschauer nicht auf den Wegen geblieben waren, sondern in den Beeten des sogenannten Knotengartens standen, in denen die sorgfältig gestutzten Pflanzen verschlungene Ornamente bildeten.

In den Bäumen und Büschen sangen die Vögel, als wollten sie in die Lieder der Spielleute einstimmen, und die Luft war erfüllt vom Duft der Blumen und anderen Gerüchen, die aus der wogenden Menschenmenge aufstiegen.

Erneut ließ Anne einen raschen Blick über die Zuschauer gleiten, doch noch immer konnte sie das Gesicht, das sie nur so flüchtig gesehen hatte, nirgends ausmachen. Ihre Enttäuschung war groß.

Plötzlich verstummte das allgemeine Stimmengewirr, und Anne sah zur Braut. Vor der massigen Gestalt ihres Onkels verharrte Fiona auf den Stufen und schien nicht gewillt weiterzugehen.

Toby, der wohl etwas Ähnliches erwartet hatte, legte ihr seelenruhig den Arm um die schmächtigen Schultern und drängte sie leicht voran, bis sie mit gesenktem Kopf zwischen Anne und Eustace stand.

»Geh aufrecht«, flüsterte Anne ihrer Cousine zu. »Was du auch tust, du willst dich vor all diesen Leuten doch wohl nicht wie ein mürrisches Kind aufführen.«

Noch immer drang kein Laut aus der Menge.

Ein kurzer Blick auf Eustace verriet Anne, dass er Fiona stirnrunzelnd betrachtete, und ohne es nachzuprüfen wusste sie, dass auch Olivia die Stirn runzelte.

Da stieß Fiona einen hörbaren Seufzer aus, hob den Kopf und schaute auf die Menge der Zuschauer hinter sich. Dann straffte sie sich und drehte sich gänzlich zu den wartenden Menschen um.

Stolz und würdevoll stand sie da, das Haupt mit dem Goldreif gereckt wie eine Prinzessin. Noch nie war sie so schön gewesen.

9

Kit überlegte, ob es sich bei der eleganten jungen Frau in dem grünen Samtkleid, die der Braut zum Altar vorangeschritten war, wohl um Lady Anne Ellyson handelte. Sie schien es zu sein, obgleich das Mädchen in seiner Erinnerung eine wilde dunkle Lockenmähne gehabt und ein wesentlich schlichteres Kleid getragen hatte.

Ruhig stand die Brautjungfer da, die Hände auf Taillenhöhe gefaltet, und ließ ihre Augen über die versammelte Menge wandern, während sie darauf wartete, dass die Braut ihren Platz am Altar einnahm. Dieser suchende Blick überzeugte Kit davon, dass es wirklich Anne sein musste. Bestimmt hielt sie nach ihm Ausschau.

Er sah, wie die Braut am Fuße der Treppe zögerte. Dann schien der unglaublich dicke Mann hinter ihr sie vorwärtszuschieben, bis sie zwischen Eustace und der jungen Frau in Grün stand. Diese flüsterte der Braut etwas zu, woraufhin sie eine deutlich aufrechtere Haltung annahm und sich umwandte.

Sie war so unwahrscheinlich schön, dass es Kit beinahe den Atem raubte. So zart und zerbrechlich wirkte sie, dass er unwillkürlich den Drang verspürte, sie zu beschützen. Bestimmt ging es allen übrigen anwesenden Männern ebenso.

Kurz bevor die Frau in Grün am Portal angelangt war, hatte Kit seinen Onkel gemustert. Eustace, so schien es ihm, wirkte arroganter denn je. Der ältere Mann ließ den Blick nicht von seiner jungen Braut, und Kit fragte sich, ob auch Eustace sie wohl beschützen wollte und ob er diese strahlende Schönheit vielleicht wirklich liebte.

Doch was er in den Augen seines Onkels sah, war weder

Liebe noch Zärtlichkeit, sondern nur unverhohlene Begierde. Als Kit diesen lüsternen Blick bemerkte, war es ihm, als habe er seinen Onkel in einem sehr intimen Augenblick ertappt. Er fühlte sich ganz elend.

Rasch richtete er seine Aufmerksamkeit wieder auf Anne, gerade als der unförmige Brautführer die Stufen herunterstapfte. Sie hatte große grüne Augen und volle Lippen, die so weich gewesen waren, als er sie küsste. Er musste lächeln, als er daran dachte, wie er sich für seine Frechheit umgehend eine Ohrfeige von ihr eingehandelt hatte.

Neben ihm reckte sich Willie Armstrong auf die Zehenspitzen, um nur ja alles mitzubekommen. Ein Verwandter von ihm war zur Hochzeit eingeladen worden, und Kit und Willie hatten sich ihm angeschlossen. Bei dem Verwandten handelte es sich um ein Clanoberhaupt der zerstrittenen Armstrong-Sippe, das auf Schritt und Tritt von einem ganzen Rattenschwanz von Anhängern begleitet wurde – einem Gefolge, wie es die Hochländer nannten. Zunächst war Kit etwas skeptisch gewesen, ob sie sich unter diese Reihen mischen durften, doch auf Willies Bitte hin hatte Armstrong es ihnen ohne weiteres erlaubt.

Die beiden Männer standen hinten in der Menge bei einigen Carmichaels, mit denen die Armstrongs enger verwandt waren als mit den Chisholms. Kit war dankbar für diese Tatsache, denn Anne suchte ihn in einer Gruppe von Chisholms, die sich beim Eingang zur Kapelle aufhielten. Wahrscheinlich dachte sie, er würde bei seinen eigenen Angehörigen stehen, von denen jedoch – wie Kit bemerkt hatte – nur sehr wenige anwesend waren. Vielleicht hatte Eustace die Familie ja mit seinen zweifelhaften Aktionen vor den Kopf gestoßen. Doch das kümmerte Kit nicht weiter. Er war sogar froh, dass er dadurch weniger Gefahr lief, von einem der Chisholms erkannt zu werden.

Die Musik verstummte, und der Pfarrer eröffnete die Zeremonie mit einem kurzen Gebet. Als er Mistress Carmichael und den Laird von Ashkirk und Torness der Obhut Gottes empfahl, hätte ihm Kit am liebsten zugerufen, dass der Mann dort vor ihm keineswegs ein Laird war.

Doch er tat es nicht, da er sich noch immer nicht klar darüber war, wie er weiter vorgehen sollte. Die Braut wirkte so klein neben Eustace, und es hätte Annes Auskünfte nicht bedurft, um zu erkennen, dass Mistress Carmichael mit Widerwillen und Furcht in diese Ehe ging. Dass ihre Mutter sie zu der Heirat gedrängt hatte, weil sie Eustace für den Laird von Ashkirk hielt, machte die Sache nur noch schlimmer.

Kit erwog seine Möglichkeiten.

Falls sich Eustace wirklich auf Hawks Rig verschanzt hatte, konnte es sich als sehr schwierig erweisen, ihm die erschlichenen Titel und Ländereien wieder abzunehmen. Sein Onkel würde ganz sicher nicht klein beigeben, nur weil der rechtmäßige Erbe auftauchte und Anspruch auf sein Eigentum erhob.

Vielleicht würden ihn ja die Mitglieder seiner Familie unterstützen, doch zunächst einmal musste Kit herausfinden, wer von ihnen auf seiner und wer auf Eustaces Seite stand. Sich in Mistress Carmichaels Angelegenheiten verstricken zu lassen – und sei es auch nur um Anne Ellysons willen – würde seine Bewegungsfreiheit nur noch mehr einschränken.

Wenn er sich recht erinnerte, würde es noch ein Weilchen dauern, bis er sich entscheiden musste, ob er nun gegen die Eheschließung protestieren wollte oder nicht.

Catriona saß auf einem Ast, von dem aus sie Kit gut im Auge behalten konnte. Als sie Maggie und Fergus erspähte, winkte sie die beiden zu sich herüber.

»Hier ist er, wie ihr seht«, sagte sie. »Aber er ist unentschlossen. Glaubt ihr, ich …«

»Nein«, schnitt ihr Maggie das Wort ab. »Wenn er der Mann ist, für den du ihn hältst, wird er schon das Richtige tun. Und wenn er es sich anders überlegt, hast du dich eben in ihm getäuscht. Aber achte auch auf die anderen. Ich spüre Clauds Gegenwart hier ganz deutlich.«

Catriona schmollte ein wenig, doch dann dachte sie an Maggies letzte Bemerkung und beobachtete folgsam die Hochzeitsgäste.

Catriona war ihm so nahe, dass er sie fast berühren, ihre Lippen schmecken und ihre seidenweichen Brüste streicheln konnte. Mit jeder Minute, die verging, wuchs sein hilfloses, vergebliches Verlangen nach ihr.

Aus dem diffusen Grau, in dem er schwebte, waren die drei plötzlich aufgetaucht, und er hatte seine Mutter sagen hören, dass sie seine Gegenwart spüren könne. Auch er war sich ihrer Anwesenheit bewusst, doch da war noch jemand anders, jemand Starkes und Boshaftes.

Offensichtlich hielt sich sein Vater in der Nähe auf. Bei der Vorstellung, dass Jonah ihn die ganze Zeit über nur quälen wollte, wuchs Clauds Zorn ins Unermessliche.

»Geliebte im Herrn!«, begann Pfarrer Allardice. »Wir sind hier erschienen vor Gottes Angesicht und in Gegenwart dieser Versammlung, um diesen Mann und dieses Weib in der Heiligen Ehe zusammenzuführen, zu einem Stande, welcher ehrenhaft ist und von Gott zur Zeit der Unschuld der Menschen gesetzt wurde, welcher uns den geheimnisvollen Bund ...«

Die Worte »ehrenhaft« und »Unschuld« hallten in Annes Kopf nach. Zwar konnte man Fiona mit Fug und Recht als unschuldig bezeichnen, Eustace dagegen war niederträchtig, und die ganze Angelegenheit – einschließlich der Rolle, die sie selbst darin spielte – erschien ihr alles andere als ehrenhaft.

Sie musste die Trauung verhindern, egal, was hinterher mit ihr oder Fiona geschah. Sir Christopher mochte gute Gründe für seine Zurückhaltung haben, doch Anne war klar, dass sie nicht länger schweigen durfte. Fiona verdiente es einfach nicht, zu einer Ehe mit diesem Widerling gezwungen zu werden, der ihr nichts als Lügen aufgetischt hatte.

Der Pfarrer hielt inne und blickte über die versammelte Menge hin. Dann fuhr er fort: »Wenn jemand unter den Anwesenden einen Grund nennen kann, warum diese beiden Menschen nicht miteinander verbunden werden sollten, so spreche er jetzt oder schweige für immer.«

Abermals machte er eine dramatische Pause. Alles schwieg.

Anne holte tief Luft. Sie hoffte inbrünstig, dass sie den Mut zum Reden aufbringen und dass Eustace oder Olivia sie nicht einfach mit Gewalt fortschaffen lassen würden. Dann wandte sie sich an den Priester: »Wartet!«, rief sie, doch aus ihrer Kehle drang nichts als ein Krächzen.

»Nun denn ...«, ergriff der Pfarrer wieder das Wort.

»Wartet!«, ließ sich da eine Stimme ganz hinten aus der Menge vernehmen. »Ich will und muss sprechen!«

»Dem Himmel sei Dank!«, entfuhr es Anne, während Fiona keuchend nach Luft schnappte und ohnmächtig auf die Stufen sank.

Die Menschen bildeten eine Gasse für Kit, der jetzt raschen Schrittes nach vorne kam. Aus dem Augenwinkel nahm er wahr, dass Anne sich neben die bewusstlose Braut gekniet hatte, doch hielt er seinen Blick unverwandt auf Eustace gerichtet, der ihn mit wütender Miene empfing.

Er wusste nicht, ob Eustace ihn erkannt hatte, aber das spielte auch keine Rolle. Er hatte die Sache begonnen und würde sie zu Ende führen, koste es, was es wolle. Kit war ganz allein, da Willie in der Menge untergetaucht war, und aller Augen, bis auf Annes, waren auf ihn gerichtet, als er jetzt auf den Eingang der Kapelle zueilte. Dann blickte auch sie auf; ihre Augen trafen sich, und er wurde ein wenig ruhiger. Sie zumindest stand hinter ihm.

»Wer seid Ihr?«, fragte ihn der Pfarrer. »Was ist Euer Name und Stand?«

Kit schaute dem aufgebrachten Geistlichen direkt ins Gesicht, entschlossen, jetzt den entscheidenden Schlag zu landen. »Ich bin Christopher Chisholm«, verkündete er mit klarer, weithin hallender Stimme, »der wahre Laird von Ashkirk und Torness.«

Wie ein Windstoß ging ein entsetztes Keuchen und erstauntes Raunen durch die Menge. Der Priester runzelte die Stirn. »Ist das wirklich wahr?«

»Ja.«

»Und was steht denn nun Eurer Meinung nach dieser Eheschließung im Weg?«

»Das liegt doch wohl auf der Hand«, erklärte Kit. »Ihr habt meinen Onkel fälschlicherweise als Laird von Ashkirk und Torness bezeichnet. Er hat Mistress Carmichael unter falschen Voraussetzungen zur Braut genommen.«

»Ich kenne Euch nicht«, rief Eustace. »Und ich glaube nicht, dass auch nur einer von den hier anwesenden Chisholms Euch kennt. Jedenfalls«, fügte er höhnisch hinzu, »halte ich es für unmöglich, dass Ihr der legitime Sohn meines Bruders seid. Bei Eurer Größe und mit diesem Kinn seid Ihr bestimmt von ganz anderer Herkunft.«

Kit konnte sehr jähzornig werden, wenn man ihn reizte, doch er hatte durch bittere Erfahrung gelernt, sein Temperament zu zügeln. Ohne Eustace aus den Augen zu lassen, sagte er zu dem Priester: »Ich bin wirklich Sir Christopher und kann es auch beweisen, wenn man mir nur ein wenig Zeit gibt.«

Der Geistliche nickte. Erst jetzt bemerkte er die ohnmächtige Braut und Anne, die sich verzweifelt um sie bemühte. Nach einem kurzen Blick auf die Brautmutter und den beleibten Brautführer gab er einem jungen Mann in der ersten Reihe der Zuschauer ein Zeichen. »Kommt bitte her, Sir, und helft Lady Anne, Mistress Fiona in die Kapelle zu bringen, damit sie sich ein wenig erholen kann.«

In diesem Augenblick sah Anne zu Kit auf. Er wollte ihr schon zulächeln, doch etwas in ihrem Blick warnte ihn. Es war nicht ratsam, die anderen wissen zu lassen, dass sie sich schon einmal begegnet waren. Also richtete er seine Aufmerksamkeit wieder auf seinen Onkel. Der Freund, der Eustace bei der Trauung zur Seite stehen sollte, machte einen Schritt auf Kit zu, doch Eustace hielt ihn mit einer Handbewegung zurück.

Nachdem sie Mistress Carmichael in die Kapelle gebracht hatten, sagte der Pfarrer zu Kit: »Ich werde nicht fragen, warum Ihr Euch nicht früher gemeldet habt, als das Aufgebot bestellt wurde.«

»Ich verrate es Euch trotzdem, Sir. Bis vor zwei Tagen wusste ich nichts von dieser Hochzeit. Doch als ich davon erfuhr, war mir klar, was ich zu tun hatte.«

Da ließ sich eine interessierte weibliche Stimme vernehmen: »Seid Ihr wirklich Sir Christopher Chisholm?«

Als er sich umdrehte, stand er der Mutter der Braut gegenüber. Obwohl sie in Trauer war und eine gewisse schlaffe Mattigkeit an den Tag legte, war sie doch fast so schön wie ihre Tochter. Kein Wunder, dass sie seinem Vater so viel bedeutet hatte.

Höflich erwiderte er: »Ja, Mylady. Ich möchte mich dafür entschuldigen, dass ich die Zeremonie unterbrochen habe, und ich hoffe, Ihr könnt mir verzeihen.«

»Aber gewiss kann ich das, mein lieber Sir. Aber Ihr habt den wahren Hinderungsgrund für die Ehe noch gar nicht genannt.« An den Geistlichen gewandt erklärte sie: »Wir hielten ihn alle für tot, müsst Ihr wissen. Sonst hätte ich meine Tochter doch niemals Sir Eustace versprochen. Schließlich war sie bereits mit Sir Christopher verlobt.«

Kit verzog unwillig das Gesicht. Er hatte die Verlobung mit Absicht nicht erwähnt, weil er zunächst mehr darüber in Erfahrung bringen wollte.

Noch immer stirnrunzelnd blickte der Pfarrer zwischen

Lady Carmichael und Kit hin und her. »Auf jeden Fall müssen wir uns ausführlich unterhalten, bevor die Trauung weitergehen kann. Wenn überhaupt«, sagte er. »Ich fürchte, für heute müsst Ihr Eure Gäste nach Hause schicken.«

»Ach, Unfug«, rief der Brautführer vergnügt und streckte Kit die Hand hin. »Toby Bell, zu Euren Diensten, Sir. Sir Tobias Bell, um es ganz förmlich zu machen, so wie es sich bei einer Hochzeit ja wohl gehört.«

»Onkel Toby, bitte, nicht jetzt!«, protestierte Lady Carmichael mit schwacher Stimme.

»Du liebe Zeit, Mädchen, wann denn sonst? Denk doch bloß an das ganze Essen!«

Sie starrte ihn nur an.

»Na, siehst du«, fuhr Sir Toby grinsend fort. »Ich kümmere mich um alles, da brauchst du dir gar keine Sorgen zu machen. Solche Probleme lösen sich gewöhnlich von selbst.« Mit diesen Worten wandte er sich an die noch immer unruhig murmelnde Menge, hob beide Hände und rief: »Hört mir alle zu! Das Fest findet statt, ob nun mit Hochzeit oder ohne. Irgendjemand muss das ganze Essen ja verdrücken. Und wenn ich auch so aussehe, als könnte ich das ganz allein bewerkstelligen, kann ich euch doch versichern, es ist so viel da, dass nicht mal ich es schaffe!«

Seine Ansprache wurde mit lautem Gelächter quittiert, dann folgten ihm die Gäste bereitwillig zurück zum Haus und ließen Kit und den Pfarrer mit Lady Carmichael, Eustace und dessen Freund allein.

»Sir Eustace«, sagte Lady Carmichael, »ist es nicht wunderbar, dass Euer Neffe gar nicht tot ist?«

Eustace, der das vermutlich ganz anders sah, gab ihr keine Antwort.

Daraufhin entschloss sich Kit, den ersten Schritt zu tun. Er streckte dem älteren Mann seine Rechte hin: »Kommt, Sir, Ihr werdet mich doch noch erkennen, wenn Ihr mich nur richtig anseht. Ich bin zwar etwas größer und kräftiger geworden, doch immerhin ist es nur sechs Jahre her, seit wir uns das letzte Mal begegnet sind.«

»Ich kenne Euch nicht«, beharrte Eustace. »Und es ist eine Unverschämtheit, zu behaupten, Ihr wäret mein Neffe. Der ist tot, wie jeder hier weiß. Meine liebe Lady Carmichael, Ihr werdet doch diesem Halunken nicht etwa glauben!«

Sie machte den Mund auf, als wollte sie widersprechen, doch als sie seinen drohenden Blick bemerkte, gab sie geschwind nach, senkte die Augen und sagte leise: »Ihr werdet wohl besser wissen als ich, Sir, ob er zu Eurer Familie gehört oder nicht.«

Doch da mischte sich der Priester ein. »Verzeiht, Mylady, aber sollten sich diese beiden Herren nicht einigen können, dann muss die Frage vor einem Gericht entschieden werden. Aber wenn dieser junge Mann hier wirklich Sir Christopher ist …«

»Das ist er nicht!«, zischte Eustace.

»… und wenn zwischen ihm und Eurer Tochter ein Verlöbnis besteht, und …«

»Das ist nicht der Fall!«

»Ich bitte Euch, Sir Eustace«, bat der Geistliche.

»Nichts da!«, blaffte Eustace ihn an. »Es gab kein Verlöbnis, nur eine vage Absprache. Mein Bruder schrieb seinerzeit an seinen Sohn, erhielt jedoch niemals eine Antwort. Aus diesem Grund wurden die für eine Verlobung erforderlichen Dokumente weder aufgesetzt noch unterzeichnet.«

»Trotzdem, wenn der alte Laird als Familienoberhaupt eine Vereinbarung mit Lady Carmichael getroffen hat und das Mädchen daher glaubt, sie sei verlobt …«

»Das tut sie wohl wirklich, fürchte ich«, seufzte Lady Carmichael. »Und ich gehe ebenso von dieser Tatsache aus, denn der verstorbene Laird versicherte uns, dass die Verlobung durch Stellvertreter geschlossen werden konnte.«

Der Priester nickte. »Das stimmt. Ihr seht, Sir, es ist, wie ich befürchtet habe. Sir Christophers Erscheinen wirft viele

Fragen auf, die eine Antwort verlangen, bevor Ihr mit Mistress Carmichael den Bund der Ehe schließen könnt – wenn es denn überhaupt dazu kommt. Mir war nicht bekannt, dass eine frühere Verlobung bestand, doch wenn sie einander wirklich versprochen waren, und sei es durch Stellvertreter, dann geht das weit über eine vage Absprache hinaus. Dann ist sie nach den Gesetzen Schottlands und der Kirche die Verlobte Eures Neffen.«

»Was für ein Unsinn«, entgegnete Eustace ärgerlich. »Ich verlange, dass Ihr auf der Stelle mit der Zeremonie fortfahrt.«

Der Pfarrer schüttelte den Kopf. »Selbst wenn Euer Neffe tot wäre, wie Ihr behauptet, dürftet Ihr als sein enger Verwandter seine Verlobte nur heiraten, wenn Ihr einen päpstlichen Dispens oder zumindest die offizielle Erlaubnis eines Bischofs beibringen könnt.«

»Dann werde ich mir diese Erlaubnis eben besorgen«, erklärte Eustace.

»Dafür müsst Ihr Euch, wie gesagt, an den Bischof wenden, Sir. Ich kann Euch diesbezüglich nicht weiterhelfen.«

»Bischof!« Eustace schnaubte abfällig. »Ich habe Verbindungen zu weit höheren Kreisen, das kann ich Euch versichern.«

Lady Carmichael legte ihm beschwichtigend eine Hand auf den Arm. »Bitte, Sir, regt Euch doch nicht so auf. Wie mein Onkel sehr richtig bemerkte, wird sich alles finden. Ich hoffe doch, dass Ihr auf Mute Hill House bleibt, bis wir die ganze Angelegenheit ausführlich erörtert haben.«

Er schaute sie an und begegnete ihrem hingebungsvollen Blick. Da tätschelte er ihren Arm und sagte: »Ich möchte nicht unhöflich sein, ganz besonders nicht Euch gegenüber, die Ihr immer freundlich zu mir wart. Und außerdem«, setzte er hinzu, »hat Euer Onkel recht. Wir dürfen das ganze Essen doch nicht verderben lassen.«

»Ich danke Euch«, erwiderte sie erleichtert. Dann sagte sie

freundlich zu Kit: »Und Ihr müsst auch bleiben, Sir Christopher, zumindest bis Ihr die Möglichkeit hattet, Eure Identität zu belegen.«

Kit hätte am liebsten abgelehnt, denn er konnte sich weder einen Reim auf ihre Einladung noch auf Eustaces unverhoffte Umgänglichkeit machen. Während er noch überlegte und das Für und Wider ihres Vorschlags abwog, trat Anne aus der Kapelle und lächelte ihn an. Auf einmal fiel ihm die Entscheidung ganz leicht. »Ich bleibe gerne, Madam«, sagte er. »Vielen Dank.«

»Ach, das läuft ja alles ganz wunderbar!«, rief Catriona und rieb sich die Hände.

»Ja.« Fergus warf ihr einen bewundernden Blick zu. »Du bist wahrhaftig ein kluges Mädchen. Aber natürlich muss die andere – Mistress Fiona – auch mitspielen.«

Catriona lachte. »Das wird sie schon. Pass nur auf. Wie sollte sie ihn nicht umwerfend attraktiv finden im Vergleich zu dem widerwärtigen Mann, den sie gerade noch losgeworden ist?«

Maggie schüttelte den Kopf. »Sei nicht so voreilig, Catriona. Früher oder später kommt immer etwas dazwischen.«

»Diesmal nicht«, erwiderte Catriona zuversichtlich. »Du wirst schon sehen.«

Nachdem der Bursche, der Fiona in die Kapelle getragen hatte, fort war, musste sich Anne zusammenreißen, um ihre Cousine nicht im Kirchenstuhl der Familie sich selbst zu überlassen. Zu gerne wäre sie hinausgelaufen, um zu sehen, was dort vor sich ging.

Aber das kam natürlich überhaupt nicht in Frage, solange Fiona noch nicht wieder zu sich gekommen war und sich ein wenig erholt hatte.

Endlich öffnete sie die Augen, setzte sich auf und schaute

sich benommen und ängstlich um. »Ist es wirklich wahr?«, fragte sie Anne.

»Wenn du damit meinst, ob der Gentleman, der die Trauung unterbrochen hat, wirklich Sir Chisholm ist, dann glaube ich schon, Liebes. Jedenfalls brauchst du jetzt Eustace nicht mehr zu heiraten.«

»Wirklich nicht?«, entgegnete sie zweifelnd. »Aber du hast ja vorhergesagt, dass etwas Unerwartetes passieren würde. Muss ich jetzt die ganzen Geschenke zurückgeben?«

»Du kleines Gänschen.« Anne konnte sich kaum das Lachen verkneifen. »Du solltest wirklich Wichtigeres im Kopf haben.«

»Ja, aber vielleicht brauche ich sie ja gar nicht zurückzugeben. Denn jetzt muss ich wohl Sir Christopher anstelle seines Onkels heiraten, und das kommt doch fast aufs Gleiche heraus, oder? Ich meine, sie sind doch beide Chisholms, dann könnte ich die Präsente doch ruhig behalten.«

Jetzt wurde Anne aber doch ungehalten. Sie atmete tief durch und sagte: »Ich finde, du solltest dich hier noch ein Weilchen ausruhen, während ich nachschaue, was draußen vor sich geht.«

»Lass mich nicht allein!«

»Beruhige dich, Fiona. Hier in der Kapelle tut dir doch niemand etwas. Und außerdem sind ja Pfarrer Allardice, deine Mutter und die anderen vor der Tür.«

»Aber was ist, wenn *er* hereinkommt?«

»Das lasse ich nicht zu. Ich werde dich sofort holen, sobald wir unbehelligt nach Hause gehen können. Du willst doch bestimmt jetzt keine dummen Fragen beantworten, oder?«

»Oh, nein, das könnte ich nie und nimmer!«

»Dann bleib hier sitzen, und ruh dich aus. Du weißt doch, dass ich mich um alles kümmern werde, nicht wahr?«

»Ja gewiss, Anne, du bist immer so gut zu mir.«

»Du brauchst dir auch wegen Eustace keine Sorgen mehr

zu machen. Durch deine Verlobung mit Sir Christopher wird die Abmachung mit seinem Onkel mit Sicherheit hinfällig.«

»Er ... er wird mich aber doch nicht auf der Stelle heiraten wollen, oder?«

Da Anne wusste, dass Sir Christopher sich überhaupt nicht zu binden gedachte, konnte sie Fiona guten Gewissens beruhigen: »Nein, Liebes, er wird die Entscheidung nicht übers Knie brechen. Aber du hättest doch sicher lieber einen Ehemann, zu dem der Altersabstand geringer ist als zu Eustace.«

Fiona schüttelte sich. »Mir ist es egal, wie alt er ist, solange es *nicht* Sir Eustace ist.«

»Dann will ich jetzt einmal nachsehen, was sie da draußen machen«, sagte Anne und tätschelte ihrer Cousine die Schulter. »Ich bin gleich wieder da.« Sie trat gerade rechtzeitig aus dem Portal, um zu hören, wie sich Sir Christopher bereit erklärte, über Nacht auf Mute Hill House zu bleiben.

Als sie den mörderischen Blick bemerkte, den Eustace Olivia zuwarf, war ihr klar, von wem die Einladung gekommen war. Pfarrer Allardice dagegen strahlte.

»So ist es richtig«, sagte er beifällig. »Wir werden viel schneller einen Ausweg finden, wenn wir uns alle zusammensetzen und die Angelegenheit in Ruhe besprechen.«

»Nun, das werdet ihr wohl auch ohne mich können«, entgegnete Eustace. »Ich habe Toby versprochen, bei seinem albernen Fest mitzumachen, doch ich habe nicht die geringste Lust, über eine Verlobung zu reden, die es nie gab.«

Anne bemerkte, dass Sir Christopher sie ansah, als erwarte er, dass sie etwas sagte. Wieder musste sie an seinen feurigen Kuss denken und fühlte, dass sie rot wurde. In ihrem Eifer, Fiona vor einer Ehe mit Eustace zu bewahren, hatte Anne gar nicht darüber nachgedacht, was es für sie bedeuten würde, wenn ihre Cousine und Sir Christopher heirateten. Aber darum ging es ja auch nicht, tadelte sie sich.

Dann verdrängte sie diese müßigen Gedanken aus ihrem Kopf und sagte ruhig: »Ich wollte Euch nur mitteilen, dass

Fiona sich wieder erholt hat, Tante Olivia. Trotzdem, glaube ich, sollten wir sie so schnell und unauffällig wie möglich nach Hause bringen. Im Augenblick ist ihr bestimmt nicht danach zumute, Fragen zu beantworten.«

»Ja, gewiss«, antwortete Olivia. »Aber wie sollen wir sie nach drinnen schaffen, ohne jemandem zu begegnen?«

»Hat das Gebäude noch einen zweiten Eingang, Mylady?«, ergriff Sir Christopher das Wort.

Olivia schaute ihn bewundernd an. »Ja, natürlich! Es gibt da eine Hintertür zwischen der Küche und dem Backhaus. Dorthin musst du Fiona bringen, Anne.«

»Ja, Madam. Aber der Weg dorthin führt durch den Garten, und dort halten sich bestimmt noch Leute auf.«

»Ich würde Euch mit dem größten Vergnügen begleiten, Lady Anne«, sagte Sir Christopher.

»Ihr seid ja außerordentlich gut unterrichtet, Sir«, warf Eustace mit schneidender Stimme ein. »Ich kann mich nicht erinnern, dass man Euch die Lady vorgestellt hat.«

Annes Wangen brannten vor Verlegenheit, doch Sir Christopher zuckte nicht mit der Wimper.

Mit einem kleinen schuldbewussten Lächeln sagte er zu ihr: »Verzeiht, Mylady, doch als Ihr Lady Carmichael ›Tante‹ nanntet, war mir klar, dass Ihr die Nichte sein müsst, denn es ist weit und breit bekannt, dass Ihr auf Mute Hill House lebt. Aber natürlich hätte ich Euch ohne formelle Vorstellung nicht ansprechen sollen.«

»Ihr braucht Euch nicht zu entschuldigen, Sir«, antwortete sie. »Ich bin Euch sehr dankbar für Euer Angebot, uns zu begleiten. Ich bin nämlich keineswegs sicher, ob ich wirklich alle Neugierigen von Fiona fernhalten kann. Ihr dagegen wirkt allein durch Eure Größe Ehrfurcht gebietend.«

»Ihr wollt doch wohl nicht allen Ernstes zulassen, dass dieser Hochstapler Fiona bis in ihre Schlafkammer begleitet!«, rief Eustace empört. Als hätte er letzte Nacht nicht selbst versucht, sich in Fionas Zimmer zu schleichen, dachte Anne.

»Meine Güte, Sir«, sagte Olivia und drückte die Hand gegen ihre Brust. »Ich bin sicher, dass Anne derartige Unschicklichkeiten nie billigen würde.«

Doch Eustace starrte nur grimmig seinen Neffen an.

Da mischte sich Pfarrer Allardice in munterem Ton ein: »Wir sind Euch alle sehr dankbar für Eure Hilfe, junger Mann, aber Ihr braucht die beiden Mädchen nur bis zur Küchentür zu bringen.«

»Etwas anderes hatte ich gar nicht beabsichtigt«, erwiderte Christopher.

Olivia streckte Eustace die Hand entgegen. »Wenn Ihr gestattet, Sir. Ihr dürft mich jetzt nach Hause geleiten, denn ich habe wirklich genug von dieser Diskussion.«

»Es ist mir eine Ehre«, sagte Eustace. »Kommt Ihr mit uns, Pfarrer Allardice?«

»Ja, ich muss gestehen, dass ich am Verhungern bin«, antwortete der Priester.

Als sie Kits leichte Berührung an ihrem Ellbogen spürte, blickte Anne auf und bemerkte sein Lächeln. Er hatte markante Gesichtszüge, eine kühn gebogene Nase und weiße, kräftige Zähne.

Sie fand ihn überaus anziehend. Sein Haar, das unter dem Hut hervorsah, war heller, als sie angenommen hatte, doch die größte Überraschung waren seine Augen. Sie hatte gedacht, sie seien dunkel, doch in Wahrheit leuchteten sie in einem hellen Blau mit einem dunkleren Rand um die Iris und waren von dunklen, ungewöhnlich dichten Wimpern umgeben.

Sie konnte den Blick kaum von ihm wenden, doch dann nickte er leicht zum Portal der Kapelle hinüber, und da fiel ihr Fiona wieder ein.

»Bitte, lasst mich zuerst allein zu ihr gehen, Sir«, sagte sie. »Ich möchte sie darauf vorbereiten, dass Ihr uns begleitet.«

»Selbstverständlich, Mistress. Sagt mir Bescheid, wenn wir gehen können.«

Sie dankte ihm und lief zu Fiona. »Wir gehen jetzt nach Hause, Liebes«, rief sie. »Deshalb musst du aufstehen und dein Kleid glatt streichen. Unser Beschützer soll dich doch schließlich nicht so unordentlich sehen.«

»Wer ist es denn?«, fragte Fiona mit großen Augen.

»Keine Angst, nur Sir Christopher. Er bringt uns bis zur Hintertür. Kann ich ihn jetzt rufen?« Als Fiona nickte, rief sie: »Ihr dürft hereinkommen, Sir!«

Als er in die Kapelle trat, fragte Fiona ihn schüchtern: »Seid Ihr wirklich Sir Christopher Chisholm?«

»Ja, Mistress. Es tut mir leid, dass ich Euch Euren Hochzeitstag verdorben habe.«

»Das macht nichts«, antwortete sie. »Können wir jetzt nach Hause gehen, Anne?«

Anne tauschte einen kurzen Blick mit Kit und sagte nur: »Aber natürlich, Liebes.«

Sie trafen keine Menschenseele außer einem gleichgültigen Gärtner, der in der Nähe der einfachen Bohlenbrücke arbeitete, die bei den Stallungen über den Bach führte.

An der Hintertür angekommen, sagte Anne: »Wenn Ihr hier bitte warten wollt, Sir. Ich bin gleich zurück, und dann gehe ich mit Euch in die Halle. Ich möchte nicht, dass Ihr den Gästen allein gegenübertreten müsst.«

»Bei allem Respekt, Mistress, aber Ihr solltet Euch im Augenblick besser nicht mit mir sehen lassen.« Mit einem raschen Seitenblick auf Fiona fügte er hinzu: »Mein Onkel hat offenbar den Verdacht, dass wir uns schon früher begegnet sind. Wenn ich mit Euch am Arm in die Halle komme, wäre das vielleicht Wasser auf seine Mühlen.«

»Ach, Unfug, Sir«, entgegnete sie. »Wenn Ihr nicht auf mich wartet, dann muss ich ohne Begleitung in die Halle gehen, und das würde mir ganz und gar nicht behagen.«

»Ich könnte mir vorstellen, dass Ihr das recht gut schaffen würdet.«

»Schon, aber Eure Gesellschaft wäre mir doch lieber. Und

außerdem«, setzt sie mit entwaffnender Offenheit hinzu, »möchte ich nichts verpassen. Also wartet bitte auf mich.«

Er gluckste belustigt. »Ich verstehe. Also gut, dann werde ich also hier stehen bleiben. Aber haltet Euch nicht zu lange auf, sonst lässt mich mein Onkel noch in den nächstbesten Kerker werfen.«

»Es gibt keinen Kerker auf Mute Hill House«, ließ sich Fiona vernehmen.

Kit verdrehte leicht die Augen. »Bringt sie nach oben, Mylady«, sagte er nur.

Anne hatte vor, gleich zurückzukehren, aber Fiona hielt sie noch eine ganze Weile auf. Schließlich gelang es Anne doch, sich loszureißen. Überzeugt, dass er mittlerweile fort war, rannte sie die Dienstbotentreppe hinab zur Hintertür.

10

Die Arme vor der Brust verschränkt, den schwarzen Hut in die Stirn gezogen, stand Sir Christopher an die Wand des Backhauses gelehnt und behielt die Küchentür im Auge. Als er ihr zulächelte, fiel Anne ein weiteres Mal auf, wie gut er aussah. Doch damit er Fiona gefiel, würde man ihn ein wenig aufputzen müssen. Seine Haare waren zu lang und seine Kleider völlig unmodern. Sein Hut war auch zu groß, und sein rostbraunes Wams mit der dazu passenden Hose brachten zwar seine Figur vorteilhaft zur Geltung, waren jedoch weder aufgepolstert noch geschlitzt und unterfüttert, wie es die herrschende Mode verlangte.

»Finde ich Euren Beifall, Mylady?«

Da erst merkte sie, dass sie ihn ganz in Gedanken versunken angestarrt hatte. Sie nahm sich zusammen und sagte: »Ich dachte nur gerade, dass Ihr mit dem Zeitgeschmack nicht ganz Schritt gehalten habt.«

»Ach ja, meine Sachen. Aber seid ganz beruhigt, mein Cousin hat mir wegen meines altmodischen Aufzugs schon die Leviten gelesen. Ich habe ihm versprochen, dass ich mir so schnell wie möglich neue Kleider machen lasse.«

»Euer Cousin?«

Er nickte und bot ihr den Arm. Als sie ihre Hand darauflegte, spürte sie, wie warm der Stoff der Jacke in der Sonne geworden war. »Lebt Euer Cousin hier in der Nähe, Sir?«

»Neugier steht einer Dame nicht gut zu Gesicht«, murmelte er.

»Ja, das habe ich schon öfter zu hören bekommen«, erwiderte sie und lächelte zu ihm hoch. »Aber nur so erhält man Antworten auf seine Fragen.«

Er fasste ihre Hand, die auf seinem Arm lag, und drückte sie leicht. »Seid Ihr eigentlich nie um Worte verlegen, Mädchen?«

»Ich habe Euch nicht erlaubt, so vertraulich mit mir zu sprechen, Sir Christopher.«

»Das stimmt schon.« Er strich zart mit einem Finger über ihre Hand. »Und wir wissen ja, wie wichtig Euch formvollendetes Benehmen ist, nicht wahr?«

Ihre Wangen brannten, als sie an ihre erste Begegnung dachte und an ihre Behauptung, dass sie gar nichts dabei fände, wenn eine junge Frau nachts allein unterwegs war. Sie zog es vor, nicht weiter auf seine Bemerkungen einzugehen.

Auch er beharrte nicht auf dem Thema, sondern sagte stattdessen: »Der erwähnte Cousin lebt im Hochland. Sein Vater, Lord Chisholm von Dundreggan, ist der Sheriff von Inverness-Shire.«

»Also wart Ihr zuerst im Hochland, bevor Ihr hierhergekommen seid.«

»Ja, weil ich damit rechnete, dass man mich dort freundlich aufnehmen würde. Da wusste ich noch nicht, dass mein Vater tot ist.«

Sie blickte ihn mitfühlend an. »Es muss schwer für Euch sein, dass Ihr keine Gelegenheit mehr hattet, von ihm Abschied zu nehmen.«

»Oder mich mit ihm auszusöhnen«, erwiderte er. »Man beobachtet uns, Mädchen, also fragt mich jetzt lieber nicht weiter aus.«

Als sie um eine Ecke des Hauses bogen, sahen sie, dass mehrere Gäste am Haupteingang zusammenstanden. Ein paar Köpfe drehten sich nach ihnen um, daher verzichtete Anne darauf, Kit eine angemessene Antwort auf seine spöttische Bemerkung zu geben.

Zusammen traten sie ins Haus und bahnten sich einen Weg durch die Menge bis zu Olivia. Die thronte hoheitsvoll in einem Sessel und empfing die zahlreichen Besucher, die ihr Bedauern über die gescheiterte Hochzeit zum Ausdruck brachten. – »Vielen Dank für Eure Hilfe, Sir«, murmelte Anne.

»Es war mir ein Vergnügen, Mylady.« Kit wandte sich an Olivia: »Darf ich fragen, Madam, wann es Euch genehm ist, die gewisse Frage zu erörtern?«

Sie blickte ihn verwirrt an. »Aber mein lieber Sir, eine so wichtige Angelegenheit können wir doch nicht in diesem Durcheinander besprechen!«

»Ich hatte eigentlich gehofft, wir könnten uns dazu an einen ungestörten Ort zurückziehen.« Anne lauschte auf einen ironischen Unterton in seinen Worten, konnte jedoch nichts dergleichen heraushören.

Zu ihrer Überraschung neigte Olivia den Kopf und senkte verschämt die Augen. »Mein lieber Sir Christopher«, säuselte sie geziert, »Ihr werdet doch wissen, dass Euer Vorschlag ungehörig ist. Ihr könnt doch nicht mit einer Dame, die in Trauer ist, unter vier Augen reden.«

Da Anne spürte, dass er drauf und dran war, Olivia eine ungehaltene Antwort zu geben, warf sie hastig ein: »Ich glaube, Sir Christopher meinte, dass Ihr Euch mit Pfarrer Allardice, Eustace und vielleicht auch Onkel Toby zusammensetzt, Tante Olivia. Ihr seid doch sicher auch der Ansicht, dass diese verzwickte Angelegenheit schnellstens geklärt werden sollte.«

»Gewiss Anne, ich bin ja nicht dumm. Aber du könntest ein bisschen mehr Rücksicht auf meine Nerven nehmen. Der heutige Tag war einfach zu viel für mich. Und was Sir Eustace betrifft, so hat er seinen Standpunkt doch klargemacht, und es kann ihm schließlich niemand verdenken, dass er wütend ist.«

In diesem Augenblick näherte sich ein Diener mit einem silbernen Tablett und blieb in respektvollem Abstand stehen. Auf Olivias Nicken hin trat er näher und sagte: »Vergebt mir bitte die Störung, Mylady, aber es ist ein Brief für Lady Anne eingetroffen.«

»Meine Güte«, sagte Olivia und nahm das Schreiben an sich. »Wer mag dir denn ausgerechnet an Fionas Hochzeitstag schreiben, meine Liebe?«

»Das weiß ich wirklich nicht, Madam.«

Nach einem Blick auf das Wachssiegel rief Olivia: »Du lieber Himmel, das ist ja das Siegel der Armadales! Das würde ich überall erkennen. Aber wer um alles in der Welt besitzt so viel Unverschämtheit ...«

Anne, der jetzt einfiel, von wem die Mitteilung stammen mochte, antwortete: »Ich glaube, Madam, Mr. Scott, der Vertrauensmann meines Vaters, hat das persönliche Siegel des Grafen an meinen Cousin Thomas geschickt.« Für Kit fügte sie erklärend hinzu: »Thomas Ellyson von Dumfries und Sterling ist der Erbe meines Vaters – das heißt, was den Grafentitel der Armadales betrifft.«

»Das ist mir schon klar«, erwiderte er und schenkte ihr ein so freundliches Lächeln, dass ihr ganz warm ums Herz wurde. Rasch blickte sie wieder ihre Tante an.

Indem sie das Siegel erbrach und den Brief auseinanderfaltete, murmelte Olivia: »Aber warum schreibt er dir und nicht mir? Er war schon immer für seine Gedankenlosigkeit bekannt, und der Grafentitel hat offenbar nicht viel daran geändert. Selbstverständlich habe ich ihn zu Fionas Hochzeit eingeladen, doch er hat sich nicht einmal herabgelassen, zu antworten. Aber wahrscheinlich sollte ich froh sein, dass er nicht gekommen ist.«

»Ich kann mich kaum an ihn erinnern«, sagte Anne. »Ist er wirklich so grässlich?«

Olivia überflog die kurze Nachricht; dann reichte sie sie achselzuckend an Anne weiter: »Da, lies selbst, was er geschrieben hat.«

Rasch las Anne die wenigen Zeilen. »Wie du siehst«, sagte Olivia, »entschuldigt er sich lediglich dafür, dass er auf die Nachricht vom Tode deines Vaters nicht geantwortet hat. Er will dich bald besuchen, da er sowieso noch geschäftliche

Angelegenheiten im Zusammenhang mit den Ländereien erledigen muss.« – »Ja«, erwiderte Anne mit wachsendem Ärger. »Und außerdem schreibt er, dass ich unter seiner Vormundschaft stehe und ohne seine Erlaubnis nicht über Ellyson Towers verfügen darf, bevor er nicht mit mir über meine Zukunft gesprochen hat.«

»Nun, ich weiß wirklich nicht, warum dich das so überrascht«, sagte Olivia. »Immerhin bist du noch minderjährig, und deshalb ist es Cousin Thomas' – meine Güte, ich muss unbedingt daran denken, ihn jetzt mit Armadale anzureden, nicht? – Also, es ist jetzt Armadales Aufgabe, sich um dich zu kümmern, bis du heiratest.«

»Damit hätte ich mich eher abfinden können, wenn er so höflich gewesen wäre, mir auf die Todesnachricht zu antworten«, entgegnete Anne. »Wie er auch sonst sein mag, besonders pflichtbewusst kommt er mir nicht vor.«

»Ja, er war schon immer ziemlich achtlos«, stimmte ihr Olivia zu und gähnte dabei hinter vorgehaltener Hand. »Denk nur, ich habe ihn nicht mehr gesehen, seit ich ein kleines Mädchen war, und er ist viel älter als ich.«

Sir Christopher beugte sich zu ihr herunter. »Sicher wollt Ihr Euch zurückziehen, um ungestört weiter über Euren Verwandten reden zu können, Madam. Vielleicht hat Pfarrer Allardice ja eine Idee, wie wir weiter vorgehen sollen.«

Olivia zuckte mit den Schultern. »Wie Ihr meint, aber ich kann mir nicht vorstellen, dass sich die Sache an einem Nachmittag regeln lässt, Sir. Wir wissen ja noch nicht einmal, ob Ihr wirklich der seid, der Ihr zu sein vorgebt. Und Eustace ist davon überzeugt, dass seine Verlobung mit Fiona gilt, selbst wenn Ihr wirklich sein tot geglaubter Neffe wärt.«

»Ich versichere Euch, dass ich weder gegen Eure Wünsche noch gegen die Eurer Tochter handeln möchte, Mylady. Aber Ihr werdet doch sicher verstehen, dass ich nicht zulassen konnte, dass er sie heiratet, solange sie ihn für den Laird von Ashkirk hielt.«

»Oh ja, ich nehme an, Ihr musstet so handeln. Und selbstverständlich bin ich froh, dass Ihr nicht tot seid. Aber jetzt geht, bitte; ich muss mich ausruhen und möchte heute nicht mehr an diese ganze widrige Affäre denken.«

Kaum war Sir Christopher fort, konnte Anne das Stimmengewirr und Gelächter, das von der Galerie herunterdrang, nicht länger ertragen. Ihr war, als sei ihre ganze Welt durcheinandergeraten. Und dass der neue Graf von Armadale jeden Augenblick auftauchen konnte, um ihr vorzuschreiben, wie sie ihr Leben einrichten sollte, das sie bisher vorzüglich ohne ihn gemeistert hatte, machte alles noch schlimmer.

Anne war allgemein dafür bekannt, dass sie auch in einer schwierigen Lage ihre ruhige Gelassenheit nicht verlor. Doch jetzt hatte sie das Gefühl, als könnten jeden Augenblick ihre Nerven versagen, wenn sie sich nicht schnell an einen ruhigen Ort zurückzog. Also nahm sie eine Orange aus einem Obstkorb auf der hohen Tafel und schlüpfte unauffällig aus der Halle.

Auf dem Weg in den Hof überlegte sie, ob sie sich ein Pferd bringen lassen und einen langen einsamen Ausritt machen sollte. Dass es sich für eine Dame womöglich nicht gehörte, ohne Begleitung auszureiten, war ihr in diesem Augenblick vollkommen gleichgültig. Doch angesichts des Getümmels im Hof und in den Ställen, wo die Knechte die Pferde der Gäste und des Hauses versorgten, überlegte sie es sich anders und machte sich seufzend auf den Weg in den Garten.

Niemand begegnete ihr, als sie sich immer weiter vom Haus entfernte und über die Bohlenbrücke ging. Die Gärtner waren mittlerweile anderswo beschäftigt, und alle Gäste hielten sich im Haus auf. In der Ferne vernahm sie Vogelgezwitscher und das muntere Rauschen des vom Regen angeschwollenen Bächleins. Unter ihren Füßen knirschte der Kies.

Der gewundene Pfad führte vom Ufer fort, vorbei an Beeten mit voll erblühten Blumen und durch ein schattiges Buchenwäldchen. Von dort aus streifte er die Knotengärten, die Sir Stephen eigenhändig angelegt hatte. Die Pläne, die er dafür auf Papierbögen gezeichnet hatte, hingen gerahmt im Gartensaal. Von hohen Buchsbaumhecken umgeben, war dieser Teil der Parkanlagen nur von den obersten Fenstern des Hauses aus einzusehen und zugleich vor dem ständigen Wind im Grenzland geschützt. Innerhalb der Hecken hatte man den Eindruck, ganz für sich und von der Welt abgeschnitten zu sein.

Am größten, in der Mitte gelegenen Knotengarten angelangt, setzte sich Anne auf eine Bank und begann, ihre Orange zu schälen. Rings um sie her herrschte tiefer Friede; die Luft sirrte von Insekten, und eine gelbbraune Stallkatze belauerte eine Elster. Als sie aufgegessen hatte, wischte sich Anne sorgfältig die Finger an ihrem Taschentuch ab und wickelte anschließend die Orangenschalen hinein, um sie im Haus fortzuwerfen. Dann machte sie sich auf den Rückweg.

Je näher sie dem schmalen Steg kam, desto lauter tönte das Rauschen des Baches. Hatte sie ihn erst einmal überquert, dann wäre ihre friedliche Idylle schnell dahin. Um das Gefühl der Freiheit noch ein wenig auszukosten, schritt Anne langsam dahin, den Blick auf den Kiesweg vor sich gerichtet. Dennoch war sie nur allzu schnell an der kleinen Brücke angelangt. Gerade als sie den Fuß daraufsetzte, schob sich ein großer Schatten in ihr Gesichtsfeld. Erschrocken blickte sie auf. Die Hände in die Hüften gestemmt, den Hut verwegen schief auf dem Kopf, stand Sir Christopher mitten auf dem Übergang und versperrte ihr den Weg. Er wirkte erfreut, sie zu sehen. Als er einen Schritt auf sie zu machte, spürte sie ein unbekanntes, wohliges Ziehen in der Magengrube, ihr Mund schien wie ausgetrocknet, und die höflichen Worte, die ihr gerade noch auf der Zunge gelegen hatten, waren wie weggeblasen.

»Ich konnte Euch nirgends finden, daher habe ich mir gedacht, dass Ihr hier draußen seid«, sagte er.

Seine tiefe, volltönende Stimme brachte ihren ganzen Körper zum Schwingen, sodass ihr Herz heftig gegen die Rippen pochte und sie keinen Ton herausbrachte. Bestimmt konnte man ihr Herz schlagen sehen. Bei der Vorstellung, wie Sir Christopher auf ihre Brüste starrte, wurden ihre Wangen brennend rot. Er war ihr ganz nahe, machte jedoch keine Anstalten, zurückzutreten. Aber sie würde sich davon nicht einschüchtern lassen.

»Habt Ihr beschlossen, nie wieder ein Wort mit mir zu wechseln, Mädchen?«

»Nein«, erwiderte sie mit einem flüchtigen Blick in sein Gesicht.

Er zog die Brauen hoch. »Heißt das nun ›Nein, ich will nie wieder mit Euch reden‹ oder ›Nein, so etwas Grausames habe ich nicht beschlossen‹?«

Sie fuhr sich mit der Zunge über die Lippen. Wie schaffte der Mann es nur, sie immer wieder aus der Fassung zu bringen? Unter der Brücke gurgelte und plätscherte der Bach, der nach den Regenfällen der letzten Woche sein Bett vollständig ausfüllte. Hinter ihr hatte die Katze offenbar zum Sprung auf ihre Beute angesetzt, denn die Elster stieß einen krächzenden Protestschrei aus und brachte sich wild flatternd in Sicherheit.

»Also?«

Sie atmete tief durch. »Ich glaube, Ihr habt mich sehr gut verstanden, Sir. Und vielleicht ist es Eurer Aufmerksamkeit entgangen, dass Ihr mir den Weg versperrt.«

»Tatsächlich?« Sein spitzbübischer Blick verriet ihr, dass er genau wusste, was er tat, und dieses Benehmen ärgerte sie.

»Flirtet Ihr etwa mit mir?«, wollte sie wissen.

»Und wenn ich das tue?« Es gelang ihm nicht ganz, das kleine Lächeln zu unterdrücken, das sich auf seine Lippen stahl. Noch immer funkelten seine Augen so übermütig, dass sie sich wünschte, sie brauchte sich nicht um Schicklichkeit zu kümmern und könnte es ihm mit gleicher Münze heimzahlen.

»Das solltet Ihr nicht«, sagte sie eine Spur schärfer als beabsichtigt. »Ein derartiges Betragen gehört sich nicht, wo Ihr doch mit meiner Cousine verlobt seid.«

»Aber das bin ich doch gar nicht«, entgegnete er. »Mein Onkel ist davon überzeugt, dass sich nichts geändert hat. Doch selbst, wenn er Unrecht hat, wird durch Fionas Verlobung mit ihm der Vertrag, den mein Vater geschlossen hat, hinfällig.«

»Das steht noch gar nicht fest«, sagte Anne. »Für mich ist klar, dass die Verlobung mit Eustace ungültig ist, da sie auf einer falschen Annahme – nämlich der, dass Ihr tot wäret – beruht.«

»Ich muss zugeben, dass das alles ganz schön verzwickt ist«, erwiderte er lächelnd. »Wir beide müssen es ausgiebig erörtern.«

»Ich kann dazu nichts sagen. Diese Angelegenheit müsst Ihr mit meiner Tante und Pfarrer Allardice besprechen.«

»Aber Eure Tante will nicht darüber reden, und der Geistliche trinkt gerade mehr Claret, als ihm guttut, und tauscht mit Toby Bell witzige Anekdoten aus. Und zudem plaudere ich sowieso lieber mit Euch.«

»Eigentlich sollten wir uns nicht einmal allein hier aufhalten«, sagte sie. »Also tretet bitte beiseite, und lasst mich vorbei.« – »Und was ist, wenn ich ein Pfand dafür fordere?«

»Das wäre höchst ungalant von Euch und unhöflich obendrein.«

»Seit anderthalb Jahren hatte ich keine Gelegenheit mehr, mich wie ein Gentleman zu benehmen. Wie ich Euch schon sagte, bin ich in schlechte Gesellschaft geraten – raue Seeleute und dergleichen – und ich fürchte, ich habe mir ein paar ihrer schlechten Manieren angeeignet.«

»Das ist einfach albern«, sagte sie. Als er immer noch keine Anstalten machte, zur Seite zu treten, legte sie abwägend den Kopf schief. »Was für ein Pfand würdet Ihr denn fordern?«

»Einen Kuss natürlich, was denn sonst?«

»Jetzt geht Ihr aber wirklich zu weit«, entgegnete sie streng, während in ihr alles danach schrie, den Preis zu entrichten. »Geht auf der Stelle aus dem Weg, Sir.«

»Kann Euch eigentlich gar nichts aus der Ruhe bringen?«, fragte er.

Anne zog es vor, keine Antwort auf diese Frage zu geben, schon allein deswegen, weil sie ihre Gefühle auf keinen Fall preisgeben wollte. Stattdessen starrte sie ihn wütend an. Doch wenn sie gehofft hatte, ihn damit beeindrucken zu können, hatte sie sich geirrt.

Er grinste nur und hakte großspurig die Daumen in seinen Gürtel. Offensichtlich wollte er es auf einen Streit ankommen lassen. »Ihr bringt wirklich die schlimmsten Seiten in mir zum Vorschein, Mädchen. Jetzt habt Ihr die Wahl: Entweder Ihr geht denselben Weg zurück, den Ihr gekommen seid, oder Ihr gebt mir das Pfand, und ich lasse Euch vorbei.«

Das brachte sie so in Rage, dass sie ihm blitzschnell mit beiden Händen einen kräftigen Stoß vor die Brust gab. Er war zwar wesentlich stärker als sie, aber sie hatte ihn überrumpelt. Er riss die Hände aus dem Gürtel und taumelte rückwärts. Dabei blieb er mit dem Absatz am Rand der Brücke hängen und kippte hintenüber. Dank seiner Gewandtheit landete er zwar auf den Beinen, doch auf den schlüpfrigen Steinen im Bachbett fanden seine Füße keinen Halt.

Mit Schrecken sah Anne, wie die Strömung ihm die Füße wegriss. Mit einem lauten Platschen landete er auf dem Hinterteil, der Hut rutschte ihm über die Augen, und ein paar Stücke Orangenschale, die aus Annes Taschentuch gefallen waren, trieben an ihm vorüber.

Sie schlug die Hand vor dem Mund, hin und her gerissen zwischen dem Wunsch, ihm mit einer Entschuldigung die Hand hinzustrecken, und dem Drang, ihm entgegenzuschleudern, dass es bei einem so dummen Erpressungsversuch meist noch eine dritte Möglichkeit gab.

Als sie jedoch seinen Blick auffing, während er unbeholfen versuchte, auf die Beine zu kommen, nur um gleich darauf wieder im Bach zu landen, wusste sie, dass sie im Augenblick nur eine einzige Chance hatte.

Schleunigst raffte sie ihre Röcke und floh über die Brücke zurück zum Haus.

»Das ist ja jetzt gründlich danebengegangen«, sagte Catriona enttäuscht.

»Ich habe dich gewarnt«, erwiderte Fergus. »Lady Anne ist gewiefter als ein Dutzend Fionas. Aber mach dir keine Sorgen, Mädchen. So schlau, wie du bist, wird dir schon etwas einfallen.«

Maggie hatte eigentlich vorgehabt, Catriona und Fergus von ihrem letzten Zusammentreffen mit Jonah zu erzählen und davon, dass sie seinen Worten zufolge Clauds Sterblichen töten musste, um ihren Sohn zu befreien. Doch dann hatte sie der Mut verlassen. Diese Neuigkeit würde die beiden womöglich so sehr erschrecken, dass sie Claud im Stich ließen. In Gedanken versunken, hatte Maggie gar nicht mitbekommen, was zwischen Anne und Kit vorgefallen war. Doch ein schneller Blick auf den Mann im Bach und das Mädchen, das mit fliegenden Röcken den Hügel zum Haus hinaufstürmte, genügte ihr, sich alles zusammenzureimen.

»Ich habe dich gewarnt, Catriona«, sagte auch sie. »Nichts ist so einfach, wie es aussieht, und jeder Plan hat einen Haken.«

»Wir werden schon eine Lösung finden«, sagte Fergus und tätschelte Catriona die Hand. »Weil mein Mädchen unbedingt will, dass er ihre schöne Cousine heiratet, wird sie alles daransetzen, ihn dazu zu bringen. Ihr werdet schon sehen.«

Catriona lächelte ihn an und streichelte seine Wange. »Du bist wirklich ein lieber Kerl, Fergus Fishbait.«

Maggie beobachtete die beiden mit zusammengekniffenen Augen.

Sein Ärger verwandelte sich in Wut. War dieser Fishbait etwa lebensmüde? Und was Catriona anging ... Der Gedanke an sie hatte die gleiche Wirkung auf ihn wie immer. Dieses Durcheinander von Gefühlen schlug ihm dermaßen auf die Stimmung, dass Fishbait sich glücklich schätzen konnte, dass er durch diese unsichtbare Schranke von ihm getrennt war.

Nachdem es ihm endlich mit viel Mühe gelungen war, in der raschen Strömung wieder auf die Füße zu kommen, schob sich Kit den Hut aus dem Gesicht und schaute dem davonlaufenden Mädchen nach. Sein erster Impuls war es, ihr nachzurennen und ihr den Streich heimzuzahlen. Doch nach kurzer Überlegung fand er drei gute Gründe gegen ein solches Vorgehen: Erstens könnte jeder im Haus sie sehen. Und selbst wenn es einen zufälligen Beobachter nicht stören würde, dass Kit sie übers Knie legte, sähe er, durchnässt wie er war, einfach zu lächerlich aus. Zweitens musste er befürchten, wieder auszurutschen und ins Wasser zu fallen, wenn er zu hastig auf die Brücke oder ans Ufer sprang. Und drittens – und das gab den Ausschlag – war es ihm recht geschehen.

Was hatte Anne Ellyson nur an sich, dass er sich bei ihr immer wieder solche Frechheiten herausnahm? Doch mit der Frage kam ihm zugleich die Antwort: Sie faszinierte ihn viel mehr als ihre hübsche Cousine. Warum ließ sie sich auch nie aus der Ruhe bringen? Irgendein Teufel in ihm flüsterte ihm ein, sie so lange zu reizen, bis sie endlich einmal aus der Haut fuhr. Kit war nicht besonders stolz auf sich, als er die Wahrheit erkannte. Einen Sohn, der sich mit einem Mädchen etwas Derartiges erlaubt hätte, hätte er schnurstracks den Hosenboden strammgezogen. Da war er selbst mit seinem kleinen Bad noch gut davongekommen.

Da er bis auf die Haut durchweicht war und Willie sich auf Nimmerwiedersehen unter die Schar der Hochzeitsgäste gemischt hatte, beschloss Kit wohl oder übel, sich sein Pferd zu holen und zu verschwinden.

»Nein, nein«, protestierte Fergus. »Er darf nicht wegreiten! Wir müssen ihn aufhalten!«

»Ja«, pflichtete Catriona ihm bei und schaute Maggie erwartungsvoll an. »Die anderen Beteiligten wollen bestimmt auch, dass er bleibt, bis die Angelegenheit mit der Verlobung geklärt ist. Außerdem sind sie leichter zu bewachen, wenn sie sich alle am gleichen Ort aufhalten.«

»Ich kümmere mich darum«, sagte Maggie. »Aber sobald ihr Eure Sterblichen einen Moment aus den Augen lassen könnt, müssen wir drei etwas besprechen. Und jetzt folg deinem Mädchen, Fergus, und lunger hier nicht länger bei Catriona herum.«

»Ich gehe ja schon«, erwiderte er. »Lady Anne ist doch gerade erst an der Tür.«

Als Kit wieder auf die Brücke kletterte, war das Mädchen schon im Haus verschwunden. Mit Erleichterung stellte er fest, dass keiner der Gäste ihn in seiner misslichen Lage gesehen hatte.

Während er so dastand und überlegte, was er als Nächstes tun sollte, erhob sich ein milder Wind und rauschte in den Büschen und Bäumen, als sei noch immer Hochsommer. Wenigstens brauchte Kit nicht zu frieren. Da er wusste, dass der Pfad am anderen Ufer des Baches zu den Stallungen führte, beschloss er, dort entlangzugehen. Er war so zornig auf sie gewesen, dachte er, dass sie gut daran getan hatte, wegzulaufen. Und dann überlegte er, ob sie wohl im Sinn gehabt hatte, sich bei ihm zu entschuldigen. Nein, bestimmt nicht. Er musste unwillkürlich lächeln.

Das war schon eine, diese junge Dame.

Trotz seiner nassen Kleider fand Kit den Spaziergang durch den Garten erstaunlich angenehm. Die Vögel jubilierten und aus dem Gestrüpp am Wegrand tauchte eine gelbbraune Katze auf und heftete sich an seine Fersen. Als sie sich miauend an seinem Fußknöchel rieb, bückte er sich und streichelte ihr über das weiche Fell. Im Handumdrehen hatte sie sich auf den Rücken gerollt und bot ihm auch noch den Bauch zum Kraulen.

»Was sagst du zu dem ganzen Kuddelmuddel, Madam Miez?«, fragte er. »In deiner Welt geht es bestimmt nicht so kompliziert zu. Eine Maus hier, eine Ratte da, und du hast alles, was du brauchst. Oh, vielleicht noch ein, zwei stattliche Kater, möchte ich wetten«, setzte er hinzu, als die Katze laut zu schnurren begann.

Nachdem er sich wieder aufgerichtet hatte, stellte er überrascht fest, dass seine Kleider beinahe trocken waren. Er nahm den Hut ab und drehte ihn in den Händen. Auch er war trocken. Allerdings hatte er auch nicht so viel Wasser abbekommen wie der Rest, sagte sich Kit.

Er strich sich mit einer Hand durchs Haar und begutachtete seine Stiefel. Am Morgen waren sie ihm bei weitem nicht gut genug für die Gelegenheit erschienen, doch er hatte keine anderen dabei. Jetzt auf einmal wirkte ihr Leder geschmeidig und glänzend, als sei das Bad im Bach genau die richtige Pflege für die Stiefel gewesen. Er befühlte sie – ebenfalls trocken. Überhaupt war nicht ein nasser Faden mehr an seinem Leib.

Lange stand er da und blickte sich verwundert um. Gewiss, es wehte ein laues Lüftchen und wirbelte das herabgefallene Laub auf dem Weg durcheinander. Doch kein Wind war in der Lage, ein Samtwams derart schnell trocknen zu lassen. Schließlich kam er zu dem Ergebnis, dass er wohl länger vor sich hingeträumt haben musste als angenommen. Er setzte seinen Weg fort und war bald darauf an der Bohlenbrücke bei den Stallungen angelangt. Die Sonne näherte sich allmählich dem westlichen Horizont, und das geschäftige Treiben auf dem Hof verriet ihm, dass zumindest einige Gäste bereits aufbrachen.

Da er wieder trocken war, entschloss sich Kit, in die Halle zurückzukehren. Die Angelegenheit konnte nur geregelt werden, wenn sich Pfarrer Allardice und die anderen zusammensetzten und zu einer Entscheidung gelangten. Und bei diesem Gespräch durfte er nicht fehlen, und sei es auch nur, um Eustace im Auge zu behalten.

In der Halle stellte er fest, dass schon viele gegangen waren. Von den wenigen Chisholms, die er bei der Kapelle gesehen hatte, war keiner mehr da. Keiner von ihnen hatte ihn angesprochen, also hatten sie wohl Instruktionen von Eustace bekommen.

Von den Anwesenden kannte er keinen außer Lady Carmichael, die mit drei anderen Damen beim Kamin am anderen Ende der Halle an der hohen Tafel saß. Im unteren Teil der Halle tafelten noch einige wenige Gäste, und die Musikanten spielten auch noch, doch es war viel leerer als zuvor und das Stimmengemurmel fast verstummt.

Mit einem raschen Blick vergewisserte er sich, dass Anne nicht hier war.

Er bahnte sich seinen Weg zwischen den aufgebockten Tischen und den Bänken hindurch bis zum Podium, wo Lady Carmichael ihren Platz hatte.

»Verzeiht die Störung, Lady, aber habt Ihr schon entschieden, wann wir uns mit Eustace und Pfarrer Allardice zusammensetzen sollen?«

Ermattet presste sie den Handrücken an die Stirn. »Bitte, Sir Christopher, kann das nicht warten? Schon seit einer Stunde versuche ich, mich ein wenig hinzulegen. Ich kann Euch sagen, ich habe solche Kopfschmerzen, dass ich keinen klaren Gedanken fassen kann. Und mein Onkel, der ja alle zu diesem Fest eingeladen hat, ist zusammen mit Pfarrer Allardice verschwunden.«

»Ich möchte Euch keine Umstände machen, Madam, daher werde ich jetzt gehen. Aber vielleicht soll ich vorher noch nach Lady Anne schicken, damit sie Euch in Eure Kammer bringt?«

»Ich habe keine Ahnung, wo sie ist«, sagte Olivia schnippisch. »Ich sah sie hereinkommen, doch sie lief schnurstracks die Treppe hoch und ist nicht wieder heruntergekommen.«

»Kleiner Feigling«, murmelte er.

»Wie bitte, Sir?«

»Nichts, Madam. Soll ich jemanden nach ihr schicken?«

»Nein, nein, das ist nicht nötig. Und Ihr solltet uns auch noch nicht verlassen«, fügte sie hinzu und setzte sich ein wenig aufrechter hin. – »Ich möchte Eure Gastfreundschaft nicht überstrapazieren.«

»Ach, Unsinn, Sir Christopher. Ihr habt doch noch kaum ein Wort mit Fiona gewechselt, und falls Eure Verlobung noch gilt, werdet Ihr sie schließlich bald heiraten. Deshalb solltet Ihr auf jeden Fall noch über Nacht bleiben und sie ein wenig besser kennenlernen. Die ganzen Leute hier werden wohl vor dem Abendessen gehen, denn ich kann mir nicht vorstellen, dass sie noch mehr essen und trinken können. Und außerdem habe ich keinen eingeladen, noch zu bleiben.« Mit erhobener Stimme rief sie: »Malcolm, ich brauche Euch.«

»Ja, Madam?«

»Führt bitte Sir Christopher in eine der Schlafkammern«, sagte sie. »Malcolm wird dafür sorgen, dass es Euch an nichts fehlt, Sir.«

»Vielen Dank, Madam«, sagte Kit. Er freute sich schon auf Annes Gesicht, wenn sie erfuhr, dass er trotz seines unfreiwilligen Bades über Nacht bleiben würde.

»Wann ist mein Onkel ausgegangen, Malcolm?«, fragte Lady Carmichael.

»Mir scheint, Sir Toby, Sir Eustace, Pfarrer Allardice und noch ein paar andere sind schon seit einer ganzen Weile fort, Madam. Euer Onkel nahm an, dass Sir Eustace von dem Fest enttäuscht sei, da er ja nicht in den Genuss … ich meine, da es doch keine Hochzeit gegeben hat«, berichtigte er sich rasch. »Ich glaube, sie sind ausgeritten.«

»Ach was. Ihr wisst doch, dass Toby sich auf kein Pferd setzt, wenn es nicht unbedingt sein muss.«

»Das stimmt, Mylady«, erwiderte Malcolm mit einem flinken Seitenblick auf Kit.

Daraufhin erklärte Lady Carmichael: »Mein Onkel fährt gewöhnlich in einem speziell angefertigten Ponywagen, Sir Christopher. Und da die Ponys sich weigern, ihn lange zu ziehen, werden sie wohl nur bis zu seinem Lieblingswirtshaus im Dorf gekommen sein.«

Mit einem gezierten Augenaufschlag fügte sie hinzu: »Ich muss ihn wirklich ins Gebet nehmen, weil er Euch so vernachlässigt.«

»Das ist gewiss nicht nötig, Madam«, entgegnete Kit. »Wenn wir heute doch kein Gespräch über die verworrene Situation führen, würde ich mich jetzt gerne zur Ruhe begeben.«

»Führt ihn ins blaue Zimmer neben dem von Sir Eustace, Malcolm.«

»Sehr wohl, Mylady.«

Obgleich er keine große Lust hatte, Wand an Wand mit seinem Onkel zu übernachten, folgte Kit dem Haushofmeister ohne zu murren. Auf dem Weg zu seinem Zimmer stellte er fest, dass Mute Hill House einem Kaninchenbau glich. Sie kamen an mehreren Treppenhäusern vorüber, bevor sie endlich am richtigen angelangt waren. Auf dem ersten Treppenabsatz bogen sie in eine Galerie ein, auf der Kit sein Zimmer vermutete. Doch an ihrem anderen Ende stiegen sie eine weitere Treppe hinauf. Die Fenster der Galerie, auf der sie sich nun befanden, gingen auf den Garten hinaus.

»Ein herrlicher Blick«, sagte Kit.

»Ja, Sir, uns gefällt er auch sehr«, erwiderte Malcolm, als gehöre das Haus ihm. »Sir Eustace hat die Kammer am Ende«, fügte er hinzu und öffnete die Tür daneben.

Kit fand sich in einem hübschen Schlafgemach. Als er zum Fenster hinüberging und die Läden öffnete, fiel sein Blick auf einen Innenhof, den er noch nicht kannte. Dabei hörte er, wie der Haushofmeister sich hinter ihm im Zimmer zu schaffen machte, einen prüfenden Blick in den Krug auf dem Waschtisch und auf das daneben hängende Handtuch warf.

»Danke«, sagte Kit. »Ich stelle fest, dass das Haus noch größer ist, als es den Anschein hat.«

»Die Größe kommt uns sehr entgegen, da Sir Stephen häufig große Gesellschaften gab und auch die Lady gerne Gäste empfängt«, antwortete Malcolm. »Ich schicke gleich einen Jungen mit heißem Wasser herauf, Sir. Und trotz Lady Carmichaels Worten könnt Ihr davon ausgehen, dass das Abendessen wie gewöhnlich in der Halle serviert wird, allerdings schwerlich vor acht Uhr.«

Kit war überrascht, wie spät es schon war, als er sah, dass die Sonne bereits ganz tief stand und das Licht zu verblassen begann.

»Du liebe Zeit«, sagte er, »es ist bestimmt schon fast fünf.«

»Ja, Sir. Soll ich das Fenster jetzt schließen?«

»Nein, lasst nur. Ich habe einen Großteil meines Lebens unter freiem Himmel verbracht, und außer wenn es schneit oder in Strömen regnet, halte ich mich ungern in einem Raum mit verschlossenen Fenstern auf. Und was das heiße Wasser angeht, wäre es mir lieber, Ihr würdet es erst zur Nacht heraufschicken.«

Malcolm nickte und ging.

Unter normalen Umständen hätte Kit Kleider zum Wechseln und einen Kammerdiener zum Plaudern gehabt. Da ihm hier beides fehlte und ihm noch drei Stunden bis zum Abendessen blieben, beschloss er, wieder hinauszugehen und nach Willie zu suchen.

Dank seines ausgezeichneten Orientierungssinnes gelangte er ohne Schwierigkeiten zur Halle zurück; er war sich jedoch nicht sicher, ob er ebenso leicht seine Schlafkammer wiederfinden würde. Doch darüber konnte er sich später den Kopf zerbrechen.

11

Anne war hungrig. Seit dem Frühstück hatte sie nichts anderes gegessen als die Orange, die sie mit in den Garten genommen hatte und deren Schalen jetzt vom Bach bis zum Fluss Ewes getragen wurden. Bei diesem Gedanken sah sie wieder Sir Christopher vor sich, wie er, den Hut über die Augen gerutscht, mitten im Wasser saß.

Wahrscheinlich verspürte er Mordgelüste. Während sie das grüne Samtgewand gegen ein weniger formelles Kleid tauschte, überlegte sie niedergeschlagen, wann sie ihn wohl wiedersehen würde. Sie war so überzeugt davon, dass er in seinen durchweichten Kleidern fortgeritten war, dass es sie wie ein Schlag traf, ihn beim Abendessen an der hohen Tafel anzutreffen. Noch mehr überraschte es sie, dass Olivia freundlich lächelnd, ja geradezu neckisch, mit ihm zu plaudern schien.

Als sie Anne bemerkte, fragte sie leichthin: »Wo ist Fiona? Ich dachte, sie würde mit dir herunterkommen?«

Anne musste gestehen, dass sie das Gegenteil angenommen und daher nicht einmal bei Fiona vorbeigeschaut hatte.

»Nun, dann musst du gehen und sie holen. Sie hat sich in letzter Zeit sowieso viel zu oft verkrochen. Und jetzt, wo Sir Christopher über Nacht bleibt, ist es ihre Pflicht, unseren Gast zu unterhalten.«

»Ja, Tante Olivia«, erwiderte Anne nur, wobei sie es sorgfältig vermied, Sir Christopher anzusehen.

Froh, das Zusammentreffen mit ihm noch ein wenig hinausschieben zu können, eilte sie zum Zimmer ihrer Cousine. Dabei überlegte sie krampfhaft, wie sie es anstellen könnte, dass Fiona sich ohne sie nach unten begab. Doch sofort verwarf sie diesen Gedanken wieder. Zum einen würde sich Fiona weigern, allein hinunterzugehen, und außerdem wäre es schrecklich feige von ihr selbst, Sir Christopher jetzt ständig zu meiden. Da sie sich so oder so bei ihm entschuldigen musste, war es das Beste, es möglichst schnell hinter sich zu bringen.

Wie erwartet war Fiona nicht bereit, ihre Schlafkammer zu verlassen. Falls sie hungrig würde, wollte sie Molly um Essen schicken.

»Jetzt habe ich aber noch gar keinen Hunger, Anne. Ganz bestimmt nicht. Ich will niemanden sehen!«

»Sei doch nicht so ein Dummchen. Du musst hinuntergehen, sonst ist deine Mutter im Nu hier oben. Kit Chisholm bleibt über Nacht, und sie möchte, dass du ihn kennenlernst.«

»Meine Güte, du nennst ihn Kit?«

»Nein, natürlich nicht«, sagte Anne, ärgerlich auf sich selbst. »Ich weiß nicht, warum ich gerade diesen Namen benutzt habe. Aber das ist ja auch nicht so wichtig. Auf jeden Fall musst du unbedingt hinuntergehen, Fiona.«

»Aber ich will doch nicht.«

»Dann sag das deiner Mutter, wenn sie dich holen kommt«, entgegnete Anne und wandte sich zur Tür.

»Also gut. Aber sollte Sir Eustace dort sein, mache ich auf dem Absatz kehrt und renne wieder nach oben. Und wenn ich mich vorher vor allen Leuten übergeben muss, damit sie sehen, dass ich nicht anders kann.«

»Eustace und Toby sind im Wirtshaus«, sagte Anne. »Und du weißt ja, dass dein Onkel es nicht eher verlässt, als bis ihn jemand zur Tür hinausrollt.«

»Gut«, erwiderte Fiona jetzt schon viel munterer und erlaubte Molly, ihr das Kleid glatt zu streichen.

Anne war erleichtert, dass ihre Cousine Sir Christopher mit schüchterner Höflichkeit behandelte und er sich ihr gegenüber zuvorkommend zeigte. Die Unterhaltung wollte jedoch nicht recht in Gang kommen und schleppte sich mehr oder weniger dahin. Einmal nippte Anne an ihrem Claret und fing über den Becher hinweg seinen Blick auf.

Der verschmitzte Ausdruck in seinen Augen brachte sie zum Lächeln.

Er blickte sie noch immer an, als Olivia sagte: »Du solltest ihn nach etwas fragen, das ihn selbst betrifft, meine Liebe. Männer reden gerne über sich.«

Als Anne erschrocken zu ihrer Tante schaute, stellte sie fest, dass die Bemerkung der heftig errötenden Fiona galt.

»Nein, das kann ich nicht«, rief Fiona. »Ich weiß einfach nicht, worüber ich mit ihm sprechen soll!«

»Ich glaube, wir würden alle gerne wissen, wo er sich versteckt gehalten hat«, wandte sich Olivia an Kit. »Wir kommen um vor Neugier, Sir.«

»Ach, ich war hier und dort«, erwiderte er mit unbekümmertem Lächeln. »In Italien und Spanien, bin durchs Mittelmeer gesegelt und habe auch Irland gesehen. Allerdings weiß ich kaum, was in meiner Abwesenheit hier vorgefallen ist. Vielleicht könnt Ihr mir ja etwas vom Leben in Roxburghshire erzählen. Zum Beispiel ...«

Mit wachsender Bewunderung verfolgte Anne, wie er Olivia geschickt von seinen eigenen Erlebnissen ablenkte und sie dazu brachte, Klatschgeschichten aus dem Grenzland zum Besten zu geben. Einmal schmeichelte er ihr wegen ihres scharfen Blicks für die Angelegenheiten ihrer Nachbarn und Freunde, dann wieder zeigte er sich erstaunt, wie wohlunterrichtet sie über alles war, was in der Gegend vor sich ging.

Mit ebenso großem Geschick gelang es ihm, Fiona ins Gespräch zu ziehen, und schon nach kurzer Zeit bemerkte Anne, wie hingerissen ihre Cousine ihn anblickte. Sie redete sich ein, wie froh sie darüber sei, dass Fiona ihn mochte. Doch zugleich wurde ihr bewusst, dass sie die Hände im Schoß so fest zu Fäusten geballt hatte, dass sich ihre Fingernägel in die Handflächen gruben.

Offenbar wollte Olivia den Abend so lange wie möglich ausdehnen, doch schon bald begann Fiona hinter vorgehaltener Hand zu gähnen.

Im übrigen Teil der Halle hatte man bereits die Tische beiseite geräumt, und nur noch ein letzter Krug mit Claret stand auf der hohen Tafel, als Kit sich an Fiona wandte: »Vielleicht solltet Ihr Euch zu Bett begeben, Mistress Carmichael, bevor Ihr noch vor unseren Augen einschlaft.«

»Ja, geh hinauf, mein Liebes«, sagte Olivia. »Sir Christopher hat recht. Er kümmert sich ja wirklich rührend um seine Verlobte.«

Anne blinzelte verdutzt. Offenbar hatte Olivia ihre Gunst von Eustace auf seinen Neffen übertragen, und Anne fragte sich, wie Eustace das wohl aufnehmen würde. Eigentlich wusste sie selbst nicht, was sie davon halten sollte. Im Grunde genommen war es ja erfreulich, denn Sir Christopher würde bestimmt einen vorzüglichen Ehemann abgeben.

Warum kamen ihr dann beim bloßen Gedanken daran die Tränen?

Als Fiona und Olivia sich erhoben, stand auch Anne von der Tafel auf und war erstaunt, als Sir Christopher sich plötzlich an sie wandte: »Könnte ich wohl noch ein Wort mit Euch reden, Lady Anne?«

Olivia blickte von einem zum anderen. »Es ist schon spät, Sir, und Fiona und ich sehnen uns nach unseren Betten. Wie Ihr seht, würden wir uns gerne zurückziehen.«

»Lasst Euch bitte nicht aufhalten, Madam. Ich möchte nur kurz mit der Lady sprechen.«

»Den jungen Frauen in diesem Hause ist bekannt, dass sie nicht unter vier Augen mit einem jungen Mann plaudern dürfen«, erklärte Olivia streng. »Anne wird also mit uns nach oben gehen. Morgen beim Frühstück werdet Ihr Gelegenheit haben, Euch mit ihr zu unterhalten. Bis dahin gute Nacht, Sir. Komm, Anne.«

Anne gehorchte und warf nur noch einen verstohlenen

Blick über die Schulter. Sein spöttisches Grinsen verriet ihr, dass er wieder an ihre erste Begegnung dachte.

Da es ihm nicht gelungen war, allein mit Anne zu reden, machte Kit es sich vor dem Kamin gemütlich und genoss die Stille in der menschenleeren Halle. Nach einer Weile hörte er, wie die Männer aus dem Wirtshaus zurückkehrten. Da es ihm nicht geraten schien, sich mit einem offensichtlich angetrunkenen Eustace auf eine Auseinandersetzung einzulassen, stand Kit auf und ging hinaus, bevor die Zecher den Raum betraten.

Willie war nirgends zu finden gewesen, und es hatte ihn auch niemand gesehen. Kit kam der Gedanke, dass für ihn jetzt Anne die einzige freundliche Seele in diesem ganzen Haus war, auch wenn sie sich das nach dem Vorfall am Bach vielleicht nicht vorstellen konnte. Lady Carmichael hatte sich augenscheinlich entschlossen, ihn zu mögen, doch kannte er sie bereits gut genug, um zu wissen, wie wankelmütig sie war. Auf sie konnte er also nicht zählen. Im Moment war er wohl am besten in seiner Schlafkammer aufgehoben. Doch wirklich in Sicherheit würde er erst sein, wenn es ihm gelang, Hawks Rig zurückzugewinnen und mit seinen eigenen Männern zu besetzen.

Er stieg die Treppe hinauf, die ihm die richtige zu sein schien, ging dann die Galerie entlang bis zu dem Treppenhaus am anderen Ende und stieg in den nächsten Stock hinauf. Ohne Schwierigkeiten fand er die gesuchte Tür.

Er öffnete sie und trat in den dunklen Raum.

Jemand hatte vorsorglich das Fenster geschlossen und ein Feuer entfacht, das bereits weit heruntergebrannt war. Im goldenen Schein der Glut ging er durch den Raum zum Fenster, zog den Vorhang auf, öffnete die Fensterläden und sog genießerisch die kühle Nachtluft ein.

»Du lieber Himmel, Ihr seid ja genauso schlimm wie Euer abscheulicher Onkel!«

Kit fuhr herum und sah sich einer wütenden Anne Ellyson gegenüber, die, augenscheinlich nur mit einem Nachthemd bekleidet, kerzengerade im Bett saß. »Was zum Teufel macht Ihr in meinem Bett, und wo habt Ihr Eure Kleider?«, herrschte er sie an.

Anne hatte noch wach gelegen und gegen den Betthimmel gestarrt. Gerade dachte sie, dass sie Olivia wohl dankbar dafür sein müsste, dass diese ihr die Unterredung mit Kit Chisholm erspart hatte, da hörte sie ihn hereinkommen. Zuerst hatte sie angenommen, es sei Peg, die etwas vergessen und, um ihre Herrin nicht zu wecken, nicht wie üblich angeklopft hatte.

Anne wollte schon etwas sagen, da merkte sie, dass derjenige, der da mit schweren Schritten durch das Zimmer ging, unmöglich Peg sein konnte.

Als sie sich aufsetzte und vorsichtig durch die Bettvorhänge spähte, sah sie undeutlich eine große Gestalt, die gerade dabei war, die Fensterläden zu öffnen – Sir Christopher! Schockiert und voller Zorn riss sie die Bettvorhänge auf und schrie ihn an.

Doch als er sich erschrocken umdrehte und wissen wollte, was sie in *seiner* Schlafkammer tat, dämmerte ihnen beiden, was geschehen war.

»Du liebe Zeit, ich bin im falschen Zimmer gelandet, nicht wahr?«, rief er.

»Ja, Sir, das seid Ihr«, antwortete sie, während sie vergeblich versuchte, ihre gewohnte Gelassenheit wiederzuerlangen. Er war mit ihr im selben Zimmer und unbehaglich nahe noch dazu. Auch wenn er ihr vorhin diesen schelmischen Blick zugeworfen hatte, war er bestimmt noch immer wütend auf sie, weil sie ihn ins Wasser gestoßen hatte. »Es gibt zwei verschiedene Treppen im Ost- und Westflügel des Hauses«, erklärte sie. »Die Zimmer und Galerien auf beiden Seiten gleichen sich sehr, und wegen der Lage der Kamine sind die Möbel in allen Gästezimmern ähnlich angeordnet. Wenn also Euer Kamin …«

»Zieht Euch doch was an, Mädchen«, blaffte er.

»Ihr braucht mir nicht gleich den Kopf abzureißen«, fauchte sie zurück. »Schließlich seid Ihr in *meinem* Zimmer und müsst es auf der Stelle wieder verlassen, da spielt es überhaupt keine Rolle, was ich anhabe.«

»Es spielt sogar eine große Rolle«, entgegnete er.

»Also, nun hört mal zu …«

»Nein, jetzt hört Ihr mir mal zur Abwechslung zu«, unterbrach er sie. »Ich wollte schon unten mit Euch reden, aber Eure Tante ließ mich ja nicht. Daher habe ich es bis jetzt noch nicht geschafft, ungestört ein paar Worte mit Euch zu wechseln. Als ich es das letzte Mal versucht habe, durfte ich nämlich zum Dank ein Bad nehmen.«

»Da gibt es nichts zu bereden«, erwiderte sie. »Ich weiß, ich sollte mich bei Euch entschuldigen, was ich hiermit tue. Wenn es Euch also darum ging, könnt Ihr ja jetzt gehen.«

Sein Blick fiel auf ihr Kleid, das über einem Hocker lag. Er schnappte es sich und warf es ihr zu. »Zieht das über, sonst kann ich für nichts garantieren. Ich habe Euch ja gesagt, dass meine Manieren nicht mehr das sind, was sie mal waren.«

»Weil Ihr Euch doch so lange unter rauen Seeleuten aufgehalten habt«, bemerkte sie bissig. Doch unter seinen grimmigen Blicken gab sie schließlich seufzend nach und zog sich das Kleid über mit den Worten: »Also gut, aber ich weiß beim besten Willen nicht, worüber Ihr mit mir sprechen wollt.«

»Zunächst einmal bin ich Euch nicht böse. Wenn ich es wäre, hättet Ihr es schon gemerkt, denn ich habe ein etwas aufbrausendes Temperament.«

»Als Ihr da im Wasser gesessen habt, wart Ihr aber durchaus wütend.«

Zu ihrem Erstaunen grinste er. »Das stimmt. Und Ihr könnt nur froh sein, dass ich Euch nicht zu fassen kriegte, denn sonst hättet Ihr im Nu neben mir gesessen. Aber ich weiß, dass ich die Strafe verdient habe. Ich habe mich schlecht benommen und würde es selbst keinem Mann durchgehen lassen, wenn er sich einer Frau gegenüber so etwas erlauben würde. Daher bitte ich *Euch* um Entschuldigung.«

Anne konnte sich nicht entsinnen, dass sich, von Dienstboten abgesehen, jemals ein Mann bei ihr entschuldigt hätte. Aber das Gefühl war nicht schlecht, und ihre Laune besserte sich schlagartig.

Er kniete sich neben den Kamin, nahm ein Holzscheit aus dem Korb und legte es auf die Glut. Dann blies er hinein, um das Feuer neu zu entfachen.

»Wenn Ihr nicht böse mit mir seid, was gibt es dann zu besprechen?«, fragte Anne.

Als er sich nun zu ihr umdrehte, wirkte seine hochgewachsene Gestalt vor dem flackernden Feuerschein fast überlebensgroß. Anne fühlte sich schwach und verletzlich, ob nun mit oder ohne Kleid. Er war einfach zu groß, zu nahe und entschieden zu männlich. Und außerdem wusste sie mittlerweile, dass er unberechenbar sein konnte.

Sie wollte das Bett verlassen; vielleicht wäre sie ihm eher ebenbürtig, wenn sie ebenfalls stand.

»Bleibt, wo Ihr seid«, befahl er mit gepresster Stimme.

»Also wirklich, Sir, in meiner eigenen Kammer kann ich doch wohl tun und lassen, was ich will. Und jetzt sagt mir bitte endlich, worüber Ihr mit mir reden wollt.«

»Dann bleibt wenigstens da hinten stehen, Mädchen. Ich bin wahrhaftig kein Heiliger und kann einer Versuchung nur schwer widerstehen.«

»Aber Ihr dürft Euch gar nicht in Versuchung führen lassen! Schließlich seid Ihr mit meiner Cousine verlobt.«

»Genau darüber wollte ich mit Euch reden«, erwiderte er. »Ich bin nicht sicher, ob es richtig von mir war, die Trauung zu unterbrechen. Je besser ich die junge Fiona kenne, desto mehr glaube ich, dass sie bei einem wie Eustace gut aufgehoben wäre. Er ist ein gutes Stück älter, ganz hingerissen von ihr und wird sie bestimmt gut behandeln. Eigentlich müsste er sich wie ihr Vater vorkommen.«

»Da kennt Ihr Euren Onkel aber schlecht, wenn Ihr meint, er habe väterliche Gefühle für sie«, sagte Anne schnippisch.

»Ja, ich weiß, das habt Ihr mir schon einmal gesagt. Aber abgesehen davon, dass er mich noch nicht als seinen Neffen anerkannt hat, war an seinem Verhalten, auch Eurer Cousine gegenüber, bisher nichts auszusetzen. Und sie …«

»Ihr habt ihn ja praktisch noch gar nicht zu Gesicht bekommen«, erwiderte sie. »Eine Stunde nach Eurer Ankunft ist er mit Toby losgezogen und bis jetzt noch nicht zurück.«

»Doch, sie sind wieder da«, sagte er. »Als ich sie kommen hörte, machte ich, dass ich aus der Halle kam. Und in der Eile muss ich wohl die falsche Treppe erwischt haben. Es klang, als hätten sie reichlich getrunken, und außerdem waren noch andere Männer dabei, eine ganze Gesellschaft.«

Anne verzog das Gesicht. »Dann wird die Zecherei noch ewig weitergehen. Ich will nur hoffen, Euer Onkel kommt nicht wieder hier herauf. Das hat er nämlich schon einmal getan.«

»Tatsächlich? Er sollte es lieber nicht versuchen, solange ich hier bin.«

Da platzte sie laut heraus. »Das möchte ich sehen«, lachte sie. »Wollt Ihr mir vielleicht erzählen, dass Ihr dann aus meiner Kammer stürmen und ihn von Fionas Tür verjagen würdet?«

»Nach allem, was Ihr mir erzählt habt, könnte er genauso gut vor Eurer Tür stehen wie vor Fionas«, erwiderte er, musste aber doch über ihre Worte schmunzeln.

»Die Vorstellung, dass Sir Eustace vor meiner Tür steht, ist absolut nicht witzig«, sagte sie und versuchte empört zu klingen. Es gelang ihr nicht. »Meine Güte, da möchte ich aber sein Gesicht sehen, selbst wenn ich mir damit meinen Ruf ruiniere«, lachte sie.

Kit wurde wieder ernst. »Das darf auf keinen Fall geschehen«, sagte er, machte einen Schritt auf sie zu und fasste sie bei den Schultern.

Anne stockte der Atem. Sie konnte nicht einmal mehr protestieren. Stattdessen blickte sie zu ihm auf und überlegte, ob er sie jetzt wohl wieder küssen würde. Mit jeder Faser ihres Körpers sehnte sie sich nach einem Kuss von ihm und war zugleich erstaunt über ihre eigenen Gefühle.

Auch er schien den Atem anzuhalten, schaute wortlos auf sie hinab, die Hände noch immer schwer auf ihren Schultern.

Am liebsten hätte sie sein Gesicht berührt, doch sie tat es nicht. Das Risiko war einfach zu groß.

Als habe er ihre Gedanken gelesen, strich er ihr mit zwei Fingern über die Wange. Seine Fingerspitzen, die bis zu ihrem Mundwinkel und über ihre Unterlippe wanderten, waren rau, und der Drang, seine Hand zu küssen, wurde fast übermächtig in ihr. Sie konnte deutlich ihre Brustwarzen spüren, ihr ganzer Körper prickelte, und als er die Hand zur Faust schloss und ihr mit den Knöcheln über Kinn und Wange fuhr, öffnete sie einladend die Lippen.

Seine rechte Hand legte sich um ihren Nacken, und mit einem unterdrückten Stöhnen, das tief aus seiner Kehle zu dringen schien, zog er sie an sich und presste seinen Mund hart auf den ihren.

Kaum fühlte sie die Berührung seiner Lippen, schmolz Annes letzter Rest von Widerstand wie Schnee in der Sonne. Sie ließ alle Bedenken fahren und seufzte vor Wonne, während sie sich an ihn schmiegte und seinen Kuss erwiderte.

Seine Hände erforschten ihren Körper, doch sie gab kaum darauf acht, denn gleichzeitig wurden seine Küsse immer leidenschaftlicher. Seine Zunge fuhr über ihre Unterlippe, bevor sie sich energisch Einlass in ihren Mund verschaffte. Als er sie noch enger an sich drückte, spürte sie seinen Unterleib an ihrem, und ungeahnt wonnige Schauer flossen durch ihren Körper.

Gerade hatte er mit einer Hand ihre Brust umfasst, da hielt er inne und lauschte. Sein Körper wurde ganz starr.

»Was ist?«, murmelte sie ganz benommen.

»Pst, hör mal«, flüsterte er.

Da vernahm auch sie die Schritte vor der Tür.

»Fergus, was machst du da?«, rief Catriona. »Wie kommt *der* denn hierher?«

Fergus bedachte sie mit einem ungehaltenen Blick. »Sag, was du willst, aber ich kann es nicht zulassen, dass sich mein Mädchen derart in Gefahr begibt. Bisher habe ich nichts unternommen, weil ich sicher war, dass sie Sir Christopher wütend wegschicken würde. Aber dann hat er sie mit seinem Geschmuse ganz durcheinandergebracht. Und ich weiß doch, dass sie in Wirklichkeit will, dass er Mistress Fiona heiratet. Du hast es übrigens gerade nötig, mir Vorwürfe wegen meiner Einmischung zu machen. Ich weiß sehr gut, wer ihn die falsche Treppe hinaufgeschickt hat.«

»Hab ich nicht! Aber du hast diesen ...«

»Wer mischt sich hier ein?«, ertönte Maggie Mallochs Stimme hinter ihnen. »Ihr kennt beide die Gesetze, und bisher haben wir uns ja auch strikt daran gehalten.«

»Aber jetzt hat Fergus eingegriffen, und ich weiß gar nicht, warum«, beschwerte sich Catriona. »Er muss es schnell wieder rückgängig machen, bevor er uns alle ins Unglück stürzt.«

»Überlasst es euren Sterblichen, mit der neuen Situation fertig zu werden. Was geschehen soll, geschieht eben.«

Catriona sah Maggie an, als wollte sie sagen, ausgerechnet du kannst es dir leisten, andere wegen ihrer Einmischung zu tadeln. Doch als Maggies strenger Blick sie traf, zog Catriona es vor, zu schweigen.

Kaum hatten sie das Klicken des Türschlosses gehört, machte Kit lautlos und geschwind einen Satz hinter die Tür. Ebenso rasch kniete sich Anne vor den Kamin und stocherte mit dem Schürhaken im Feuer herum.

Als die Tür aufging, drehte Anne sich um und war im Nu auf den Beinen. Überrascht und mit aufwallendem Zorn sah sie Malcolm Vole ins Zimmer treten. Jede Spur von schlechtem Gewissen war wie weggeblasen; sie war nur noch wütend.

»Wie könnt Ihr es wagen, in meine Schlafkammer zu kommen!«

»Ich bitte um Verzeihung, Mylady, aber ich dachte, ich hätte hier drin Stimmen gehört.«

»Selbst wenn, habt Ihr nicht das Recht, mein Zimmer zu betreten, Malcolm. Ihr könnt Euch darauf gefasst machen, dass ich gleich morgen früh Lady Carmichael davon unterrichten werde. Ich weiß wirklich nicht, was Ihr hier wollt, selbst wenn Ihr mich mit meiner Zofe sprechen gehört hättet. Aber wie Ihr seht, ist sie nicht hier. Also verschwindet auf der Stelle, bevor ich das ganze Haus zusammenschreie.«

Dabei machte sie einen Schritt auf ihn zu und starrte ihn drohend an, um ihn davon abzuhalten, einen Blick hinter die Tür zu werfen.

Malcolm rang verzweifelt die Hände. »Ich habe nicht angeklopft, weil ich Euch nicht stören wollte, Mylady. Aber Sir Toby hat einen Haufen zweifelhaftes Volk mit nach Hause gebracht. Ich habe ihm gesagt, dass sie zu laut seien, aber er wollte nicht auf mich hören. Und als ich dann zwei der Männer in Lady Carmichaels Privatgemach fand, hatte ich Angst, dass einige noch weiter ins Haus vorgedrungen sein könnten.«

»Du liebe Zeit, wie viele hat er denn mitgebracht?«

»Ich weiß es nicht, denn als ich ihn danach fragte, sagte er nur, ich solle mich gefälligst um meinen eigenen Kram kümmern. Sir Toby kann ganz schön wütend werden.«

»Malcolm, Ihr wisst doch, dass Ihr ihm gehorchen müsst. Sein Rüffel war also ganz berechtigt.«

»Aber Euch brauche ich nicht zu gehorchen«, entgegnete er trotzig. – »Ihr seid unverschämt«, sagte Anne, während sie ihm starr in die Augen blickte und das Schüreisen in ihrer Hand leicht wippen ließ. »Hütet Eure Zunge, oder ich erzähle meiner Tante von Eurer Impertinenz. Sie wird mir glauben, da könnt Ihr sicher sein.«

»Verzeiht bitte«, erwiderte er rasch, »aber einer von denen, die Sir Toby mit nach Hause gebracht hat, ist ein Freund von ihm, den er unbedingt hier beherbergen will. Der Mann scheint ein bisschen anständiger zu sein als die übrigen. Er sagt, er heiße Milo, Lord Berridge, aber ich habe noch nie etwas von ihm oder seiner Familie gehört. Und das ist noch nicht das Schlimmste.«

»Was ist denn noch?«, erkundigte sich Anne, deren Zorn schon ein wenig abgekühlt war.

»Ein Spaßmacher ist dabei, Mylady.«

»Ein Spaßmacher?«

»Ja, oder ein fahrender Sänger, weil er eine Laute dabei hat. Aber er erzählt grauenhafte Geschichten, über die ich mich kein bisschen amüsieren kann. Der Lady werden sie bestimmt auch nicht gefallen, aber diese angetrunkenen Männer lachen sich halb tot darüber. Sir Toby will, dass der Spaßmacher auch hierbleibt. Sir Eustace hat gesagt, Sir Toby habe ihm den Mann beim Würfeln abgewonnen, und jetzt will er – das heißt Sir Eustace – ihn bei einem weiteren Spiel wieder zurückerlangen und mit nach Hawks Rig nehmen. Er findet ihn lustig, sagt er.«

»Also will Sir Eustace bald wieder nach Hause reiten?«, fragte Anne, wohl wissend, dass Kit an der Antwort genauso interessiert war wie sie.

»Ich glaube, er reist morgen Nachmittag oder am Sonntagmorgen ab, Mylady.«

»Ich verstehe, dass Ihr wirklich guten Grund hattet, um meine Sicherheit und die von Mistress Fiona und Lady Carmichael zu fürchten, Malcolm. Trotzdem müsst Ihr das nächste Mal anklopfen, bevor Ihr das Zimmer einer Dame betretet. Ihr dürft Euch jetzt entfernen.«

Er verbeugte sich wortlos und verschwand. Anne holte tief Luft und atmete langsam wieder aus, als sich endlich die Tür hinter ihm schloss.

»Na siehst du«, sagte Maggie. »Lady Anne ist leicht mit ihm fertig geworden.«

Fergus warf ihr unter seinen dünnen Augenbrauen einen säuerlichen Blick zu. »Sie würde es schrecklich bedauern, wenn Catrionas Bursche sich jetzt in sie statt in ihre Cousine vergucken würde. Pass nur auf, Maggie. Du bist nämlich diejenige, die sich eingemischt hat! Du stehst auf Catrionas Seite, und der ist es piepegal, ob meine Lady Anne glücklich wird oder nicht.«

»Das ist nicht wahr«, zischte Catriona entrüstet. »Ich werde dir mal sagen ...«

»Pst, ihr beiden«, sagte Maggie. »Ich will sehen, was passiert. Aber sobald sie schlafen und ihr Zeit habt, kommt ihr in meine Stube. Ich muss euch nämlich etwas Wichtiges erzählen.«

Nachdem Malcolm hinausgegangen war, legte Kit lauschend ein Ohr an die Tür. Anne schwieg, bis er sich wieder aufrichtete und sie ansah.

»Mein Gott, Ihr seid ja ein richtiger kleiner Drachen«, sagte er belustigt. »Bestimmt habt Ihr den Haushalt Eures Vaters mit eiserner Hand regiert. Der Kerl hat mir fast leidgetan.«

»Seid Ihr sicher, dass er weg ist?«, fragte sie.

»Ja, aber das war verdammt knapp. Ihr solltet nicht ein solches Risiko eingehen.«

»*Ich* sollte es nicht?«

»Naja, schließlich habe ich Euch geraten, im Bett zu bleiben und ein Kleid anzuziehen, oder etwa nicht?«

»Doch«, musste sie zugeben. Plötzlich fiel ihr wieder ein, was sie getan hatten. »Wir haben beide nicht recht gehandelt, Sir, aber ich bin wenigstens nicht verlobt.« Kaum hatte sie es ausgesprochen, wurde ihr klar, dass das keine Entschuldigung war. »Meine Güte, aber ich bin doch ihre Cousine«, fügte sie zerknirscht hinzu.

Sie hatte ein furchtbar schlechtes Gewissen, doch im nächsten Augenblick war sie wieder ganz ruhig. Alle Schuldgefühle waren wie weggeblasen, und sie wusste, was sie zu tun hatte.

»Mädchen …«

»Nein, Sir Christopher …«

»Ich wünschte, Ihr würdet mich Kit nennen. Ihr seid immer so schrecklich förmlich.«

»Bitte, Sir, führt mich nicht wieder in Versuchung. So etwas wie vorhin darf sich nicht wiederholen. Wir beide haben Fionas Hochzeit verhindert, weil wir wussten, dass sie ein großer Fehler gewesen wäre. Aber unsere Tat hat weitreichende Folgen, und für ein paar Sekunden habe ich dies außer Acht gelassen.«

»Aber die ganze Situation ist doch einfach grotesk«, erwiderte er in scharfem Ton.

Unbeirrt fuhr sie fort: »Ihr seid offiziell mit ihr verlobt, und daher müsst Ihr sie heiraten. Und ich bin sicher, das wäre das einzig Richtige. Hättet Ihr bei der Trauung nichts gesagt und Fiona hätte Euren Onkel geheiratet, so wäre die Ehe doch bestimmt annulliert worden, sobald Ihr Euch zu erkennen gegeben hättet. Eine Verlobung ist oftmals bindender als eine Ehe, nicht wahr?«

»Zumindest genauso bindend«, antwortete er seufzend. »Für beides gelten mehr oder weniger die gleichen Gesetze, glaube ich. Bei einer Verlobung kommt es allerdings wohl auch darauf an, ob die Beteiligten volljährig sind oder nicht. Jedenfalls verstehe ich Euren Standpunkt, und ich muss zugeben, dass ich auch nicht über die Konsequenzen unseres

Handelns nachgedacht habe. Jetzt werde ich gehen, und sobald Eustace das Haus verlässt, reite ich ebenfalls fort.«

»Also bringt Ihr mir doch nicht das Schießen bei«, sagte sie enttäuscht.

Er grinste. »Doch, das tue ich gerne, damit Ihr Euch gegen Euren lüsternen Onkel und seinen nicht minder gefährlichen Neffen zur Wehr setzen könnt. Aber vielleicht solltet Ihr Euch zuvor entscheiden, ob Ihr mir nun aus dem Weg gehen oder Euch mit mir sehen lassen wollt.«

Sie wusste genau, was sie hätte tun sollen, doch die Aussicht darauf, schießen zu lernen, war einfach zu verlockend. Zumindest hoffte sie, dass es ihr nur darum ging. »Wenn meine Zofe mich begleiten würde …«

»Dann werde ich ihr auch Unterricht geben«, sagte er. »Wenn Ihr wollt, fangen wir nach dem Frühstück an. Aber sobald Eustace geht, muss ich auch fort. Meine Lage ist überaus heikel, und bis ich geklärt habe, welche rechtliche Handhabe ich gegen meinen Onkel habe, ist es wohl wirklich besser, wenn wir uns nicht mehr sehen.«

»Aber Ihr wollt doch wohl nicht die Verlobung mit Fiona auflösen!«, rief Anne. »So etwas brächte nur ein Schuft fertig! Wenn Ihr sie sitzen lasst, werden die Leute ihr die Schuld geben, und ihr Ruf wäre ruiniert!«

»So schlimm wird es auch wieder nicht sein«, entgegnete er ungehalten.

»Doch, und das wisst Ihr durchaus. Es ist ungerecht, aber wenn eine Hochzeit platzt, macht man immer die Frau dafür verantwortlich.«

»Sie ist eine reiche Erbin, da werden die Freier sie doch umschwärmen wie die Fliegen den Honig.«

»Das hat damit gar nichts zu tun«, entgegnete Anne ärgerlich. »Ihr wisst ja nicht, wie verletzlich sie ist. Obwohl sie Eustace nicht heiraten wollte, hat sie sich fürchterlich über das aufgeregt, was heute geschehen ist. Und wenn jetzt, kurz darauf, erneut eine Verlobung in die Brüche geht …« Sie brach ab, da ihr ein Gedanke gekommen war. »Ach du lieber Himmel, ist Euch denn nicht klar, was passiert, wenn Ihr sie fallen lasst? Dieser schreckliche Mensch wird auf der Verlobung bestehen, und meine Tante wird Fiona zwingen, ihn zu heiraten, und sei es auch nur, um einen noch größeren Skandal zu vermeiden!«

»Nein, das wird sie nicht. Vergesst nicht, was Pfarrer Allardice gesagt hat. Da ich mit ihr verlobt war, kann mein Onkel sie nicht heiraten.«

Anne schüttelte den Kopf. »Beides geht nicht, Sir. Wenn Eure Verlobung rechtens ist, müsst Ihr sie heiraten. Wurde sie dadurch ungültig, dass man Euch für tot erklärte, dann kann Eustace sie heiraten. Auf jeden Fall habt Ihr doch gehört, was Euer Onkel zu Pfarrer Allardice gesagt hat: Er kann sich ohne weiteres eine Sondererlaubnis besorgen.«

»Das ist nicht so einfach und außerdem sündhaft teuer«, erwiderte Kit.

»Für Euren Onkel dürfte das kein Problem sein. Euch ist wohl gar nicht bewusst, wie viele mächtige Freunde er auf beiden Seiten der Grenze hat.«

Kit runzelte die Stirn. »Ich glaube, wir sollten heute Nacht nicht weiter darüber reden. Wenn Ihr mir einen Weg zu meiner Schlafkammer zeigen könnt, auf dem ich nicht noch weiteren Familienmitgliedern begegne, dann gehe ich jetzt.«

»Nehmt den Dienstbotenaufgang am linken Ende der Galerie. Wenn Ihr eine Treppe hinaufsteigt, kommt Ihr zu einem Korridor, der die beiden Seiten des Hauses verbindet. Im hinteren Teil führt eine andere Treppe zu der Galerie, an der Eure Kammer liegt. Diesen Weg benutzen nur die Dienstboten, und die sind sicher schon alle schlafen gegangen.«

»Alle wohl noch nicht. Ich würde ungern dem Haushofmeister Eurer Tante über den Weg laufen. Das ist vielleicht ein aufgeblasener Kerl.«

»Das stimmt. Er benimmt sich, als gehöre ihm das Haus, und meine Tante schafft es nicht, ihn in seine Schranken zu weisen. Aber ich habe ihn heute Nacht wohl ein bisschen zurechtgestutzt.«

Wieder grinste Kit. »Dafür, dass Ihr so eine kleine Person seid, nehmt Ihr Euch ganz schön viel heraus, mein liebes Mädchen. Passt nur auf, dass Ihr nicht einmal an den Falschen geratet.«

Damit meinte er zweifellos sich selbst. Sie reckte das Kinn und entgegnete: »Ich bin es nicht, die sich zu viel herausnimmt, Sir Christopher. Ihr solltet Euch auf Eure guten Manieren besinnen.«

Er lachte leise und kam näher – viel zu nahe. Mit einem tiefen Blick in ihre Augen sagte er: »Wenn das so ist, Mädchen, dann muss ich das Pfand von Euch fordern, bevor ich gehe.«

»Ihr habt es schon bekommen«, wandte sie ein.

»Tatsächlich?« Er beugte sich über sie, bis sein Gesicht nur noch wenige Zentimeter von dem ihren entfernt war. »Seid Ihr sicher, mein Mädchen?«

»Erinnert Ihr Euch denn nicht?«, gab sie mit schwacher Stimme zurück.

Er legte eine Hand um ihren Hinterkopf und küsste sie leicht auf die Lippen. »Ah ja«, sagte er, indem er sie losließ und sich aufrichtete, »jetzt fällt es mir wieder ein.« Damit drehte er sich um, ging aus dem Zimmer und zog die Tür leise hinter sich zu.

Minutenlang stand Anne wie angewurzelt da, starrte auf die Tür und versuchte das Durcheinander von Gedanken und Gefühlen, das in ihr tobte, zu ordnen. Ihr Körper wünschte ihn mit aller Macht wieder herbei, doch zugleich ermahnte sie sich, dass es ihre Pflicht war, ihn und Fiona zusammenzubringen.

Es war ja nicht so, dass sie ihn selbst heiraten wollte, sagte sie sich mit Nachdruck. Im Gegenteil, es wäre höchst unangenehm, die Ehefrau eines so unberechenbaren Mannes zu sein, für den keine Regeln zu gelten schienen. Sie ihrerseits hielt viel davon, sich an gewisse sittliche Grundsätze zu halten, zumindest solange es vernünftig war. Aber sie hatte auch ihre eigenen Ansichten, um die er, wie die meisten Männer, nicht viel zu geben schien.

Wie die meisten Männer tat Kit, was ihm beliebte, und erwartete Gehorsam von einer Frau. Er hatte sie schon einen Drachen genannt, nur weil sie Malcolm zurechtgewiesen hatte. Fiona wäre genau die richtige Frau für ihn, denn sie würde zu allem Ja und Amen sagen und ihm in allem seinen Willen lassen.

Nachdem sie sich ein wenig beruhigt hatte, ging sie trübsinnig zu Bett. Sie lag noch stundenlang wach, weil ihr die Ereignisse des vergangenen Tages wieder und wieder durch den Kopf gingen. Endlich fiel sie doch in einen unruhigen Schlaf.

12

»Also dann«, sagte Maggie und schnippte mit den Fingern, worauf ein munteres Feuerchen im Kamin aufflammte. »Wir drei müssen uns unterhalten.«

»Was gibt es denn?«, fragte Catriona und machte es sich in dem Sessel am Feuer gemütlich.

Nachdem sie mit einem weiteren Fingerschnippen zwei ähnliche Sitzgelegenheiten für sich und Fergus herbeigezaubert hatte, begann Maggie: »Ich sagte doch bereits, dass jeder Plan irgendeinen Haken hat.«

»Ja, schon«, erwiderte Fergus, »aber wir haben alles so gemacht, wie du gesagt hast, und jetzt läuft die Sache doch ganz gut.«

Catriona runzelte die Stirn, entgegnete ihm aber nur: »Ich glaube, Maggie denkt dabei nicht bloß an das, was heute Abend geschehen ist, Fergus.«

»Genau«, sagte Maggie und verzog schmerzlich das Gesicht.

»Ihr werdet wahrscheinlich einen Schreck kriegen, wenn Ihr hört, was ich euch mitzuteilen habe. Aber das hilft alles nichts, also zügelt eure Ungeduld, wir werden gleich darüber reden.«

Catriona war sichtlich beunruhigt. »Ist Claud noch mehr zugestoßen?«

Ganz deutlich konnte er sie hören und sehen, als habe er den dichten grauen Nebel unvermittelt hinter sich gelassen und säße nun ganz nahe bei ihnen. Beinahe vermeinte er die Wärme des Feuers zu spüren, fast konnte er Catriona berühren – aber eben nur fast.

Maggie warf einen Seitenblick auf Fergus, der wieder einmal im Begriff war, sich aufzulösen. »Nimm doch mal anständig Gestalt an«, sagte sie, aber ihr Ton war ungewohnt nachsichtig.

Fergus gehorchte. »Das passiert mir immer, wenn ich mich fürchte«, sagte er schüchtern und wurde puterrot. »Und außerdem kann ich Jonahs Gegenwart ebenso wahrnehmen wie du Clauds, und mir scheint, er hält sich die ganze Zeit in der Nähe auf.«

Er blickte sich um, doch von jenem anderen, Bösen war nichts zu entdecken.

»Du hast eben einfach Angst«, erwiderte Maggie. »Glaubst du nicht, ich würde es merken, wenn er hier wäre?«

Zweifelnd zuckte Fergus mit den Schultern.

»Auf jeden Fall ist es Jonah, über den du mit uns reden willst, nicht wahr?«, sagte Catriona. »Was hat er jetzt schon wieder ausgeheckt?«

»Offenbar hat er uns eine kleine Falle gestellt«, erwiderte Maggie.

»Natürlich, so etwas macht er doch dauernd«, sagte Catriona.

»Ja, aber diesmal ist es wirklich arg.« Maggie holte tief Luft, bevor sie fortfuhr: »Es gibt nur einen Weg, um Claud von seinem Sterblichen zu trennen.«

Die beiden anderen blickten sie gespannt und wortlos an.

Er hielt den Atem an und schaute bang auf Maggie.

»Ich muss den Sterblichen töten«, sagte sie.

Fergus löste sich in Luft auf.

Von neuem hüllte ihn die dichte graue Wolke ein, und die Wohnstube entschwand seinen Blicken.

Obgleich sie erst so spät eingeschlafen war, erwachte Anne zur gewohnten Zeit, da Peg Elliot in die Kammer trat. Als Anne wieder einfiel, was sie heute vorhatte, war sie mit einem Schlag hellwach.

»Meine Güte, Mistress«, sagte Peg, während sie entschlossen die Fensterläden zuzog, »was habt Ihr Euch nur dabei gedacht, die ganze Nacht das Fenster offen zu lassen? Es war doch ganz schön kalt draußen.«

»Ich habe nicht gefroren«, antwortete Anne und musste daran denken, wer das Fenster geöffnet hatte. »Ich ziehe das rostbraune Kleid mit dem Spitzenbesatz an«, fuhr sie hastig fort, um Peg vom Thema abzulenken. »Ist Mistress Fiona schon wach?«

»Nein. Sir Christopher ist als Einziger bereits auf den Beinen. Bei den anderen Männern würde mich das auch sehr wundern. Sie haben fast bis zum Morgengrauen gefeiert und dabei genug Radau veranstaltet, um das ganze Haus wach zu halten.«

»Ach du meine Güte.«

»Ja, und als der verrückte Malcolm sie bat, leiser zu sein, bekam er von Sir Toby einen gewaltigen Tritt in den Hintern. Das hat Malcolm mir selbst erzählt.«

»Wirklich, von Sir Toby?«

»Ja, und als ich das hörte, habe ich zu Malcolm gesagt, dass es auch dumm von ihm war, Sir Toby zurechtzuweisen. Aber darauf sagte Malcolm, Toby sollte lieber keine so großen Töne spucken. Er hatte nämlich selbst Lady Carmichael sagen hören, dass sie, wenn überhaupt, ihn, Malcolm, zum Mann nehmen würde.«

Anne japste vor Lachen.

»Oh, Peg, das hat sie in meiner Gegenwart neulich auch schon gesagt. Aber nicht mal ein Dummkopf wie Malcolm könnte das ernst nehmen.«

»Genau das tut er aber. Trotzdem sollte er wissen, dass er sich gegenüber Sir Toby und dessen Freunden keine Frechheiten herausnehmen darf. Außerdem macht er sich noch immer Gedanken wegen diesem Fuchs.«

»Wieso das?«

»Na, eines der Mädchen hat sich gestern Abend fast zu Tode erschreckt, weil der Fuchs unter ihrem Bett vorkam, gerade als sie schlafen gehen wollte. Und jetzt verlangen die Dienstmägde, dass die Männer das Tier aus dem Haus jagen.«

Unter dergleichen Geplauder beendete Anne ihre Toilette und ging dann hinunter in die Halle. Als sie Kit an der Tafel sitzen sah, ließ sie sich ihre freudige Aufregung nicht anmerken, sondern wünschte ihm ganz ruhig einen guten Morgen und wandte sich dann an einen wartenden Diener: »Bring mir kaltes Fleisch und Brot«, wies sie ihn an, während sie sich auf ihrem Platz niederließ. »Und einen Becher Apfelsaft dazu, falls noch welcher übrig ist.«

Zwar waren sie und Kit die Einzigen an der hohen Tafel, doch im unteren Teil der Halle saßen noch mehrere Leute beim Frühstück, und da außerdem einer der Diener sich beständig in ihrer Nähe aufhielt, redeten sie nur über Belanglosigkeiten.

Nachdem sie einige höfliche Bemerkungen über das Wetter ausgetauscht hatten, sagte Anne lächelnd: »Vielleicht wisst Ihr noch, dass ich bei … anderer Gelegenheit einen Fuchs erwähnt habe, den die Hundemeute ins Haus gejagt hat?«

»Ja, ich erinnere mich«, antwortete er und zwinkerte ihr zu, wie er es immer tat, wenn die Rede auf ihre allererste Begegnung kam. »Wollt Ihr mir etwa erzählen, dass das arme Vieh noch immer hier irgendwo herumläuft?«, fuhr er fort.

»Ja. Peg, meine Zofe, hat mir berichtet, dass er gerade heute Morgen eines der Dienstmädchen erschreckt hat. Er kam unter ihrem Bett hervorgesaust.«

Er lachte ein wenig. »Wenn mir das passiert wäre, würde ich es für ein Vorzeichen halten.«

»Was für ein Vorzeichen?«

»Ein gutes, hoffe ich. Als ich mich im Hochland aufhielt, müsst Ihr wissen, traf ich einen Burschen, der es sich zur Aufgabe gemacht hatte, für Gerechtigkeit zu sorgen. Sie nannten ihn *Sionnach Dubh*; das heißt auf Gälisch ›der Schwarze Fuchs‹.«

»Wer war er?«, fragte Anne.

»Ach, irgend so ein Kerl, der glaubte, dass das einfache Volk ab und an jemanden braucht, der ihm beisteht. Inverness litt zu jener Zeit unter der Herrschaft eines schlechten Sheriffs.«

»Ich dachte, der Vater Eures Cousins wäre der Sheriff dort.«

»Ja, jetzt schon. Aber damals hatte einer von Kardinal Beatons Handlangern den Posten. Er und sein Sohn, der noch übler gewesen sein soll, knechteten die dortige Bevölkerung entsetzlich, und niemand schien etwas dagegen tun zu können.«

»Ich wundere mich, dass keiner der mächtigen Hochlandhäuptlinge eingeschritten ist«, sagte Anne.

»Die meisten von ihnen hielten sich bereits im Süden auf. Sie wollten König Jakob helfen, Heinrich von der Grenze fernzuhalten. Etwas haben der König der Schotten und ich gemeinsam«, fügte er augenzwinkernd hinzu. »Wir haben beide einen bösen Onkel.«

»Erzählt mir mehr über diesen … diesen Schwarzen Fuchs«, sagte sie ganz fasziniert.

Er zuckte die Achseln. »Da gibt es nicht viel zu berichten. Er hatte sich toll ausstaffiert mit seinem langen schwarzen Umhang und der Kapuze mit den Augenschlitzen über dem Gesicht. Ständig fuchtelte er mit Schwert und Pistolen herum. Aber immerhin gelang es ihm schließlich, den bösen Sheriff und seinen Sohn zu besiegen. Jetzt ist wieder Ruhe in Inverness eingekehrt, und ich wette, wir werden nichts mehr von *Sionnach Dubh* hören.«

»Aber das klingt einfach aufregend«, sagte sie.

»Die Leute dort oben verehrten ihn. Seid Ihr jetzt bereit für den Unterricht?«

»Ja, mit dem größten Vergnügen«, sagte sie eifrig und erhob sich auf der Stelle.

Er stand ebenfalls auf und griff nach einem Ranzen, der neben ihm auf dem Boden lag. »Wo ist Eure Zofe?«

»Die brauche ich nicht«, erwiderte Anne rasch. Sie hatte nicht die geringste Lust, sich Pegs Kommentare zu ihren Schießkünsten oder zu Kit Chisholm anzuhören. »Es sind ja schließlich jede Menge Stallburschen und andere Dienstboten in der Nähe.«

»Ja, schon, aber Ihr solltet trotzdem eine Frau zur Begleitung mitnehmen. Das macht einen besseren Eindruck.«

Sie blickte ihn prüfend an. »Also gut«, sagte sie, als sie seine entschlossene Miene sah. Dann bat sie einen der Diener, Peg in den Hof vor den Stallungen zu schicken.

Kit und Anne gingen zusammen hinaus. Im Hof wimmelte es von Dienern und Soldaten, und während Kit kurz mit einem der bewaffneten Männer sprach, schlenderte Anne hinüber zur Küchentür, um auf Peg zu warten.

Als die beiden Frauen schließlich zu Kit traten, schlug er vor: »Draußen vor dem Tor gibt es einen Platz, wo die Männer ihre Schießübungen mit Langbogen und Pistolen veranstalten. Wir gehen am besten dorthin, damit Ihr nicht aus Versehen das falsche Ziel trefft.«

»Ich weiß wirklich nicht, was Euch als Nächstes einfällt«, sagte Peg kopfschüttelnd zu ihrer Herrin. »Eine Frau, und mit Pistolen hantieren! Stellt Euch nur mal den Skandal vor, wenn Ihr wirklich jemanden erschießt.«

»Das wird sie schon nicht tun«, beschwichtigte Kit sie. »Zum einen besitzt sie ja keine Waffe, und außerdem ist es gar nicht so einfach, jemanden mit einem einzigen Versuch zu treffen. Ich habe allerdings gehört, dass es mittlerweile Pistolen geben soll, mit denen man mehr als einen Schuss abgeben kann, bevor man nachladen muss, aber gesehen habe ich noch keine. Ich persönlich ziehe für den Kampf sowieso das Schwert oder den Langbogen vor.«

»Ich möchte aber schießen lernen«, sagte Anne. »Man kann nie wissen, ob man so etwas nicht einmal brauchen kann.«

»Da habt Ihr recht«, stimmte er ihr zu und winkte den Soldaten herbei, mit dem er kurz zuvor gesprochen hatte. »Er wird uns zum Schießplatz führen.«

Sie verließen die Umfriedung des Hauses und gingen den Hügel hinab ein Stückchen durch den Wald bis zu einer Lichtung, wo Schießscheiben in unterschiedlichen Abständen in einer Linie standen. Der Soldat wies auf einen mannshohen Hügel aus Flusssand, den man in einiger Entfernung zu den Scheiben aufgeschüttet hatte.

»Vor dem Sandhaufen könnt Ihr alles Mögliche als Ziel aufstellen, Sir.«

Kit nickte. »Der Sand allein genügt schon«, sagte er. »Mich sollte wundern, wenn sie ihn aus dreißig Metern Entfernung trifft.«

Der Mann schaute entgeistert. »Sie?«

»Ja. Lady Anne möchte schießen lernen.« Die beiden Männer grinsten sich an.

»Was findet Ihr daran so lustig?«, fragte Anne in ruhigem Ton.

Der Soldat wurde auf der Stelle wieder ernst, im Gegensatz zu Kit, der sich an Anne wandte: »Regt Euch nicht auf, Anne, Mädchen. Ihr werdet froh sein, ein unbewegliches Ziel zu haben. Und außerdem habe ich auch gar nicht über Euch gelacht. Ich möchte nur nicht, dass Ihr enttäuscht seid, wenn Ihr nicht gleich Erfolg habt. Selbst geübte Schützen treffen oft nur aus nächster Nähe. Ich glaube, eine Pistole ist gefährlicher, wenn man sie dem Feind an den Kopf wirft, als wenn man mit ihr schießt.«

»Na ja, aber ich brauche ein festes Ziel«, entgegnete sie. »Was nützt mir ein Haufen Sand? Da merke ich nicht einmal, ob ich getroffen habe oder nicht. Habt Ihr nicht vielleicht ein Schnupftuch oder etwas Ähnliches, das Ihr davorhängen könntet?«

»Ja, schon, aber es ist aus besonders feinem Tuch«, erwiderte er.

»Wenn Ihr doch so sicher seid, dass ich sowieso nicht treffe ...«

Kit seufzte. »Also gut. Aber Ihr werdet bestimmt nur ein bisschen Sand aufwirbeln.« Er reichte dem Soldaten sein Taschentuch und wies auf den Hügel.

Als der Mann es auf halber Höhe festgesteckt hatte, sagte Kit: »Jetzt seht her; ich zeige Euch, wie man die Pistole lädt. Der erste Schritt ist der gleiche wie bei einer Muskete oder einer Kanone. Gebt mir doch bitte die Pulverflasche dort drüben, Mädchen.«

Als sich ihre Hände berührten, stellte sie wieder einmal schuldbewusst fest, wie gerne sie in seiner Nähe war. Rasch richtete sie ihre Aufmerksamkeit wieder auf seine Unterweisungen.

Er zog den Stöpsel der Flasche mit den Zähnen heraus und schüttete ein wenig Schießpulver in den Pistolenlauf. »Jetzt schieben wir diesen Papierpfropfen hinterher und stoßen ihn mit dem Ladestock in den Lauf ... so. Und nun die Kugel – dort in dem Ledersack neben dem anderen Fläschchen.«

Sie nahm eine Bleikugel aus dem Beutel und reichte sie ihm. Dann verfolgte sie gespannt, wie er die Kugel mit dem Ladestock in den Lauf schob. »Und jetzt ziehen wir das Radschloss auf«, erläuterte er, während er das Reibrad mit einem kleinen Vierkantschlüssel spannte. Anschließend schüttete er noch ein wenig Zündpulver auf die Pulverpfanne über dem Rad und schob den Pfannendeckel zu.

»Das sieht ja ganz einfach aus«, sagte Anne und hoffte, dass sie sich alles würde merken können.

»Gebt mir bitte ein Stück Schwefelkies aus dem anderen Fläschchen. Er dient uns als Zündstein.« Er zeigte ihr, wo der

Schwefelkies befestigt werden musste und wie der Hahn funktionierte. Dann durfte sie die Schlagfeder spannen.

»Und jetzt?«, fragte Anne.

»Das Rad besitzt winzige Zähnchen«, erklärte er ihr. »Wenn Ihr den Abzug betätigt, dreht es sich und schlägt Funken aus dem Schwefelkies. Diese entzünden das Pulver auf der Pfanne, das wiederum durch das Zündloch die Pulverladung im Lauf, und der Schuss geht los.«

»Du liebe Zeit, muss man das alles jedes Mal machen, bevor man schießen kann?«, fragte sie.

»Ja, aber da die Pfanne einen Deckel besitzt, kann man die Pistole laden und sie schussbereit ins Sattelhalfter stecken. Sie funktioniert dann selbst bei Regen. Allerdings kann man, wie gesagt, ohne nachzuladen immer nur einen Schuss abgeben. Und nun«, fuhr er fort, »nehmt die Waffe fest in beide Hände, zielt, und drückt dann einfach ab.«

Anne wog die Pistole in den Händen, um sich mit ihrem Gewicht vertraut zu machen. Dann warf sie einen Blick auf das Taschentuch am Sandhaufen, holte tief Luft und feuerte.

Die Explosion war so stark, dass es ihr beinahe die Waffe aus der Hand riss. Neben ihr stieß Peg einen lauten Schrei aus, dem ein verwunderter Ausruf des Soldaten folgte.

»Getroffen!«, rief Anne fröhlich.

»Mein bestes Schnupftuch!«, jammerte Kit.

»Wusste ich's doch, dass das Mädchen es schaffen würde«, sagte Fergus.

»Da bist du ja«, rief Catriona. »Wir dachten schon, du wärest verschwunden.«

»Nein, ich habe einfach Angst bekommen. Ich würde doch mein Mädchen nicht im Stich lassen. Vergiss nicht, dass wir Ellyllon uns für andere Mitglieder des Geheimen Clans unsichtbar machen können, ebenso, wie wir Sterblichen erscheinen können.«

»Das wusste ich ja gar nicht«, erwiderte Catriona stirnrunzelnd. »Ich hatte den Eindruck, du würdest dich einfach in Luft auflösen, wenn du dich fürchtest. Falls du übrigens diese Pistolenkugel gelenkt haben solltest, muss ich wohl ein Wörtchen mit ...«

»So etwas würde mir doch nicht im Traum einfallen!«

»Ich war's«, murmelte Maggie. »Mir ging es auf die Nerven, dass diese Männer so taten, als könne eine Frau nicht geradeaus schießen. Denen musste ich einfach eine kleine Lehre erteilen.«

Catriona prustete vor Lachen. »Und ausgerechnet du willst uns was vom Gesetzebefolgen erzählen! Oh, schaut euch bloß sein Gesicht an!«

Kit starrte Anne verblüfft an. Nie hätte er sich träumen lassen, dass sie das Tuch treffen würde. Das hatte seines Wissens beim allerersten Versuch noch nicht einmal ein erfahrener Soldat fertiggebracht.

Auch sie selbst wirkte sehr erstaunt.

»Wollt Ihr es noch einmal versuchen?«, fragte er.

»Nein, Sir, heute nicht mehr«, antwortete sie und fügte hinzu: »Ich würde bestimmt kein zweites Mal treffen und möchte meinen ersten Schuss gerne als Erfolg in Erinnerung behalten. Aber ich würde die Pistole gerne noch einmal laden, damit ich nicht vergesse, wie es geht. Darf ich?«

»Aber sicher, Mädchen«, erwiderte er mit einem letzten Blick auf die Überreste seines Taschentuchs. »Aber wartet einen Augenblick, bis der Lauf abgekühlt ist, damit Ihr Euch nicht die Finger verbrennt.«

»Ich finde, Ihr solltet das nicht tun, Mistress«, mischte sich Peg ein. »Was sollen denn die Leute dazu sagen, dass Lady Anne Ellyson herumläuft und Taschentücher zerschießt?«

»Lass sie doch reden«, entgegnete Anne. »Ich bin bestimmt nicht die erste Dame, die eine Pistole in die Hand nimmt.«

»Ganz gewiss nicht«, sagte Kit. »Als Heinrichs Männer

vor ein paar Jahren Branxholme niederbrannten, hat Scott Buccleuchs Mutter auf sie geschossen.«

»Branxholme ist damals vom Feuer völlig zerstört worden, nicht wahr?«

»Ja, aber Buccleuch hat es wieder aufgebaut. Das Haus ist so schön wie zuvor, aber seine Ehe hat gelitten.«

»Meine Tante erwähnte, dass er sich von seiner jetzigen Frau trennen und eine andere heiraten will.«

Peg schnaubte. »Ich finde, man darf den Bund fürs Leben nicht so mir nichts, dir nichts lösen. So etwas fällt doch bestimmt nur dem schrecklichen König Heinrich ein.«

Kit lächelte. »Nur die Mächtigsten – und das heißt, die Reichsten – können sich überhaupt eine Scheidung leisten, denn die Erlaubnis des Papstes kostet Unsummen.«

»Ich habe gehört, dass Buccleuch sich dafür an Kardinal Beaton wenden will«, sagte Anne. »Kann er das denn?«

»Ja, der Kardinal ist päpstlicher Legat und damit der Stellvertreter des Papstes in Schottland. Wenn er Buccleuch recht gibt, ist die Ehe schon so gut wie geschieden.«

Nachdenklich sagte Anne: »Die Frau, die Buccleuch heiraten will, heißt Janet Beaton. Glaubt Ihr, sie ist mit dem Kardinal verwandt?«

»Das würde erklären, warum Buccleuch so versessen darauf ist, sich mit ihr zu vermählen«, erwiderte Kit. »Eine Verbindung mit dem Kardinal würde seinen Einfluss beträchtlich stärken, und ich wette, auch Beaton verspricht sich von einem Bündnis mit Buccleuch einen erheblichen Machtzuwachs im Grenzland.«

Während ihres Gesprächs hatte Anne die Pistole erneut geladen und reichte sie ihm zur Überprüfung.

Er begutachtete sie eingehend und sagte dann: »So ist es richtig. Doch achtet darauf, das Radschloss nie zu fest zu spannen, und vergesst nie, dass eine Pistole eine unzuverlässige Waffe ist.«

»Ich denke, ich werde mir trotzdem eine zulegen, wenn Ihr

mich beim Kauf beraten würdet«, antwortete sie. »Jetzt, wo sich Heinrichs Soldaten in der Gegend herumtreiben und die Gefahr einer Invasion jeden Tag größer wird, hätte ich gerne immer eine Waffe dabei.«

Er nickte. »Bevor ich Euch schießen sah, hätte ich dringend davon abgeraten, aber Ihr besitzt eine natürliche Begabung. Ich werde selbst eine Pistole für Euch beschaffen.«

Zu seinem Entzücken schenkte sie ihm ein strahlendes Lächeln. »Ich danke Euch, Sir. Ihr werdet bestimmt genau das Richtige finden.«

Auf dieses Lächeln, das ihn warm durchströmte, war er nicht vorbereitet gewesen. Vom ersten Augenblick an hatte er sich stark zu ihr hingezogen gefühlt, doch mittlerweile löste sie völlig ungeahnte Empfindungen in ihm aus, denen er sich hilflos ausgeliefert fühlte.

Da sie mit einer Bemerkung wie »Frauen sollten keine Pistolen besitzen« gerechnet hatte, war Anne sehr überrascht, dass er ihr so bereitwillig helfen wollte. Er war wirklich ein außergewöhnlicher Mann, dachte sie. Immer wenn sie den Eindruck hatte, er würde ihr überhaupt nicht zuhören, zeigte er sich auf einmal erstaunlich verständnisvoll.

Fröhlich und gut gelaunt, wie sie war, stimmte Anne sofort zu, als Peg ihr vorschlug, sie solle sich vor dem Essen umziehen. Also machten sich die drei auf den Rückweg und gingen durch die Gartentür ins Haus.

Da sie Fiona an diesem Tag noch gar nicht gesehen hatte, beschloss Anne, zu ihr zu gehen, sobald sie das rostbraune Gewand gegen ihr moosgrünes Lieblingskleid getauscht hatte. Doch zuvor bestand Peg noch darauf, ihrer Herrin das Haar zu bürsten und zu Zöpfen zu flechten, die sie dann unter einer zum Kleid passenden Französischen Haube feststeckte. Endlich war Anne fertig. Sie eilte zum Zimmer ihrer Cousine, die gerade zum Mittagessen in die Halle hinuntergehen wollte.

Molly war noch damit beschäftigt, Fiona die rosa Stofffülle über einem weiten Reifrock zurechtzuzupfen, was sie sich geduldig gefallen ließ. Offensichtlich hatte sie ihre gewohnte Ausgeglichenheit wiedergefunden.

»Dieses Kleid hast du ja seit Monaten nicht mehr getragen«, rief Anne bei ihrem Anblick aus. »Ich hatte schon ganz vergessen, wie gut es dir steht.«

Fröhlich lächelnd antwortete Fiona: »Jetzt wo ich Eustace Chisholm nicht mehr heiraten muss, habe ich keinen Grund, die ganze Zeit nur Blau zu tragen. Ich freue mich schon darauf, dir wieder meine ganzen Kleider vorzuführen.« Sie hob ihren spitzenbesetzten Rock und ließ ein Paar rosaseidene Schuhe sehen.

»Du siehst wirklich großartig aus, Liebes«, lachte Anne. »Ich glaube fast, du willst Sir Christopher schöne Augen machen.«

»Er ist schon arg groß, nicht?«, sagte Fiona.

»Ja, aber er ist auch sehr nett«, erwiderte Anne. Sie war drauf und dran, Fiona von ihren Schießübungen zu berichten. Doch dann fiel ihr ein, dass ihre Cousine das vermutlich für einen merkwürdigen Zeitvertreib halten würde. Und da sich Anne die Erinnerung daran nicht verderben lassen wollte, behielt sie die Neuigkeit für sich und sagte nur: »Kommst du jetzt mit hinunter? Ich hatte schon Angst, du würdest noch die ganze Woche hier auf deinem Zimmer essen wollen.«

»Oh, nein, das würde Mutter nie erlauben«, antwortete Fiona. »Außerdem hat Onkel Toby einen lustigen Spaßmacher ins Haus geholt. Der kann Laute spielen und singen, und ich muss ihn unbedingt hören. Onkel Toby sagt, er ist ein ausgezeichneter Spielmann und obendrein noch sehr witzig.«

»Na, gewöhne dich lieber nicht zu sehr an ihn«, sagte Anne. »Ich bezweifle, dass deine Mutter ebenso angetan von ihm ist wie Toby. Peg hat mir außerdem erzählt, dass Eustace den Spaßmacher mit zu sich nach Hawks Rig nehmen will.«

»Och, das wäre aber gemein von ihm«, rief Fiona.

Anne grinste. »Vielleicht solltest du erst mal hören, wie der Mann singt, bevor du dich darüber ärgerst.«

Fiona musste kichern. Gemeinsam gingen sie in die Halle hinunter, wo sich Toby und Eustace mit einem Fremden unterhielten. Der Mann war etwas älter als die beiden anderen, doch ebenso erlesen gekleidet.

»Da seid ihr ja!«, rief Toby erfreut, als die Mädchen eintraten. »Darf ich euch meinen guten Freund Milo, Lord Berridge von Midlothian, vorstellen? Mylord, hier sind Lady Anne Ellyson und Mistress Carmichael.«

Der ältere Herr verneigte sich tief und sagte mit dunkler, ziemlich rauer Stimme: »Ich bin entzückt, Ladys. Es ist mir eine Ehre, Gast in diesem vorzüglichen Haus zu sein.«

»Ihr seid herzlich willkommen«, erwiderte Fiona höflich.

Berridge war von stämmiger Gestalt, besaß jedoch eine gewisse vornehme Haltung, die sowohl seinem Gastgeber als auch Eustace völlig abging.

Mit einem Lächeln wandte er sich an Fiona: »Ich wundere mich, dass zwei so junge Damen in die Halle herunterkommen, bevor die Hausherrin sich gezeigt hat.«

»Das hat gar nichts zu sagen«, warf Toby hastig ein, »denn hier ist Olivia schon. Olivia, meine Liebe, ich habe entschieden, dass es jetzt ein für alle Mal Schluss sein muss mit deinen Launen und dem ganzen Getrauer. Und deshalb habe ich dir einen Gast und ein Geschenk mitgebracht, wobei Eustace das Letztere mitzunehmen gedenkt, wenn er nach Hawks Rig zurückkehrt.«

»Wovon um alles in der Welt redest du, Onkel?«, erkundigte sich Olivia mit schwacher Stimme, während sie ihren Platz an der hohen Tafel einnahm.

»Ich habe etwas sehr Lustiges für dich«, erwiderte er munter. »Los jetzt, Mad Jake, zeig dich, du alter Gauner!«

Daraufhin flimmerte es rot und golden an der Tür zur Haupttreppe. Radschlagend und mit einer Reihe von Saltos wirbelte eine Gestalt durch die gesamte Halle, bevor sie mit einem federnden Sprung unmittelbar vor Olivia zum Stehen kam. Unter dem Beifall der Dienstboten, die noch an den aufgebockten Tischen beim Essen saßen, versank der Akrobat in einer so tiefen Verbeugung, dass er sich beinahe die Nase am Boden stieß.

Als er sich wieder aufrichtete, bemerkte Anne, dass es sich um einen ansehnlichen jungen Mann handelte. Er war nicht besonders groß, aber schlank und drahtig und trug eine enorm weite rot-gelbe geschlitzte Pluderhose und ein passendes enges Wams.

Auf seinem Kopf saß eine lustige kleine Kappe mit Zipfeln und Schellen am Rand. Weitere Glöckchen klingelten an den langen Spitzen seiner Schnabelschuhe. Seine blauen Augen blitzten übermütig, und sein Grinsen war geradezu ansteckend.

»Erzähl uns eine Geschichte, Bursche«, befahl Toby.

»Ja, gut. Soll ich Euch erzählen, wie ich zweimal König Heinrich getroffen habe?«

»Seid Ihr ihm tatsächlich begegnet?«, fragte Fiona staunend.

»Aber ja, Mylady. Er ist der dickste Mann, den ich je gesehen habe. Gegen ihn ist Sir Toby hier ein wahrer Hungerhaken.«

»Wie kam es, dass Ihr ihn getroffen habt?«, erkundigte sich Olivia.

»Naja, das war noch das Leichteste«, erwiderte der Narr. »Seine Männer haben mich nämlich gefangen, in einen großen Sack gesteckt und zu ihm geschleift. Vor seinem kostbaren Thron haben sie mich einfach ausgekippt. Heinrich war ganz schön wütend. Den Kopf würde er mir abschneiden lassen, wenn ich noch ein einziges Mal englischen Boden betrete, hat er gedroht.«

»Dann dürft Ihr nie wieder dorthin zurückgehen«, ermahnte ihn Fiona ganz ernsthaft.

»Ihr habt nicht zugehört, Mädchen«, entgegnete er mit

schalkhaftem Spott. »Ich habe doch gesagt, ich war schon zweimal dort.«

»Und warum seid Ihr dann nicht geköpft worden?«

»Na, er hat doch gesagt, ich dürfe meinen Fuß nicht wieder auf englischen Boden setzen. Das habe ich ihm hoch und heilig versprochen und mich auch daran gehalten.«

»Wie denn das?«, fragte Fiona.

Statt einer Antwort zog der Spaßmacher einen Stiefel aus und drehte ihn um. Ein Häufchen Sand fiel heraus. »So«, sagte er. »Seht Ihr, wohin ich auch gehe, stehe ich stets mit beiden Füßen auf guter schottischer Erde.«

Lautes Gelächter schallte Kit entgegen, als er in die Halle trat. Er hatte die Geschichte schon einmal gehört und kannte daher die Pointe. Auch die Stimme des Erzählers war ihm vertraut; daher fiel es ihm nicht allzu schwer, seinen Schreck darüber zu verbergen, dass Willie Armstrong hier den Narren spielte.

Als Lady Carmichael Kit bemerkte, sagte sie: »Willkommen, Sir Christopher. Ihr müsst unbedingt die lustige Anekdote hören, die der neue Spaßmacher meines Onkels uns eben dargeboten hat.«

»Nein, nein, Mylady. Ich erzähle nie eine Geschichte zweimal«, wehrte Willie ab und zwinkerte Kit zu.

»Bitte, Olivia, ich möchte Kit und unseren neuen Gast miteinander bekannt machen«, begann Sir Toby, trat einen Schritt zur Seite und gab so den Blick auf den Fremden frei. »Erlaubt mir, dass ich Euch Lord Berridge vorstelle, mein Junge«, sagte Toby auf seine herzliche Art. Als der andere Mann sich daraufhin umdrehte, blieb Kit beinahe der Mund offen stehen.

»Guten Tag«, begrüßte ihn Tam, und seine Stimme wies keine Spur mehr von dem Grenzlanddialekt auf, den Kit von ihm gewohnt war. »Ihr müsst der junge Chisholm sein.«

Um Fassung bemüht, erwiderte Kit die Verbeugung und

murmelte höflich: »Der bin ich in der Tat, Euer Lordschaft. Sind wir uns schon einmal begegnet?«

»Nein, mein Junge, aber Euer Onkel Eustace hat mir alles über Euch erzählt.«

»Tatsächlich?« Das war ja etwas ganz Neues, dachte Kit und schaute zu Eustace hinüber.

»Ja. Wie er mir berichtet hat, wart Ihr so lange fort, dass er Euch offiziell für tot erklären ließ. Es muss ein richtiger Schock für ihn gewesen sein, als Ihr dann doch wieder aufgetaucht seid.«

Kit wandte sich an Eustace: »Verzeiht mir meine Überraschung, Sir, aber ich dachte, Ihr wolltet mich nicht als Euren Neffen Kit Chisholm anerkennen, sondern meine Ansprüche anfechten.«

»Was Eure Ansprüche auf die schöne Fiona angeht, so will ich sie in der Tat anfechten. Ich wäre ja ein Narr, wenn ich es nicht täte«, erwiderte Eustace in ungewohnt liebenswürdigem Ton. »In Bezug auf Hawks Rig kann ich nichts sagen, bevor ich mich nicht über die Gesetzeslage kundig gemacht habe«, fügte er hinzu. »Mir ist immer noch nicht klar, ob jemand, der offiziell tot ist, wieder zum Leben erweckt werden kann – im amtlichen Sinne meine ich natürlich. Ich kann allerdings nicht leugnen, dass Ihr wohl wirklich mein Neffe seid. Daher seid Ihr auf Hawks Rig willkommen.«

»Besten Dank«, entgegnete Kit trocken. »Sehr großzügig von Euch, Sir.«

Anne bemerkte den etwas überraschten Ton, mit dem Kit Berridge begrüßte, konnte sich jedoch keinen Reim darauf machen. Dafür verstand sie umso besser, warum Kit sich mit solcher Ironie bei Eustace bedankt hatte. Schließlich hatte dieser ihn soeben in sein, Kits, eigenes Haus eingeladen.

Da sagte Olivia, ohne sich direkt an jemanden zu wenden: »Wisst Ihr, ich glaube, ich habe gerade die Lösung für alles gefunden.«

»Tatsächlich, meine Liebe?«, bemerkte Toby mit seinem üblichen Grinsen.

»Oh, ich weiß, normalerweise überlasse ich ja Euch Männern die Entscheidungen, doch diesmal ist mir wahrscheinlich etwas eingefallen, das alle unsere Probleme löst.«

»Bevor du weiterredest, wollen wir uns erst einmal setzen«, sagte Toby. »Bei meiner Körperfülle stehe ich nicht gerne länger als nötig. Nehmt Platz, Gentlemen, damit die Burschen uns das Essen auftragen können. Und du, Mad Jake, hol dein Instrument und gib etwas zum Besten. Aber nicht zu laut, wenn ich bitten darf. Schließlich wollen wir unser eigenes Wort noch verstehen.«

Nach einem Salto rückwärts rannte der Spaßmacher ans andere Ende der Halle und kehrte im Handumdrehen mit seiner Laute wieder.

Er zog sich einen dreibeinigen Schemel vor den Kamin, setzte sich und begann zu spielen.

»Und jetzt lass deinen grandiosen Einfall hören, Mädchen«, forderte Toby Olivia auf. »Wir sind alle schon sehr gespannt.«

»Ihr macht Euch über mich lustig, Sir, aber Ihr werdet schon sehen, wie gut meine Idee ist. Ihr erinnert Euch doch, dass Buccleuch und seine Lady gestern zur Trauung hier waren, nicht?«

»Wer könnte sie vergessen«, erwiderte Toby. »Die Dame schlich den ganzen Nachmittag durch die Gegend, als wäre ihre eigene Hochzeit abgeblasen worden und nicht die der armen Fiona.«

»Nun ja, Janet hat sich natürlich darüber aufgeregt«, sagte Olivia. »Bestimmt kennt Ihr alle die Gerüchte, dass ihre Ehe mit Buccleuch am Ende ist.«

»Ja, er ist das Mädchen leid und schert sich nicht sonderlich darum, dass es jeder weiß.«

»Janet hat mir gesagt, dass sie bei Fionas Hochzeit dabei sein wollte, aber von hier aus werde sie nicht mehr nach

Branxholme zurückkehren, sondern zu ihrer Familie nach Ferniehirst reisen«, erklärte Olivia.

»Meine Güte«, rief Fiona. »Wie schrecklich für sie!«

»Werden sie sich denn scheiden lassen?«, fragte Eustace.

»Das ist schon beschlossene Sache, hat mir Janet erzählt. Beaton ist auf dem Weg ins Grenzland, um mit Buccleuch zu reden. Der Kardinal unterstützt die Pläne für die Scheidung und die neue Hochzeit. Schließlich ist die neue Frau seine eigene Cousine.«

»Buccleuchs Cousine?«

»Nein, die von Beaton. Und genau das hat mich auf eine Idee gebracht.«

»Schieß los«, sagte Toby und gab Malcolm ein Zeichen, ihm noch eine dicke Scheibe Rinderbraten abzuschneiden.

»Wie Ihr wisst«, begann Olivia, »ist Sir Eustace der festen Meinung, dass seine Verlobung mit meiner Tochter Vorrang vor ihrer früher geschlossenen Verbindung mit Sir Christopher habe, mit der Begründung, dass Sir Christopher ja offiziell tot und bei der Verlobung gar nicht persönlich dabei gewesen sei.«

»Ich dagegen habe den Verlobungseid wohlgemerkt persönlich geleistet«, rief Eustace dazwischen.

»Bei allem Respekt, Sir«, erwiderte Olivia, »aber das macht keinen Unterschied, da Euer Neffe von seinem Vater vertreten wurde.« An die Tischrunde gewandt, fuhr sie fort: »Ich bin davon überzeugt, dass beide Verlöbnisse gesetzlich bindend sind. Immerhin wurde sogar die Ehe des Obersten Königs der Schotten in Frankreich geschlossen, ohne dass er selbst jemals einen Fuß in jenes Land gesetzt hätte.«

»Aber was ist denn nun mit deiner großartigen Idee?«, drängte Toby.

»Nun, es hat natürlich mit Kardinal Beaton zu tun. Wenn er hierher kommt, um Buccleuchs Ehe aufzulösen …«

»Höchstwahrscheinlich will er sich lediglich davon überzeugen, dass unsere Verteidigungslinie steht, bevor er König

Jakob erlaubt, sich der Grenze auch nur auf hundert Meilen zu nähern«, sagte Eustace.

»Wie dem auch sei, auf jeden Fall wird er Buccleuch auf Branxholme aufsuchen, und das ist zu Pferde noch nicht einmal zwei Stunden entfernt. Ich gedenke, ihn nach Mute Hill einzuladen, und bin sicher, dass er kommen wird. Dann soll er entscheiden, wen von Euch beiden Fiona heiraten wird. Wahrscheinlich kann ich ihn sogar dazu überreden, die Trauung persönlich vorzunehmen.«

Mit einem raschen Blick stellte Anne fest, dass Kit ziemlich blass aussah.

Lord Berridge sagte sanft: »Dieses Haus bietet ja jede Menge Überraschungen. Wisst Ihr denn schon, wann Beaton ins Grenzland kommen will, Mylady?«

»Janets Meinung nach wird er innerhalb der nächsten Woche auf Branxholme eintreffen«, antwortete Olivia lächelnd. »Wenn Ihr dann noch hier seid, werdet Ihr doch der Feier hoffentlich beiwohnen, Sir.«

»Nur zu gerne. Ich war schließlich noch nie Gast auf einer Hochzeit, bei der der Bräutigam noch nicht feststand!«

13

Fergus war schon wieder weg. – »Ich kann ihn nirgends finden«, sagte Catriona, als sie zu Maggie in die kleine Wohnstube trat. »Er ist einfach verschwunden. Ich glaube, er fürchtet sich vor Jonah.«

»Das kann ich ihm auch nicht verdenken«, antwortete Maggie. »Dieser Jonah ist wirklich ein Widerling.«

Da, schon wieder! Gerade eben war noch alles voll grauem Nebel, und jetzt befand er sich hier in der gemütlichen Stube, und die hübsche Catriona war nur ein paar Zentimeter entfernt. Wie einladend ihre weichen Brüste sich unter dem tief ausgeschnittenen dünnen Kleidchen abzeichneten – ganz nah und doch hoffnungslos unerreichbar.

»Und was ist, wenn Fergus tatsächlich Jonahs Gegenwart spüren kann?«, fragte Catriona. »Vielleicht hält sich Jonah ja wirklich die ganze Zeit in unserer Nähe auf. Schließlich kann er sich nach Belieben in alles und jeden verwandeln.«

»Fergus hat einfach Angst«, erwiderte Maggie. »Ich glaube auch, dass Jonah uns beobachtet, aber darum können wir uns jetzt nicht kümmern. Erst müssen wir Claud finden.«

»Ich kann euch sehen«, hätte er gern gerufen, doch er brachte keinen Ton heraus. Sie konnten ihn weder sehen noch hören, und selbst Maggie spürte offenbar nicht, wie nahe er ihnen war. Dabei war ihm die ganze Zeit über bewusst, dass sich noch eine weitere unsichtbare Person im Zimmer aufhielt. Jonah – oder sonst jemand – weidete sich offenbar an dem grausamen Spiel.

»Fergus hat mir erzählt, du hast dich mit dem Mädchen unterhalten«, sagte Catriona.

»Ja und?«

»Ich habe mich bloß gefragt, ob du auch mit Kit Chisholm geredet hast, das ist alles.«

»Nein, noch nicht, aber an dem Tag, als das Mädchen ihn in den Bach stieß, habe ich einen heimlichen Blick in seine Gedanken geworfen. Er ist ein anständiger Kerl, Catriona, also beschwer dich nicht. Ich habe dir noch gar nicht alles über Jonahs Bosheit erzählt.«

»Da gibt es noch was?«

»Ja, aber als ich euch davon erzählen wollte, hat sich Fergus gleich in Luft aufgelöst, und ... und ich wollte dich nicht auch noch vertreiben.«

»Ich lasse mich nicht vertreiben«, gab Catriona zurück. »Ich werde durchhalten, aber du darfst keinen Sterblichen töten, Maggie. Denn dann wirst du für alle Zeiten verbannt.«

»Das weiß ich auch, Mädchen. Aber ich kann einfach nicht zulassen, dass mein Claud an einen Sterblichen gebunden bleibt, bis sie beide sterben. Doch was das Schlimmste ist«, fügte sie mit zögernder Stimme hinzu, »Jonah hat außerdem gesagt, wenn ich den Falschen töte, dann holt unseren Claud die Wilde Jagd.«

Er stieß einen lautlosen Entsetzensschrei aus, dann hüllte ihn wieder der graue Nebel ein.

Vor Schreck schlug Catriona sich mit der Hand vor die Brust. »Oh nein! Was sollen wir nur tun?«

»Das, was unsere Pflicht ist«, erwiderte Maggie. »Und das gilt auch für Fergus.«

»Ich bin hier«, ließ sich da eine piepsige Stimme vernehmen. »Ich habe Angst, dass Jonah mich mit euch sieht, aber ich werde nichts unversucht lassen, um mein Mädchen zu beschützen.«

»Braver Junge«, sagte Maggie mit erzwungener Freundlichkeit. Am liebsten hätte sie den feigen kleinen Lauscher geschüttelt, bis ihm die Ohren vom Kopf flogen.

Dank der Kunstfertigkeit von Tobys neuem Spaßmacher vergingen Nachmittag und Abend wie im Flug. Allerdings stellte Anne enttäuscht und ein wenig verärgert fest, dass Fiona mehr Interesse für die Musik und die Geschichten des Narren aufbrachte als für Sir Christopher. Zwar antwortete sie durchaus höflich auf alle seine Bemerkungen, doch der muntere Possenreißer war einfach zu faszinierend.

Mehr als einmal versuchte Kit, die Verlobung und die Einstellung seines Onkels dazu zur Sprache zu bringen, doch die anderen gingen nicht darauf ein. Offensichtlich hatten Eustace und Toby beschlossen, Olivia ihren Willen zu lassen und die Angelegenheit dem Kardinal zu übergeben.

Eustace schien sich über Beatons Entscheidung nicht die geringsten Sorgen zu machen. Als er am Sonntag nach der Messe, die Pfarrer Allardice in der Kapelle las, fortritt, machte er auf Anne einen ausgesprochen vergnügten Eindruck, so als habe Beaton ihn schon als Bräutigam bestätigt. Vielleicht war er ja nur so gut gelaunt, weil er Toby den Gaukler abgeluchst hatte, aber Anne konnte sich eher vorstellen, dass er irgendeine Gemeinheit im Sinne hatte. Sie traute Eustace einfach nicht über den Weg.

Toby hatte sich schnell mit dem Verlust seines Spielzeugs abgefunden. Er fand, dass die Leute auf Hawks Rig dringender eine Aufheiterung nötig hatten als die auf Mute Hill.

»Der Kerl war mir sowieso zu unruhig«, erklärte er, als Fiona ihn fragte, warum er Mad Jake mit Eustace ziehen ließ. »Dieses ewige Hüpfen und Springen, und wie er dann noch der Magd eine Münze aus dem Ohr zog, als sie mir gerade Bier einschenkte ... Es reichte mir einfach, das ist alles.«

»Ich fand ihn aber so lustig, Onkel Toby, und Laute konnte er auch gut spielen«, entgegnete Fiona. »Und außerdem gefielen mir seine Lieder. Er hat mir auch neue beigebracht, das haben die anderen Spielleute nie getan.«

»Wenn ich gewusst hätte, wie viel dir an dem Burschen liegt, dann hätte ich ihn behalten, mein Liebes«, sagte Toby und tätschelte ihr zärtlich die Hand.

Sie hatten sich in Olivias Gemach begeben, nachdem fast alle Gäste fort waren. Auch Kit machte sich reisefertig. Obwohl er ebenfalls vorhatte, nach Hawks Rig zu reiten, hatte Eustace ihn nicht aufgefordert, ihn zu begleiten.

»Macht Euch keine Gedanken wegen des Narren, Onkel«, sagte Olivia und zog ihren Stickrahmen zu sich heran. »Ich möchte daran erinnern, dass dies hier trotz Fionas Heiratsplänen noch immer ein Trauerhaus ist. Anne, zieh doch bitte den Vorhang ein wenig zu, damit mir die Sonne nicht so ins Gesicht scheint. Du hättest eigentlich merken müssen, dass sie mich blendet.«

»Jawohl, Tante Olivia«, erwiderte Anne und erhob sich eilfertig. Vom Fenster aus hatte sie einen guten Blick auf den Garten, und zu ihrer Überraschung sah sie Kit mit Lord Berridge herumspazieren. Sie konnte zwar ihre Mienen auf die Entfernung nicht erkennen, doch Kit schien mit großem Nachdruck zu sprechen, und sie fragte sich, mit welcher Bemerkung der Lord ihn wohl so aufgeregt hatte.

Als er sicher war, dass ihn niemand hören konnte, sagte Kit aufgebracht: »Was zum Teufel habt ihr beide euch nur dabei gedacht, Tam? Mit Sicherheit wird jemand darauf kommen, dass du nicht Berridge von Midlothian bist.«

»Wie denn?«, wandte Tam ein. »Soweit ich weiß, gibt es diesen Menschen gar nicht.«

»Beaton wird bestimmt wissen, dass es ein falscher Name ist, glaubst du nicht?«

»Warum sollte er? Es gibt eine Unmenge von Titeln, und manche Leute nennen sich einfach, wie sie wollen. Denk doch nur an Beaton selbst. Zuerst war er einfach Davy Beaton, dann, als Priester, Pater Davy. Und jetzt ist er Seine Eminenz, der Kardinal. Ich wage doch nur ein kleines Spielchen.«

»Ein äußerst gefährliches Spielchen.«

»Nein, mein Junge. Schließlich gibt es genügend Adelige, die nie ihre vollständigen Namen benutzen. Wer sollte die auch alle im Kopf behalten. Und dann noch die Erbtitel. Hast du noch nie so einen jungen Spund getroffen, der sich mit einem Titel schmückt, der eigentlich nur seinem Vater zukommt?«

Kit nickte. »Da hast du recht. Aber auch wenn ich gestehen muss, dass du den zugehörigen Akzent gut hinbekommst, wie willst du aus dem Stegreif in die Rolle eines Lords schlüpfen?«

Tam kicherte belustigt. »Das ist ganz einfach. An Bord der *Marion Ogilvy* hatte ich Gelegenheit genug, zu beobachten, wie sich ein feiner Herr benimmt.«

»Du meinst doch wohl nicht den Kapitän, denn der ...«

»Nicht doch, Junge. In gewisser Weise war der Kapitän schon ein Gentleman, aber ein unterwürfiger Kriecher war er trotzdem. Um Eindruck auf Toby und Eustace zu machen, musste ich mich viel arroganter geben, und deshalb habe ich mir dieses Ekel Gibson zum Vorbild genommen.«

Kit unterdrückte ein Lachen. »Unseren üblen ersten Offizier!«

»Ja, denn einen aufgeblaseneren Kerl kann ich mir nicht vorstellen. Gibson mit einem hochnäsigen Akzent, das war genau das Richtige für Toby und deinen Onkel. Mit dem Mädchen war es schon etwas anderes. Vor der musste ich mich in Acht nehmen.«

Kit brauchte nicht zu fragen, welches Mädchen er meinte. Fiona bekam rein gar nichts mit, aber Anne war da schon viel gewiefter. Er schüttelte den Kopf. »Ich weiß wirklich nicht, wie du und Willie euch auf diesen Mummenschanz einlassen konntet.«

»Es ist nur zu deinem Besten, Junge. Immerhin hat es Willie geschafft, sich von deinem Onkel nach Hawks Rig einladen zu lassen.«

»Eustace hat ihn beim Würfeln gewonnen«, berichtigte ihn Kit.

»Ja, genau wie zuvor Toby«, sagte Tam. »Aber du musst wissen, dass die Würfel Willie gehörten. Der schlaue Fuchs hat deinen Onkel, dieses Frettchen, ganz schön hereingelegt.«

»Das stimmt schon. Trotzdem gehört es sich eigentlich nicht, einen Verwandten von mir ein Frettchen zu nennen.«

»Wenn er ein Gentleman wäre, würde er nicht seinen eigenen Neffen berauben.«

Da musste Kit ihm recht geben, also wechselte er das Thema und fragte: »Demnach hast du vor, dich bei Lady Olivia einzunisten, während Willie auf Hawks Rig Posten bezieht. Ist das euer großartiger Plan?«

»Ja. Allerdings sind wir unabhängig voneinander auf die Idee gekommen. Kaum hatten wir Dunsithe verlassen, hörte ich von den Machenschaften deines Onkels. Mir war klar, dass dir an Nachrichten aus dem feindlichen Lager sehr gelegen sein würde, und da beschloss ich, mich dort einzuschleichen.«

»Musste das ausgerechnet als Lord Berridge sein?«

»Besser als den Narren zu spielen«, antwortete Tam schmunzelnd. »Ich muss aber zugeben, dass mein Trick bei einem Mann vom Schlage deines Onkels schnell auffliegen würde. Er ist nicht nur ein unangenehmer Zeitgenosse, sondern auch ganz schön gerissen. Toby Bell dagegen ist nichts weiter als ein dicker Dummkopf. Daher war ich froh, dass Willie einen Weg gefunden hatte, sich an Eustaces Fersen zu heften.«

»Ich war vielleicht überrascht, ihn zu sehen. Das kann ich dir sagen.«

Tam lachte. »Das glaube ich dir gerne. Ich nämlich auch. Er unterhielt das ganze Wirtshaus, als ich hereinkam. Trotzdem glaube ich nicht, dass Eustace auf die Idee gekommen wäre, ihn mit nach Hawks Rig zu nehmen, wenn Willie Toby nicht selbst auf die Idee gebracht hätte, mit Eustace um ihn zu würfeln.«

»Ach, so ist das also gewesen?«

»Ja. Und dann hat er es so gedreht, dass Toby gewinnt. Mit dem Ergebnis, dass nun Eustace den Spaßmacher unbedingt haben wollte. Dein Onkel ist nämlich sehr habgierig, mein Junge.«

»Weiß Gott«, sagte Kit. »Aber die ganze Sache gefällt mir nicht. Ich werde aus meinem Onkel immer weniger schlau. Zuerst behauptet er, mich nicht wiederzuerkennen. Dann, gestern, lädt er mich nach Hawks Rig ein, will aber nicht, dass ich mit ihm zusammen dorthin reite. Er sagt, er habe unterwegs noch etwas zu erledigen und würde mich nicht vor heute Abend oder morgen früh erwarten. Ich brauchte mich also nicht zu beeilen.«

»Es hat dem Mann natürlich nicht gepasst, dass du seine Heiratsabsichten durchkreuzt hast«, sagte Tam. »Deshalb will er dich von hier weglotsen. Ich glaube, er hielt dich tatsächlich für tot. Dafür muss er doch einen Grund gehabt haben.«

»Wahrscheinlich hat er sich wirklich nicht gefreut, mich zu sehen«, stimmte ihm Kit zu.

»Na ja, er hat es sich auf Hawks Rig ganz schön gemütlich gemacht. Vor allem, nachdem er deine Leute durch seine eigenen ersetzt hat. Und er hatte vor, dort mit Mistress Fiona – und ihrer Mitgift – zu leben. Deshalb ist er sicher nicht froh darüber, dass du seine Pläne vereitelt hast. Er ist ein gefährlicher Mann, den wir nicht unterschätzen dürfen.«

»Lady Olivia hat uns beiden angeboten, sie so oft zu besuchen, wie wir wollen«, sagte Kit. »Ich hatte allerdings nicht vor, so lange auf Mute Hill zu bleiben, bis Seine Eminenz kommt.«

»Wenn er überhaupt kommt«, warf Tam ein. »Mir scheint,

er könnte die Fragen der Lady genauso gut per Brief beantworten.« – »Was wird er wohl tun?«, grübelte Kit. »Einfach jemanden nach Hawks Rig schicken und den rechtmäßigen Bräutigam zu sich beordern?«

Tam zuckte nur die Achseln. Auch als er sich eine Stunde später von Lady Carmichael verabschiedete, war Kit noch kein bisschen schlauer.

Mit ausdrucksvollem Augenaufschlag sagte ihm Olivia Lebewohl, nicht ohne ihn nochmals einzuladen, vorbeizukommen, wann immer es ihm gefiele. »Ich bin ganz sicher, Sir«, sagte sie, »dass Beaton Euch als den Bräutigam unserer liebsten Fiona bestätigen wird. Eure Verlobung kam zuerst und muss deshalb gültig sein. Ihr werdet schon sehen.«

»Wir alle werden sehen«, antwortete er mit einem Seitenblick auf Anne.

Während des Mittagessens war sie sehr still gewesen und hatte ihm, außer durch ein leichtes Nicken zum Abschied, kaum Beachtung geschenkt. Wahrscheinlich war sie froh, ihn los zu sein, dachte er. Er hatte sich ihr gegenüber wirklich nicht gut benommen. Irgendwie brachte sie es immer fertig, dass er sich von seiner schlechtesten Seite zeigte. Dabei war ihm so sehr daran gelegen, einen guten Eindruck auf sie zu machen. Doch selbst bei ihrem Schießunterricht, in Gegenwart ihrer Zofe, hatte er nur mit Mühe die Finger von ihr lassen können. Er musste sich eingestehen, dass er sie viel interessanter fand als ihre Cousine, und unter normalen Umständen nichts gegen einen kleinen Flirt, oder auch ein wenig mehr, mit ihr einzuwenden gehabt hätte. Doch so, wie die Dinge nun einmal lagen, war es ganz richtig von ihr, dass sie Abstand wahrte, bis diese ganze unsinnige Verlobungsgeschichte geklärt war. Wenn es denn jemals dazu kommen würde. Auf jeden Fall war es gemein von ihm, sie immer wieder zu reizen. Er musste sich unbedingt mehr zügeln.

Er schüttelte Toby und dem falschen Lord Berridge die Hand und hörte im Hinausgehen gerade noch, wie die beiden sich vergnügt zu einem Spielchen Piquet mit beträchtlichem Einsatz verabredeten.

Kit wunderte sich über seinen Freund. Wie wollte der nur mögliche Spielschulden bezahlen? Tam hatte erwähnt, dass er Freunde besaß, die ihm Neuigkeiten aus Hawks Rig zutrugen. Offensichtlich waren diese Freunde reich genug, um ihn mit feinen Kleidern auszustatten, also würden sie vielleicht auch für seine Verluste am Kartentisch aufkommen.

Wenn Kit es sich recht überlegte, hatten weder er noch Willie jemals herausgefunden, aus welchem Grund Tam als Sträfling auf der *Marion Ogilvy* war. Einzelheiten aus seinem früheren Leben hatte der ältere Mann stets für sich behalten.

Im Hof bei den Stallungen stand Kits Pferd gesattelt für ihn bereit. Er saß auf und ritt durch das Tor davon. Dabei war er eigenartig traurig und verzagt. Er vermisste seine vertrauten Gefährten, die ihn auf dem Weg zur Hochzeitsfeier begleitet hatten. Andererseits war Kit gar nicht so sicher, ob er wirklich mit Willie über seine Abneigung gegen seinen Onkel Eustace sprechen wollte. Immerhin gehörte Eustace zur Familie, während Willie nur ein, wenn auch guter, Freund war.

Er musste lächeln, als ihm Anne wieder in den Sinn kam. Sie hatte in den vergangenen Monaten vermutlich mehr als genug von Eustace gesehen und hätte Kit, intelligent und vernünftig, wie sie war, sicher genügend Informationen über ihn liefern können. Schade, dass er nicht dazu gekommen war, sich mit ihr über seinen Onkel zu unterhalten.

Nun war er jedenfalls allein, und die Tatsache, dass Eustace nicht in seiner Gesellschaft nach Hawks Rig hatte reiten wollen, beunruhigte ihn. Ebenso wie die Ablehnung, die ihm auf der Hochzeit von den wenigen anwesenden Mitgliedern der Familie Chisholm entgegengeschlagen war.

Ihm fiel ein, dass die übrigen Chisholms ihn wahrscheinlich kaum kannten. Es war nicht die Art seines Vaters gewesen, große Familienfeiern zu veranstalten, und nachdem Kits Mutter gestorben war, als der Junge fünfzehn war, hatte es überhaupt keine Feste mehr gegeben. Drei Jahre später hatte der alte Laird ihn ins Hochland geschickt. Und Kit musste sich eingestehen, dass auch er selbst die Verbindung zu seinen Verwandten im Grenzland sträflich vernachlässigt hatte.

Zwar hatte er immer gewusst, dass er eines Tages der Laird von Ashkirk und Torness sein würde, doch war ihm das nie wichtig gewesen. Sein Vater hatte sich kaum die Mühe gemacht, Kit auf seine zukünftige Stellung vorzubereiten. Was er über die damit verbundene Macht und den rechten Umgang mit ihr gelernt hatte, hatten ihm seine Verwandten im Hochland, besonders Lord Chisholm von Dundreggan, beigebracht. Die Ironie dabei war, dass dieser sich wiederum nicht um die Erziehung seines eigenen Nachfolgers gekümmert hatte. Kit lächelte. Das hatten er und Alex also gemeinsam, aber aus ganz unterschiedlichen Gründen. Chisholm, der noch zwei weitere, starke und ungestüme Söhne gehabt hatte, hatte Alex, seinen Jüngsten, nie als Erbe in Betracht gezogen. Doch dann waren die beiden älteren Söhne ermordet worden, was schwerwiegende Auswirkungen auf das Leben vieler Menschen gehabt hatte.

Jetzt aber herrschte eine friedliche Stimmung. Die Sonne schien, die Vögel sangen, und im goldenen Gras auf den Hängen der Hügel spielte ein lauer Wind. Deutlich erkennbar verlief der Weg zu seinen Füßen, und Kits Stimmung hob sich beträchtlich, als er hinter dem Dorf Ewes in die steileren Berge hinaufritt. Nach der langen Zeit freute er sich sehr darauf, Hawks Rig wiederzusehen. Doch mit der Spannung stieg auch sein Unbehagen.

Es kam ihm komisch vor, dass Eustace sich nicht eingehender vergewissert hatte, dass sein Neffe auch wirklich tot war. Er hätte lediglich auf Torness nachzufragen brauchen, um vom Verwalter zu erfahren, dass Kit zwar verschwunden, aber keineswegs mit Sicherheit tot war. Doch Eustace war einfach stillschweigend davon ausgegangen und hatte Hawks Rig in Besitz genommen. Kit durfte ihm schlichtweg nicht trauen, genauso wenig wie dem Kardinal, auf dessen Unterstützung Eustace so offensichtlich zählte.

Kit legte ganz und gar keinen Wert darauf, die Bekanntschaft Kardinal Beatons zu machen. Er war sich mittlerweile sicher, dass er Fiona Carmichael nicht heiraten wollte, doch wenn Beaton es befahl, würde ihm nichts anderes übrig bleiben. Die Tatsache, dass Beaton vielleicht mit Eustace unter einer Decke steckte, machte die Angelegenheit noch undurchschaubarer, wobei sich Kit allerdings nicht vorstellen konnte, was für den Kardinal dabei herausspringen mochte, wenn er sich mit Eustace gegen ihn verbündete. Vermutlich wusste Beaton nicht einmal, dass es ihn, Kit, überhaupt gab.

Kit musste wieder an seine Zeit auf dem Schiff des Kardinals denken, die er dem Sheriff von Inverness zu verdanken hatte. Der hatte zwar keine Gelegenheit ausgelassen, sich bei Beaton einzuschmeicheln, doch aus welchem Grund er Kit eigentlich gefangen genommen hatte, war diesem schleierhaft.

Anne hatte Lady Carmichael gewiss nichts von Kits Gefangenschaft erzählt, sonst wäre die Lady bestimmt nicht so nett zu ihm gewesen. Einen, der nur knapp einer lebenslänglichen Strafe wegen Mordes entgangen war, hätte sie sich bestimmt nicht als Ehemann für ihre Tochter ausgesucht.

Er hätte es ihr ja selbst erzählen und damit ihren Verheiratungsplänen entgehen können, doch das wäre in seinen Augen niederträchtig und für alle Beteiligten überaus peinlich gewesen. Aber vielleicht wäre ja seine Zeit als Sträfling seiner möglichen zukünftigen Schwiegermutter herzlich egal, wenn sie nur ihre Tochter mit dem Laird von Ashkirk verheiraten konnte.

Es dämmerte schon allmählich, als Hawks Rig auf dem hohen, felsigen Bergrücken in Sicht kam, von dem es seinen Namen hatte. Auf der gegenüberliegenden, nach Norden gewandten Seite überblickte die Burg den rasch dahinströmenden Teviot. Hier, in südöstlicher Richtung, thronte sie über den vertrauten schroffen Hügeln, die die Wasserscheide für Ewesdale bildeten. Kurz darauf bog Kit auf den steilen Weg ein, der bergauf führte. Obwohl es mittlerweile fast dunkel war und der Pfad sich zwischen Felsbrocken hindurchwand, kleinere Zuflüsse des Ewes überquerte und an tückischen Geröllhalden entlangführte, fand Kit sich gut zurecht.

Vom Fuße des Berges aus war die Burg deutlich sichtbar gewesen, doch sobald man den abschüssigen Pfad einschlug, entzog sie sich den Blicken. Das lag nicht allein am schwindenden Tageslicht. Immer wieder versperrten Felssimse die Sicht, und die Kronen der Bäume, die an den Wasserläufen wuchsen, bildeten, obgleich nun schon nahezu kahl, ein dichtes, abschirmendes Dach. Bis auf die vereinzelten Baumgruppen und ein paar verdorrte Grasbüschel war der Abhang kahl und öde, und Kit hatte das Gefühl, der einzige Mensch in weitem Umkreis zu sein. Als der Schuss hallte, fuhr Kit daher vor Schreck zusammen, und sein Pferd bäumte sich so unvermittelt auf, dass es ihn beinahe abgeworfen hätte.

»Um Himmels Willen!«, rief Catriona und huschte hinter einen Felsbrocken, während das Echo des Knalls noch immer zwischen den Hügeln zu hören war. »Warum geht dieser Blödmann nicht in Deckung? Er lässt sich womöglich noch erschießen, und wie stehe ich dann da?«

Fergus war nirgends zu sehen, doch seine Stimme erklang unmittelbar hinter ihr: »Das wäre mir auch ganz und gar nicht recht. Denn dann könnte er ja die liebliche Fiona nicht heiraten. Aber schau mal, jetzt ist er endlich vom Pferd gesprungen und hat sich hinter einem Felsen in Sicherheit gebracht. Weißt du, woher der Schuss kam?«

»Da oben vom Berg«, antwortete sie, als ein zweiter Schuss ertönte. »Wenn wir nichts unternehmen, wird er vielleicht umgebracht! Oh, Fergus, was sollen wir bloß tun?«

»Gar nichts«, gab Fergus zurück und deutete nach unten. »Schau mal, da.«

»Wo denn?«, fragte sie, worauf ihm einfiel, dass er ja unsichtbar war. Eine einzelne Hand mit ausgestrecktem Zeigefinger erschien in der leeren Luft. »Dort«, sagte er.

Kit schwang sich aus dem Sattel und griff gleichzeitig nach seiner Pistole. Er hatte auch seinen Langbogen und sein Schwert dabei, doch da er sich unterhalb des Angreifers befand und ihn nicht einmal erkennen konnte, war ihm der Bogen nicht von Nutzen. Und auf diesem Gelände einen Schwertkampf auszutragen, wäre bodenloser Leichtsinn gewesen.

Da war es schon bedeutend sinnvoller, sich mit der Pistole bewaffnet im Schutz der Felsen an den Feind anzuschleichen. Der Schuss hatte sich nach einer Muskete angehört, die langsam und sorgfältig nachgeladen werden musste.

Während er von einer Deckung zur nächsten flitzte, hörte er über sich auf dem Bergrücken Geschrei, Kampfgeräusche und noch zwei weitere Explosionen.

Dann folgte eine kurze Stille, bevor eine vertraute Stimme rief: »Ihr könnte jetzt rauskommen, Laird. Wir haben den Halunken geschnappt!«

Als Kit vorsichtig hinter dem Felsen hervorlugte, sah er im schwachen Zwielicht, wie ihm der »blinde« Sammy Crosier von oben zuwinkte. Kit ließ sein Pferd, wo es war, und kletterte den Hang hinauf.

»Was machst du denn hier, und wer zum Teufel hat auf mich geschossen?«, erkundigte sich Kit, als er in Hörweite gekommen war.

»Ich kenne den Kerl nicht«, erwiderte Sammy. »Aber er ist da drüben bei meinen Jungs.«

Kit und Sammy kamen dazu, als die anderen gerade sorgfältig einen Mann fesselten, den Kit nie zuvor gesehen hatte. »Wer bist du?«, herrschte er ihn an, wobei er sich mit in die Hüften gestemmten Armen über ihn beugte. »Warum hast du auf mich geschossen?«

Der Mann, der ebenso wüst aussah wie die Räuber, starrte ihn finster an.

»Wahrscheinlich hat er es auf Befehl Eures Onkels getan«, sagte Sammy.

»Wie kommst du darauf?«, fragte Kit mit gerunzelter Stirn.

»Weil wir beobachtet haben, wie er von Hawks Rig herunterkam, Laird.«

»Warum habt ihr ihn denn dann nicht daran gehindert, auf mich zu schießen?«

»Wir waren ihm auf den Fersen«, erklärte Sammy. »Aber in dem schwachen Licht konnten wir ihn nicht genau sehen. Und außerdem verschwand er immer wieder hinter einem Felsen. Wenn wir Euch gewarnt hätten, wäre er wahrscheinlich verschwunden, und hättet Ihr uns dann wirklich geglaubt, dass Euch jemand umbringen wollte?«

»Ich weiß es nicht«, sagte Kit aufrichtig. »Aber auf diese Art hätte es mich leicht erwischen können.«

Sammy lächelte und entblößte dabei ein paar gelbliche abgesplitterte Zahnstümpfe. »Ja, da habt Ihr wohl recht. Ihr seid in Ordnung, Laird, und deshalb hätten wir Euch wohl rechtzeitig gewarnt, wenn Ihr noch näher gekommen wärt. Und was wir hier machen, erzähle ich Euch jetzt gleich. Kommt mal ein bisschen hier rüber, wo uns der Kerl nicht hören kann.«

Kit folgte ihm bis zum Rand eines kleinen Rinnsals, wo Sammy ihm zuraunte: »Es lag an unserem Willie, Sir. Er hat gesagt, Ihr würdet heute nach Hause kommen, und wir sollten mal ein bisschen die Augen offen halten und aufpassen, ob uns nichts Ungewöhnliches auffällt. Wenn da so ein Kerl mit einer Muskete unter dem Arm herumschleicht, dann ist das, glaube ich, schon ungewöhnlich genug.«

»Das stimmt«, meinte Kit nur lakonisch.

»Was sollen wir mit ihm machen?«

»Ihr könnt ihn hierbehalten, ich will ihn nicht«, entgegnete Kit. »Bestimmt würde er sowieso abstreiten, dass er irgendetwas mit meinem Onkel zu schaffen hat. Und mein Onkel würde es ebenso leugnen.«

»Ja, mag sein. Aber wenn Ihr wollt, wir haben Mittel und Wege, ihn zum Reden zu bringen. Schließlich hätte er Euch ermordet, ohne mit der Wimper zu zucken.«

»Ihr braucht ihn nur festzuhalten. Und wenn ihr ein paar Leute übrig habt, um ihn und die Pferde zu bewachen, dann wäre ich euch dankbar, wenn die anderen den Rest des Weges mit mir reiten würden. Mir scheint, auf Hawks Rig könnte ich ganz gut eine zuverlässige Eskorte gebrauchen.« Er blickte Sammy fest in die Augen.

»Auf uns könnt Ihr Euch schon verlassen, Sir. Wir sind schließlich immer noch Willies Männer, und er hat gesagt, wir sollen auf Euch aufpassen, jetzt wo Ihr einer von uns seid und so.«

»Willies Männer?«, fragte Kit verwirrt. »Es war mir ja klar, dass er zu eurer Bande gehört, aber ...«

»Das wollte ich damit ja auch bloß sagen, Sir. Wir Räuber halten zusammen wie Pech und Schwefel, müsst Ihr wissen.«

Kit nickte. Davon hatte er schon gehört. Gewöhnlich bestand eine Bande aus Angehörigen einer einzigen Sippe oder befreundeter Clans, und die Männer taten alles gemeinsam und standen unverbrüchlich füreinander ein. Wurde einer des Viehdiebstahls angeklagt, so schworen die anderen jeden Meineid, um ihn freizubekommen.

Und trotzdem, wie Sammy über Willie gesprochen hatte, war schon merkwürdig. Vorsichtig erkundigte sich Kit: »Wer ist eigentlich Willies Vater?«

»Sein Papa?« Sammy grinste. »Na, das war der alte Willie Armstrong.«

»Also ist Willie ein Cousin von Mangerton«, sagte Kit nachdenklich und dachte dabei an den einflussreichen, aufbrausenden Laird, der lange Zeit für Aufruhr im ohnehin unruhigen Liddesdale gesorgt hatte.

»Das stimmt, und ein Cousin vom unvergessenen Schwarzen Jock ist er obendrein«, fügte Sammy hinzu.

Der Schwarze Jock war, wie jedermann im Grenzland wusste, Johnny Armstrong gewesen, ein berüchtigter Räuber, den der König mehr als zehn Jahre zuvor hatte hängen lassen. Der alte Will Armstrong hatte sein Schicksal geteilt. Dieses Ereignis hatte einen Keil zwischen die Bewohner des westlichen Grenzlandes und das schottische Königshaus getrieben und war der entscheidende Grund dafür, dass die Grenzlords nun nicht mehr bereit waren, König Jakob in seinem Konflikt mit Heinrich von England zu unterstützen. Bei Willie lag die Laufbahn als Räuber sozusagen in der Familie.

Sammy befahl zweien seiner Männer, den Angreifer zu bewachen, und einem dritten, Kits Pferd zu holen. Dann gingen sie gemeinsam dorthin, wo die Räuber ihre Rösser zurückgelassen hatten. Kit bemerkte, dass in der Burg, die wie ein wuchtiger schwarzer Schatten über ihnen thronte, kein Licht brannte. Dabei musste ihn von dort oben doch jemand beobachtet und auch die Schüsse gehört haben. Doch nichts rührte sich. Als hätte Sammy Kits Gedanken gelesen, sagte er: »Euer Onkel scheint sich keine großen Sorgen um seine Sicherheit zu machen. Sonst würde er doch wohl mal nachschauen lassen, wer da auf Chisholm-Land herumballert.«

»Wie habt ihr es bis hier herauf geschafft, ohne dass euch die Burgwachen bemerkt haben?«

»Wir haben uns schon letzte Nacht hier hochgeschlichen und uns zwischen den Felsen versteckt, bevor Eustace und seine Leute heute Mittag angeritten kamen. Keiner hat uns gesehen.«

»Aber wie konnte Willie euch rechtzeitig eine Nachricht zukommen lassen, noch bevor er und Eustace von Mute Hill House fortritten?«

»Na, alles wollen wir doch nicht verraten«, antwortete Sammy grinsend.

Wahrscheinlich hatten sie den Plan schon ausgeheckt, bevor Willie sich in den Spaßmacher verwandelt hatte. Danach brauchten die Räuber nur noch herauszufinden, an welchem Tag Eustace und Kit nach Hawks Rig kommen würden.

Kit stellte keine Fragen mehr, sondern richtete seine Aufmerksamkeit auf den Berghang über ihnen, um für jede weitere Überraschung gewappnet zu sein. Nichts geschah, doch als er mit seiner Schar von Männern an das hohe, von Fackeln beleuchtete Burgtor kam, fanden sie es geschlossen.

»Anscheinend wollen sie Euch nicht reinlassen, Laird«, sagte Sammy.

Die Idee war Kit auch schon gekommen, vor allem wenn man an die etwas zwielichtigen Gesellen dachte, die mit ihm ritten. Dennoch hatte Eustace eigentlich keinen Grund, ihm den Zutritt zur Burg zu verweigern.

»Nach seinem Benehmen auf Mute Hill House zu urteilen, wird er sich nicht offen gegen mich stellen, solange er hofft, wenigstens einen Teil des Erbes in die Finger zu bekommen«, sagte Kit. »Immerhin bin ich der rechtmäßige Laird. Er muss doch wissen, dass ich jederzeit Unterstützung bei der Familie finden kann, außer wenn es ihm irgendwie gelungen sein sollte, sie alle auf seine Seite zu ziehen.«

»Das kann er nicht geschafft haben, Sir. Ich glaube, Ihr könntet in einem einzigen Tag tausend Chisholms um Euch sammeln. Und unsere Jungs von Liddesdale noch dazu. Den meisten Leuten hier in der Gegend hat es gar nicht gefallen, wie Eustace mit den Leuten Eures Vaters umgesprungen ist – sie einfach so mir nichts dir nichts aus ihrem Zuhause zu vertreiben.«

Mit einem Nicken drängte Kit sein Pferd näher an das Tor, bis der Fackelschein auf sein Gesicht fiel. »Öffnet dem Herrn dieses Hauses«, rief er. »Ich bin Sir Christopher Chisholm, Laird von Ashkirk und Torness!«

Unverzüglich stieß eine der Wachen einen Befehl aus, und die Torflügel schwangen auf. Während sich Kit fragte, ob er nicht im Begriff stand, in einen noch schlimmeren Hinterhalt zu laufen, gab er den anderen ein Zeichen, ihm zu folgen, und ritt in den Hof.

Zu seiner Überraschung kam Eustace vom Haupteingang auf ihn zu geschlendert. Er lächelte zwar nicht direkt, machte jedoch auch keineswegs einen unfreundlichen Eindruck, doch erst als Willie Armstrong im buntscheckigen Kostüm des Mad Jake hinter ihm auftauchte und ihm beruhigend zunickte, ließ Kits Spannung nach.

Zumindest hatte Eustace nicht vor, ihn gleich an Ort und Stelle umbringen zu lassen.

»Du bist bestimmt froh, wieder auf Hawks Rig zu sein, Neffe«, sagte Eustace freundlich, als Kit absaß. »Du wirst sehen, dass ich für dich alles in bester Ordnung gehalten habe.«

»Ich danke Euch, Sir«, erwiderte Kit höflich und ergriff die ausgestreckte Hand. Dabei überlegte er, ob er wohl den Vorfall mit dem Musketenschützen erwähnen sollte.

»Meine Männer haben mir schon vor einiger Zeit berichtet, dass du auf dem Weg zur Burg hinauf bist. Daher habe ich dich schon früher erwartet«, sagte Eustace. »Von deinen Begleitern haben sie allerdings nichts gesagt. Wahrscheinlich haben sie deine Ankunft verzögert, da sie den Weg nicht kannten.«

»Ein Angreifer hat mich aufgehalten«, entgegnete Kit ohne Umschweife. »Da unten am Hang hat jemand auf mich geschossen. Eure Männer müssten die Schüsse eigentlich gehört haben.«

Eustace blickte ihn erschrocken an. »Wenn sie etwas bemerkt hätten, hätten sie es mir bestimmt gesagt, und ich wäre dir zu Hilfe gekommen. Wo ist der Verbrecher?«

»Ich weiß nicht«, antwortete Kit wahrheitsgemäß. »Es war schon fast dunkel, müsst Ihr wissen.«

»Den Schuft müsste man wahrhaftig aufhängen«, sagte Eustace.

»Da möchte ich Euch nicht widersprechen«, erwiderte Kit, ohne Sammy anzusehen.

14

Noch immer schien die Sonne, und die Vögel im Garten sangen nach wie vor. Dennoch kam es Anne vor, als sei jeder Tag grau und trüb, seit Kit fort war. Obwohl sie von einer Verbindung zwischen ihm und Fiona lange nicht mehr so begeistert war, bemühte sie sich doch pflichtgetreu, ihre Cousine von Kits Vorzügen als Ehemann zu überzeugen.

»Zumindest ist er jünger als Eustace«, gab Fiona zur Antwort, während sie durch den Garten spazierten und die Stille nach all der Unruhe genossen. »Wenigstens redet Mutter jetzt nicht mehr ständig auf mich ein«, fuhr sie fort. »Und ich brauche auch keine Brautkleider mehr anzuprobieren, bis sie eine Antwort von Seiner Eminenz erhalten hat.«

»Sie hat ihm gestern eine Botschaft nach Branxholme geschickt«, sagte Anne. »Aber wir wissen nicht, ob er dort überhaupt schon eingetroffen ist. Vielleicht kommt er erst nächste Woche.«

»Eines der Dienstmädchen, deren Cousine mit den Gästen von Branxholme hier war, hat Molly erzählt, dass Lady Scott schon alle ihre Sachen eingepackt hatte. Ich möchte wetten, sie ist zu ihren Eltern nach Ferniehirst zurückgekehrt«, sagte Fiona. – »Findest du denn nicht, dass Sir Christopher viel attraktiver ist als Eustace?«, griff Anne die Angelegenheit Ehemann wieder auf.

Fiona zuckte die Achseln. »Das ist keine Kunst«, sagte sie. »Aber der Spaßmacher sah besser aus als die beiden zusammen. Immerhin behandelt mich Sir Christopher wie eine erwachsene Person, ganz im Gegensatz zu Eustace. Ich habe doch sowieso keine Wahl, Anne, also ist es doch ganz egal, welcher von beiden mir besser gefällt.«

Da Anne sie nicht aufregen wollte, ließ sie das Thema fallen. Auch Olivia äußerte sich in den folgenden Tagen nicht zu den beiden Bewerbern, und nachdem fast eine Woche vergangen war, erklärte Anne Fiona am Samstagmorgen, dass sie wieder einmal nach Ellyson Towers hinüberreiten wolle, um der Eintönigkeit zu entgehen.

»Dir war doch sonst nie langweilig hier, Anne. Magst du uns nicht mehr?«

»Nein, daran liegt es natürlich nicht, Liebes. Ich brauche nur ein wenig Bewegung. Warum kommst du nicht mit? Wir nehmen ein paar Männer zu unserem Schutz mit, essen auf Ellyson Towers zu Mittag und sind lange vor dem Abendbrot wieder zurück.«

»Ich glaube kaum, dass Mutter es erlaubt«, erwiderte Fiona, die von der Idee ganz angetan schien. Aber selbstverständlich sollte sie recht behalten; Olivia wollte von einem solchen Ausflug nichts hören.

»Ich weiß wirklich nicht, was in dich gefahren ist, Anne. Immer musst du das Schicksal herausfordern«, schimpfte sie. »Aber ich lasse nicht zu, dass du Fiona auch noch in Gefahr bringst. Einer der Männer hat mir gerade berichtet, dass ein Trupp von Heinrichs Soldaten gestern bei Larriston Fells die Grenze überschritten und ein ganzes Dorf niedergebrannt hat.«

»Wir würden uns zu unserer Sicherheit von ein paar Bewaffneten begleiten lassen, Tante Olivia«, wandte Anne ein. »Außerdem ist Larriston Fells meilenweit von hier entfernt.«

»Nur fünfzehn Meilen, um genau zu sein«, entgegnete Olivia. »Fiona wird dieses Haus nicht verlassen, und damit Schluss.«

Beim Hinausgehen sagte Fiona: »Ich habe dir ja gleich gesagt, dass sie mich nicht fortlässt.«

»Na, ich reite trotzdem. Ich hole nur meinen Umhang und die Handschuhe«, erwiderte Anne. »Ich brauche einfach ein wenig Bewegung.«

»Aber es ist doch so gefährlich! Wirklich, Anne, lass es lieber sein.«

»Ich nehme ein paar Männer mit, Liebes. Es wird bestimmt nicht nötig sein, aber dann ist deine Mutter wenigstens ein bisschen beruhigt.«

»Willst du es ihr denn erzählen?«, fragte Fiona.

»Lieber nicht. Aber wenn sie sich nach mir erkundigt, kannst du es ihr natürlich sagen.«

»Nein, das werde ich nicht tun. Aber ich bin froh, dass du wenigstens eine Eskorte mitnimmst.«

Eigentlich wäre Anne viel lieber allein geritten, aber sie hatte nicht die geringste Lust, einem wütenden Kit Chisholm Rede und Antwort zu stehen. Er hatte ihr seinen Standpunkt in dieser Angelegenheit mehr als deutlich gemacht. Als sie jedoch kurz darauf dem Stallmeister ihre Wünsche mitteilte, hatte der schon seine Anweisungen von Olivia erhalten.

»Ich kann Euch keinen von meinen Jungs mitgeben, Mylady«, erklärte er rundheraus. »Sicher wollt Ihr trotzdem reiten, aber die Mistress hat gesagt, Ihr sollt nicht noch andere in Gefahr bringen.«

Anne wurde unsicher. Die Soldaten des englischen Königs machten jetzt schon so lange die Gegend unsicher, dass man sich beinahe daran gewöhnt hatte. Doch dass tatsächlich etwas Unerwartetes geschehen konnte, hatte sie ja auf ihrem letzten Ausflug gesehen.

Das erinnerte sie wieder an Kit. Es erschien ihr unklug, ihn gerade jetzt zu verärgern, wo er sich endlich mit der Idee angefreundet hatte, Fiona zu heiraten. Also gab sie nach und ging hoch erhobenen Hauptes ins Haus zurück.

Es behagte ihr ganz und gar nicht, dass sie auf Mute Hill House festsaß und Fiona und Olivia Gesellschaft leisten musste. Doch als dann kurz vor Mittag Malcolm verkündete, dass Eustace mit seinem Neffen und dem Narren eingetroffen sei, war Anne doch froh, dass sie zu Hause geblieben war.

»Welch angenehme Überraschung«, sagte Olivia, als die

Herren sich grüßend verneigten. »Wir wollen bald essen. Malcolm sagt in der Küche Bescheid, und Ihr dürft Euch gerne so lange ein wenig frisch machen, wenn Ihr möchtet.«

Anne war nicht gerade begeistert über Eustaces Anwesenheit, freute sich jedoch, Kit wiederzusehen.

Fiona sagte schüchtern: »Ihr seid herzlich willkommen. Wir waren alle ein wenig betrübt, aber Mad Jake wird uns wieder zum Lachen bringen, nicht wahr, Jake?«

Kaum dass sie ins Zimmer getreten waren, hatte Kit sofort Annes Blick gesucht. Jetzt sprach er sie in ungläubigem Ton an: »Betrübt, Lady Anne? Bei diesem herrlichen Wetter?«

»Es ist wirklich schön«, stimmte sie ihm zu. Wenn er sie doch nur nicht so anstarren würde!

»Sie hatte sich in den Kopf gesetzt, nach Ellyson Towers zu reiten«, sagte Fiona, ohne auf Annes abwehrende Geste zu achten. »Aber Mutter wollte nicht, dass ich sie begleite, und ihr auch keinen von unseren Männern mitgeben. Also ist Anne zu Hause geblieben.«

»Wie klug von ihr«, sagte Kit, der Anne noch immer in die Augen blickte. »Und von Lady Carmichael ebenso. Wir haben gehört, dass …«

»Ja«, unterbrach ihn Anne, die keine Lust hatte, schon wieder über Heinrich zu reden. »Wir wissen auch Bescheid, Sir. Aber es interessiert Euch doch bestimmt, ob es schon Neuigkeiten aus Branxholme gibt. Ich glaube, meine Tante hat noch keine Nachricht von Seiner Eminenz bekommen.«

Aus Kits etwas schiefem Lächeln schloss sie, dass ihm der abrupte Themenwechsel nicht behagte. Doch dann hellte sich seine Miene auf, und ihr wurde ganz warm ums Herz.

Olivias Worte holten sie wieder in die Gegenwart zurück: »Ich habe noch nichts gehört, rechne aber jeden Moment mit einer Antwort des Kardinals.« An Eustace gewandt fügte sie hinzu: »Werdet Ihr uns die Freude machen und über Nacht bleiben, Sir?«

»Ja, gerne, Madam.« Er schoss einen feurigen Blick zu

Fiona hinüber. »Du fühlst dich bestimmt geschmeichelt, dass gleich zwei glühende Verehrer dich besuchen, mein Schätzchen, aber ich muss gestehen, dass ich ursprünglich gar nicht vorhatte, zu kommen. Ich wollte einen Burschen schicken, um zu erfahren, ob schon eine Botschaft von Beaton eingetroffen ist. Doch als sich Jake bereit erklärte, herzureiten, da er Verwandte hier in der Gegend besuchen wollte, entschloss sich Kit, ihn zu begleiten, um sich ein bisschen Bewegung zu verschaffen. Und ich konnte meinem Rivalen ja schlecht das Feld überlassen und zu Hause bleiben«, fügte er mit einem kleinen neckischen Lachen hinzu.

Fiona starrte ihn nur ausdruckslos an, also warf Anne rasch ein: »Gerade heute Morgen haben wir geklagt, wie ruhig das Haus doch ist, seitdem alle fort sind.«

»Willst du uns nicht etwas vorspielen, Jake?«, fragte Fiona und lächelte dem Spaßmacher freundlich zu.

»Er kann uns zur Essenszeit mit seiner Musik erfreuen«, erwiderte Olivia. »Die Herren wollen sich bestimmt zuerst ein wenig frisch machen.«

Bald darauf kamen sie wieder an der hohen Tafel zusammen, wo Toby und Lord Berridge zu ihnen stießen und die Gäste freudig begrüßten.

Lachend sagte Toby: »Ihr habt es wohl nicht länger als eine Woche ohne uns ausgehalten, was? Na, ich muss gestehen, ich habe Mad Jakes Geschichten und Lieder vermisst. Trage uns doch was vor, Junge.«

»Ja, gerne, Sir.« Jake zog sich einen Hocker ans Feuer, nahm seine Laute zur Hand und untermalte die Tischgespräche mit seinem kunstfertigen Spiel.

Zwar hatten sich, wie üblich, alle Bewohner des Hauses zum Mittagsmahl versammelt, doch die Dienstboten und Wachen beeilten sich mit dem Essen, und hinter dem Wandschirm, der die hohe Tafel von der übrigen Halle trennte, waren die Herrschaften unter sich. Nur die Diener, die ihnen aufwarteten, bekamen mit, worüber sie sich unterhielten.

Ohne weitere Umschweife kam Olivia auf die Angelegenheit zu sprechen, die allen im Kopf herumging. »Ich habe über Eure Worte nachgedacht, Sir Eustace«, begann sie und lächelte dem Angesprochenen zu.

»Welche Worte meint Ihr genau, Mylady?«, fragte der.

»Über Fionas zwei Verehrer«, antwortete sie. »Obgleich wir noch keine Antwort von Seiner Eminenz erhalten haben, kann ich wohl schon sagen, dass Ihr Euch lieber keine falschen Hoffnungen machen solltet. Ich möchte, dass wir Freunde bleiben, Sir, aber ich fürchte, die Aussichten, dass Kardinal Beaton zu Euren Gunsten entscheidet, sind gering. Der Anspruch Eures Neffen ist einfach besser begründet.«

Völlig ungerührt lächelte Eustace zurück. »Solange noch kein abschließendes Urteil gefällt ist, gebe ich den Glauben nicht auf. Zumal ich der Meinung bin, dass Ihr Euch irrt.«

»Recht muss Recht bleiben, Sir«, erklärte Olivia. »Und das habe ich auch in dem Brief an Seine Eminenz gesagt. Es tut mir leid für Euch, aber ich möchte nicht, dass Ihr später enttäuscht seid.«

»Macht Euch darüber keine Sorgen, Madam. Dieses Rindfleisch ist ganz ausgezeichnet. Wir wollen nur hoffen, dass die hiesigen Räuber das nie herausfinden.«

Jake griff daneben, fand die richtige Melodie aber sofort wieder.

Toby, der es immer verstand, einer Unterhaltung eine lustige Wendung zu geben, machte einen Witz über die Viehdiebe. Berridge gab eine spaßige Bemerkung zurück, und bald ging es zwischen den drei älteren Männern so laut und lustig her, dass Olivia sich entschloss einzugreifen.

»Der Witz eben war für die Ohren einer Dame nicht geeignet, Onkel, und schon gar nicht für ein unschuldiges junges Mädchen wie Fiona«, sagte sie tadelnd. »Vergesst bitte nicht, dass ich noch immer in Trauer bin, und hebt derartige Scherze für andere Gelegenheiten auf.«

Toby verdrehte die Augen. »Nun hör doch endlich mal mit

diesem Getrauer auf, Mädchen! Stephen wäre damit gar nicht einverstanden gewesen, vor allem nicht, wenn er gewusst hätte, dass du dich Hals über Kopf …«

»Das reicht jetzt«, unterbrach ihn Olivias kalte Stimme.

Ausnahmsweise einmal zum Schweigen gebracht, blickte Toby schuldbewusst zu Kit hinüber und sagte nur: »Hast recht, das gehört nicht hierher. Stell dir vor, Eustace, dieser verflixte Fuchs ist doch glatt immer noch im Haus. Gestern hat ihn die Köchin dabei überrascht, wie er auf ihrem Hackklotz hockte und ein ganzes Hühnchen verschlang, das wir eigentlich zum Abendbrot bekommen sollten.«

Ein paar Minuten später entschuldigte sich Olivia und befahl Fiona und Anne, sie in ihr Gemach zu begleiten. »Wir lassen die Herren mit ihrem Claret und ihren albernen, liederlichen Geschichten allein«, sagte sie.

»Darf Jake mitkommen und für uns spielen, Madam?«, fragte Fiona.

»Ich nehme an, er kann auf seiner Laute dort ebenso gut herumzupfen wie an jedem anderen Ort«, gab Olivia zur Antwort und bedeutete dem Spaßmacher, ihnen zu folgen.

»Du musst aber an deiner Stickerei weiterarbeiten, Fiona. Faule Mädchen sind als Ehefrauen nicht besonders begehrt.«

Fiona nickte folgsam, und alle drei begaben sich in das Zimmer der Lady. Doch als Jake eine lustige Weise anstimmte, wies ihn Olivia an, aufzuhören.

»So etwas mag ja vielleicht das Richtige für Hawks Rig sein«, bemerkte sie streng, »aber ich möchte doch sehr darum bitten, dass du hier etwas spielst, das besser in ein Trauerhaus passt.«

»Ach, Mutter, bitte!«, protestierte Fiona.

»Schluss jetzt, Fiona. Mach dich an deine Arbeit.«

Seufzend gehorchte Fiona, wobei sie dem Spielmann einen entschuldigenden Blick zuwarf. Doch der grinste nur frech zurück.

»Tante Olivia«, begann Anne in ruhigem Ton, »wahrscheinlich steht mir eine solche Bemerkung gar nicht zu, aber habt Ihr keine Angst, dass sich übelwollende Leute fragen könnten, warum Ihr Fiona unbedingt gerade jetzt verheiraten wollt, wo Ihr doch ständig darauf aufmerksam macht, dass Ihr eine trauernde Witwe seid?«

Olivia schaute sie verdutzt an. »Wie kommst du denn darauf? Gerade du solltest dich doch in meine Lage versetzen können, Anne. Für uns hier im Grenzland sind Trauerfälle an der Tagesordnung. Wenn wir uns deshalb ganz zurückziehen würden, könnten die meisten Familien gar kein normales Leben mehr führen. Du hast dich doch schließlich auch nicht vor lauter Kummer vergraben. Genau genommen habe ich kaum etwas davon bemerkt, dass du überhaupt um deine Familie getrauert hast.«

Die Musik setzte aus, doch Anne nahm es gar nicht wahr. Der Angriff war so heimtückisch gewesen, dass sie ihre ganze Selbstbeherrschung aufbieten musste, um die verletzenden Worte schweigend hinzunehmen.

Nach dem Tod ihres Bruders hatten sich Schmerz und Traurigkeit in ihrer Seele ausgebreitet und sich immer tiefer eingegraben, als bald darauf ihre Mutter, dann ihre beiden kleinen Schwestern und schließlich auch noch ihr Vater starb. Dennoch wäre es ihr nie in den Sinn gekommen, mit ihrer Trauer hausieren zu gehen, wie Olivia es ständig tat. Das war einfach nicht ihre Art. Dennoch erschien es ihr unerhört, dass ausgerechnet Olivia, die bisher keinerlei Rücksicht auf Annes Gefühle genommen hatte, ihr jetzt mangelnde Trauer unterstellte.

Anscheinend war es Olivia nie in den Sinn gekommen, dass sie selbst zwar im Laufe von zwei Jahren ihren Mann, ihren Bruder und (wenn man Toby Glauben schenken konnte) auch noch ihren Liebhaber verloren hatte, dass Anne dagegen innerhalb von nur zwei Wochen vier ihrer engsten Verwandten hatte begraben müssen.

Jakes Spiel hatte wieder eingesetzt und beruhigte Annes

Nerven so weit, dass sie nach einem tiefen Atemzug entschied, sich nicht auf einen sinnlosen offenen Streit mit Olivia einzulassen.

»Das hätte ich wohl lieber nicht sagen sollen, Anne«, sagte Olivia unvermittelt. »Wir haben beide Grund, um deinen Vater zu trauern, doch ich persönlich habe ihn nicht besonders geschätzt. Daher sollte ich dir keine Vorwürfe machen. Armadale war ein kaltherziger Mensch, den immer nur seine eigenen Wünsche und Gefühle interessierten. Da war deine Mutter ganz anders, und ich kann mir vorstellen, dass sie dir fehlt.«

»Ich habe sie sehr geliebt und hatte große Hochachtung vor meinem Vater«, antwortete Anne. »Ich vermisse sie beide.« Da sie merkte, wie unsicher ihre Stimme klang, holte sie noch einmal tief Luft, bevor sie sich an Fiona wandte: »Ist es dir da drüben hell genug, Liebes? Vielleicht solltest du ein bisschen näher ans Fenster rücken.«

Mit einem Mal erschien ihr der Raum zu eng und stickig. Auf Olivias Bemerkung hin, dass die Herren sich hoffentlich nicht allzu lange bei Wein und Geschichten aufhalten würden, entschuldigte sich Anne, indem sie schreckliche Kopfschmerzen vorschützte, und verließ das Zimmer.

Auch Kit hatte sich von der Gesellschaft zurückgezogen. Er war es leid, über das unerklärliche Verhalten nachzudenken, das Eustace während der ganzen vergangenen Woche an den Tag gelegt hatte, und Tobys derbe Art, in der ihn der falsche Lord Berridge noch bestärkte, hatte er auch satt. Nur bei einer Gelegenheit hatte sich Kit amüsiert, als Toby behauptete, Berridge habe wirklich gute Chancen bei Lady Carmichael.

Der Haushofmeister, der soeben ein Tablett mit Tranchiermessern aufgenommen und einem Diener befohlen hatte, die Reste des Bratens abzuräumen, starrte Toby daraufhin entsetzt an und ließ das Tablett mit lautem Geklirr fallen.

»Verdammt nochmal, Malcolm!«, schnauzte Toby. »Wenn

auch nur eins von diesen Messern einen Kratzer bekommen hat, kannst du was erleben. Und jetzt raus mit dir, und nimm die anderen mit.«

»Ich glaube, Ihr habt ihm einen Mordsschrecken eingejagt«, sagte Eustace, nachdem Malcolm hoch erhobenen Hauptes aus der Halle stolziert war. »Er bildet sich ein, er sei in Eure Nichte verliebt, müsst Ihr wissen.«

»Was, in Olivia? Der ist ja verrückt. Aber Ihr solltet nur mal sehen, wie Lord Berridge die Dame um den Finger wickelt«, fügte Toby hinzu, worauf er einen Becher Wein hinunterstürzte und sich den Mund mit dem Handrücken abwischte. »Hier eine Verbeugung, dort ein Kratzfuß, und dann noch ein paar Schmeicheleien. Er kann deutlich sehen, von wem Fiona ihre Schönheit geerbt hat, hat er gesagt. Er ist bei Olivia weiter gekommen als jeder andere, den ich ihr in den letzten Monaten vorgestellt habe. Und ich hoffe wirklich, er kommt ans Ziel.« Er grinste den vermeintlichen Berridge an und fuhr fort: »Dieses Haus braucht einen starken Herrn. Das ist doch klar.«

»Das stimmt«, erwiderte Eustace. »Mich wundert nur, dass Ihr selbst die Zügel hier nicht fester anzieht.«

»Ich weiß Besseres mit meiner Zeit anzufangen«, entgegnete Toby achselzuckend. »Und außerdem hört das Mädchen ja doch nicht auf mich. Sie braucht einfach eine feste Hand.«

Kit, den dieses Gerede langweilte, stand mit einer Entschuldigung auf und ging hinaus. Er hatte nicht die geringste Lust, sich zu den Damen zu gesellen und sich Lady Carmichaels Geschwätz über seine Hochzeit mit ihrer Tochter anzuhören. Stattdessen wanderte er bis zu seiner Schlafkammer und zurück in der Hoffnung, dass Willie bald herauskommen würde. Er wollte mit ihm reden. Man hatte Kit wieder im selben Raum untergebracht, von dem aus er den Garten sehen konnte. Eine einsame Gestalt überquerte soeben die Bohlenbrücke bei den Stallungen und verschwand gleich darauf hinter einer hohen Hecke. Kit machte auf dem Absatz kehrt und rannte die Treppe hinunter und aus dem Haus. Er schlug den Weg zur Steinbrücke am anderen Ende des Gartens ein. Die Nachmittagssonne schien, doch die Luft war frisch und kühl. Hoffentlich hatte sie sich warm angezogen, dachte er. Doch vom Fenster aus hatte er den Eindruck gehabt, dass sie immer noch dasselbe dünne Seidenkleid wie beim Abendessen trug.

Es war ein sehr hübsches Kleid und brachte ihre schlanke, wohlgeformte Figur angenehm zur Geltung. Er mochte ihre ebenmäßigen Gesichtszüge, ihre ausdrucksvollen Augen und die weichen, kastanienbraunen Locken. Mit der strahlenden Schönheit ihrer Cousine konnte Anne nicht mithalten, doch ging von ihr eine Wärme aus, die Fiona fehlte, und ihr vor Intelligenz und mutwilligem Humor funkelnder Blick gefiel ihm viel besser als die vage Gleichgültigkeit, mit der Fiona über ihn hinwegsah.

Er war mit Eustace und Mad Jake nach Mute Hill House gekommen, weil er in Ruhe mit Willie reden wollte. Doch eigentlich war es etwas anderes, das ihn magisch angezogen hatte und noch immer lockte.

Er schlenderte über die Brücke bis zu dem Teil des Gartens, der mit hohen Hecken eingefasst war, aber sie war nirgends zu sehen. Doch dann hörte er ein Schluchzen und bemerkte, dass sie am anderen Ende des umwachsenen Bereichs hinter einem Baum stand. Sie hatte ihm den Rücken zugekehrt, und da sich die graue Seide ihres Kleides kaum von der Farbe des Baumstammes abhob, wäre er beinahe an ihr vorübergegangen.

Er näherte sich und trat dabei auf dem Kiesweg bewusst laut auf. Daher rechnete er damit, dass sie hinter dem Baum hervorkommen und ihn begrüßen würde, doch sie rührte sich nicht.

»Lady Anne?«, fragte er leise, um sie nicht zu grob aus ihren Gedanken zu reißen.

Daraufhin kam sie hinter dem Baum hervor. Mit ein paar raschen Schritten trat er auf sie zu, fasste sie bei den Schultern und sah ihr in die Augen.

»Was ist denn los, Mädchen?«

»Es ... es tut mir leid, dass Ihr mich bemerkt habt«, flüsterte sie mit gesenktem Blick. »Ich habe gehofft, Ihr würdet einfach vorbeigehen.«

Behutsam hob er ihr Kinn, bis sie ihm ins Gesicht blickte. »Ihr habt ja geweint«, sagte er. »Wer hat Euch so traurig gemacht?«

»N-nein«, entgegnete sie, »ich habe nicht geweint.«

Er legte ihr die Hand auf den Rücken und zog sie an sich. Da verbarg sie ihr Gesicht an seiner Brust und brach in Tränen aus. Sie spürte, wie er sie fest in die Arme nahm, doch sie konnte einfach nicht aufhören zu weinen. Ihr Körper wurde von so heftigem Schluchzen geschüttelt, wie sie es nicht einmal als Kind erlebt hatte, und nur seine starken Arme hielten sie aufrecht.

Er sagte nichts, sondern hielt sie einfach fest, bis sich der Sturm gelegt hatte.

Endlich verebbten die Weinkrämpfe, und sie konnte wieder freier Luft holen. Dennoch blieb sie in der Sicherheit seiner Umarmung, bis ihr Herz wieder gleichmäßiger schlug. Selbst als er ihr ein Taschentuch in die Hand drückte, hielt sie noch immer ihr Gesicht gegen seine Schulter gepresst. Sie wusste einfach nicht, wie sie sich mit Anstand aus dieser etwas peinlichen Haltung befreien sollte.

Schließlich schaffte sie es, sich die Nase zu putzen, doch noch immer fiel ihr das Atmen schwer. Schuldbewusstsein und eine tiefe Traurigkeit lagen ihr wie ein Stein auf der Brust.

»Ihr seid doch hoffentlich nicht schon wieder Eustace auf der Treppe begegnet, oder?«

Die Vorstellung brachte sie beinahe zum Lächeln und half ihr, sich zusammenzunehmen. Sie hob den Kopf und sah ihn an.

»Aber das wisst Ihr doch«, antwortete sie. »Ihr habt doch nach dem Mahl die ganze Zeit mit ihm zusammengesessen.«

»Mir ist es langweilig geworden, also bin ich hinausgegangen, um ein wenig frische Luft zu schnappen.«

»Und seid stattdessen in eine Regenwolke geraten«, sagte sie kleinlaut. »Was müsst Ihr nur von mir denken, dass ich mich Euch so an den Hals werfe!«

»Ich denke, dass irgendetwas Euch aufgeregt hat, und ich wüsste gerne, was es war.«

»Gar nichts, wirklich.«

»Ihr könnt mir doch nicht mein ganzes schönes Wams nass weinen und dann sagen, es war gar nichts«, erwiderte er. »Ich kenne Euch ja noch nicht sehr lange, Mädchen, aber das eine weiß ich: Ihr würdet niemals ohne Grund derart die Beherrschung verlieren.«

»Wir sollten uns hier nicht allein aufhalten«, sagte sie eilig und wollte sich von ihm losmachen.

Er hielt sie noch einen Augenblick lang fest, dann ließ er seine Arme sinken und stand einfach da und sah sie an.

»Wir können ja hineingehen«, sagte er schließlich. »Allerdings müsst Ihr mir zuerst sagen, wer oder was Euch so aus der Fassung gebracht hat.«

»Es ist wirklich zum Verzweifeln mit Euch«, murmelte sie.

»Ihr seid nicht der erste Mensch, der mir das sagt, aber wir gehen erst hinein, wenn Ihr mir erzählt, wie es zu diesem kleinen Wolkenbruch gekommen ist. Also, was ist passiert?«

»Eigentlich gar nichts Schlimmes«, wich sie aus. »Ich bin nur ein wenig verletzt. Dabei habt Ihr selbst kürzlich gesagt, dass meine Tante mich einmal gehörig ausschimpfen sollte.«

»Aber sie hat Euch doch heute bestimmt nicht für etwas getadelt, das zehn Tage zurückliegt. Was habt Ihr denn jetzt wieder angestellt?«

»Nichts. Ich habe heute sogar darauf verzichtet, nach Ellyson Towers zu reiten, wie Euch Fiona ja so voreilig erzählt hat.«

»Und das war auch sehr vernünftig von Euch«, erwiderte er. Dann fixierte er sie mit zusammengekniffenen Augen. »Ich lasse mich aber nicht so leicht vom Thema abbringen, Mädchen. Warum hat die Lady Euch also gescholten?«

»Das hat sie im Grunde genommen gar nicht.« Als er sie etwas verwirrt anblickte, fuhr sie fort: »Ich komme mir ganz dumm vor ... es war eigentlich nichts Besonderes.«

»Das kann ich mir nicht vorstellen.«

Bei der Erinnerung an Olivias Worte und sein Mitgefühl lief ihr schon wieder ein Tränchen über die Wange. Ärgerlich über sich selbst wischte sie es mit dem Handrücken fort.

Ohne auf die rührende kleine Geste einzugehen, sagte er: »Ich sollte Euch vielleicht darauf hinweisen, dass ich ein Mensch von aufbrausendem Temperament bin und einen kurzen Geduldsfaden habe.«

»Schon gut, aber beklagt Euch nicht, wenn ich Euch wieder die Kleider vollweine, nur weil Ihr mich zwingt, darüber zu sprechen.«

»Anne.«

Bei seinem warnenden Ton verging ihr das Weinen, und sie beeilte sich mit der Antwort.

»Ich habe Olivia gereizt«, sagte sie seufzend.

Seine Lippen zuckten. »Das kann ich mir aber gar nicht vorstellen.«

»Sie unterbrach Jake, als er anfing zu spielen, mit der Bemerkung, dass sein lustiges Lied nicht zu ihrer Trauer passe. Dabei hat es Fiona so gefallen, und sie sollte doch auch einmal wieder fröhlich sein. Also habe ich mir angemaßt, Olivia zu fragen, ob es manchen Leuten nicht missfallen könnte, wenn sie auf einer Hochzeit während der Trauerzeit besteht.«

Ein belustigtes Funkeln trat in seine Augen, doch er sagte nur: »So wie ich das Grenzland kenne, lassen sich die Leute hier nicht allzu lange durch Gram vom Leben abhalten. Dafür sind wir zu sehr an den Tod gewöhnt.«

»Das hat sie auch gesagt«, musste Anne zugeben. »Und

dann meinte sie, dass von meiner eigenen Trauer ja nicht viel zu bemerken sei.«

»Vermutlich vernebeln ihr die Tränen, die sie dauernd um sich selbst vergießt, den Blick«, entgegnete er nur.

Sie nickte. »Meine Tante verschwendet kaum jemals einen Gedanken an andere, außer an Fiona. Und dabei bin ich mir noch nicht einmal sicher, ob es ihr wirklich um Fionas Glück geht. Sie will einfach …«

Anne zögerte, den Gedanken auszusprechen.

»Sie will einfach ein Stück vom Einfluss und Reichtum der Chisholms«, sagte er.

»Also seht Ihr das auch so. Ich nehme an, das ist kein unüblicher Wunsch. Wenn mein Onkel Stephen noch lebte, würde er wahrscheinlich auch sein Möglichstes tun, um Fiona vorteilhaft zu verheiraten. Das ist eben Elternpflicht und nichts, wofür man Olivia tadeln sollte.«

»Es ist völlig normal«, stimmte er ihr zu. »Aber über diese ganze Heiratssache müssen wir uns noch einmal unterhalten.« – »Da gibt es doch nichts mehr zu sagen«, entgegnete sie. »Euer Onkel glaubt sich im Recht, aber meiner Meinung nach wird Kardinal Beaton im Sinne von Tante Olivia entscheiden. Die erste Verlobung hat einfach Vorrang vor der zweiten, die ja aufgrund falscher Voraussetzungen geschlossen wurde.«

»*Wollt* Ihr wirklich, dass ich Eure Cousine heirate?«

Sie hätte sich am liebsten um die Antwort gedrückt, zwang sich jedoch zu einer raschen Erwiderung: »Ja, sicher, das werdet Ihr wohl müssen. Denn sonst bleibt Fiona nichts anderes übrig, als Euren abscheulichen Onkel zu nehmen. Und es wäre geradezu sträflich, ihr ein solches Schicksal zu wünschen.«

»Bekomme ich mein Taschentuch zurück?«

»Seid doch nicht albern. Ich lasse es natürlich zuerst waschen. Darf ich jetzt hineingehen?«

»Ich komme mit.«

Eigentlich hätte sie das nicht zulassen dürfen. Jemand könnte sie sehen und es ihrer Tante erzählen, aber sie sagte nichts. Sie sprach erst wieder, als sie über die Bohlenbrücke gingen: »Es tut mir leid, dass ich mich so habe gehen lassen, Sir. Ich weiß gar nicht, was in mich gefahren ist.«

»Ihr habt im letzten Jahr schließlich Eure gesamte Familie verloren, Mädchen«, sagte er leise, »und bestimmt hattet Ihr nie Gelegenheit, richtig um sie zu trauern. Soweit ich weiß, hattet Ihr den Schock über den Tod Eures Bruders noch nicht verwunden, da musstet Ihr Eure kranke Mutter und die beiden kleinen Schwestern und zuletzt noch Euren Vater pflegen. Unmittelbar nach seinem Tod seid Ihr hierher nach Mute Hill House gekommen und habt Euch seither pflichteifrig um Tante und Cousine gekümmert. Wann habt Ihr Euch eigentlich die Zeit genommen, über Euch selbst und das, was Ihr verloren habt, nachzudenken?«

»Man hat mir beigebracht, nicht in erster Linie an mich zu denken.«

»Das braucht Ihr ja auch nicht, aber Ihr solltet Eure eigenen Bedürfnisse nicht so vollständig unterdrücken, dass es Euch krank macht.«

»Glaubt Ihr denn, das habe ich getan?«

»Noch nicht, aber Ihr wart auf dem besten Weg, bis die Worte Eurer Tante Euch aus dem Gleichgewicht gebracht haben.«

Das gab ihr zu denken. Mit seiner nüchternen Beschreibung dessen, was ihr im vergangenen Jahr zugestoßen war, hatte er alte Wunden wieder aufgerissen. Trotzdem war ihr nicht mehr nach Weinen zumute. Das Gespräch mit ihm hatte ihr mehr Trost gegeben, als sie es je erwartet hätte.

»Ihr seid sehr freundlich«, sagte sie. »Fiona kann sich glücklich schätzen, Euch zum Ehemann zu bekommen.«

Sein Gesicht nahm einen grimmigen Ausdruck an. »Das bezweifle ich.«

Um der Unterhaltung wieder eine leichtere Wendung zu

geben, sagte sie: »Habt Ihr nicht gesagt, dass Euer Temperament aufbrausend und Euer Geduldsfaden kurz sei?«

»Das macht mich doch wohl schwerlich zu einem erstrebenswerten Gatten.«

»Nein, aber überlegt doch, wie gut es sich trifft, dass sie so sanft und nachgiebig ist. Sie wird Eure Geduld bestimmt niemals strapazieren, und deshalb passt Ihr so gut zueinander.«

»Ihr wisst doch gar nicht, was meine Geduld strapaziert«, gab er zurück. »Schaut mich an.«

Er war hinter einem Gebüsch stehen geblieben, sodass man sie von den Stallungen aus nicht beobachten konnte und blickte ihr prüfend ins Gesicht.

»Habe ich einen Fleck auf der Wange?«, wollte sie wissen.

»Nein, aber sogar ein Blinder kann sehen, dass Ihr geweint habt. Warum zum Teufel habt Ihr Euch keinen Umhang umgelegt. So einen mit einer schönen großen Kapuze, wie ich selbst einen besitze. Vielleicht sollte ich ihn Euch leihen.«

»Daran habe ich gar nicht gedacht«, erwiderte sie. »Ich wollte nur aus dem Zimmer kommen. Außerdem friere ich nicht leicht und vergesse daher oft, mir etwas überzuziehen.«

»Na gut, dann lasst uns rasch zur Küchentür gehen. Ihr könnt die Hintertreppe hinaufhuschen, und ich gehe ums Haus herum zum Haupteingang. Wenn wir Glück haben, fragt uns keiner aus.«

Sie trennten sich am Hintereingang, und Anne lief flink in ihre Schlafkammer, ohne einer Menschenseele zu begegnen. Sie öffnete die Tür einen Spalt, schlüpfte hindurch und blieb wie angewurzelt stehen.

Auf der Bank am Fenster saßen Seite an Seite Fiona und der Narr.

15

»Hallo Anne«, sagte Fiona. »Wo bist du gewesen?«

Anne schloss sorgfältig die Tür und drehte sich dann wieder zu dem Pärchen auf der Bank um. Mühsam beherrscht fragte sie: »Was hat Jake hier zu suchen, Fiona?«

Fiona machte große Augen. »Er … er bringt mir das Lautespielen bei.«

»Aber warum ausgerechnet in meiner Schlafkammer? Dir muss doch klar sein, wir unschicklich es ist, dass ihr beide euch allein hier aufhaltet.«

»Mama wollte ihr Nickerchen halten«, erklärte Fiona. »Und ich konnte ihn wohl schlecht in *mein* Schlafgemach mitnehmen, obwohl ich eigentlich nicht weiß, warum. Meistens kramt Molly sowieso dort herum. Eine Anstandsdame hätten wir also gehabt.«

»In dein Schlafgemach – das geht auf *gar keinen* Fall«, entgegnete Anne, die sich bemühte, ruhig zu bleiben.

»Na gut, das sehe ich ja ein. Aber ich dachte mir, es würde dich nicht stören, wenn wir hier drin auf dich warten. Und Mutter kann nichts dagegen haben, weil es ja nicht meine Kammer ist.«

»Sie würde es sicher genauso ungern sehen, dass er sich in meinem Zimmer aufhält«, erwiderte Anne in ungewollt scharfem Ton.

»Aber du warst doch nicht hier«, sagte Fiona, als würde das ihr Verhalten entschuldigen.

Anne seufzte. »Ich sehe schon, darüber müssen wir uns bei Gelegenhcit ausführlich unterhalten. Aber erst, wenn Jake uns verlassen hat, was er jetzt gleich tun wird. Und wenn Ihr es Euch nicht mit mir verderben wollt«, fügte sie mit einem strengen Blick auf den Spielmann hinzu, der mit gesenktem Kopf und vor unterdrücktem Lachen bebenden Schultern dasaß, »erzählt Ihr keinem etwas von diesem Vorfall. Und nehmt in Zukunft gefälligst etwas mehr Rücksicht auf Mistress Carmichaels guten Ruf.«

»Ja, Mylady«, murmelte er, nahm Fiona die Laute aus der Hand und eilte zur Tür. Als er an Anne vorüberging, warf er ihr einen raschen, verstohlenen Blick zu und runzelte die Stirn, bevor er wieder zu Boden blickte.

»Versucht, auf der Galerie niemandem vom Hauspersonal in die Arme zu laufen«, fügte sie frostig hinzu und trat beiseite. Er nickte, huschte hinaus und ließ sie mit Fiona allein.

Was konnte sie nur sagen, ohne ihre Cousine zu verletzen oder ihr Angst einzujagen. Gott sei Dank hatte Lady Armadale ihrer Tochter ein wenig darüber erzählt, was verheiratete Leute miteinander taten und warum es unklug von einer Frau war, einen Mann zu ermutigen, der weder ihr Ehemann noch ihr Verlobter war. Allerdings hatte es Annes Mutter auch nicht mit Fiona zu tun gehabt, die Angst vor ihrem eigenen Schatten hatte und sich ständig damit plagte, was die Leute über sie dachten.

Fiona starrte auf ihre Hände, die sie im Schoß gefaltet hatte.

Anne ließ sich neben ihr auf der Bank nieder und fragte behutsam: »Was hast du dir nur dabei gedacht, dich mit dem Spaßmacher hier heraufzuschleichen, Liebes?«

Mit Tränen in den Augen blickte Fiona sie an. »Er ist so nett zu mir, Anne. Und er singt so schöne Lieder. Er hat gesagt, er würde mir das Lautespielen beibringen, und ich möchte es doch so gerne lernen. Warum darf ich niemals tun, was *ich* will?«

»Das ist bestimmt manchmal schwer für dich«, sagte Anne mitfühlend.

»Du siehst ja fürchterlich aus«, sagte Fiona, nachdem sie ihre Cousine näher in Augenschein genommen hatte. »Es kommt mir vor, als hättest du geweint. Aber das tust du ja nie, also hast du sicher noch immer schreckliche Kopfschmerzen. Möchtest du dich hinlegen?«

»Nein, mach dir um mich keine Sorgen«, antwortete Anne. »Ich möchte jetzt aber wirklich wissen, warum du mit dem Narren hierhergekommen bist.«

»Nun, in der Halle konnten wir nicht bleiben, weil Sir Eustaces Männer – oder Sir Christophers muss ich jetzt wohl sagen – und unsere eigenen einen solchen Radau machten. Außerdem möchte Mutter nicht, dass ich mich dort aufhalte. Aber es kam mir auch nicht richtig vor, ohne sie in ihrem Gemach zu bleiben. Ich wusste also nicht, wohin ich mit Jake gehen sollte. Deshalb sind wir heraufgekommen, um dich um Rat zu fragen, aber du warst nicht da, und da wollten wir einfach hier auf dich warten.«

»Und der Spaßmacher fand nichts dabei?«

»Na ja, er konnte schlecht ablehnen, weil es mein Vorschlag war«, erwiderte Fiona in sachlichem Ton. »Immerhin ist er nur ein Dienstbote.«

»Aber nicht unser Dienstbote«, gab Anne zu bedenken. »Hast du dir nicht überlegt, was Eustace oder Sir Christopher dazu sagen würden?«

Fiona wurde ganz blass. »Du wirst es ihnen doch wohl nicht erzählen!«

»Nein, natürlich nicht, aber kannst du dir vorstellen, was sie mit Jake täten, wenn sie wüssten, dass er mit dir allein war?«

»Was denn?«

»So genau weiß ich das auch nicht«, musste Anne zugeben. »Es würde mich allerdings nicht wundern, wenn Eustace den armen Kerl auspeitschen ließe.«

»Dann darfst du kein Sterbenswörtchen verraten. Ich werde es auch nie wieder tun, Anne, das verspreche ich. Um Gottes Willen, wenn ich mir vorstelle, dass …« Sie verstummte. Anne beobachtete wie gebannt, ob die Tränen in ihren Augen wohl überfließen und ihr über die Wangen rinnen würden. Es war einfach ungerecht, dass sowohl Fiona als auch Olivia beim geringsten Anlass in Tränen ausbrechen konnten, ohne dass ihr Gesicht hinterher so verquollen aussah, dass man sie für krank hielt.

Anne merkte, dass es aussichtslos war, Fiona die Konsequenzen ihres Verhaltens erklären zu wollen. Sie konnte nur hoffen, dass ihre Cousine sich aus lauter Angst um die Sicherheit des Burschen nicht mehr allein mit ihm treffen würde. Gerade wollte Anne ihr taktvoll vorschlagen, sich in ihre eigenen Gemächer zu begeben und dort ein wenig auszuruhen, da sagte Fiona plötzlich: »Er hat mir etwas Schreckliches erzählt, Anne.«

»Wer, Mad Jake?«

»Er berichtete, jemand habe versucht, Sir Christopher zu töten. Und das hat er ganz im Ernst gemeint, ich habe extra nachgefragt.«

Anne überlief es kalt. »Hat er auch gesagt, was genau passiert ist?«

»Jemand hat auf dem Weg, der nach Hawks Rig hinaufführt, auf ihn geschossen. Jake meint, dieser Jemand hat genau gewusst, dass es sich um Sir Christopher handelt. Aber wer sollte ihn denn erschießen wollen?«

»Ich weiß nicht«, erwiderte Anne. Sie wollte ihrer Cousine lieber nicht erklären, dass Eustace nichts mehr gelegen käme, als dass sein Neffe nun wirklich tot wäre, solange er selbst nur ein sicheres Alibi hätte.

»Was ist, wenn ich ihn heiraten muss«, fragte Fiona, »und jemand zielt auf ihn und trifft versehentlich mich?«

»Mach dir keine unnötigen Sorgen, Liebes. Auf dich wird schon keiner schießen.«

»Ich will aber auch keine Witwe werden«, erklärte Fiona.

Anne ging nicht weiter auf das Thema ein und überredete Fiona stattdessen, sich in ihrer eigenen Kammer ein wenig hinzulegen. Dann konnte sie selbst endlich im Spiegel einen Blick auf ihr verweintes Gesicht werfen.

Doch nachdem sie sich mit kaltem Wasser erfrischt und einige Stunden geruht hatte, war sie seelisch und körperlich wieder so weit hergestellt, dass sie ruhig und gelassen zum Abendessen in die Halle hinuntergehen konnte.

Sie hatte damit gerechnet, dass die Männer wie gewöhnlich noch eine halbe Ewigkeit an der hohen Tafel sitzen bleiben würden und sie keine Gelegenheit hätte, Kit nach dem Vorfall bei Hawks Rig zu fragen. Doch dann sagte Olivia, als sich die Damen von der Tafel erhoben: »Bitte, gesellt Euch doch bald zu uns, Gentlemen. Ich würde gerne noch ein wenig Eure Anwesenheit genießen, bevor Sir Eustace und Sir Christopher uns morgen verlassen. Ich habe gehört, dass Toby Sir Eustace zum Schach eingeladen hat. Da könnten wir Übrigen uns vielleicht ebenfalls die Zeit mit ein paar Spielen vertreiben.«

»Ich kann doch gar nicht Schach spielen!«, rief Fiona erschrocken.

»Dafür magst du ›Fuchs und Gänse‹«, erwiderte Olivia. »Und ich bin sicher, dass Sir Christopher dir gerne für ein oder zwei Runden Gesellschaft leisten wird, nicht wahr, Sir?«

»Gewiss doch«, antwortete der Angesprochene. »Aber nur, wenn Lady Anne oder sonst jemand, der das Spiel besser beherrscht als ich, mich ein bisschen unterstützt, damit Mistress Carmichael mich nicht gänzlich arm macht.«

Fiona kicherte. »Wir spielen ›Fuchs und Gänse‹ doch nicht um Geld, Sir.«

»Würde die Sache aber wesentlich interessanter machen«, schnaubte Toby. »Ist doch sowieso Kinderkram! Wenn Ihr ein einfaches Strategiespiel wollt, versucht's doch mal mit Dame.«

»Wir haben alle Arten von Brett- und Kartenspielen«, mischte sich Olivia in versöhnlichem Ton ein. »Ihr Herren habt also freie Auswahl.«

»Wonach steht Euch der Sinn, Berridge?«, erkundigte sich Toby bei dem vermeintlichen Lord.

»Ich spiele gerne Poch, weil man dabei mit fast jeder Karte gewinnen kann«, sagte dieser.

»Ja, Poch ist in Ordnung«, pflichtete ihm Eustace bei. »Wir können ja einige Partien wagen, nachdem ich Toby im Schach geschlagen habe.«

»Aber Poch ist ein Glücksspiel«, bemerkte Fiona klug.

»Ja, mein Schätzchen«, erwiderte Eustace, bevor er sich erneut an Berridge wandte: »Wenn Kit Kinderspiele vorzieht, widmet Ihr Euch am besten Olivia auf ein paar Runden Piquet, damit sie sich nicht langweilt.«

»Aber mit Vergnügen«, stimmte Berridge mit einer Verbeugung vor der lächelnden Olivia zu.

Als sie mit in ihr Gemach gingen, stellten Anne und Fiona fest, dass auf dem größten Tisch schon eine ganze Reihe Spiele bereitlagen. Also holte Fiona eilends das Spielbrett für ›Fuchs und Gänse‹.

»Wir setzen uns dort drüben an den runden Tisch am Kamin, Anne«, sagte sie. »Da haben wir alle drei Platz, und du kannst Sir Christopher helfen. Zähl doch bitte mal nach, ob alle dreizehn Gänse da sind.«

Gehorsam nahm Anne die lackierten Holzfigürchen einzeln aus der Schachtel. Die Gänse waren weiß mit gelben Schnäbeln und Füßen und schwarzen Augen. Der kleine Fuchs leuchtete rot und hatte schwarze Augen und eine kesse weiße Schwanzspitze. Als sie ihn aus der Schachtel holte, fragte Anne: »Hat eigentlich jemand unseren Fuchs gesehen, seit er der Köchin das Hühnchen aufgefressen hat?«

Olivia verzog das Gesicht. »Erwähne bloß dieses Geschöpf nicht! Moira hat heute Nachmittag Spuren gefunden, die zeigen, dass es sich in meiner Schlafkammer herumgetrieben hat. Frag mich bitte nicht, was genau es war. Ich habe Malcolm gesagt, dass er dieses Tier unbedingt finden und beseitigen muss. Wie er das schafft, ist mir egal.«

»Er darf ihm nichts tun!«, rief Fiona. »Der Fuchs kann doch nichts dafür, dass er hier im Haus gefangen ist. Wenn wir einmal einen ganzen Tag lang die Türen offen ließen, würde er vielleicht hinauslaufen.«

»Oder es würden noch mehr Tiere hereinkommen«, entgegnete ihre Mutter verschnupft. »Bestimmt hätten wir dann alle Hunde meines Onkels hier drin. Sei doch vernünftig, Fiona. Schließlich musst du bald deinen eigenen Haushalt führen.«

Ganz kleinlaut spielte Fiona mit den Holzgänschen herum, bis Anne vorschlug, dass sie ja ein Spiel machen könnten, während sie auf die Herren warteten. »Ich bin mir nämlich nicht sicher, ob ich die Regeln noch alle beherrsche«, sagte sie. »Wenn Sir Christopher mich etwas fragt, möchte ich mich nicht blamieren.«

Fiona war einverstanden, und Anne stellte fest, dass sie sich noch gut an die Spielregeln erinnerte. Doch als die Herren eine Viertelstunde später zu ihnen stießen, stellte sie auch fest, dass Kit ihre Hilfe keineswegs nötig hatte.

»Ihr beherrscht dieses Spiel besser als ich«, sagte sie vorwurfsvoll, nachdem er schon zum zweiten Mal Fionas gesamte Gänseschar niedergemetzelt hatte.

»Ich muss gestehen, dass ich das Spiel oft mit meinen Cousins aus dem Hochland gespielt habe«, erwiderte er augenzwinkernd. »Und zwar um Geld«, fügte er grinsend hinzu. »Aber das ist schon Jahre her. Es freut mich, dass Ihr so ausgeruht wirkt, Lady Anne.«

Anne warf ihm einen drohenden Blick zu, doch er lächelte sie nur unschuldig an.

»Ja, nicht wahr, sie sieht doch schon viel besser aus«, stimmte ihm Fiona zu. »Heute Nachmittag hatte ich schon Angst, sie sei krank.«

Um es Kit heimzuzahlen, sagte Anne: »Ich habe gehört, jemand hat letzte Woche auf Euch geschossen, Sir. Das muss ja entsetzlich gewesen sein.«

»Ich möchte doch zu gerne wissen, welches kleine Vögelchen Euch das zugezwitschert hat.«

Fiona wollte etwas sagen, doch als sie Annes Blick bemerkte, machte sie den Mund wieder zu und wurde knallrot.

»Ist es denn wahr?«, fragte Anne.

»Ja«, antwortete er. »Aber ich glaube, wir brauchen uns darüber nicht den Kopf zu zerbrechen. Es war wohl nur ein unbedachter Angriff, denn abgesehen davon war meine Heimkehr unerwartet erfreulich. Onkel Eustace hat sich als überaus großzügiger Gastgeber gezeigt.«

»Gastgeber?«

»Oh ja. Er tut immer noch so, als gehöre ihm Hawks Rig. Aber da ich offiziell noch immer tot bin, hat er vielleicht auch das Recht dazu.«

»Ich finde ihn so abstoßend wie eh und je«, bemerkte Anne mit gesenkter Stimme und einem prüfenden Blick zum anderen Tisch hinüber. »Ihr müsst diese Angelegenheit jetzt wirklich regeln«, setzte sie in bestimmtem Ton hinzu.

»Das tue ich auch«, erwiderte er. »Ich wollte nur erst herausfinden, was es eigentlich für Konsequenzen hat, dass ich für tot erklärt wurde.«

Anne brauchte nicht zu fragen, was er damit meinte. Offensichtlich hoffte er, seine merkwürdige Lage würde ihn vor einer Heirat mit Fiona bewahren. Ohne einen weiteren Kommentar fragte sie daher ihre Cousine, ob sie noch eine Partie spielen wollte.

»Spiel du mit ihm, Anne. Das macht dir bestimmt viel mehr Spaß als dabeizusitzen und uns zuzusehen.«

»Ja, Mylady, macht doch ein Spiel mit mir. Ihr dürft auch der Fuchs sein, wenn Ihr wollt.«

»Nein danke. Wenn ich wählen darf, hätte ich lieber die Gänse.«

Wieder warf er ihr einen kecken Blick zu. Dabei gab er kaum auf seine Spielzüge acht. Doch sie überlegte sich die ihren genau.

Der Trick bei diesem Spiel bestand darin, den Fuchs mithilfe der Gänse in einer Ecke zu umzingeln, sodass er zu keinem Zug mehr fähig war. Doch das gelang nur, wenn man zuvor nicht zu viele Gänse verloren hatte. Denn war der Spieler mit den Gänsen unachtsam, so »tötete« der Fuchs sie, indem er sie einzeln oder in einer ganzen Reihe übersprang.

»Diese hier habt Ihr mit Absicht geopfert«, sagte Kit ein paar Minuten später.

»Ja. Ich wollte mit meiner Gans nämlich genau auf das Feld, auf dem gerade Euer Fuchs stand.«

»Ihr beide braucht mich nicht«, stellte Fiona mit einem kleinen Kichern fest. »Mutter und Lord Berridge spielen mit den anderen Karten. Ich werde ihnen ein wenig zuschauen und dabei Jakes Musik lauschen.«

Anne bekam kaum mit, was sie sagte, so sehr war sie in ihr Spiel vertieft. Doch dann fragte Kit: »Wer hat euch von den Schüssen erzählt?«

Ganz verdutzt blickte sie auf. »Jake hat es Fiona erzählt. Es tut mir leid, dass ich davon angefangen habe, aber ich war verärgert, dass Ihr mein Aussehen erwähnt habt.«

»Aber ich war einfach froh, dass es Euch wieder besser geht.« – »Vielen Dank. Dennoch solltet Ihr solche Dinge nicht vor Fiona zur Sprache bringen. Sie hat keinerlei Sinn für Diskretion und plappert alles aus, was ihr in den Kopf kommt. Aus diesem Grund hätte ich auch nicht über die Schießerei sprechen sollen. Sie hat sich darüber aufgeregt. Aber es ist ja auch zu schrecklich.«

Er schaute ihr so eindringlich in die Augen, dass sie ihren Blick einfach nicht abwenden konnte. Dann sagte er leise: »Es wäre noch viel schrecklicher gewesen, wenn er mich getroffen hätte.«

»Sicher. Aber vermutet Ihr, dass Euer Onkel dahintersteckt?«

»Er hat nicht selbst geschossen, und der Schütze, den wir gefangen genommen haben, will nicht reden. Wir wissen also nicht, ob er im Auftrag von Eustace gehandelt hat.«

»Aber wer sollte sonst dafür verantwortlich sein?«

»Ich bin ganz Eurer Meinung. Außerdem hatte ich den Eindruck, als wären ein paar wertvolle Dinge aus Hawks Rig verschwunden.«

»Also hat er Euch auch noch bestohlen«, erwiderte Anne grimmig. »Wie gemein von ihm.«

»Das kann man wohl sagen. Allerdings wäre es auch möglich, dass mein Vater die Gegenstände verkauft hat, ohne mir davon zu erzählen. Ich glaube es zwar nicht, kann aber nicht das Gegenteil beweisen, solange ich keine datierte Inventarliste gefunden habe.«

»Ich finde, je eher Eustace Chisholm dorthin zurückkehrt, wo er hergekommen ist, desto besser ist es für Euch und auch für Fiona.«

»Ich wünschte wirklich, Ihr würdet mich nicht ständig mit Fiona behelligen«, erwiderte er. »Und falls Ihr die Absicht habt, meinen armen Fuchs hier in dieses Eckchen zu drängen, dann macht jetzt am besten kurzen Prozess. Ich hätte mir denken können, dass Ihr gut in diesem Spiel seid.«

»Ja, das hättet Ihr wohl. Ich habe Euch ja erzählt, dass ich kleine Schwestern hatte. Und mein Bruder war auch ein geschickter Spieler. Als wir noch Kinder waren, hat uns mein Vater beigebracht, dass der Fuchs immer verliert, wenn der Spieler mit den Gänsen seine Sache richtig macht.«

Er schüttelte den Kopf, doch sie lächelte nur. »Möchtet Ihr noch eine Runde spielen, Mistress, oder sollen wir zu den anderen hinübergehen?«

Anne, der aufgefallen war, dass Olivia schon des Öfteren zu ihnen herübergesehen hatte, wusste, was man von ihr erwartete. »Gehen wir zu den anderen«, sagte sie. »Die arme Fiona muss sich fürchterlich langweilen. Schaut nur, sie ist fast eingeschlafen auf ihrem Hocker.«

»Oder der Bursche hat sie mit seiner Musik hypnotisiert«, erwiderte er mit einem kleinen Lachen. »Aber so gut beherrscht er sein Instrument nun auch wieder nicht. Daher wird ihr wohl eher langweilig sein.«

»Wollt Ihr mitspielen?«, fragte Berridge, als die beiden an den Tisch traten. »Aber ich muss Euch warnen. Die Lady schlägt alle. Wenn ich ein Paar habe, hat sie einen Dreier. Habe ich einen Dreier, hat sie einen Vierer. Und immer die Hand voller Asse. Wenn sie mir weiter so das Geld aus der Tasche zieht, sitze ich morgen im Schuldturm.«

»Ihr übertreibt, Sir«, entgegnete Olivia ungewöhnlich gut gelaunt. »Fiona, möchtest du meinen Platz einnehmen? Ich höre lieber auf, bevor mich das Glück verlässt.«

Fiona riss die Augen auf und fuhr auf ihrem Hocker in die Höhe. Sie wirkte wie ein aufgescheuchtes Reh. »Ich ... ich kann kein Poch spielen«, sagte sie.

»Die Herren bringen es dir bestimmt gerne bei«, antwortete Olivia. »Du musst dich für die Dinge interessieren, mit denen die Männer sich die Zeit vertreiben. Nur so kannst du eine aufmerksame Gastgeberin sein, wenn die Freunde deines Gatten euch auf Hawks Rig besuchen.«

Die Bemerkung lastete schwer im Raum, hatte die Hausherrin doch damit klar gemacht, dass für sie keineswegs feststand, wer der Besitzer von Hawks Rig war. Mit einem kurzen Seitenblick beobachtete Anne, dass Kit sich über Olivias Worte amüsierte. Dazu hatte er auch allen Grund, fand sie. Unabhängig von der Frage der Verlobung würde jeder Richter die Erklärung seines Todes sofort aufheben. Selbst Eustace konnte nicht so dumm sein zu glauben, er könne Hawks Rig behalten.

»Ich für meinen Teil habe erst einmal genug von diesem verflixten Spiel«, sagte Berridge. »Ich habe heute einfach kein Glück. Wenn Ihr jetzt nicht spielen wollt, Sir Christopher, würdet Ihr dann vielleicht ein wenig mit mir durch die Halle spazieren? Ich meine zu wissen, dass wir gemeinsame Verwandte haben.«

»Tatsächlich, Sir? Ich fände es faszinierend, unsere Stammbäume miteinander zu vergleichen, wenn unsere Gastgeberin so freundlich wäre, uns zu entschuldigen.«

»Ja, sicher sieht sie Euch das nach«, lachte Toby. »Muss doch ihren Gewinn zählen, was? Und für unsere Fiona ist sowieso schon längst Schlafenszeit. Sie fällt wohl bald von ihrem Stuhl vor Müdigkeit.«

Olivia betrachtete Fiona tadelnd. »Du bringst sie besser nach oben, Anne. Sie hat sich ja seit mindestens einer Stunde nicht mehr gerührt. Geh mit deiner Cousine, Fiona.«

Anne fing Kits Blick auf. Er wirkte ungehalten, vielleicht weil Olivia sie wegschickte. Darüber ärgerte sich Anne selbst, obwohl sie daran gewöhnt war, herumkommandiert zu werden. Doch diesmal hatte sie nicht die geringste Lust, zu gehen. Sie hatte den Abend genossen. Allerdings war es ihr nicht gelungen, Kit und Fiona einander beim Fuchs-und-Gänse-Spiel näher zu bringen, denn sie selbst hatte sich viel ausführlicher mit ihm unterhalten und im Übrigen den ganzen Abend lang keinen Gedanken an Fiona verschwendet.

Während die beiden Mädchen die Treppe hinaufgingen, fragte sich Anne, warum ihre Cousine einfach nicht bemerkte, was für ein wundervoller Mann er war, seinem Onkel in jeder Beziehung überlegen. Nein, das stimmte nicht ganz. Fiona sah durchaus, dass Kit der bessere Mensch war, doch war sie eben in keinen von beiden verliebt. Und im Unterschied zu den meisten Mädchen ihres Alters war sie offenbar nicht auf eine Eheschließung erpicht. Ob das nun eine Reaktion auf die endlosen ehrgeizigen Heiratspläne ihrer Mutter oder einfach eine ihrer Eigenheiten war, ließ sich nicht sagen. Jedenfalls schien sie keine Lust zum Heiraten zu haben.

Als sie in Fionas Kammer traten, fragte Anne unumwunden: »Willst du dich denn niemals vermählen, Fiona, oder gefällt dir Sir Christopher genauso wenig wie sein Onkel?«

»Er ist schon sehr nett«, erwiderte Fiona, »aber auch ziemlich alt, findest du nicht? Mindestens acht- oder neunundzwanzig. Wenn ich könnte, wie ich wollte, würde ich mir einen Mann in meinem Alter suchen, du nicht auch, Anne?«

Anne fand Kit nicht im Geringsten alt. Ob Fiona wohl vergessen hatte, dass sie nur zwei Jahre jünger war als ihre Cousine? Doch Anne sagte nichts. Jedenfalls hatte auch Kit den Wunsch geäußert, sich selbst eine Frau zu suchen. Anne wünschte, Kardinal Beaton würde bald seine Antwort schicken, dann hätte wenigstens dieses Rätselraten ein Ende.

Olivia war überzeugt davon, dass die Angelegenheit ihrer Tochter in jedem Fall nur Vorteile bringen konnte. Und da sie nichts als den Einfluss und Reichtum der Chisholms im Auge hatte, würde sie einfach dafür sorgen, dass Fiona denjenigen heiratete, der am Ende den Sieg davontrug.

Eustace wirkte ausgesprochen zuversichtlich. Er flirtete nach wie vor offen mit Fiona, aber ebenso mit Olivia. Und mochte ihre Tante auch nach außen hin den Männern abgeschworen haben, waren Anne doch nicht der kokette Augenaufschlag und das Lächeln entgangen, mit dem Olivia jeden Gentleman im Haus außer Sir Toby bedachte.

»Meine Güte, habt ihr mitgekriegt, was das Mädchen eben gedacht hat?«, fragte Maggie ihre beiden Gefährten. »Warum ist uns das nicht früher aufgefallen?«

»Was denn?«, wollte der noch immer unsichtbare Fergus wissen. »Du solltest aber nicht so einfach die Gedanken meines Mädchens lesen.«

»Psst, lass mich nachdenken«, fuhr Maggie ihn an. »Stimmt, das tut sie wirklich.«

»Wer tut was?«, fragte Catriona. »Mir schwirrt der Kopf, Maggie. Ich weiß nicht, was sie denkt. Ich weiß ja noch nicht mal genau, was Kit umtreibt.«

»Dann werde ich es dir sagen«, erwiderte Maggie. »Sie hat daran gedacht, wie Olivia, diese schwarze Witwe mit ihrem ewigen Trauergetue, mit jedem Mann schäkert, der ihr unter die Augen kommt. Ich könnte mir vorstellen, dass ein Mann sie nur mit einem Finger anzurühren braucht, damit sie alles andere vergisst. Genau wie das Vergessliche Volk.«

»Na hör mal«, rief Fergus empört. »Du hast es gerade nötig, Maggie Malloch. Ich habe noch nie im Leben was Wichtiges vergessen.«

»Nur, wie man sichtbar bleibt«, gab sie zur Antwort und fügte an Catriona gewandt hinzu: »Weißt du, worauf mich das bringt? Wenn du meinen Claud nur mit dem Finger antippst ...« Sie machte eine bedeutungsvolle Pause.

»Stimmt! Dann wird er auf der Stelle lüstern«, sagte Catriona und schaute Maggie mit großen Augen an. »Oh, Maggie, glaubst du, wir haben ihn endlich gefunden?«

»Aber du kannst doch nicht einfach diese Witwe umbringen und hoffen, dass du damit deinen Claud befreist«, sagte Fergus und zeigte sich endlich doch. »Du weißt ja, was passiert, wenn du dich irrst!«

»Genau das ist der Haken an der Sache«, antwortete Maggie seufzend.

»Eben«, stimmte Catriona ihr zu. »Wenn du den Falschen tötest, sorgt Jonahs Zauber dafür, dass Claud für immer der Wilden Jagd in die Hände fällt, und du selbst und alle, die bei dir sind, wahrscheinlich auch.«

»Was?«, kreischte Fergus. »Das hast du uns nie gesagt, dass sie uns auch schnappen könnten!«

»Papperlapapp«, sagte Maggie. »Es besteht doch gar kein Grund ...«

»Und mich nennst du vergesslich!«, fauchte Fergus, noch immer ganz außer sich. »Hast du vielleicht mal daran gedacht, dass die Runde uns womöglich alle drei zur Verantwortung ziehen wird, wenn du einen Sterblichen tötest? Und wenn sie uns ausstoßen, sind wir leichte Beute für die Wilde Jagd!«

»Überlasst das nur mir«, sagte Maggie. »Mit der Runde werde ich schon fertig. Aber ich muss zugeben, es wäre alles viel einfacher, wenn ich nur mit den Fingern zu schnippen brauchte und der richtige Sterbliche fiele still und heimlich tot um.«

Am nächsten Tag kehrten Kit und Eustace zusammen mit dem Narren nach Hawks Rig zurück, doch als am Dienstag Vormittag die erwartete Nachricht von Branxholme eintraf, ließ Olivia sie durch einen Boten auf der Stelle wieder nach Mute Hill House bestellen.

»Seine Eminenz kommt am Donnerstag hierher«, teilte sie Anne und Fiona mit. »Buccleuch wird ihn begleiten, und bestimmt noch ein Haufen anderer Leute, denn der Kardinal macht sich gerne wichtig. Damit bleiben uns noch nicht einmal zwei volle Tage, um alles vorzubereiten. Hol mir auf der Stelle Malcolm her. Wenn die Gäste eintreffen, muss alles tadellos sein.«

Anne war erst vierzehn gewesen, als Jakob, König der Schotten, bei seinem zweiten Besuch im Grenzland auf Ellyson Towers Station gemacht hatte. Doch sie erinnerte sich noch gut an das geschäftige Treiben, das seiner Ankunft vorausgegangen war. Nur ihre Mutter hatte die Ruhe bewahrt. Der König sei schließlich ein junger Mann wie jeder andere, hatte sie gesagt, und werde sich in ihrem Haus schon wohlfühlen. Und damit hatte sie recht behalten.

Anne konnte sich nicht vorstellen, dass Kardinal Beaton schwerer zufriedenzustellen war als der schottische König. Also machte sie sich mit der ihr eigenen Bedachtsamkeit und Sorgfalt an die Arbeit. Olivia, die überzeugt davon war, dass es eine Freude für Seine Eminenz sein müsse, in einem so schönen Haus wie dem ihren zu übernachten, überließ Anne und Malcolm bereitwillig die Verantwortung und beschränkte sich darauf, hin und wieder ein paar Dienstboten herumzuscheuchen. Auch Fiona fasste mit an. Allerdings schien sie sich mehr auf die Rückkehr des Spaßmachers zu freuen als auf ein Wiedersehen mit ihren beiden Bewerbern. Der mächtige Kardinal und seine Entscheidung waren ihr offenbar ebenso gleichgültig.

Die Männer von Hawks Rig trafen am Mittwochabend ein, und zu Tobys und Fionas Entzücken war Mad Jake bei ihnen.

Als schließlich am folgenden Nachmittag der Kardinal mit seinem Gefolge auf den Hof ritt, war alles in bester Ordnung, und obgleich Anne sich über die große Zahl seiner Begleiter wunderte, war sie doch sicher, dass alle bequem untergebracht werden konnten.

Während der Vorbereitungen hatte sich Malcolm ihr gegenüber beinahe freundlich benommen. Offensichtlich war er dankbar für ihre Unterstützung, besonders nachdem sie den königlichen Besuch in ihrem Elternhaus erwähnt hatte.

»Seine Hoheit hat uns hier auf Mute Hill House noch nie beehrt«, musste Malcolm zugeben. »Allerdings habe ich sagen hören, dass in Wahrheit der Kardinal der mächtigste Mann in Schottland ist.«

»Das sieht Seine Hoheit bestimmt anders«, erwiderte Anne schmunzelnd. »Aber Seine Eminenz würde Euch wohl zustimmen.«

Als die Ankömmlinge aus Branxholme ins Haus traten, sah sie mit einem Blick, dass Kardinal David Beaton es verstand, sich in Szene zu setzen. Von Kopf bis Fuß in Purpur gekleidet, schritt er als Erster so würdevoll über die Schwelle, als mache er dem König seine Aufwartung.

Es fehlten nur die Fanfarenstöße. Dafür konnte Malcolm, der mit weithin hallender Stimme die Ankunft des hohen Gastes verkündete, es mit jedem königlichen Haushofmeister aufnehmen.

Buccleuch ging etwas hinter Beaton, dann folgte eine farbenprächtig herausgeputzte Schar, darunter auch einige Damen. Lady Scott war jedoch nicht unter ihnen. Also hatten die Klatschmäuler wohl doch recht damit, dass sie in ihr Elternhaus zurückgekehrt war.

Olivia versank vor dem Kardinal in einen tiefen Knicks und küsste den Ring an seiner ausgestreckten Hand. Dann erhob sie sich graziös, schenkte auch Buccleuch ein strahlendes Lächeln und hieß die Gäste auf Mute Hill House willkommen.

»Welch eine Ehre, Euer Eminenz. Dass Ihr Euch hierher bemüht habt …« Sie machte eine Pause und klimperte ein paar Mal mit den Wimpern. »Wirklich, Sir, ich bin ganz sprachlos.«

Sein Lächeln, fand Anne, zeigte, dass er über beträchtlichen Charme verfügte, und er strahlte große Macht aus. »Ich hoffe, wir bereiten Euch keine Ungelegenheiten, Lady Carmichael, aber wir bleiben nicht lange. Ich befinde mich sozusagen auf einer Pilgerreise zu den mächtigen Lords hier im Grenzland. Ich möchte mich ihrer Unterstützung versichern, damit es uns auch weiterhin gelingt, die Engländer von Schottland fernzuhalten. Von hier aus reise ich weiter zu Maxwell nach Caerlaverock. Wie Ihr seht, kommt Mute Hill mir also sehr gelegen, um für eine Nacht zu rasten. Aber nun möchte ich Euch mit einigen meiner Begleiter bekannt machen. Buccleuch kennt Ihr sicher bereits.«

»So ist es«, antwortete Olivia und hieß den Genannten ebenfalls willkommen.

Beaton stellte ihr noch weitere Mitglieder seines Gefolges vor, dann sagte er beiläufig: »Ich glaube, Ihr kennt meine Cousine, Janet Beaton, noch nicht. Doch ich bin sicher, Ihr werdet ihr eine gute Freundin werden, Madam.«

»Oh, ja, natürlich. Willkommen, Mistress Beaton.« Olivia starrte auf die hübsche blonde junge Frau, die Beaton gerade zu sich nach vorne zog. Olivia wirkte überrumpelt, und Anne konnte es ihr nicht verdenken. Buccleuchs Ehe war noch nicht offiziell geschieden, und schon reiste er in Gesellschaft der Frau, die allgemein als seine nächste Gemahlin galt – und die Gastgeberin sollte sie mit offenen Armen empfangen. Ihr blieb auch nichts anderes übrig; schließlich war die Frau Davy Beatons Cousine.

16

Es zeigte sich bald, dass der Kardinal etwas Bestimmtes im Sinn gehabt hatte, als er seine Cousine mit auf diese Reise nahm. Anne und Fiona erfuhren davon, als Olivia sie kurz vor dem Abendessen in ihre Schlafkammer beorderte.

»Wie ihr gehört habt, wirbt Seine Eminenz bei den Grenzlandlords um Unterstützung für den König«, erklärte sie. »Eustace ... ich meine, Sir Eustace, hat mir erzählt, dass Buccleuch innerhalb weniger Tage mehrere Tausend Mann aufstellen kann. Daher ist es nur verständlich, dass der König und Seine Eminenz ihn gerade in dieser bedrohlichen Lage bei Laune halten wollen.« Anne und Fiona nickten.

Buccleuch stand in dem Ruf, noch aufbrausender zu sein als der verstorbene Graf von Armadale. Außerdem folgte er, wie alle mächtigen Grenzlandlords, nur seinen eigenen Gesetzen und herrschte mit uneingeschränkter Macht über sein Territorium. Ihm war es herzlich egal, wer sich als sein König oder als Oberster seiner Kirche bezeichnete. Die meisten Bewohner des Grenzlandes waren in dieser Angelegenheit allerdings heikler. Sie konnten nicht einsehen, warum sie vor dem Papst im fernen Rom oder einem König, der meilenweit weg in Stirling saß, das Knie beugen sollten.

»Der Kardinal wünscht, dass wir seine Cousine mit ausgesuchter Höflichkeit behandeln«, fuhr Olivia fort. »Er will Buccleuchs Scheidung von Janet Kerr so schnell wie möglich vollziehen, damit dieser Janet Beaton heiraten kann, doch er befürchtet, dass einige Leute etwas dagegen einzuwenden haben und das auch laut und deutlich sagen könnten. Aus diesem Grunde möchte er allen zeigen, dass seine Cousine in den ersten Häusern empfangen wird.«

»Aber wieso sollten wir das tun?«, fragte Fiona. »Ich mag Janet Kerr und finde, Buccleuch sollte sie nicht so einfach verstoßen. Und so wie ich denken bestimmt viele.«

»Wie dem auch sei, auf jeden Fall darfst du nichts Nachteiliges über einen unserer Gäste sagen«, entgegnete Olivia ernst. »Du wirst ihr eine besondere Ehre erweisen, meine Liebe, also lass dich nicht wieder zu derart unbedachten Äußerungen hinreißen.«

»Nein Madam, ich entschuldige mich dafür.«

»Aber worin besteht denn diese besondere Ehre, Tante Olivia?«

»Das betrifft auch dich, meine liebe Anne. Seine Eminenz hat angeregt, dass Janet Beaton als Fionas Brautjungfer fungieren könnte. Da musste ich natürlich sofort den Vorschlag machen, dass sie sogar die Erste Brautjungfer sein soll. Ich bin sicher, du überlässt ihr gerne diesen Ehrenplatz.«

»Aber ich kenne sie doch gar nicht«, entgegnete Fiona entrüstet. »Was werden unsere Freunde sagen, wenn sie auf einmal Annes Stelle einnimmt?«

»Hauptsache, Buccleuch ist zufrieden. Wir können es uns nicht leisten, es mit ihm zu verderben«, erwiderte Olivia mit strengem Blick.

»Ich weiß ja noch nicht einmal, wen ich heiraten soll«, seufzte Fiona. »Da kann es mir wohl egal sein, wer meine Erste Brautjungfer ist.«

»Stimmt«, sagte ihre Mutter. »Aber du wirst noch heute Abend erfahren, wer dein Bräutigam ist, denn Seine Eminenz will die Angelegenheit gleich nach dem Abendessen mit uns besprechen.«

Auf Vorschlag Seiner Eminenz fand die Zusammenkunft in der Halle statt, die als einziger Raum seinem gesamten Gefolge Platz bot. Daher blieben alle nach dem Essen sitzen, während Malcolm die Diener antrieb, damit sie sich mit dem Abräumen der Tische beeilten.

Beaton thronte in der Mitte der hohen Tafel. Als alle Dienstboten hinausgegangen waren, ergriff er das Wort. Seine kraftvolle Stimme drang bis in den hintersten Winkel der Halle. »Ursprünglich hatte ich die Absicht, jeden, der an dieser verzwickten Angelegenheit beteiligt ist, anzuhören. Doch nun weiß ich auch so, welche Entscheidung ich treffen muss.«

Beaton legte eine wohlbedachte Kunstpause ein, bis sich das allgemeine Gemurmel gelegt hatte. Anne blickte zu Kit hinüber, der den Kardinal nicht aus den Augen ließ. Fiona neben ihm starrte abwesend vor sich hin, als ginge sie die ganze Sache nichts an. Sowohl Eustace als auch Olivia blickten zuversichtlich drein.

Zwei Plätze von Anne entfernt stutzte sich Berridge die Fingernägel mit einem Messer, das versehentlich auf dem Tisch liegen geblieben war. Er tat es unter dem Tisch, doch Anne konnte es trotzdem deutlich sehen. Er schaute sie kurz an und zwinkerte ihr zu. Um nicht laut loszulachen, senkte sie rasch den Kopf und blickte auf ihren Schoß.

Bis auf ein leises Füßescharren war es nun mucksmäuschenstill in der Halle.

Beaton fuhr fort: »Ich glaube, jeder hier kennt die komplizierte Sachlage, um die es heute geht. Sir Christopher Chisholm, Sohn des verstorbenen Laird von Ashkirk und Torness, war mehr als ein Jahr unauffindbar und wurde offiziell für tot erklärt, als sein Vater bedauerlicherweise verstarb. Vor seinem Verschwinden war Sir Chisholm in Abwesenheit mit Mistress Fiona Carmichael verlobt worden. Ist das richtig, Madam?«

Überrascht, dass sie angesprochen wurde, zuckte Olivia leicht zusammen und antwortete: »Ja, er wurde von seinem Vater vertreten.«

Beaton nickte. »Dann liegt die Antwort auf der Hand. Diese erste Verlobung hat Gültigkeit. Die zweite dagegen ist null und nichtig, da sie auf einer falschen Voraussetzung –

nämlich dem vermeintlichen Ableben Sir Christophers – beruhte. Mistress Fiona muss Sir Christopher heiraten, der ohne Einschränkung seine Ländereien und Titel zurückerhält. Denn er ist der rechtmäßige Erbe und der wahre Laird von Ashkirk und Torness.«

Irgendwo zu ihrer Rechten hörte Anne ein Keuchen. Als sie sich forschend umblickte, sah sie, wie Eustace sich vorbeugte und den Kardinal mit einem Ausdruck unbändiger Wut anstarrte.

Einen Augenblick lang glaubte sie, er werde Einspruch erheben, doch dann gewann offensichtlich seine Vernunft die Oberhand, und er schwieg. Sich mit dem Vertreter des Papstes in Schottland anzulegen wäre auch blanker Wahnsinn gewesen.

Olivia hatte nichts mitbekommen außer den Worten des Kardinals. »Es wäre uns eine Ehre, wenn Ihr geruhtet, die Trauung zu vollziehen«, sagte sie lächelnd.

»Das wäre mir ein Vergnügen, Madam«, erwiderte Beaton, so als hätten sie den ganzen Ablauf, bis hin zu Janet Beatons Rolle als Brautjungfer, nicht längst besprochen.

»Fiona, mein Liebes, du hast doch sicher auch etwas dazu zu sagen«, wandte sich Olivia an ihre Tochter.

Fiona wirkte noch immer so, als sei sie in Gedanken meilenweit weg und als ginge sie die jüngste Entwicklung nicht das Geringste an. Sie starrte weiter gedankenverloren vor sich hin, bis Anne sie in den Arm kniff.

Erschrocken fuhr Fiona zusammen. »Was ist?«

Anne warf einen bedeutungsvollen Blick auf Olivia und Beaton.

»Wach auf, Kind«, sagte Toby lachend. »Gerade hat man über deine Zukunft entschieden, und deine liebe Mutter möchte, dass du dich bei Seiner Eminenz bedankst.«

Bestürzt blickte Fiona ihre Mutter an. »Es … es tut mir leid, Madam. Ich fürchte, ich war nicht … ich meine, ich …«

Zur allgemeinen Überraschung kam Beaton ihr mit einem

liebenswürdigen Lächeln zu Hilfe: »Dieses ganze Missverständnis hat Euch gewiss sehr belastet, Mistress, und Ihr seid bestimmt froh, dass sich nun alles aufgeklärt hat.«

»Aufgeklärt? Oh, ja, natürlich«, stammelte sie. »Vielen Dank, Euer Eminenz.«

Kit verdrehte insgeheim die Augen. Als wenn es nicht schon ärgerlich genug wäre, dass man kurzerhand über seinen Kopf hinweg über sein Leben entschied, musste sich seine zukünftige Frau jetzt auch noch wie ein Schwachkopf benehmen. Vielleicht hatte man dem Mädchen nur einfach nie erlaubt, selbstständig zu denken.

Lady Carmichael hatte sich zu Beaton hinübergeneigt, der ihr etwas zuflüsterte. Doch als sie Kits Blick auffing, strahlte sie ihn an. Ganz offensichtlich war er ihr als Schwiegersohn hochwillkommen. Er biss die Zähne zusammen.

Er durfte einfach nicht zeigen, wie enttäuscht und verzweifelt er war. Denn er konnte ja schwerlich diesen Urteilsspruch zurückweisen und gleichzeitig an das Gesetz appellieren, wenn es darum ging, Titel und Ländereien zurückzugewinnen. Doch dann bemerkte er, dass Lady Anne ihn wach und forschend beobachtete, so als wüsste sie genau, was er fühlte.

Es erregte ihn, ihr in die Augen zu schauen, doch zugleich gab es ihm die Kraft, seinen Zorn zu unterdrücken. Fiona war das hübscheste Mädchen, das ihm jemals unter die Augen gekommen war, doch wenn es um weibliche Anziehungskraft ging, konnte sie ihrer Cousine nicht das Wasser reichen. Anne Ellyson brauchte ihn nur anzusehen, und schon drängte es ihn, ihr überallhin nachzulaufen.

In diesem Augenblick schaute Tam zu ihm hinüber und zwinkerte ihm zu. Kit kochte innerlich vor Wut. Es war ungeheuerlich, dass einer seiner besten Freunde sich über sein Unglück auch noch lustig machte. Willie hatte zuvor mit den Dienstboten die Halle verlassen, und Kit wünschte, er hätte dasselbe getan.

Beaton räusperte sich geräuschvoll, worauf es wieder still in der Halle wurde.

»Die Lady und ich haben beschlossen, dass die Zeremonie morgen früh um zehn Uhr stattfinden soll. Allerdings können wir nicht länger auf Mute Hill bleiben, und so werden wohl nicht so viele Hochzeitsgäste anwesend sein wie Mistress Carmichael gehofft hatte. Trotzdem werden wir unser Bestes tun, damit es ein unvergesslicher Tag für sie wird«, sagte er und lächelte Fiona zu, die ihn nur ausdruckslos ansah.

Kit hätte zu gerne das Gesicht seines Onkels gesehen, doch da sie an entgegengesetzten Enden auf der gleichen Seite des Tisches saßen, bemerkte er nur Eustaces geballte Fäuste auf der Tischplatte. Offensichtlich war auch er wütend.

Der einzige Lichtblick für Kit war, dass Beaton ihm wieder zu seinen Titeln und Ländereien verhelfen wollte. Doch er bezweifelte, dass Eustace sich gutwillig mit dieser Entscheidung abfinden würde. Eher würde er nach der Hochzeit weiter Unruhe stiften, wo er nur konnte.

Kit ging die Frage durch den Kopf, wie Seine Eminenz ihm die Erlaubnis zu heiraten geben konnte, wo er, Kit, doch immer noch offiziell tot war. Aber an dieser Nebensächlichkeit schien niemand außer ihm Anstoß zu nehmen. Wahrscheinlich hielt sich der Vertreter des Papstes in Schottland für befugt, auch in weltlichen Angelegenheiten Recht zu sprechen. Kit war jedenfalls sicher, dass kein Richter es wagen würde, sich gegen Davy Beaton zu stellen.

Anne hätte viel dafür gegeben, Kits Gedanken lesen zu können. Ebenso wie sein Onkel sah er aus, als hätte er am liebsten jemanden umgebracht.

»Können wir jetzt gehen, Anne?«, flüsterte Fiona.

»Ich könnte mir denken, dass deine Mutter etwas dagegen hat, dass wir fortgehen, solange Seine Eminenz noch hier ist«, erwiderte Anne behutsam. Normalerweise brauchte man bloß Olivias Missfallen zu erwähnen, und Fiona gab sofort jeden Widerstand auf. Doch diesmal ließ sich Fiona nicht einschüchtern: »Aber ich möchte nach oben gehen. Ich habe so schreckliche Kopfschmerzen, dass mir der Schädel pocht. Bitte, Anne!«

»Na gut, ich werde es ihr sagen.« Anne stand auf.

Unverhofft erhob sich auch Berridge und trat an ihre Seite. »Ist Euch unwohl, Lady Anne?«, fragte er leise und stützte ihren Ellbogen mit einer Hand.

»Nein, Mylord, aber meine Cousine hat schlimme Kopfschmerzen«, erwiderte sie ein wenig überrascht. »Ich wollte gerade meine Tante und Seine Eminenz bitten, dass sie ihr erlauben, sich zurückzuziehen.«

»Eine ausgezeichnete Idee«, sagte er. »Ihr begleitet sie natürlich nach oben, nicht wahr?«

»Ja, sicher, Mylord.«

»Was ist denn los, Anne?«, fuhr Olivia sie an.

Anne machte einen Knicks. »Ich bitte um Verzeihung, Madam, aber Fiona hat Kopfschmerzen, und ich glaube, sie sollte sich besser zurückziehen, bevor es noch schlimmer wird.«

Olivia runzelte die Stirn, doch Beaton sagte: »Aber gewiss doch, Lady Anne, bringt sie in ihre Schlafkammer und macht es ihr bequem. Ein junges Mädchen braucht viel Ruhe, um ihre Schönheit zu bewahren, und sie darf doch schließlich an ihrem Hochzeitstag keine Ringe unter den Augen haben.«

»Vielen Dank, Euer Eminenz«, sagte Fiona und knickste ebenfalls.

Er nickte ihnen zu, und Anne eilte mit Fiona aus der Halle und die Treppe hinauf. In Fionas Schlafkammer war Molly gerade beim Aufräumen. Mit einem Seufzer sagte Fiona: »Du brauchst nicht bei mir zu bleiben, Anne, wenn du lieber wieder hinuntergehen willst. Molly wird sich schon um mich kümmern.«

»Sei doch nicht albern«, entgegnete Anne. »Ich bin doch

froh, dass du mir einen Vorwand geliefert hast, mich zu entfernen. Aber du hast doch nicht wirklich Kopfschmerzen, oder?«

Fiona wurde rot und nagte an ihrer Unterlippe. »Sei nicht böse mit mir.«

»Nein, Liebes, ich nehme es dir nicht übel, aber das war ganz schön dreist von dir!«

»Ich will ihn nicht heiraten, Anne.«

»Das glaube ich dir ja«, antwortete Anne voller Mitleid, »obwohl ich es nicht verstehen kann. Er ist ein wunderbarer Mann.«

»Das mag ja sein, aber ich will nun mal keinen von beiden.«

»Eine Verlobung kann man nicht so einfach auflösen«, gab Anne zu bedenken. »Und die meisten Mädchen werden gar nicht erst gefragt. Du musst also entweder deiner Mutter gehorchen oder dich gegen sie auflehnen, Fiona.«

Fiona reckte das Kinn vor. Molly riss entgeistert die Augen auf, und Anne blieb vor Überraschung der Mund offen stehen. Denn in diesem Augenblick wirkte ihre sanfte, folgsame Cousine ausgesprochen eigensinnig.

»Fiona?«

»Ich tue es nicht!«, rief Fiona und stampfte mit dem Fuß auf. »Lieber nehme ich den Schleier. Was glaubst du, Anne, die Nonnen würden mich doch wohl auch ohne Geld aufnehmen, oder?«

Anne konnte sich nicht vorstellen, dass ein Kloster, das etwas auf sich hielt, eine reiche Erbin wie Fiona abweisen würde. Denn auf lange Sicht würde den Nonnen Fionas gesamtes Vermögen zufallen, besonders wenn sie die Gelübde ablegen sollte.

»Aber denk doch nur an den Skandal, Liebes. Das würde dir bestimmt nicht gefallen.«

»Nein, wahrscheinlich nicht. Aber als Nonne ginge mich das alles nichts mehr an.«

»Du redest dummes Zeug, Fiona«, sagte Anne tadelnd. »Du weiß doch, dass du es niemals über dich bringen würdest, deiner Mutter, geschweige denn Kardinal Beaton, die Stirn zu bieten. Glaubst du denn, er würde dir erlauben, ins Kloster zu gehen? Und welche Äbtissin, und sei sie noch so geldgierig, würde es wagen, sich seinen Befehlen zu widersetzen?«

Fiona zuckte mit den Schultern. »Warum sollte er es mir verbieten? Schließlich bekommt dann die Kirche – *seine* Kirche – mein Erbteil. Und das müsste ihm doch lieber sein, als wenn es in die Schatztruhen der Chisholms wanderte.«

Darin lag eine gewisse Logik. Trotzdem konnte Anne sich nicht vorstellen, dass Davy Beaton es zulassen würde, dass Fiona seine Entscheidung missachtete, selbst wenn seine Kirche davon profitieren würde. Der Mann war einfach zu sehr gewohnt, dass man ihm gehorchte, um auch nur den geringsten Widerstand zu dulden.

»Du schaust mich an, als wollte ich Selbstmord verüben«, sagte Fiona lächelnd. »Ich bin sicher, am Ende wird alles gut ausgehen, aber ich bin es einfach leid, zu dieser Heirat gedrängt zu werden, ohne ein Wörtchen mitreden zu dürfen. Erst Sir Eustace und nun sein Neffe. Ich glaube ja gerne, dass Sir Christopher nett ist, aber ich kenne ihn überhaupt nicht. Und außerdem hat er nicht mehr als zwei Worte mit mir gewechselt, seit er hier ist. Ich will einen Ehemann, der mich liebt und schätzt, Anne. Und der mit mir redet und mich nicht wie ein kleines Kind oder eine Idiotin behandelt.«

Fionas Worte brachten eine Saite in Anne zum Klingen. Wollte sie nicht dasselbe von ihrem zukünftigen Ehemann, obwohl sie wusste, wie rar solche Männer waren? Im Gegensatz zu anderen war es Anne immer klar gewesen, dass ihre Cousine eine eigene Meinung besaß, auch wenn sie es nicht oft wagte, sie zu äußern. Dieser leidenschaftliche Ausbruch war so untypisch für das junge Mädchen, dass sie sich ihrer Sache wirklich sicher sein musste.

Anne wählte behutsam ihre Worte: »Selbst wenn es dir mit allem, was du sagst, ernst ist, Liebes, kann ich mir einfach nicht vorstellen, wie du es schaffen willst, von Mute Hill House zu entkommen und zu einem Kloster zu reisen. Glaubst du vielleicht, die Nonnen dürfen eine junge Frau ohne die Erlaubnis ihrer Mutter oder eines gesetzlichen Vormunds aufnehmen? Sie würden dich kurzerhand wieder nach Hause schicken.«

»Das ist mir egal«, erklärte Fiona. »Dann hätte ich wenigstens allen gezeigt, dass ich kein Spielzeug bin, das man nach Belieben benutzen und wegwerfen kann.«

»Und wie willst du es anstellen?«, fragte Anne, beunruhigt von der Entschlossenheit ihrer Cousine.

Fiona lächelte. »Ich habe schon einen Plan.«

Das überraschte Anne noch mehr als Fionas Aufbegehren. Während der ganzen vergangenen Monate, die Anne auf Mute Hill House verbracht hatte, hatte Fiona noch nie eigene Ziele verfolgt. Sie hatte einfach immer das getan, was andere, insbesondere ihre Mutter, von ihr verlangten.

»Aber wie sollte ein solcher Plan denn gelingen?«, wollte Anne wissen. »Sobald deine Mutter weiß, wo du bist, wird sie dich nach Hause holen, Fiona. Du hättest Schande über dich gebracht und eine schwere Strafe würde dich erwarten.«

»Sie wird mich nicht so leicht finden«, erwiderte Fiona. »Ich werde nämlich keinem verraten, wohin ich gehe. Nicht einmal dir, Anne.«

»Hier in der Gegend gibt es nur ein paar Klöster«, gab Anne zu bedenken. »Das nächstgelegene ist meines Wissens Melrose. Und wie willst du von hier wegkommen? Du kannst doch nicht einfach zum Haupttor spazieren und den Männern befehlen, es zu öffnen. Und selbst wenn sie es täten, könntest du ja nicht allein fortreiten. Du brauchtest eine Eskorte, und die würde dann wissen, wo du hin bist.«

»Nein, ich werde nämlich keine Eskorte mitnehmen. Ich verschwinde während der Trauung, wenn alle nur darauf achten, was am Kirchenportal geschieht.« – »Aber ...«

»Lass mich ausreden. Ich weiß, du hältst mich für verrückt, und wenn Mutter nicht beschlossen hätte, dass Janet Beaton als meine Erste Brautjungfer fungieren soll, dann könnte der ganze Plan nicht funktionieren. Aber ihre Entscheidung hat mich auf eine ganz einfache Idee gebracht: Du wirst meinen Platz einnehmen.«

Anne starrte sie ungläubig an. »Schon, als du mir zum ersten Mal von diesem Plan erzählt hast, habe ich dir gesagt, dass das völlig unmöglich ist. Du musst wirklich wahnsinnig sein, Mädchen.«

»Mag sein«, antwortete Fiona. »Wenn ich es allerdings ohne den geringsten Widerstand zuließe, dass sie mich zu einer Ehe zwingen, dann wäre ich es bestimmt.«

»Aber warum gerade jetzt? Du hast dich doch früher nie dagegen gewehrt.«

»Vielleicht war es mir früher egal«, sagte Fiona leise.

Irgendetwas in ihrem Blick sagte Anne, dass ihre Cousine ihren Plan ausführen würde, koste es, was es wolle. Doch da war noch ein Haken an der Sache. »Ich würde dir ja gerne helfen, Fiona, aber ich kann mich nicht für dich ausgeben. Das würde doch jeder auf den ersten Blick merken.«

»Nicht, wenn du verschleiert bist«, entgegnete Fiona. »Du erinnerst dich doch bestimmt noch, dass meine Mutter beim letzten Mal unbedingt wollte, dass ich einen Brautschleier trage. Dieses Mal werde ich es von mir aus tun. Ich werde ihr einfach sagen, dass ich nicht von allen angestarrt werden will.«

»Aber irgendwann muss ich den Schleier doch abnehmen.«

»Erst wenn die Trauung fast vorüber ist, und dann spielt es keine Rolle mehr.«

»Für dich vielleicht nicht«, erwiderte Anne mürrisch. »Aber ich wäre dann mit ihm verheiratet! Kannst du dir vorstellen, was sie mit mir machen werden, wenn ich mich erst zu einem Zeitpunkt zu erkennen gebe, an dem es zu spät ist?«

»Das wird schon nicht so schlimm sein«, sagte Fiona leichthin. »Seine Eminenz kann höchstens die Ehe annullieren. Sir Christopher wird es sicher nicht zulassen, dass man dir etwas antut, nur weil du mir helfen wolltest. Zumindest wenn er so nett ist, wie du sagst, und du kennst ihn wahrscheinlich besser als ich. Jedenfalls hat er sich länger mit dir unterhalten, und mindestens zweimal seid ihr zusammen im Garten spazieren gegangen.«

Anne fragte sich flüchtig, ob Fiona wohl eifersüchtig war. Ahnte ihre Cousine, was sie, Anne, für Kit empfand? Anne musste ja zugeben, dass sie sich keinen besseren Mann denken konnte als ihn.

Seit deutlich geworden war, dass Fiona ihn nicht wollte, hatte sie sich nichts sehnlicher gewünscht, als ihn selbst heiraten zu können. Er brauchte sie nur anzusehen, und ihr ganzer Körper schien vor Freude zu singen. Sie wusste, dass er sie auch mochte, vielleicht sogar noch mehr für sie empfand, doch sie wusste auch, was er von Fionas Plan und dem unvermeidlich folgenden Skandal halten würde. Sie musste Fiona einfach davon abbringen.

»Wirklich, Fiona, das kann nicht gut gehen. Und es ist auch gar nicht nötig. Sag ihnen doch einfach, dass du ihn nicht heiraten willst. Du weißt doch, nach schottischem Gesetz dürfen Frauen nicht zu einer Ehe gezwungen werden.«

»In meinem Fall gilt das nicht. Ich habe erst gestern Mutter danach gefragt, und sie war ganz schön wütend auf dich, weil du mich auf diese Idee gebracht hast. Sie hat mir erklärt, dass eine Verlobung bindend ist, wenn einer der beiden Beteiligten noch minderjährig ist. Aber ich bin sicher, dass Kardinal Beaton jede Verlobung lösen kann, wenn er will. Und ich werde ihn dazu bringen, dass er will. Selbst wenn sie mich wieder einfangen, dann werde ich ihm eben sagen, dass ich in ein Kloster gehen möchte. Du wirst sehen, wie schnell er den Wunsch einer reichen Erbin erfüllt, die sich und ihr Vermögen der Kirche weihen möchte.«

»Aber warum gehst du nicht zu ihm und erzählst ihm das jetzt gleich?«

»Ich will einfach die Streitereien vermeiden, das wirst du doch verstehen. Stell dir nur mal vor, wie sie alle auf mir herumhacken würden. Das könnte ich nicht ertragen!«

Anne konnte es sich lebhaft ausmalen. Sie traute es Olivia sogar zu, dass sie ihre schöne Tochter mit der Rute züchtigen würde, nur um an das Geld der Chisholms zu kommen. Und Beaton würde ihr bestimmt nicht in den Arm fallen.

»Ich kann es einfach nicht, Fiona«, sagte sie schließlich. »Du musst einsehen, dass es zu viel verlangt ist. Denk doch nur an das Aufsehen.«

»Wenn du nicht willst, dann muss Molly es tun«, erklärte Fiona einfach. Molly erbleichte. »Nein, Mistress, das geht nicht! Eure Mutter würde mich auspeitschen lassen; das ist so sicher wie das Amen in der Kirche.«

»Du musst, Molly. Geh, Anne«, fügte Fiona hinzu. »Wenn du mir nicht einmal diesen klitzekleinen Gefallen tun kannst, spreche ich nie wieder ein Wort mit dir.«

»Es ist ganz und gar keine Kleinigkeit«, sagte Anne. Da es ihr sinnlos erschien zu bleiben, und weil sie hoffte, dass Molly ihrer Herrin den verrückten Plan doch noch ausreden würde, ging Anne in ihre eigene Kammer.

In Gedanken versunken kam sie an der Dienstbotentreppe vorüber, als sie plötzlich ein Zischen hörte. Erschrocken blieb sie stehen und schaute sich um. Fast erwartete sie, den berüchtigten Fuchs zu entdecken, obgleich sich das Geräusch keineswegs nach einem Fuchs angehört hatte. Da trat ein Mann aus dem Dunkel des Treppenhauses. Es war der Narr.

»Meine Güte, Jake, was macht Ihr denn in diesem Teil des Hauses? Habe ich Euch nicht gesagt, dass Ihr hier nichts zu suchen habt?«

»Doch, Mylady«, nickte der Bursche, »aber …«

»Falls Ihr die Absicht habt, Mistress Fiona wieder einmal Lautenunterricht zu geben …«

»Nein, Mistress«, beeilte er sich zu erwidern. »Ich habe auf Euch gewartet.«

»Aus welchem Grund?«

»Weil ich sicher bin, dass Ihr nicht wollt, dass Kit – ich meine, Sir Christopher – etwas zustößt«, antwortete er gelassen.

»Ich möchte nicht, dass irgendjemandem etwas zustößt!«, rief sie erschrocken.

»Natürlich, aber ich sage Euch, Sir Christopher ist in Gefahr. Ihr wisst doch, was auf seinem Ritt nach Hawks Rig passiert ist.«

»Gewiss. Ihr habt ja meiner Cousine davon berichtet, und sie hat es mir weitererzählt.«

»Genau. Mir klingeln immer noch die Ohren von der Standpauke, die Sir Christopher mir gehalten hat. Er hat mir auch gesagt, was er mit mir machen wird, wenn ich mich mit meinem losen Mundwerk noch ein einziges Mal in seine Angelegenheiten mische. Aber ich lasse lieber das Donnerwetter über mich ergehen, als dass ich zusehen muss, wie man ihn zu Grabe trägt, nur weil ich den Mund gehalten habe.«

»Zu Grabe tragen!« Anne wurde vor Schreck so übel, dass sie sich die Hand auf den Magen pressen musste. Doch sie zwang sich, weiter zuzuhören. »Wie kommt Ihr denn auf so etwas Fürchterliches?«, fragte sie.

»Wegen Sir Eustace«, sagte der Spielmann. »Ich möchte wetten, dass er versucht, Kit umzubringen. Es war schon schlimm genug vor der Entscheidung des Kardinals. Aber da konnte Eustace noch den lieben Onkel spielen, weil er dachte, er würde am Ende doch Recht bekommen. Ihr habt wohl sein Gesicht nicht gesehen, als Seine Eminenz sagte, dass die erste Verlobung gültig wäre.«

»Doch, ich habe schon bemerkt, wie wütend er war«, erwiderte Anne. »Aber ich habe Euch gar nicht gesehen.«

»Ich war oben auf der Galerie. Dort habe ich ein Plätzchen entdeckt, von wo aus man die ganze Halle überblicken kann, ohne selbst gesehen zu werden. Das war mir schon mehr als einmal von Nutzen.«

»Du lieber Himmel, spioniert Ihr uns etwa nach?«

»Seid unbesorgt, Mylady«, beschwichtigte er sie. »Ich habe meine guten Gründe, mich hier und auch auf Hawks Rig ein wenig umzusehen.«

»Was könnten das wohl für Gründe sein?«, entrüstete sich Anne. »Es ist einfach abscheulich, wenn ein Narr die Leute belauscht, für die er arbeitet.«

»Ja, schon, wenn ich ein gewöhnlicher Narr wäre«, entgegnete er mit einem verschmitzten Grinsen.

»Seid Ihr das denn nicht?«

»Doch, ein Spaßmacher bin ich schon und ein guter obendrein. Aber ich bin auch ein enger Freund von Kit Chisholm, und es gibt nichts, was ich nicht für ihn tun würde.«

»Habt Ihr ihn denn im Hochland kennengelernt?«

»Nein. Ich bin aus dem Grenzland, genau wie Ihr.« Er zögerte einen Augenblick und setzte dann hinzu: »Er hat gesagt, dass er Euch von dem Schiff berichtet hat, Mistress.«

»Viel hat er nicht davon erzählt«, sagte Anne. Sie musste wieder an die Worte denken, die er ihr unwillig zugeflüstert hatte, damals, als sie am Tag ihrer ersten Begegnung auf dem nächtlichen Hof voneinander Abschied nahmen. »Nur, dass er zu einer lebenslänglichen Haft auf einem Gefängnisschiff verurteilt worden war.«

»Ja, und zwar wegen Mordes.«

»Mord?« Sie musste daran denken, wie es ihr noch vor kurzem vorgekommen war, als würde Kit am liebsten jemanden umbringen.

»Ja, und es war ein Schiff des Kardinals«, fuhr Mad Jake fort. »Ich war auch dort, müsst Ihr wissen.«

»Ich möchte mehr über diesen Mord erfahren«, sagte Anne.

»Da müsst Ihr ihn schon selbst fragen. Ich kann nur so viel sagen, dass er zu Unrecht verurteilt wurde. Aber uns bleibt jetzt keine Zeit mehr für lange Worte. Ich wollte Euch nur vor Eustace warnen, denn Kit ist im Augenblick nicht in der Stimmung, mir zuzuhören, und da wollte ich woanders Unterstützung suchen.«

»Falls Ihr mich damit meint, weiß ich nicht, wie ich Euch helfen kann.«

»Haltet einfach die Augen offen«, antwortete er. »Kit hat noch mehr Freunde, nicht weit von hier auf Dunsithe Castle. Ich reite morgen dorthin und berichte ihnen, was geschehen ist. Und ich selbst habe hier in der Gegend auch ein paar Freunde, die uns beistehen werden.«

»Warum macht Ihr Euch solche Sorgen um ihn?«, wollte sie wissen.

»Weil er mein Freund ist«, erwiderte er nur. »Er ist sogar mit uns auf Raubzug gegangen. Das Pferd, das Kit in der Nacht ritt, als er Euch nach Hause brachte, gehörte mir.«

»Euch? Aber der Besitzer des Tieres hieß doch anders.«

»Willie«, sagte er mit einer tiefen Verbeugung. »Hier bin ich Mad Jake, aber die Räuber nennen mich Willie.«

»Ich fürchte, die Tatsache, dass Ihr und Kit zusammen auf dem Schiff und bei den Räubern wart, macht Euch in meinen Augen nicht vertrauenswürdiger«, sagte Anne.

»Das sollte es aber«, entgegnete er ernsthaft. »Solche gemeinsamen Erlebnisse schmieden unauflösliche Freundschaften zwischen Männern. Und außerdem hat mir Kit mehr als einmal das Leben gerettet.«

»Wie das?«

Er errötete. »Unser Erster Offizier wollte mich ohne Grund auspeitschen lassen, doch Kit hat ihn davon abgehalten. Es würde mich umbringen, hat er gesagt, und sie sollten lieber ihn an meiner Stelle bestrafen.«

Sie schnappte nach Luft. »Und was ist dann passiert?«

»Wir sind beide noch am Leben, wie Ihr seht, Mylady. Wenn Ihr mehr darüber hören wollt, müsst Ihr schon Kit fragen. Ich wollte Euch nur wegen Eustace warnen, bevor ich gehe. Wahrscheinlich könnt Ihr nichts gegen ihn unternehmen, aber mir ist jetzt jedenfalls leichter ums Herz, wo ich mit jemandem darüber gesprochen habe.«

»Aber Ihr habt doch bloß den Verdacht, dass er Kit töten will, nicht?«, sagte Anne hoffnungsvoll. Als er den Kopf schüttelte, lief es ihr eiskalt über den Rücken.

»Es ist mehr als ein Verdacht«, sagte er. »Der Mann heckt etwas aus, da bin ich sicher. Wenn Kit Eure Cousine heiratet, kann Eustace sie nur noch dann bekommen, wenn Kit stirbt und Seine Eminenz Eustace die Erlaubnis gibt, sie zur Frau zu nehmen. Vorhin am Tisch schäumte er vor Wut, und kurz darauf lächelte er auf einmal wieder, was ihm sowieso nicht ähnlich sieht. Der Mann führt ganz eindeutig etwas im Schilde.«

Anne musste ihm recht geben. »Heißt Ihr denn nun Jake oder Willie?«, fragte sie.

Nach kurzem Zögern sagte er mit schiefem Grinsen: »Mein Name ist Willie Armstrong.«

»Ein guter Grenzlandname«, erwiderte sie lächelnd. »Kit kann sich glücklich schätzen, dass er einen Freund hat, der so zuverlässig auf ihn aufpasst.«

»Das finde ich auch. Vor allem, weil ich herausgefunden habe, dass nichts so ist, wie es scheint. Und das gilt besonders für das Verhältnis zwischen Eustace und dem Kardinal.«

»Aber was …?«

Ein Geräusch auf der Treppe unter ihnen ließ ihn innehalten, und bevor Anne ausreden konnte, war er schon lautlos die Treppe hinaufgehuscht.

Da eilte sie schnurstracks zurück in Fionas Kammer, trat ohne weitere Umstände ein und sagte: »Du kannst aufhören, die arme Molly zu plagen, Fiona. Ich mache es.«

17

Wie sich herausstellte, war ihr Betrug ganz leicht zu bewerkstelligen, und Anne staunte, was für eine geschickte Schwindlerin ihre Cousine sein konnte.

Olivia war nicht überrascht gewesen, ihre Tochter wach anzutreffen, und erwähnte die vorgetäuschten Kopfschmerzen mit keinem Wort. Sie teilte ihr nur mit, dass dieselben Frauen wie zuvor ihr am Morgen beim Ankleiden helfen würden. Daraufhin seufzte Fiona nur schicksalsergeben, und Anne hoffte schon, sie hätte ihren abenteuerlichen Plan aufgegeben.

Doch kaum war Olivia gegangen, sagte Fiona: »Das ist ganz gut so. So sehen sie, wie ich zurechtgemacht werde, und keiner schöpft Verdacht.«

»Aber wie …«

»Wart's ab. Es ist ganz einfach. Morgen früh erzählen wir überall herum, dass du krank geworden bist und mir nicht zur Hand gehen kannst. Mutter wird das nicht weiter stören. Ihr ist nur daran gelegen, sich bei Janet Beaton einzuschmeicheln und damit Eindruck bei Buccleuch und dem Kardinal zu schinden. Und falls dich jemand besuchen will, muss Peg ihn abwimmeln.«

Anne stieß einen Seufzer aus.

»Was ist?«

»Nichts. Ich habe dich nur noch nie so entschlossen erlebt. Und jetzt erklär mir bitte, wie dein Plan weitergehen soll.«

»Ganz einfach, Anne. Wenn sie mich angekleidet haben, bitte ich sie, mich ein paar Minuten allein zu lassen, bevor ich hinuntergehe. Du stehst schon bereit, und Molly und ich ziehen dir mein Hochzeitskleid und den Schleier an.«

»Das geht nie im Leben gut, Fiona. Was soll ich tun, wenn mich jemand anspricht?«

»Beim letzten Mal hat mich auch niemand vor der Trauung angesprochen, aber wenn doch, murmelst du einfach irgendetwas, so als wärst du ärgerlich oder traurig oder einfach schüchtern. So wie ich es eben täte.«

Anne blickte skeptisch drein, aber wahrscheinlich hatte ihre Cousine recht. Bei dieser Heirat ging es der Braut wie dem Fuchs im Spiel, der von den Gänsen in eine Ecke gedrängt wird.

Am folgenden Morgen lief alles genau so ab, wie Fiona es vorhergesagt hatte. Trotzdem hatte Anne noch immer Zweifel, ob der Plan funktionieren würde. Wie hatte sie sich nur auf ein solches Theater einlassen können, selbst wenn Kits Leben in Gefahr war, fragte sie sich, während sie an Fionas Stelle an der Seite von Sir Toby darauf wartete, dass der Hochzeitszug sich in Bewegung setzte. Sie musste sich eingestehen, dass sie Kit nur zu gerne geheiratet hätte, aber dann auf die herkömmliche Art und Weise. Noch nie zuvor hatte sie ein solch schändliches Benehmen auch nur in Betracht gezogen – im Gegenteil, stets war sie darauf bedacht gewesen, niemandem zu nahe zu treten.

Lärmende Szenen waren ihr immer ein Gräuel gewesen. Da ihr Bruder das heftige, ungezügelte Temperament seines Vaters geerbt hatte, waren zu Annes Leidwesen lautstarke Auseinandersetzungen auf Ellyson Towers an der Tagesordnung gewesen. Doch was sie jetzt vorhatte, würde einen noch viel größeren Tumult auslösen.

Wenn es bei ihr zu Hause Streit gegeben hatte, war sie meistens zu ihrer friedlichen, sanften Mutter geflüchtet. Doch jetzt gab es für sie keine Zuflucht. Brennende Tränen schossen ihr in die Augen. Hätte sie doch nur nicht ausgerechnet jetzt an Lady Armadale gedacht und daran, was diese wohl zu dem ganzen verrückten Vorhaben sagen würde.

Unter ihrem Schleier wurde Anne ganz elend zumute. Sie

vermisste ihre Mutter mehr denn je. Schließlich war heute ihre Hochzeit, wenn auch alles nur ein Schwindel war. Andererseits konnte Anne froh sein, dass Lady Armadale den Skandal nicht miterleben musste, den ihre Tochter soeben heraufbeschwor.

Aufgewühlt und durcheinander, wie sie war, fühlte sich Anne doch erstaunlich wenig schuldbewusst. Das würde wahrscheinlich später kommen, sagte sie sich, und redete sich vorsichtshalber ein, dass sie das alles ja nur tat, um Kit vor seinem Onkel zu beschützen, auch wenn sie noch immer nicht so recht an Eustaces angebliche Mordpläne glauben konnte.

Vielmehr spürte sie im tiefsten Inneren trotz ihrer Furcht vor der Entdeckung so etwas wie freudige Erregung. Den Gedanken daran, was sein würde, wenn sie den Schleier heben musste, drängte sie energisch beiseite, indem sie an etwas anderes dachte.

Als Toby sie am Ellbogen berührte, bemerkte sie, dass die Musik eingesetzt hatte, und dass Janet Beaton und die kleinen Blumen streuenden Mädchen schon fast an der Steinbrücke angelangt waren.

Anne musste daran denken, wie Fiona und Toby nur mit knapper Not nebeneinander auf die Brücke gepasst hatten und wie sie selbst bald darauf Kit in den Bach gestoßen hatte. Unter ihrem Schleier musste sie unwillkürlich lächeln, während sie Toby die Hand auf den dicken Unterarm legte.

Am Portal der Kapelle stand Kit mit Beaton und dem vorgeblichen Lord Berridge, der sich gerne bereit erklärt hatte, als Trauzeuge des Bräutigams zu fungieren. Schweigend hörte Kit den beiden Lautenspielern und dem Pfeifer zu. Er wunderte sich ein wenig, dass Willie nicht unter den Musikanten war. Vermutlich hatte sich der Bursche wieder einen seiner dummen Streiche geleistet und war zur Strafe in die Küche verbannt worden.

Als er beobachtete, wie seine Braut an Sir Tobys Arm über

die Brücke schritt, bemerkte er, dass sie diesmal verschleiert war. Wahrscheinlich wollte sie damit verbergen, wie mitgenommen und angespannt sie wirkte. Sie hatte auch eine andere Erste Brautjungfer. So gerne er Anne gesehen hätte, war er doch froh, dass sie nicht die ganze Zeit neben ihm stehen würde. Aber Fiona, die sich in allem auf Anne verließ, vermisste ihre Cousine bestimmt schmerzlich.

Trotz seiner Abneigung gegen diese Heirat tat ihm Fiona leid. Es musste scheußlich für sie sein, zum zweiten Mal als Braut durch den Garten zu schreiten. Vielleicht fürchtete sie ja auch, dass wieder jemand Einspruch gegen die Heirat erheben könnte. Das wäre ihm selbst übrigens am liebsten gewesen, denn dann wäre dieses Possenspiel endlich vorbei. Die Wut, die er nach Beatons Urteilsspruch empfunden hatte, war verraucht. Er hielt es noch immer für eine völlig abwegige Idee, dass er Fiona heiraten sollte, doch hatte er keine Gelegenheit gehabt, mit ihr auch nur ein Wort über die Entscheidung des Kardinals zu wechseln. Und mittlerweile fühlte er nichts als Resignation. Gegen die Gesetze von Kirche und Krone war er machtlos.

Und, nicht zu vergessen, Beaton war der mächtigste Mann in Schottland. Er konnte Kit sein Vermögen und seine Titel wiederbeschaffen oder sie ihm vorenthalten. Das war der entscheidende Grund dafür, dass Kit nun kleinlaut und schicksalsergeben hier stand.

Zumindest schien der Kardinal keine Ahnung von Kits Gefangenschaft auf der *Marion Ogilvy* zu haben, sonst hätte er sie bestimmt schon erwähnt. Und das war auch gut so, denn Kit hatte keinen Beweis für seinen Freispruch als das Wort von Tam und Willie. Und das würde wohl keinen großen Eindruck auf Beaton machen. Von denjenigen, die sonst noch seine Unschuld bezeugen konnten, war keiner anwesend.

Die Vorstellung, wie Tam und Willie sich für ihn einsetzten – vorher müssten sie natürlich ihr eigenes betrügerisches Spiel auf Mute Hill House eingestehen – brachte ihn beinahe zum Lachen. Die beiden waren bestimmt überaus glaubwürdige Zeugen. Nein, da war es schon besser, wenn Seine Eminenz von der ganzen Sache nichts erfuhr.

Der Brautzug hatte fast das Portal der Kapelle erreicht, und Kit bemerkte Eustace, der zusammen mit zwei Chisholms ein wenig abseits stand. Die beiden Cousins hatten sich auf Eustaces Seite geschlagen und sich bis jetzt geweigert, Kit als Familienmitglied anzuerkennen. Bisher hatte Kit für ihre Haltung durchaus Verständnis gehabt, doch nun, nachdem der Kardinal zu seinen Gunsten entschieden hatte, konnte er ihre Ablehnung nicht mehr verstehen. Außer, dachte er, Willie hatte recht, und Eustace rechnete mit seinem, Kits, baldigem Ableben. Andererseits konnte sich Kit beim besten Willen nicht vorstellen, was es Eustace zum jetzigen Zeitpunkt noch nützen sollte, ihn umzubringen.

Die Musik verklang, die Braut nahm ihren Platz an seiner Seite ein, während Sir Toby am Fuße der Treppe stehen blieb, und Kit wandte sich zum Altar um, an dem bereits der Kardinal wartete. Beaton hob die Hände, und die vielköpfige Menge wurde ganz still.

»Geliebte im Herrn, wir sind hier erschienen vor Gottes Angesicht und in Gegenwart dieser Versammlung ...«

Anne kam es so vor, als sei sie in einem Traum gefangen, der sich endlos wiederholte. Nur ein paar Kleinigkeiten stimmten nicht. Die Stimme des Kardinals war nicht die richtige, und sie selbst, die Braut, war auch nicht die richtige. Sie atmete flach und stoßweise, bis Beaton zu der ersten entscheidenden Stelle kam. Dann stockte ihr der Atem gänzlich.

»Wenn jemand unter den Anwesenden einen Grund nennen kann, warum diese beiden Menschen nicht miteinander verbunden werden sollten, so spreche er jetzt oder schweige für immer.«

Ihr Herz hämmerte, die ganze Festgesellschaft schien den Atem anzuhalten, und selbst die Vögel waren verstummt.

Nur das leise, entfernte Murmeln des Baches durchdrang die unwirkliche Stille. Anne rechnete beinahe damit, Eustace rufen zu hören, dass die ganze Hochzeit ein Schwindel sei. Oder vielleicht tauchte ja plötzlich Fiona auf, um mitzuteilen, dass sie ihre Meinung geändert habe und Kit jetzt doch heiraten wolle.

Doch nichts dergleichen geschah, und schließlich wandte sich der Kardinal in feierlichem Ton an das Brautpaar. »Ich fordere und verpflichte Euch beide, da Ihr es zu verantworten habt an dem schrecklichen Tage des Gerichts, wenn die Geheimnisse aller Herzen offenbar werden, wo etwa einer von Euch ein Hindernis weiß, dessentwegen Ihr nicht könnet ehelich verbunden werden, dass Ihr solches jetzt bekennet. Denn das wisset: Wenn Brautleute auf andere Weise miteinander verbunden sind, als Gottes Wort es erlaubt, so besteht ihre Ehe nicht zu Recht.«

Schon bei dem Gedanken daran, dass sie bald Kit würde Rede und Antwort stehen müssen, war Anne angst und bange geworden. Doch sich vor Gott verantworten zu müssen, war noch viel schlimmer. Anne öffnete den Mund zu einem Geständnis, doch sie brachte keinen Ton heraus. Es war, als habe sich eine unsichtbare Hand über ihre Lippen gelegt.

»Das kannst du doch nicht machen, Catriona!«, kreischte Fergus. »Das geht dich doch gar nichts an! Und wie hast du das überhaupt angestellt? Ich dachte immer, wir vom Kleinen Volk würden in einer Kirche unsere Zauberkraft verlieren.«

»Wir sind nicht in der Kirche, Fergus, sondern vor dem Portal«, erklärte Catriona. »Und außerdem mag sie zwar deine Schutzbefohlene sein, aber sie ist jetzt genau da, wo sie sein will und tut das, was sie tun will. Und du wirst sie nicht daran hindern, denn auf diese Weise dient sie auch meinen Zwecken. Sie wird Kit Chisholm viel glücklicher machen, als es ihre Cousine gekonnt hätte. Also bitte, werde jetzt mal dem Ruf der Ellyllon gerecht, und vergiss diesen dummen Einfall, dass er Fiona heiraten soll. Das wird er nämlich nicht, und das ist auch gut so.«

»Es war nicht meine, sondern deine Idee«, erinnerte er sie aufgebracht.

»Ich habe es mir eben anders überlegt, genau wie sie. Du hast es nur nicht mitbekommen.«

»Wo ist Maggie?«, erkundigte er sich.

»Du kannst sie ja suchen gehen«, entgegnete Catriona. »Aber komm mir nicht wieder in die Quere, oder du wirst es bereuen.«

Fergus hob resigniert die Arme und löste sich in Luft auf.

Derweil nahm die Trauung ihren Lauf. Gerade fragte Beaton: »Wer gibt dies Weib diesem Manne zur Ehe?«

Hinter ihnen ertönte würdevoll Tobys Stimme: »Ich tue es.«

Beaton nickte ihm kurz zu, bevor er weitersprach: »Christopher, willst du dieses Weib zu deiner ehelichen Gemahlin nehmen, so sprich mir nach ...«

Immer noch entsetzt darüber, dass sie nicht sprechen konnte, achtete Anne nicht auf die Worte des Kardinals oder auf die Antwort des Bräutigams, bis Kit sich zu ihr umdrehte, ihre schlaffen Finger in seine große, warme Hand nahm, ihr einen kalten goldenen Ring über den Finger streifte und mit seiner vertrauten tiefen Stimme sagte: »Mit diesem Ring nehme ich dich zu meiner ehelichen Gemahlin und statte dich aus mit allem meinem zeitlichen Gut.«

Durch den blauen Spitzenschleier konnte sie kaum etwas erkennen, doch war ihr klar, dass nun sie an der Reihe war. Jetzt bot sich die letzte Gelegenheit, dem Ganzen ein Ende zu machen. Sie hatte Kit und Fiona vor einer ungewollten Heirat bewahrt und konnte sich nun zu erkennen geben. Und wenn sie Kit dadurch für alle Zeiten verlieren würde, dann geschähe es ihr ganz recht. Bei diesem Gedanken kamen ihr die Tränen, was hinter dem grässlichen Schleier aber zumindest niemand sehen konnte.

Der Ring an ihrer Hand fühlte sich jetzt warm an. Sie strich leicht mit einem Finger der anderen Hand darüber und dachte, dass der Goldreif einfach dorthin gehörte. Das würde das Schlimmste werden – einem erzürnten Kit den Ring zurückzugeben, vor allem, da ihr in diesem Augenblick bewusst wurde, dass sie sich nichts auf der Welt sehnlicher wünschte, als seine Frau zu sein. Ein Mann wie er war ihr noch nie begegnet. Bei ihm fand sie so viel Nähe und Verständnis.

Beaton richtete das Wort an sie: »Fiona Anne, willst du diesen Mann zu deinem ehelichen Gemahl nehmen, so sprich mir nach …«

Jetzt musste sie sich auf der Stelle den Schleier herunterziehen und vor aller Welt ihre Schande gestehen, doch stattdessen hörte sich Anne antworten: »Ich, Fiona Anne, nehme dich, Christopher, zu meinem ehelichen Gemahl, dich zu haben und zu halten von diesem Tage an; es gehe besser oder schlimmer, reicher oder ärmer, in Krankheit oder Gesundheit, dich zu lieben und zu hegen und dir zu gehorchen nach Gottes heiliger Ordnung, bis dass der Tod uns scheidet, und dazu gelobe ich dir meine Treue.«

»Nachdem Christopher und Fiona Anne übereingekommen sind, in den heiligen Stand der Ehe zu treten und dasselbe vor Gott und dieser Versammlung bezeugt haben«, sprach Beaton, »so verkünde ich nunmehr, dass sie Mann und Weib sind. Was Gott zusammengefügt hat, das soll der Mensch nicht trennen.« Leise fügte er hinzu: »Ihr dürft Euch nun zur Festgemeinde umdrehen, bevor wir uns für die Hochzeitsmesse hineinbegeben.«

Anne hob erst eine zitternde Hand, dann die andere an den blauen Spitzenschleier.

»Jetzt dauert es nicht mehr lange, bis wir es hinter uns haben«, flüsterte Kit neben ihr.

Anne nickte; sie wusste, er meinte es gut und wollte Fiona

nur ein wenig Mut machen. Dabei lief ihr eine Träne langsam die Wange herab.

Mit lauter Stimme verkündete Beaton: »Es ist mir ein großes Vergnügen, Euch Sir Christopher und Lady Chisholm von Ashkirk und Torness zu präsentieren.«

Die Menge brach in Jubel aus.

Mit einer schroffen Bewegung wischte sich Anne mit dem blauen Spitzenstoff die Träne ab, dann schlug sie den Schleier zurück.

Der Jubel verstummte. Links neben Anne schnappte Janet Beaton hörbar nach Luft. Rechts herrschte unheilvolles Schweigen, das sich wie ein schwarzer Umhang um ihre Schultern legte.

Dann brach die Hölle los. Olivia kreischte auf, schlug die Hände vor die Brust und sank ohnmächtig in Eustaces Arme. Toby war völlig entgeistert, Eustace dagegen schien scharf nachzudenken, zumindest bis Olivia seine Aufmerksamkeit voll und ganz in Anspruch nahm.

Eine große Hand schloss sich mit festem, schmerzhaftem Griff um Annes Oberarm, doch sie verbiss sich jeden Schmerzenslaut.

»Seid Ihr verrückt geworden?«, zischte ihr Kit ins Ohr.

»Ich glaube, ja«, erwiderte sie ganz ruhig.

»Was Ihr verdient, mein Mädchen – Ihr und Eure Cousine dazu –, ist weiß Gott eine tüchtige Tracht Prügel, und wenn es nach mir ginge …«

»Wo ist Fiona?«, schrie Olivia, befreite sich aus Eustaces Armen und ging auf Kit los. »Was habt Ihr mit meiner Tochter gemacht?«

»Was *ich* mit ihr gemacht habe?«, fragte er und hielt dabei immer noch Annes Arm umklammert.

»Wenn ich mich recht entsinne, wart Ihr nicht gerade versessen darauf, sie zu heiraten. Also seid Ihr bestimmt für dieses Possenspiel verantwortlich«, entgegnete Olivia. »Wo ist sie?«

»Ich habe keine Ahnung«, erwiderte er. »Warum fragt Ihr nicht Eure Nichte?«

Anne, die jetzt aller Augen auf sich gerichtet sah, schluckte schwer. In unheilvollem Schweigen harrte die ganze Gesellschaft auf ihre Antwort.

Und auf einmal ging ihr alles ganz leicht von den Lippen. »Fiona wollte ihn nicht heiraten«, erklärte sie Olivia. »Sie würde lieber ins Kloster gehen, hat sie gesagt und mich gebeten, ihren Platz einzunehmen. Wo sie ist, weiß ich auch nicht; sie hat es mir nämlich nicht gesagt. Aber wenn sie wirklich in einem Kloster ist, dürfte es nicht schwer sein, sie zu finden.«

»Ach, die Arme«, bemerkte Janet Beaton voller Mitleid.

»Ist Euch eigentlich klar, was Ihr getan habt?«, fragte Kardinal Beaton streng.

Bei seinen Worten überlief es Anne kalt, doch sie antwortete: »Ich weiß, dass ich mich nicht auf diesen Plan hätte einlassen dürfen. Aber für sie schien es der einzige Ausweg zu sein.«

»Sie hätte sich doch nur weigern müssen, ihn zu heiraten«, sagte Beaton.

»Das habe ich ihr auch gesagt«, erwiderte Anne. »Aber sie meinte, meine Tante hätte ihr erklärt, dass eine Verlobung nicht aufgelöst werden kann, wenn die Braut noch nicht volljährig ist.«

»So lautet doch das Gesetz, oder etwa nicht?«, rief Olivia aufgebracht.

Mit gerunzelter Stirn starrte der Kardinal sie an. »Habt Ihr mir nicht erzählt, dass diese Verlobung durch Stellvertreter, das heißt durch Erwachsene, geschlossen wurde, Madam?«

»Ja, das stimmt«, antwortete sie.

»Bezog sich das Eheversprechen dabei auf die Gegenwart oder die Zukunft? Das heißt …«

»Ich weiß, was das heißt«, unterbrach ihn Olivia, die jetzt ihrerseits die Stirn runzelte. »Auf die Zukunft natürlich. Es war ein Versprechen für alle kommenden Zeiten. Etwas anderes wäre mir gar nicht in den Sinn gekommen.«

Beaton nickte. »Dann ist es so, wie ich vermutet habe. Die Verlobung war nicht unauflöslich. Ein Verlöbnis ist nur dann für immer bindend, wenn es sich auf die Gegenwart bezieht, wie bei einer Trauung. Aber da es sich in diesem Fall um ein normales Eheversprechen handelte, hätte Eure Tochter einfach sagen können, dass sie es sich anders überlegt hat.«

»Aber sie hat es sich nicht anders überlegt«, wandte Olivia ein. »Übrigens habe ich allen Mitgliedern meines Haushaltes streng verboten, das Anwesen ohne meine Erlaubnis zu verlassen. Sie muss also noch dort sein. Malcolm wird sie suchen und zu uns bringen«, fügte sie an den Haushofmeister gewandt hinzu. »Geht und holt auf der Stelle Mistress Fiona.«

Zum ersten Mal gehorchte Malcolm ihr nicht unverzüglich. Zögernd und unsicher langte er in seinen Kittel, zog ein gefaltetes Blatt Papier heraus und reichte es ihr wortlos.

»Was ist das?«, wollte sie wissen.

»Ich weiß es nicht, da es versiegelt ist, Mylady, aber ich fürchte, man hat mich getäuscht. Mistress Fionas Zofe Molly fragte mich, ob ich an der Trauung teilnehmen würde. Als ich bejahte, bat sie mich, Euch hinterher dieses Schreiben zu geben. Ich nahm an, dass Mistress Fiona Euch ein paar liebevolle Worte geschrieben hätte, als Andenken für die Zeit, wenn sie mit ihrem neuen Ehemann das Haus verlassen hätte. Aber ich fürchte, ich habe mich geirrt.«

Olivia hatte bereits das rote Wachssiegel erbrochen und begann zu lesen. Es war totenstill.

»Allmächtiger Gott!«, rief sie auf einmal. »Sie ist mit dem Spaßmacher durchgebrannt! Sie schreibt, sie hätten einander für verheiratet erklärt und nach Aussage des Narren wäre eine solche Ehe gültig. Er hat sie hereingelegt! Hast du davon gewusst?«, herrschte sie Anne an. »Wenn ja, dann ...«

»Ich hatte keine Ahnung«, erwiderte Anne, aufs Neue völlig verblüfft darüber, wie gerissen sich Fiona auf einmal angestellt hatte. »Wie ich Euch bereits sagte, hat sie mir gegenüber behauptet, sie würde lieber in ein Kloster gehen als Sir Christopher zu heiraten. Ich war allerdings sicher, dass die Nonnen sie nicht ohne Eure Erlaubnis aufnehmen würden. Den Spaßmacher hat sie mir gegenüber nicht erwähnt.«

»Aber wie konntest du dich nur auf dieses lächerliche Theater einlassen?«, fragte Olivia.

»Wahrscheinlich tat mir Fiona einfach leid. Sie sagte, sie fühle sie sich wie ein Spielzeug, das man nach Belieben benutzt oder wegwirft. Doch dass sie es wagen würde, mit dem Narren durchzubrennen, hätte ich nicht im Traum gedacht.«

Doch da fiel ihr ein, dass ihre Cousine vom ersten Augenblick an eine Schwäche für den Spielmann gehabt hatte. Ob Mad Jake, oder besser gesagt Willie, wohl auch gelogen hatte, als er sagte, dass er Kits Freunde auf Dunsithe Castle um Hilfe bitten wolle? Aber das war jetzt wohl auch schon egal.

Im allgemeinen Schweigen spürte Anne Kits Gegenwart wie eine übermächtige Bedrohung. Sie hatte Angst davor, was er sagen würde.

Doch schließlich war es Olivia, die als Erste sprach. »Wie bringen wir dieses Kuddelmuddel nur wieder in Ordnung?«, fragte sie den Kardinal.

»Beide Ehen sind vor dem Gesetz gültig«, musste dieser widerwillig zugeben. »Wenn Eure Tochter und ihr Narr einander für verheiratet erklärt haben, dann ist das genauso rechtmäßig wie die Trauung, die ich soeben vollzogen habe. Obwohl ich sagen muss, dass diese junge Frau hier eigentlich eine schwere Strafe verdient hätte. Aber wartet«, fügte er nachdenklich hinzu. »Es war doch der falsche Name, nicht wahr?«

Olivia durchbohrte Anne geradezu mit ihrem Blick.

»Ich fürchte nicht« erwiderte diese leise. »Fiona und ich,

wir wurden beide nach unserer Großmutter benannt. Ich werde nur Anne gerufen, weil mein Vater es so wollte.«

»Aber Ihr könnt diese Ehe doch bestimmt annullieren und die meiner Tochter auch«, wandte sich Olivia an Beaton. »Schließlich ist auch Anne noch minderjährig.«

»Was Eure Tochter und den Spaßmacher betrifft, so würde ich mich nur ungern einmischen, besonders, da sie mit ihm geflohen ist. Ihr könnt den Burschen natürlich vor einen Richter schleifen, wenn Euch das öffentliche Aufsehen nicht stört. Und was diese Ehe hier angeht, muss ich sie wohl für ungültig erklären, sofern Sir Christopher es wünscht. Wenn nicht, kann ich nichts machen ... außer ...«, er dachte kurz nach. »Außer wenn der gesetzliche Vormund des Mädchens eine Auflösung der Ehe verlangt. So sie denn einen hat.«

»Den hat sie«, erwiderte Olivia. »Es ist Thomas Ellyson, der neue Graf von Armadale. Er hat ihr übrigens strikt untersagt, ohne seine Erlaubnis zu heiraten.«

Beaton schaute sich um. »Wo ist er denn?«

»Er ist leider nicht hier, Sir, aber ich bin sicher, er wünscht die Annullierung.«

»Nun ja, das können wir wohl nur vermuten. Und wenn er seine Forderung nicht stellt, bevor die Ehe vollzogen ist, kann ich da nicht viel tun.«

»Dann muss Sir Christopher eben die Aufhebung beantragen«, wandte sich Olivia an Kit.

Mit zugeschnürter Kehle wartete Anne auf Kits Antwort. Dabei spielte sie zerstreut mit ihrem Ehering. Endlos zogen sich die Sekunden hin.

»Ich wünsche keine Annullierung«, sagte er endlich. »Zumindest nicht sofort. Zuerst einmal habe ich ein Wörtchen mit meiner Frau zu reden, solange sie noch meine Frau ist. Und zwar unter vier Augen. Aber ich glaube, wir sollten auf die Hochzeitsmesse verzichten, wenn es Euch recht ist, Euer Eminenz.«

»Das ist mir sehr recht«, erwiderte Beaton mit einem missbilligenden Blick auf Anne.

Toby, der das ganze Hin und Her schweigend verfolgt hatte, sagte nun besänftigend: »Wenn das so ist, dann sollten wir uns wohl alle in der Halle versammeln. Egal, wie die Sache ausgeht, haben wir doch diesmal eine richtige Hochzeit gehabt, und deshalb kann es auch eine richtige Hochzeitsfeier geben.«

Offensichtlich erleichtert machten sich die meisten Gäste auf den Weg zum Haus. Anne wollte es ihnen gleichtun, als ein fester Griff um ihren Arm sie daran erinnerte, dass sie noch immer eine Gefangene war.

»Nicht so schnell, mein Mädchen«, murmelte Kit ihr ins Ohr. »Wir beide haben noch ein Hühnchen zu rupfen, aber nicht hier oder im Haus. Am besten gehen wir wieder zu der Hecke, wo wir uns das letzte Mal unterhalten haben. Aber erst, wenn die anderen außer Hörweite sind.«

Sie schluckte schwer und blickte auf ihre Hände. Sicher würde er hart mit ihr ins Gericht gehen, und das hatte sie auch verdient. Sie konnte nur hoffen, dass es nicht allzu schlimm werden würde.

»Worauf zum Teufel wartest du denn noch?«

In der Annahme, dass er sie gemeint hatte, hob Anne ruckartig den Kopf und bemerkte, dass Lord Berridge sich noch nicht vom Fleck gerührt hatte.

Berridge warf ihr einen forschenden Blick zu, als wollte er sich überzeugen, wie es ihr ging. Dann nickte er und sagte zu Kit: »Bring sie nicht gleich um, Junge. Ich bin sicher, sie wollte nur ihrer Cousine helfen.«

Kit gab keine Antwort, sondern wartete mit sichtlicher Ungeduld, bis Berridge sich vor Anne verneigte und davonging.

»Bitte, Sir«, sagte sie, sobald sie beide allein waren, »ich weiß, wie sehr Ihr Euch darüber aufregt, und ich möchte mich auch vielmals entschuldigen, aber …«

»Kein Ton mehr, wenn dir deine Haut lieb ist«, fuhr er sie an. »Ich will den Gästen nicht noch ein Schauspiel bieten, also wirst du jetzt gefälligst zu den Hecken mitkommen und zuhören, was ich dir zu sagen habe.«

Sie hatte weder die Energie noch den Willen, sich ihm zu widersetzen. Das letzte bisschen Kraft, das sie noch aufrecht gehalten hatte, verließ sie angesichts seiner harten Worte.

Die wenigen Sekunden, die sie darauf gewartet hatte, ob er die Ehe würde annullieren lassen, waren ihr wie eine Ewigkeit vorgekommen. Der Weg zu den Hecken dagegen erschien ihr nur allzu kurz. Noch immer hielt er ihren Arm mit harter Hand und führte sie so neben sich her. Mit ihrer freien Rechten raffte sie ihr schweres Hochzeitskleid so gut es ging, um nicht über die Röcke zu fallen. Schließlich blieb er abrupt stehen, packte sie bei den Schultern, drehte sie zu sich herum und schüttelte sie wutentbrannt.

»Was in drei Teufels Namen hast du dir bloß dabei gedacht?«, schrie er.

Doch bevor sie antworten konnte, schüttelte er sie abermals und polterte weiter: »Dass ich wie ein Idiot dastand, hat dir wohl nicht genügt. Du musstest mit diesem schwachsinnigen, wahnwitzigen Theater auch noch deinen guten Namen in den Dreck ziehen, nur damit deine dämliche Cousine mit einem Kerl durchbrennen kann, den sie kaum kennt.«

»Ich glaube, sie kennt ihn besser, als wir dachten«, erwiderte Anne, um ein letztes Restchen Würde bemüht.

Aber es hatte keinen Zweck. »Jetzt hör mir mal gut zu, mein Mädchen. Ich habe dich gewarnt, dass ich nicht der Mann bin, der sich für dumm verkaufen lässt. Und je eher du dir das hinter die Ohren schreibst, desto besser für dich. Das Wichtigste über den Liebsten deiner Cousine weißt du gar nicht.«

»Aber ich …«

»Ruhe! Verstehst du denn nicht, was du da für einen Skandal verursacht hast? Die Leute werden sich noch jahrelang über diese verdammte Hochzeit kaputtlachen. Ich habe dich für ein außergewöhnlich vernünftiges Mädchen gehalten, Anne, aber wenn du mit Absicht deinen Ruf hättest ruinieren und dich zum Gespött machen wollen, hättest du es nicht besser anfangen können.«

»Aber daran habe ich gar nicht gedacht. Ich …«

»Du hast eben überhaupt nicht gedacht!«, blaffte er.

Sie wollte widersprechen, doch er ließ sie nicht zu Wort kommen. Er schimpfte und schimpfte und hörte gar nicht mehr auf, sie in der Luft zu zerreißen. Schließlich war sie überzeugt davon, dass er sie durch und durch verabscheute.

Doch als seine Schimpfkanonade einfach kein Ende nehmen wollte, wurde es ihr langsam zu viel. Sie hätte ihm am liebsten ins Gesicht geschleudert, dass sie nicht in böser Absicht gehandelt hatte und nur Fiona hatte helfen und beschützen wollen. Doch ihr schlechtes Gewissen ließ sie schweigen. Am Ende hörte sie gar nicht mehr hin, sondern ließ die Tirade einfach an sich abprallen und wartete darauf, dass der Sturm sich legen würde.

Endlich verstummte Kit. Er schwieg so lange, dass sie schon dachte, er würde überlegen, was er ihr noch an den Kopf werfen konnte. Doch als er dann sprach, war seine Stimme überraschend ruhig.

»Anne-Mädchen, deine Begründungen haben mich nicht überzeugt. Ich kann mir einfach nicht vorstellen, dass du Fiona dabei unterstützen wolltest, sich wie ein trotziges Kind gegen ihre Mutter aufzulehnen, geschweige denn, mit diesem verdammten Narren davonzulaufen.«

Die ganze Zeit über hatte Anne nicht geweint, doch jetzt hatte sie auf einmal einen Kloß im Hals, und eine Träne lief ihr über die Wange.

»Ach, Liebste, ich bin wirklich ein Untier«, sagte er und wischte das Tränchen mit dem Daumen fort.

»Nein, das seid Ihr nicht«, sagte sie und blickte ihm zum ersten Mal in die Augen. »Ihr habt mit allem recht gehabt.

Es ist nur, weil mein Vater mich manchmal Anne-Mädchen genannt hat.«

»Sag mir jetzt ganz ehrlich, warum du das alles getan hast«, sagte er und legte ihr wieder die Hände auf die Schultern, doch diesmal sehr behutsam.

»Er hat gesagt, Eustace würde Euch umbringen, wenn Ihr Fiona heiratet.«

»Wer hat das gesagt?«

»Willie.«

Er starrte sie an. »Du weißt, wer er ist?«

»Ich weiß, dass sein richtiger Name Willie Armstrong ist. Das hat er mir verraten, bevor er verschwand.«

Er kniff die Augen zusammen. »Dann wusstest du also doch, was die beiden vorhatten.«

»Nein«, versicherte sie hastig. »Nur, dass er sich Sorgen um Eure Sicherheit machte. Er sagte, er wolle nach Dunsithe reiten und Eure Freunde um Hilfe bitten. Fiona hat er gar nicht erwähnt, und sie ihn auch nicht. Ich dachte, er wäre schon längst fort. Und Fiona war noch in ihrer Kammer, als ich das Haus verließ. Sie ist übrigens durchaus standesbewusst; ich kann mir daher nicht vorstellen, dass sie mit einem einfachen Spaßmacher geflohen ist.«

Mit Erleichterung bemerkte sie Kits Lächeln. »Er ist ein Armstrong«, sagte er. »Ich habe es selbst erst vor kurzem erfahren, aber sein Vater war ein Clanoberhaupt und ein Cousin von Magerton von Liddesdale, einem engen Verbündeten der Carmichaels. Ich vermute, dass Sir Stephen nichts gegen die Heirat einzuwenden gehabt hätte, auch wenn es deiner Tante vielleicht nicht passt. Die Armstrongs nehmen sich zwar im Allgemeinen einfach, was sie wollen und wann sie es wollen, aber Willie würde das Mädchen niemals gegen ihren Willen zu irgendetwas zwingen.«

»Da bin ich sicher«, stimmte Anne ihm zu. »Möglicherweise lässt sich Tante Olivia ja besänftigen, wenn sie hört, dass er kein simpler Spaßmacher ist.«

»Das ist mir gleich«, entgegnete er. »Auf jeden Fall haben Willie und Fiona mehr Schuld an dem ganzen Schlammassel als du, obwohl …«

»Bitte, Sir, fangt nicht schon wieder an, sonst heule ich gleich wirklich los wie ein Wasserfall«, sagte sie. »Ich habe mich nach besten Kräften entschuldigt und Eure Strafpredigt ohne einen Mucks über mich ergehen lassen. Ihr habt alles gesagt, was zu sagen war, und könnt also jetzt hineingehen und den Kardinal bitten, unsere Ehe zu annullieren.«

»Soll ich das wirklich tun?«

Er klang so verbittert, dass sie ihm prüfend ins Gesicht blickte. »Aber das wollt Ihr doch, oder?«

»Nein, Liebste. Als du den Schleier gehoben hast, war ich wie vor den Kopf geschlagen und hätte dich für den Betrug am liebsten erwürgt. Aber dabei ging es mir immer nur um die Schwierigkeiten, die du dir selbst damit eingebrockt hast. Falls du jetzt glaubst, dass ich über unsere Heirat enttäuscht oder wütend bin, dann lass dir gesagt sein, dass das nicht stimmt. Im Gegenteil – noch nie im Leben war ich so erleichtert wie in dem Augenblick, als ich merkte, dass ich dich und nicht deine einfältige Cousine geheiratet hatte.«

»Sie ist nicht einfältig!«

»Widersprecht Eurem Gatten nicht, Madam. Das gehört sich nämlich nicht. Und ist obendrein ziemlich leichtsinnig, weil ich immer noch böse mit dir bin. Du solltest mich lieber ein wenig beschwichtigen.«

»Und wie, Sir?«

»So«, gab er zur Antwort, zog sie an sich und küsste sie.

18

Bereitwillig erwiderte Anne seinen Kuss. Vom ersten Tag an hatte sie sich körperlich zu ihm hingezogen gefühlt, und nun, da sie keine Rücksicht mehr auf Fiona zu nehmen brauchte, gab sie sich ganz den Empfindungen hin, die seine hungrigen Lippen in ihr auslösten.

Im ersten Augenblick überwog die Erleichterung darüber, dass er sie doch nicht verabscheute. So konnte sie sich getrost seiner kraftvollen Umarmung überlassen, bis ihre Leidenschaft so groß wurde, dass sie das Gefühl hatte, sie müsste vor Wonne zerfließen.

Er hielt sie mit einem Arm an sich gepresst, während er mit der anderen Hand ihren Körper erforschte. Von der Schulter seitlich hinab bis zur Hüfte wanderten seine liebkosenden Finger, dann über ihren Rücken hinauf und wieder zur Taille, bevor sie weiter oben zur Ruhe kamen und er behutsam eine ihrer Brüste umfasste.

Ihre Nervenenden vibrierten unter seiner Berührung, während sie begann, ihn ihrerseits zu streicheln. Genussvoll ließ sie ihre Hand über den Samt seines Wamses gleiten, spürte die harten Muskeln unter dem weichen Stoff und malte sich die Teile seines Körpers aus, die noch darauf warteten, von ihr erkundet zu werden.

Sein Daumen fuhr zärtlich um ihre Brustwarze, bis sie vor Wonne keuchte. In einem heißen Kuss empfing ihre Zunge die seine.

Mit einem Mal fühlte sie sich wahrhaftig verheiratet, umso mehr, als dass die Trauungszeremonie für sie nur aus leeren Worten bestanden hatte. Während ihrer beider Zungen ein kleines, leidenschaftliches Gefecht austrugen, stieg ein Lachen in ihr auf, das jedoch sogleich von völlig neuen, überwältigenden Gefühlen verdrängt wurde.

Sein eng an sie gepresster Körper verriet deutlich seine Erregung und weckte in ihr die Sehnsucht danach, mit ihm zu verschmelzen.

Da legte Kit ihr die Hände auf die Schultern und küsste sie noch einmal innig. Dann richtete er sich auf und sah ihr ernst in die Augen.

»Nun?«, fragte er. Eine leichte Spannung schwang in seiner Stimme mit.

»Nun, was?«, erwiderte sie leise. »Warum hast du aufgehört?«

»Weil ich dich sonst auf der Stelle hier auf dem Weg genommen hätte. Und ich dachte mir, dagegen könntest du etwas einzuwenden haben.«

»Warum sollte ich?«

Kleine lustige Funken begannen, in seinen Augen zu tanzen. »Weil es bestimmt nicht mehr lange dauern wird, bis jemand nachsehen kommt, ob ich dich schon umgebracht habe.«

Sie musste lachen. »Ich glaube kaum, dass Olivia kommen würde. Aber wenn doch, würde sie bestimmt schrecklich herumkreischen.«

»Wahrscheinlich würde sie sagen, wir sollten ein bisschen mehr Rücksicht auf ihre Trauer nehmen«, antwortete er grinsend. »Aber sie würde wohl eher ihren ergebenen Haushofmeister nach uns schicken.«

Anne musste kichern, als sie sich Malcolms Gesicht vorstellte.

»Also, mein Mädchen«, sagte Kit, »wenn du möchtest, dass ich unsere Ehe annullieren lasse ...«

»Darauf war ich gefasst«, erwiderte sie.

»Nun gut, dann werde ich also Beaton sagen ...«

»Aber das will ich doch gar nicht, wenn du es auch nicht willst«, sagte sie rasch und ein wenig verlegen.

Kit grinste nur. »Wenn das so ist«, sagte er und legte ihr einen Arm um die Schultern, »dann lass uns schnellstmöglich in meine Schlafkammer gehen.«

Wieder lachte sie. »Das geht nicht. Wir müssen doch bei der Feier dabei sein.«

»Warum?«

»Nur so. Weil es von einem jungen Brautpaar erwartet wird.«

»Hast du denn Lust dazu?«

Sie schüttelte sich unwillkürlich. »Es wird grässlich werden, aber es geht nicht anders.«

»Im Gegenteil«, widersprach er ihr. »Wenn es so grässlich ist, sollten wir es unbedingt bleiben lassen.«

»Aber …«

»Nein, mein Schatz«, entgegnete er in bestimmtem Ton, wobei seine Augen noch immer übermütig blitzten, »du musst dir unbedingt abgewöhnen, mit deinem Gatten herumzustreiten. Ich befehle dir jetzt, mit mir in mein Schlafgemach zu kommen. Sollen sich die Gäste doch ohne uns vergnügen. Stell dir einfach vor, du würdest ohne Abendessen ins Bett geschickt. Das ist dir doch bestimmt mehr als einmal passiert.«

»Ja, schon, aber nicht aus demselben Grund.«

»Das will ich auch hoffen«, gluckste er und schob sie in Richtung Bohlenbrücke. »Wir benutzen wieder die Hintertür. Und wenn uns jemand auf der Treppe begegnen sollte, ist es hoffentlich einer von den Dienstboten, der uns etwas zu essen nach oben bringt.«

Doch sie trafen niemanden im Treppenhaus. Alle Diener und Mägde schufteten entweder in der Küche oder rannten mit vollen oder leeren Tabletts und Platten zwischen Halle und Küche hin und her. Sie gingen über die Galerie, an der Annes und Fionas Kammern lagen und die die beiden Flügel des Hauses miteinander verband. Auf der anderen Seite mussten sie wieder eine Treppe hinuntersteigen, um zu dem

Bereich zu gelangen, in dem sich Kits und Eustaces Zimmer gegenüberlagen.

Als Anne eintrat, nachdem Kit schwungvoll die Tür geöffnet hatte, fühlte sie sich wieder ein wenig beklommen. Noch nie zuvor hatte sie die Schlafkammer eines Mannes betreten, wenn man von der ihres Vaters oder Bruders absah. Doch in dieser hier gab es nichts Besonderes zu sehen. Am Morgen hatte das zuständige Dienstmädchen das Gemach ordentlich aufgeräumt.

Die Möbel und der Kamin befanden sich am gleichen Platz wie in Annes Kammer, und der einzige Unterschied bestand darin, dass die Vorhänge hier dunkelrot und bei ihr blau waren.

Hinter ihr fiel die Tür mit einem Klicken ins Schloss. Erschrocken fuhr Anne herum und sah sich Auge in Auge mit Kit, der, die Hände auf dem Rücken verschränkt, dastand und sie beobachtete.

»Bist du sicher, Anne-Mädchen?« Seine Stimme war leise und ein wenig rau.

»Ja, Sir, wenn Ihr es auch seid«, erwiderte sie gelassen.

Da nahm er sie ohne weitere Umstände in die Arme und küsste sie zuerst zärtlich, dann leidenschaftlicher, bevor er sie aufhob und zum Bett hinübertrug. Neben dem Bett blieb er stehen und murmelte: »Weißt du über die Ehe Bescheid, Liebste? Was verheiratete Leute auf ihrem Lager miteinander tun?«

»Ja, Sir, ich bin recht gut unterrichtet, weil meine Mutter mir einiges darüber erzählt hat.«

»Das war sehr klug von ihr«, sagte er. »Hast du Angst?«

»Nein, vor Euch doch nicht.«

Er küsste sie auf die Nasenspitze. »Ich werde das Feuer ein bisschen schüren, damit es hier drin wärmer wird. Du kannst schon mal die Schuhe ausziehen und alles andere, womit du allein zurechtkommst. Ich helfe dir dann mit den Schnürbändern und so weiter.«

»Ihr scheint Euch ja gut auszukennen, Sir«, sagte sie lächelnd und ließ sich auf der Bettkante nieder.

»Eifersüchtig, mein Mädchen?«

»Habe ich denn Grund dazu?«

»Nein. Seit fast zwei Jahren habe ich wie ein Mönch gelebt.«

»Und davor?«

»Das hat nichts mit dir zu tun.«

»Hat es denn etwas mit Euch zu tun, was *ich* gemacht habe?«

Er lachte leise, während er sich vor dem Kamin auf ein Knie niederließ und sie über die Schulter anschaute. »Hast du denn so viel vor deinem Mann zu verbergen, Annie?«

»Nichts, was Euch etwas anginge«, erwiderte sie und streckte die Nase in die Luft. »Wenn Ihr mir nichts über Eure abenteuerliche Vergangenheit erzählt, dann erfahrt Ihr von mir auch nichts.«

Lächelnd nahm er ein Holzscheit und legte es in die Glut. »Ich werde bald ganz genau wissen, ob du etwas zu verbergen hast, mein Schatz. Und was du mir dann erklären musst, wird sich zeigen. Aber auf jeden Fall ist es nicht gut, wenn eine Frau ihrem Mann etwas verheimlicht.«

»Und wie ist es mit dem Mann?« Sie blickte ihn eindringlich an.

»Eheleute sollten keine Geheimnisse voreinander haben, finde ich«, antwortete er, als er aufstand und zu ihr kam. »Es kann jedoch passieren, dass ein Mann aus politischen Gründen oder um sich selbst zu schützen seine Pläne nur denen verrät, zu denen er unbedingtes Vertrauen hat. Und ein solches Vertrauen schenkt man nicht leichtfertig.«

Sie nickte verständnisvoll. Dann schaute sie ihm gerade ins Gesicht und fragte: »Und was ist mit persönlichen Angelegenheiten oder mit Dingen, die den Charakter des Mannes betreffen? Die sind doch wichtig, damit Vertrauen überhaupt entstehen kann, möchte ich meinen.«

Sein Blick wurde wachsam. »Ich sehe schon, worauf du anspielst«, sagte er. »Glaubst du, du kannst mir nicht vertrauen, Anne?«

»Doch, Sir. Aber ich muss gestehen, dass Ihr meine Neugierde stärker reizt als jemals ein Mensch zuvor. Mein Gefühl sagt mir, dass ich Euch vertrauen kann, und ich folge meinem Gefühl. Und dennoch, ich möchte zu gerne …«

»… wissen, wie ich auf dieses Gefängnisschiff gekommen bin«, beendete er den Satz.

Sie nickte.

»Würde es dich stören, wenn ich dich ausziehe, während ich es dir erzähle?«

»Nein.« – »Dann komm her.«

Sie gehorchte, den Blick unverwandt auf sein Gesicht gerichtet. Doch seine Miene war so undurchdringlich wie immer. Sie vertraute ihm, liebte ihn sogar. Dennoch wurde sie nicht aus ihm schlau, wenn er sie so ausdruckslos anschaute.

»Dreh dich um, damit ich dir das Kleid aufschnüren kann«, sagte er. »Ich könnte ja auch einfach um dich herumfassen, aber dann würde meine Erzählung vermutlich sehr kurz ausfallen.«

»Ich möchte aber Euer Gesicht sehen.«

»Dann dreh dich schnell um. Je eher ich mit den Bändern fertig bin, desto eher kannst du mich wieder anschauen.«

Sie entschloss sich, nicht weiter darüber zu diskutieren.

Für einen kurzen Augenblick nahm die Bewegung seiner Finger auf ihrem Rücken sie ganz gefangen, doch dann richtete sie ihre Aufmerksamkeit wieder auf seine Worte.

»Zwei meiner Cousins aus dem Hochland wurden ermordet und man verdächtigte mich.«

»Aber Ihr wart es nicht«, stellte sie fest.

»Nein. Aber mein Verschwinden half den Feinden meiner Familie dabei, ganz Inverness-Shire von meiner Schuld zu überzeugen.«

»Warum seid Ihr verschwunden?«

»Noch bevor ich etwas von den Morden erfuhr, ergriffen mich die Männer des Sheriffs aus dem Hinterhalt. Sie fesselten meine Hände und Füße und schleppten mich ohne jedes Gerichtsverfahren auf das Schiff.«

»Aber überzeugt sich der Kapitän eines Gefängnisschiffes denn nicht davon, ob ein Häftling rechtmäßig verurteilt wurde?«

»Wie klug du bist, mein Schatz. Du hast sofort erkannt, wozu ich Wochen brauchte. Als ich den Matrosen sagte, dass ich unschuldig sei und entführt wurde, lachten sie nur. So eine Geschichte hatten sie wohl schon mehr als einmal gehört. Doch nach einiger Zeit, als ich mich mit meinem Schicksal abgefunden und mit einigen der Männer angefreundet hatte, erfuhr ich mehr. Das Schiff gehörte Beaton.«

»Beaton!«

»Ja.« Er streifte ihr das Kleid von den Schultern.

Als er ihr den Brautschleier abnahm und seine warmen Lippen auf ihre bloße Schulter drückte, legte sie ihm eine Hand auf die Wange. »Wie seid Ihr freigekommen?«, wollte sie wissen.

»Bei Glasgow bin ich über Bord gesprungen und an Land geschwommen. Dann habe ich mich ins Hochland aufgemacht. Ich habe den Cousin getroffen, von dem ich dir erzählt habe, und …«

»… und dort habt Ihr von dem legendären Schwarzen Fuchs gehört«, sagte sie mit einem leisen Lachen.

»Ja«, erwiderte er lächelnd. »Aber um wieder auf Beatons Schiff zurückzukommen …«

»Was ist das doch für ein Schuft!«

Sein Lächeln erstarb. »So etwas darfst du niemals laut sagen, Liebste, denn wir können es nicht beweisen. Bis heute weiß ich nur, dass der Sheriff mit dem Kapitän einen Handel abgeschlossen hatte, von dem Beaton nichts wusste. Wie dem auch sei, jetzt ist das alles vorüber, und ich bin hier bei dir.« Er lächelte ihr wieder zu.

»Willie hat mir erzählt, dass Ihr Euch einmal für ihn habt auspeitschen lassen«, sagte sie leise. »Das war sehr tapfer von Euch.«

»Wenn es nach dem Ersten Offizier gegangen wäre, hätte es meinen Tod bedeutet«, antwortete er und warf ihren Kopfputz beiseite. »Aber so habe ich lediglich ein paar Narben und einige böse Erinnerungen an meine Gefangenschaft zurückbehalten. Aber ich habe dafür zwei gute Freunde gefunden.«

»Zwei?«

»Ja.« Er grinste listig. »Willie war nicht der Einzige, der sich unter falschem Namen auf Mute Hill House herumgetrieben hat.«

Sie riss die Augen auf. »Berridge?«

»Du hast es erfasst.«

»Das war auch nicht schwer, Sir. Schließlich ist er der einzige Fremde hier, von den Hochzeitsgästen mal abgesehen. Ist er denn auch kein echter Lord?«

»Weiß der Teufel. Er spielt seine Rolle ziemlich gut, aber auf dem Schiff war er ein ganz gewöhnlicher Gefangener. Er war kurz vor mir gekommen, hat aber nie viel von sich erzählt. Daher weiß ich nicht, woher und aus welcher Familie er stammt. Er ist durchaus glaubwürdig als Lord Berridge, aber unser Willie war ja auch ein sehr überzeugender Spaßmacher.«

»Ich hoffe, dass Fiona mit ihm glücklich wird«, sagte Anne mit einem Seufzer.

Er zog sie an sich und küsste ihr Haar. »Lass uns die beiden jetzt einmal vergessen«, murmelte er.

»Sie ist doch schließlich meine Cousine. Ich hätte netter zu ihr sein sollen.«

Da verschloss Kit ihr den Mund mit einem Kuss. Er befreite sie vollends von ihren Kleidern, zog sich selbst aus und drückte sie sanft auf das Bett. Fiona und Willie waren vergessen.

»Was glotzt du denn so, Fergus Fishbait?«, fragte Maggie barsch.

Vor Schreck machte Fergus einen Satz und wurde schon wieder ganz durchsichtig. Doch fing er sich schnell wieder und antwortete: »Ich ... ich behalte doch nur mein Mädchen im Auge.«

»Sie braucht dich jetzt nicht. Du störst nur«, entgegnete Maggie. »Was ist, wenn du aus Versehen sichtbar wirst? Das Mädchen würde ja einen Mordsschreck kriegen.«

»Das passiert mir schon nicht. Wie du ja weißt, muss man sich richtig Mühe geben, um sich einem Sterblichen zu zeigen.«

»Ach was«, blaffte sie ungehalten. »Geh zu Catriona und halt die Augen offen. Immer wenn ich in diesem Haus bin, fühle ich Clauds Gegenwart besonders stark. Ich bin daher fast sicher, dass er mit dieser blöden Lady Carmichael vermischt wurde.«

»Nein, ich sage dir, es ist Eustace Chisholm«, erwiderte Fergus starrsinnig. »Und Jonah ist auch in der Nähe; das kann ich nun wieder spüren.«

»Gut, wir müssen also alle vor Jonah auf der Hut sein. Aber was deine Idee mit Eustace angeht, so habe ich Clauds Anwesenheit lange nicht so stark gespürt, als ich mit Catriona auf Hawks Rig war. Du kannst ja trotzdem ein Auge auf ihn haben, wenn du meinst. Hauptsache, du verschwindest. Hier bist du nämlich überflüssig.«

Fergus machte sich davon, und Maggie glitt tief in den Schatten, von wo aus sie über die beiden Liebenden wachen konnte, ohne ihre Privatsphäre zu verletzen.

Er sah sie auch, denn als der Nebel sich plötzlich lichtete, fand er sich in derselben Kammer wie Maggie und Fergus und hörte aufgeregt ihrem Wortwechsel zu. Auch er spürte, dass irgendwo im Ungewissen Jonah lauerte. Und da er fürchtete, ihn durch seine bloße Gegenwart herbeizulocken, wollte er die Kammer so schnell wie möglich verlassen. Er konzentrierte sich mit aller Kraft darauf, und gehorsam senkten sich die Nebel wieder und hüllten ihn ein.

Kit entzündete eine Kerze am Feuer und stellte sie auf das Nachttischchen. Dann legte er sich vorsichtig neben Anne und bewunderte ihre stille Schönheit. Wie hatte er jemals Fiona hübsch finden können, wenn Anne zugegen war? Die weiche Fülle ihrer kastanienbraunen Locken gefiel ihm viel besser als Fionas blondes Haar; ihre heitere Intelligenz fesselte ihn wesentlich stärker als Fionas kühle Gleichgültigkeit.

Er streckte die Hand nach ihr aus und streichelte ihre warme, glatte Haut. »Bleib so liegen, Liebste«, bat er sie. »Ich möchte dich berühren und dich im Kerzenschein ansehen.«

Willig ließ sie es zu, dass er die Bettdecke fortzog und sich an der Schönheit ihres nackten Körpers weidete. Ganz sanft fuhr er mit der Hand von ihrer Schulter über ihren Oberarm bis zur Höhe ihrer Brust. Er umkreiste mit dem Daumen ihre Brustwarze, die sich unter seiner Berührung aufrichtete, und sah ihr dabei unverwandt in die Augen. Fest erwiderte sie seinen Blick, doch ihr immer schneller gehender Atem verriet ihm, dass ihre Erregung ebenso wuchs wie die seine. Den Blick noch immer in ihre Augen versenkt, ließ er seine Hand tiefer gleiten, über ihren Bauch, das dichte Haargekräusel, bis zu der seidenweichen Haut an der Innenseite ihres Schenkels.

Ihr Körper versteifte sich ein wenig, also wanderte seine Hand weiter hinunter bis zu ihrem Knie und der Wade.

Er rutschte ein wenig tiefer, streichelte den Rücken ihres rechten Fußes. Dann nahm er den Fuß in die Hand und strich sacht über die Sohle. Ihre Augen weiteten sich merklich. Er ergriff den linken Fuß und küsste eine Zehe nach der anderen, bis es kitzelte und sie laut auflachte.

Dann wanderte er mit seinem Mund an ihrem Bein entlang, wobei er ihre Wade und ihren Oberschenkel mit Küssen bedeckte. Ihr Atem beschleunigte sich, als er sich dem wonnevollen verborgenen Ort näherte. Sein Wunsch, sie zu besitzen, wurde fast übermächtig, doch er wollte ihr beiderseitiges Vergnügen auch so lange wie möglich auskosten. Daher widmete er sich erneut ihren Brüsten, saugte nacheinander behutsam an den Brustwarzen, bis sie vor Wonne aufstöhnte.

Gleichzeitig erkundete er mit den Händen jeden Zentimeter ihrer Haut, der sich in seiner Reichweite befand. Ihr Körper war einfach vollkommen, dachte er entzückt. Als sie sich erregt an ihn presste, rückte er ein kleines Stückchen von ihr ab und sagte: »Dreh dich um, Liebste.«

»Warum?«

»Weil ich es möchte.«

Nach kurzem Zögern gab sie nach.

Er ließ beide Hände über ihren Rücken hinabgleiten, wobei er ihr ins Ohr flüsterte: »Du sollst mit meinen Berührungen vertraut werden und sie genießen. Und ich möchte dich ganz und gar erkunden, mit meinen Fingern, meinen Lippen und meiner Zunge.«

Sie seufzte wollüstig auf, als er ihre Hinterbacken umfasste und sanft drückte, bevor er einen Finger zwischen ihre Beine schob. Ihr plötzliches Keuchen fachte seine Lust noch weiter an, und er wusste, dass er nicht mehr lange würde an sich halten können.

Also drehte er sie wieder zu sich herum und küsste sie erneut. Das Innere ihres Mundes war weich wie Samt und zu seinem Entzücken kam ihm ihre Zunge entgegen und vereinigte sich spielerisch mit der seinen.

Er streichelte sie fordernder, glitt mit den Fingern über ihren Bauch und zwischen ihre Beine, um sich zu vergewissern, dass sie bereit war. Nun konnte er einfach nicht länger warten. Rasch schob er sich auf sie, steigerte mit einigen zärtlichen Berührungen ihre Erregung, bis sich ihr Körper voller

Verlangen unter ihm spannte, und drang dann behutsam in sie ein. Er vernahm ein leises, schmerzerfülltes Stöhnen, doch er wusste, dass es rasch vorbeigehen würde. Einen Moment hielt er inne und gab ihr Zeit, sich an das neuartige Gefühl zu gewöhnen und ihn ganz in sich aufzunehmen. Seine Leidenschaft erreichte den Höhepunkt und er lechzte nach Erlösung, dennoch hielt er sich zurück, bis er es schließlich nicht mehr ertragen konnte. Fast wie von selbst bewegte er sich immer schneller, und dann entlud sich seine Erregung in einer so intensiven Woge des Entzückens, wie er es nie zuvor gefühlt hatte.

Sie lag ganz still unter ihm, und damit er ihr nicht zu schwer wurde, stützte er sich auf die Ellbogen und schaute ihr forschend in die Augen.

Anne erwiderte ruhig und gelassen seinen Blick.

»Geht es dir gut?«

»Ja, sicher«, antwortete sie. »Über die Füße hat Mutter nichts gesagt und auch nichts von den Gefühlen, die man beim Höhepunkt hat, aber dass es beim ersten Mal wehtun würde, hat sie schon erwähnt. Ich habe es mir aber viel schlimmer vorgestellt. Alles in allem war es einfach wunderbar.«

»In Zukunft wird es auch nicht mehr wehtun«, sagte Kit.

»Und wie lange müssen wir bis zum nächsten Mal warten?«, erkundigte sie sich.

Er grinste. »Wenn du mich weiter so ansiehst, mein Schatz, dann müssen wir überhaupt nicht mehr warten. Möchtest du es noch einmal tun?«

»Kommt drauf an«, entgegnete sie neckend. »Darf ich diesmal deinen Körper erforschen?«

»Ach, Mädchen«, sagte er und zog sie an sich, »du kannst dich nach Herzenslust umtun.«

Endlich fielen sie in Schlaf. Vor wohliger Erschöpfung schlief Anne so tief und fest, dass sie die schweren Schläge an der

Kammertür für einen Traum hielt, bis eine Bewegung neben ihr sie aus dem Schlaf riss. Es dauerte eine ganze Weile, bis sie einigermaßen klar denken konnte, doch dann erinnerte sie sich verwundert und glücklich daran, dass sie Kits Ehefrau war und mit ihm im Bett lag.

Er war schon aufgestanden. Das Feuer war heruntergebrannt, und das Zimmer lag im Dunkel. Doch im bleichen Licht des Mondes, das durch die Fenster fiel, sah sie, wie er Hemd und Strümpfe vom Boden aufhob und sich anzuziehen begann. Sie setzte sich auf.

In diesem Augenblick dröhnten wieder Schläge an der Tür.

»Wer ist da?«, rief er.

»Verzeiht, Sir Christopher, aber ich habe eine wichtige Botschaft für die Lady – schlimme Kunde, Sir.«

»Das kann nur eine Nachricht von meinem Vormund sein«, sagte Anne, die jetzt völlig wach war. Sie hatte sich schon gewundert, dass Thomas Ellyson noch nicht eingetroffen war, und obgleich sie nicht gerade darauf brannte, ihn zu sehen, hoffte sie doch, dass ihm nichts zugestoßen war.

Abermals klopfte es.

»Augenblick noch«, rief Kit ungehalten, während er sich sein Hemd und die Strümpfe überstreifte. Mit einem Blick über die Schulter sagte er leise: »Deck dich gut zu, Liebste, und denke immer daran: Egal, was kommt, du bist nicht allein.«

Sofort fühlte Anne sich sicherer. Sie zog die Bettdecke bis zum Kinn hoch und drückte sich in die Kissen, wo sie im Schatten des Himmelbetts vor fremden Blicken verborgen war.

Kit nickte ihr kurz zu und schob dann den Türriegel auf.

»Was ist denn?«, fragte er, als der goldene Schein einer Laterne in die Kammer fiel. »Was zum Teufel …«

Er brach ab und stieß einen entsetzten Schrei aus. Zwar konnte Anne in dem Geflacker aus Licht und Schatten vor der Tür nicht viel ausmachen, doch das Getrampel schwerer

Stiefel, erstickte Flüche, geknurrte Befehle und ein wildes Handgemenge verrieten ihr genug.

»Hört auf damit!«, schrie sie und presste die Bettdecke an sich. »Wer seid Ihr? Wie könnt Ihr es wagen?«

Ein großer Schatten löste sich von den anderen, murmelte ein paar Worte und nahm einem der anderen die Fackel aus der Hand. Im zuckenden Licht der Flamme blickte sie in Eustace Chisholms Gesicht.

»Keine Angst, Mylady«, sagte er und kam auf das Bett zu. »Wir sind nur gekommen, um einen Verbrecher dingfest zu machen. Ich bedaure, wenn wir zu spät gekommen sind«, setzte er in leicht verändertem Ton hinzu.

Er ließ seine Augen mit einem so lüsternen Ausdruck über ihre Gestalt schweifen, dass sie sich am liebsten unter der Decke verkrochen hätte.

Stattdessen starrte sie ihn nur unverwandt an. »Was redet Ihr da für ein Unsinn? Er ist genauso wenig ein Verbrecher wie Ihr.«

Sogar noch viel weniger, fügte sie im Stillen hinzu.

»Es tut mir leid, dass ausgerechnet ich Euch die schlechte Nachricht überbringen muss, Anne«, sagte Eustace und trat noch näher an das Bett heran – viel zu nahe für ihren Geschmack. »Aber der Mann, den Ihr unglücklicherweise heute geheiratet habt, ist ein entflohener Mörder.«

»Ihr wisst genau, dass das nicht wahr ist«, entgegnete sie mit eisiger Stimme.

»Ich weiß gar nichts«, konterte er. »Der junge Mann wurde zu lebenslänglicher Haft verurteilt, weil er die beiden Söhne eines mächtigen Hochland-Lairds umgebracht hat. Mit viel Glück ist er damals dem Galgen entronnen, aber ich bezweifle, ob ihm dieser gute Stern treu bleiben wird. Dass er obendrein noch geflohen ist, wird ihn wohl den Kopf kosten.«

»Was Euch ja überaus gelegen käme«, fauchte sie. »Mich könnt Ihr nicht für dumm verkaufen, Eustace Chisholm. Ihr wisst genauso gut wie ich, dass Euer Neffe weder eine anständige Gerichtsverhandlung hatte noch rechtmäßig verurteilt wurde. Und Ihr wisst auch genau, dass er weder seine Cousins aus dem Hochland noch sonst jemanden ermordet hat. Von diesem Verdacht wurde er voll und ganz entlastet.«

Der Lärm auf der Galerie verebbte, als die Männer Kit davonzerrten.

Nachdem Eustace sich mit einem kurzen Blick über die Schulter davon überzeugt hatte, dass sich niemand mehr auf der Galerie aufhielt, wandte er sich lächelnd an Anne: »Was Ihr daherredet, ist völlig ohne Belang. Schließlich seid Ihr nur eine Frau und wisst nicht mehr als das, was Kit Euch erzählt hat. Euer Wort wird daher vor einem Gericht nicht zählen, zumal wenn dieses Gericht von Kardinal Beaton einberufen wurde.«

»Also steckt Beaton mit Euch unter einer Decke.«

»Beaton ist lediglich ein Freund von mir. Er weiß, dass ich mit allen meinen Männern hinter ihm stehe, wenn es darum geht, Heinrich von Schottland fernzuhalten. Kit dagegen kennt er nicht und nach dem, was er über ihn gehört hat, hält er ihn für ebenso unzuverlässig wie Buccleuch oder die Armstrongs von Liddesdale. Er braucht mich und hat mir im Gegenzug seine Unterstützung zugesagt. Das ist alles.«

Anne wählte ihre Worte mit Bedacht. »Daraus schließe ich, Sir, dass er Euch dabei geholfen hat, Euch Hawks Rig anzueignen.«

Eustaces hämisches Grinsen war Antwort genug. Dann sagte er: »Jetzt hat er mir allerdings einen schlechten Dienst erwiesen.«

»Ich möchte wissen, was schlimmer für Euch war«, entgegnete Anne spöttisch, »dass er Euch vor einem Jahr vorgelogen hat, dass Kit tot wäre, oder dass er gestern in der Verlobungssache gegen Euch entschieden hat. Dadurch ist Euch immerhin Fiona durch die Lappen gegangen.«

Eustace zuckte die Achseln. »Das spielt jetzt keine Rolle

mehr, nachdem unsere Fiona ja dumm genug war, mit dem Spaßmacher durchzubrennen.«

»Ihr Spaßmacher gehört zu den Armstrongs von Liddesdale«, sagte Anne.

»Trotzdem wird sie ihre Tat noch bitter bereuen, denn die Armstrongs werden sich wahrscheinlich auf Heinrichs Seite schlagen, und dann ist sie bei all ihren Freunden und Verwandten unten durch.«

»Andererseits verfügen die Armstrongs dann über ihr Vermögen, auf welche Seite sie sich auch schlagen werden«, erwiderte Anne. Nicht eine Sekunde lang glaubte sie daran, dass Fiona oder Willie einem englischen König dabei helfen könnten, in ihr geliebtes Schottland einzumarschieren.

»Das stimmt schon«, sagte Eustace. »Aber Fionas Mutter hat auch Geld, wie Ihr wisst. Ihr Erbteil als Witwe ist beinahe genauso groß wie Fionas, und sie hält große Stücke auf mich. Und dann seid Ihr ja noch da, meine Liebe. Ich bin sicher, dass Armadale Euch wohlversorgt zurückgelassen hat. Wenn Beaton Eure Ehe annulliert oder mein Neffe gehängt wird, könntet Ihr ja noch einmal Lady Chisholm werden, was haltet Ihr davon?«

Bei dem Gedanken daran, ihn heiraten zu müssen, wurde ihr ganz übel, doch sie antwortete ungerührt und kühl wie immer: »Wenn es dazu kommen sollte, würde ich Euch raten, Euch nachts nicht mehr allzu unbesorgt dem Schlaf zu überlassen.«

»Und warum nicht?«, fragte er lauernd.

»Es macht mir nicht das Geringste aus, Ungeziefer zu zertreten«, gab Anne zur Antwort.

Seine Überheblichkeit verwandelte sich in Wut. »Dein freches Mundwerk geht mir schon seit Monaten auf die Nerven«, schnauzte er sie an. »Und jetzt ist keiner mehr da, der dich vor deiner gerechten Strafe bewahrt. Beaton hat mir schon versprochen, dass ich mir meine Braut nach Belieben aussuchen kann. Und wenn ich dich nehme, mein liebes

Mädchen, dann wirst du lernen, mir zu gehorchen, oder, bei Gott, ich werde es dir eigenhändig einbläuen.«

Er packte sie am Arm, doch da ließ ein Knurren sie beide vor Schreck zusammenfahren. Eustace wirbelte herum und hielt die Fackel höher.

Mitten auf dem Kaminvorleger stand ein roter Fuchs mit weißer Brust und einer weißen Spitze an seinem buschigen Schweif und knurrte ihn mit gebleckten Zähnen drohend an.

»Was zum …«

Anne entriss ihm ihren Arm. »Raus mit Euch, Sir Eustace!«

Mit einem abfälligen Schnauben drehte er sich wieder zu ihr um. »Du glaubst doch wohl nicht, dass ich Angst vor einem Fuchs habe! Dieses blöde Vieh stromert schon seit mindestens vierzehn Tagen durchs ganze Haus. Wollen mal sehen, wie gefährlich er ist!«

Mit diesen Worten schlug er mit der brennenden Fackel nach dem Fuchs, um ihn damit in die Flucht zu schlagen.

Doch das Tier rührte sich nicht von der Stelle. Ungeachtet der lodernden Flammen starrte es Eustace an.

»Dir werde ich's zeigen!«, schrie Eustace und stieß ihm die Fackel mitten ins Gesicht.

Vor Annes entsetzten Augen gelang es dem Fuchs irgendwie, auszuweichen. Mit einem gewaltigen Satz sprang er Eustace an die Kehle.

Der stieß einen Schreckensschrei aus, riss die Arme hoch, um das Tier abzuwehren, und ließ dabei die Fackel fallen. Der Flickenteppich vor dem Bett fing Feuer, und im Handumdrehen waren die Bettvorhänge und der Saum von Eustaces Umhang in Brand gesteckt. Vom Feuer umtost packte Eustace den Fuchs beim Nacken und schleuderte ihn mit Triumphgeheul mitten in die Flammen. Dann riss er sich den brennenden Umhang herunter und stürzte aus der Kammer.

Kaum war die Tür hinter ihm zugekracht, erlosch das Feuer augenblicklich.

Anne blinzelte entgeistert, und als sie wieder hinsah, flammte die Fackel von neuem auf. Dabei stand sie aufrecht auf ihrem Griff mitten im Zimmer und schien heller zu leuchten als zuvor. Anne war überzeugt, dass sie sich das Feuer nur eingebildet hatte, denn kein Gegenstand im ganzen Zimmer war auch nur angesengt.

»Du hast nicht geträumt«, ließ sich da eine körperlose Stimme vernehmen. Der Fuchs saß auf dem Umhang, den Eustace fallen gelassen hatte, und schüttelte sich wie ein nasser Hund.

»Wer ist denn da?«, fragte Anne, der die Stimme bekannt vorkam. Vielleicht hatte sie sie vor langer Zeit oder in einem Traum gehört.

»Ich bin's nur«, sagte die Stimme. Im selben Augenblick löste sich der Fuchs in Luft auf, und an seiner Stelle erschien eine rundliche kleine Bauersfrau, bekleidet mit einem schlichten grauen Umhang, einem grünen Kleid und schwarzen Stiefelchen. Plötzlich fiel Anne wieder ein, wo sie die Stimme schon einmal gehört und die dazugehörige Frau gesehen hatte. »Maggie Malloch!«, rief sie. »Euch hatte ich ja völlig vergessen!«

»Ja, ich weiß«, nickte Maggie, langte in eine verborgene Tasche in ihrem Umhang und brachte etwas Weißes zum Vorschein, das aussah wie ein langes, rundes Stäbchen mit einem flachen Näpfchen an einem Ende. Zu Annes Verblüffung glühte es in dem Näpfchen, und als Maggie das Stäbchen in den Mund steckte und einen tiefen Zug nahm, stieg eine dünne weiße Rauchfahne auf. Ein kleines weißes Wölkchen puffte beim Ausatmen aus ihrem Mund.

»Du lieber Himmel, was ist denn das?«

»Man nennt es Pfeife, aber lass uns nicht von meinen schlechten Angewohnheiten reden«, antwortete Maggie. »Wir haben Wichtigeres zu besprechen.«

»Ja, gut, aber was habt Ihr mit dem Fuchs gemacht?«

»Nichts«, sagte Maggie. »Da war kein Fuchs, bloß ich.«

»Aber vor ungefähr zwei Wochen haben die Hunde doch einen ins Haus gejagt«, erklärte Anne. »Seitdem taucht er immer mal wieder auf und versetzt die Dienstmägde in Angst und Schrecken.«

»Ach der! Der war nur einen Tag lang hier und ist dann wieder von allein hinausgelaufen«, erwiderte Maggie. »Aber ich dachte mir, es kann nicht schaden, wenn die Leute hier den Fuchs hin und wieder zu Gesicht bekommen. Und dafür habe ich dann gesorgt.«

»Und das Feuer?«

Maggie zuckte die Achseln. »Die meisten Menschen fürchten sich vor Feuer, außer wenn sie sehr tapfer sind. Und was diesen Eustace angeht, das scheint mir ein ausgemachter Feigling zu sein, der nur große Töne spuckt, wenn er seine Männer dabeihat.«

»Könnt Ihr nicht auch dafür sorgen, dass diese schrecklichen Kerle Kit freilassen?«

»Nein, das geht wirklich nicht«, erwiderte Maggie. »Ich habe mich schon wieder viel zu oft eingemischt. Aber Eustace hat nur mitgekriegt, dass er von einem Fuchs angegriffen wurde, den jeder hier im Haus schon einmal gesehen hat. Wenn ich jedoch deinen Kit befreien wollte, müsste ich meine Zauberkräfte allzu offensichtlich zeigen. Und das geht einfach nicht.«

»Könnt Ihr hinterher nicht einfach dafür sorgen, dass sie alles vergessen? So wie Ihr es mit mir gemacht habt.«

»Das könnte ich schon, aber mein Clan sieht es gar nicht gerne, wenn man die Angelegenheiten der Sterblichen zu sehr beeinflusst«, erklärte Maggie. »Wahrscheinlich muss ich ihnen für mein Eingreifen hier sowieso schon Rede und Antwort stehen. Aber da ich deinen Schutzgeist fortgeschickt habe, fühlte ich mich verpflichtet, in der Zwischenzeit auf dich aufzupassen.«

»Ich habe tatsächlich einen eigenen Schutzgeist?«

»Aber ja. Doch jetzt muss ich dir etwas mitteilen, wenn du

gestattest. Reiß dich zusammen, denn du musst ungedingt einen klaren Kopf bewahren.«

»Um was geht es denn?«, fragte Anne beklommen.

»Wie ich dir schon einmal gesagt habe, kann ich nicht in die Zukunft blicken, doch ich glaube, sie wollen Kit wirklich aufhängen«, sagte Maggie. »Aber vielleicht gibt es ja noch einen Ausweg. Heinrichs Heer ist näher, als du denkst, und trotz seinem Gerede über die Armstrongs steht Eustace in engerer Verbindung mit König Heinrich, als du dir vorstellen kannst.«

»Wollt Ihr damit sagen, dass er Kit an die Engländer ausliefern will?«

»Fällt dir vielleicht was Besseres ein?«, fragte Maggie. »Glaubst du denn, Eustace würde sich noch einmal auf diesen Lügner Beaton verlassen, der ihm schon einmal weismachen wollte, er habe Kit beseitigt?«

»Also hatte der Kardinal damals tatsächlich seine Finger im Spiel«, sagte Anne. »Das habe ich mir gedacht.«

»Ja, da bin ich völlig sicher«, erwiderte Maggie. »Eustace hat sich offenbar ganz auf Beaton verlassen. Deshalb war er auch so schnell bei der Hand, einen Anspruch auf Sir Christophers Titel und Vermögen zu erheben. Aber am besten wird sein, du fragst sie selbst.«

»Wie kann ich sie denn nur daran hindern, Kit zu töten?«

»Er hat dir nie die versprochene Pistole mitgebracht, aber seine liegt in der Kiste da drüben«, sagte Maggie und deutete mit dem Pfeifenstiel auf eine Truhe neben dem Kamin.

Anne schluckte und sagte mit gepresster Stimme: »Aber selbst wenn ich die Pistole hätte ...«

Doch auf Maggies Platz saß wieder der Fuchs, nur dass er diesmal schwarz war.

19

Die stehende Fackel war zusammen mit Maggie verschwunden, doch da das Kaminfeuer dafür wieder hell aufloderte, fand Anne ohne weiteres Kits Waffe, die zusammen mit dem Pulver, dem Ladestock und den Kugeln in einer Tasche steckte. In der Truhe lagen außerdem ein langer schwarzer Umhang, ein dunkles Hemd und ebensolche Strümpfe. Als Anne sich die Sachen anzog, stellte sie fest, dass ihr die dazugehörigen Hosen und Kits Stiefel viel zu groß waren. Sie musste sich etwas einfallen lassen.

Ein Klopfen an der Tür ließ ihr vor Schreck das Blut in den Adern gefrieren.

»Mylady? Lady Anne, seid Ihr da drin?« Es war Malcolm Voles Stimme.

Mit einem unwilligen Seufzer stand Anne auf und schlurfte in Kits Stiefeln zur Tür. Sie öffnete sie einen Spaltbreit und fragte: »Was ist denn?«

Malcolm schien sehr erleichtert. »Oh, Mylady, ich hatte solche Angst um Euch! Sir Eustace hat gesagt, in Sir Christophers Schlafkammer wäre ein Brand ausgebrochen.«

»Da hat er sich geirrt, wie Ihr seht«, erwiderte Anne. »Wahrscheinlich wollte Sir Eustace nur wieder Unruhe stiften. Er ist eben wütend, weil er Mistress Fiona nicht bekommen hat.«

Als sie sah, wie Malcolm erstaunt die Brauen hochzog, merkte Anne, dass sie eigentlich laut gedacht hatte. Die Worte waren ihr einfach so herausgerutscht, aber es tat ihr nicht leid.

Der Haushofmeister war sowieso viel zu beschäftigt, um sich länger Gedanken darüber zu machen.

Da ertönte eine barsche Stimme von der Galerie: »Was tut Ihr denn da, Malcolm?«

Der Angesprochene drehte sich überrascht um und machte sogleich einen Diener. »Bitte um Verzeihung, Mylord«, sagte er in unterwürfigem Ton, »aber ich habe mir Sorgen um Lady Anne gemacht. Sir Eustace hat gesagt, in Sir Christophers Kammer wäre ein Feuer ausgebrochen.«

»Woher Eustace das wohl wusste«, erwiderte Lord Berridge mit trügerisch sanfter Stimme.

»Er und seine Männer haben Sir Christopher verhaftet«, erklärte Malcolm. »Ich dachte mir, dass bei dem Handgemenge vielleicht eine Kerze umgestoßen wurde oder so.«

»Es war sehr tapfer von Euch, dass Ihr Lady Chisholm retten wolltet«, sagte Berridge mit einem spöttischen Unterton. »Aber da ich hier nirgendwo Rauch sehen kann, dürft Ihr Euch jetzt ruhig entfernen.«

»Halt, wartet, Malcolm!«, befahl Anne. »Geht auf der Stelle in den Stall und lasst mein Pferd satteln. Ich reite ihnen nach.«

»Das kann ich nicht«, antwortete Malcolm. »Erst muss ich Lady Carmichael um Erlaubnis fragen.«

»Blödsinn«, blaffte Berridge. »Lady Chisholm braucht von niemandem eine Erlaubnis, außer von ihrem Gatten. Und da der gerade nicht greifbar ist, kann sie tun und lassen, was sie will.«

»Ich brauche wahrhaftig niemanden um seine Einwilligung zu bitten«, sagte Anne unwirsch. »Und jetzt hört mir mal genau zu, Malcolm Vole. Ihr tut jetzt, was ich Euch gesagt habe, und zwar sofort. Ich werde sie verfolgen, und wenn ich über die Mauer klettern und ihnen barfuß hinterherrennen muss.«

Malcolm starrte sie entsetzt an, Berridge dagegen ließ ein belustigtes Glucksen hören. »Nun macht schon, Mann. Und lasst mein Pferd gleich mit satteln. Ich reite mit ihr.«

»Wenn das so ist, gibt es nichts dagegen einzuwenden«, erwiderte Malcolm steif und trat so würdevoll wie möglich den Rückzug an.

»Was ist das bloß für eine dämliche Krämerseele«, bemerkte Berridge, der ihm nachschaute.

»Ich danke Euch für Eure Hilfe, Mylord«, sagte Anne, »aber Ihr braucht Euch meinetwegen keine Umstände zu machen. Ich komme schon zurecht.«

»Ihr seid ja wirklich wild entschlossen, Madam. Aber Ihr wollt doch wohl nicht allein losreiten und eine Bande bewaffneter Männer verfolgen!«

»Ich ... ich nehme auch ein paar Gefolgsleute mit«, sagte sie hastig.

»Nein, Mädchen, das hat keinen Sinn«, entgegnete er kopfschüttelnd.

Nach einem prüfenden Blick nach links und rechts sagte sie: »Ihr müsst wissen, Lord Berridge, dass er mir gesagt hat, wer Ihr in Wirklichkeit seid. Ihr seid ein Schwindler, aber Ihr seid auch Kits Freund. Und Ihr könnt Euch auf mich verlassen. Mir passiert schon nichts, das verspreche ich Euch.«

»Versprecht, so viel Ihr wollt, Mädchen. Trotzdem werdet Ihr nicht allein losreiten.«

»Naja, ich könnte schon einen Bundesgenossen brauchen«, gab sie schließlich zu. »Aber Ihr dürft keine Fragen stellen. Helft mir einfach, aus dem Haus zu kommen. Kit vertraut Euch, und deshalb tue ich das auch. Aber ich werde mich von nichts und niemandem zurückhalten lassen.«

»Gut«, sagte er. »Weil meine Kammer nicht weit entfernt liegt, habe ich mitbekommen, wie Eustaces Schar Kit entführt hat. Als ich den Tumult hörte, riss ich die Tür auf und sah gerade noch, wie sie ihn fortschleppten. Ich erkannte zwei von Eustaces Männern, aber ihn selbst konnte ich nirgends entdecken.«

»Kein Wunder, er war nämlich in unserer Schlafkammer. Dieser Kerl ist wirklich ein widerlicher Wurm. Er besaß doch tatsächlich die Frechheit, mir vorzuschlagen, dass ich ihn heiraten soll, wenn sie Kit gehängt haben. Stellt Euch das vor! Lieber würde ich den Burschen erschießen.«

Berridge lächelte. »Das wird wohl nicht nötig sein, meine Liebe. Wir werden Kit schon finden, aber vielleicht solltet Ihr lieber Eure eigenen Schuhe anziehen?«

Anne schaute auf ihre Füße. In der Aufregung war sie hinter der Tür hervorgekommen, und nun konnte Berridge ihren merkwürdigen Aufzug sehen. Sie druckste ein wenig herum und sagte dann: »Hier drin habe ich nur Fionas Hochzeitskleid. Deshalb habe ich Kits Sachen genommen, aber nichts davon passt mir richtig. Eigentlich wollte ich die Entführer überrumpeln, aber wenn sie mich so sehen, lachen sie mich wahrscheinlich nur aus.«

Er schmunzelte. »Bei der Dunkelheit kann man unter dem Umhang nichts erkennen, aber kleinere Stiefel braucht Ihr auf jeden Fall. Ich muss auch erst meine Reitkleider anlegen, also könnt Ihr währenddessen in Eure Kammer gehen und in Eure eigenen Stiefel schlüpfen. Wir treffen uns dann an der Hintertreppe. Kit hat mir diesen Fluchtweg vor einiger Zeit gezeigt.«

»Danke, Sir.« Sie warf den Umhang um, nahm die Tasche mit der Pistole und ging zur Treppe.

»Eines noch, Mädchen.« Berridges Ton war streng.

»Ja, Sir?«

»Reitet unter keinen Umständen ohne mich los. Das würde mir ganz und gar nicht gefallen und Kit auch nicht, falls es Euch gelingt, ihn aufzuspüren.«

Mit Schaudern dachte sie an die Szene, die ihr Kit nach der Trauung im Garten gemacht hatte.

»Ich gehe nicht ohne Euch«, versprach sie.

»Braves Mädchen. Ich nehme an, Kit hat Euch alles über Willie erzählt, oder?«

»Ja, Sir«, erwiderte sie, schon ganz zappelig vor Ungeduld.

»Ein Jammer, dass Willie jetzt nicht hier ist«, sagte Berridge. »Er könnte uns sehr nützlich sein.«

»Er hat gesagt, er wolle nach Dunsithe reiten und Hilfe holen«, erklärte Anne. »Aber das war vor der Hochzeit und bevor er mit Fiona durchgebrannt ist. Ich wette, er ist so weit geritten, wie er nur konnte, und hat Kit ganz und gar vergessen.«

»Nein, das würde Willie niemals tun«, widersprach Berrigde entschieden. »Wenn er nach Dunsithe geritten ist, brauchen wir es nicht zu tun. Und jetzt schnell, Mädchen.« Mit diesen Worten machte er auf dem Absatz kehrt und ging über die Galerie zu seiner Kammer.

Ein wenig verwirrt blieb Anne in der Tür stehen. Warum trieb er sie jetzt zur Eile an, nachdem er sie die ganze Zeit aufgehalten hatte? Doch dann schleuderte sie Kits Stiefel von den Füßen, machte die Tür hinter sich zu und rannte barfuß und mit wehendem Umhang zu ihrer eigenen Schlafkammer, um ihre Stiefel zu holen.

Sie schnappte sich noch ihre Reitpeitsche, bevor sie die Dienstbotentreppe zur Küchentür hinunterlief. Berridge wartete schon vor den Stallungen auf sie. Sein breites Grinsen zeigte, dass in ihm die Abenteuerlust erwacht war.

»Bereit, Mädchen?«

»Ja, Sir. Aber wollt Ihr wirklich mitkommen?«

»Unbedingt. Kit Chisholm hat mir geholfen, von dem verdammten Schiff zu entkommen, und mir damit das Leben gerettet. Da werde ich ihn doch nicht in den Klauen von Eustace Chisholm und seinen Helfershelfern lassen.«

Anne war sich nicht sicher gewesen, ob Malcolm ihren Befehl wirklich ausführen würde, doch die Pferde standen bereit, und neben ihnen stand Malcolm selbst.

Er verschränkte die Hände, damit sie sie als Steigbügel benutzen konnte, und sagte: »Wenn ich noch etwas für Euch tun kann, Mylady, dann braucht Ihr es nur zu sagen. Sir Christopher so einfach von Mute Hill House zu entführen, war eine grobe Verletzung unserer Gastfreundschaft, wenn nicht gar ein Verbrechen.«

»Ich danke Euch, Malcolm«, antwortete sie. »Ich brauche noch ein Pistolenhalfter.«

Der Haushofmeister starrte mit großen Augen auf die Pistole, die sie aus der Tasche zog, sagte jedoch nichts, sondern schickte nur einen Stallburschen los, das Gewünschte zu holen.

Als sie die Pistole ins Halfter geschoben und die Tasche hinter dem Sattel verstaut hatte, fragte Malcolm noch einmal nach ihren Wünschen. Sie wollte schon abwinken, doch dann fiel ihr etwas ein: »Wie viele Männer haben wir hier?«

»Nicht genug, um Sir Christopher zu befreien, fürchte ich«, sagte er.

»Aber genug, um das Haus und seine Bewohner zu schützen?«

»Ja, sicher.«

»Sagt ihnen, sie sollen auf der Hut sein und sich bereithalten, das Tor auf der Stelle zu öffnen. Aber vielleicht kommen wir auch nicht hierher zurück. Ich könnte mir vorstellen, dass Eustace und seine Schar sich zur Grenze aufgemacht haben. Doch falls sie vorhaben, Sir Christopher am nächsten Baum aufzuhängen, werden wir sie rasch einholen.«

»Sie sind nach Süden geritten, Mylady«, sagte Malcolm. »Das haben mir gerade die Stallburschen erzählt, die sie fortreiten sahen. Ein ganz beherzter Bursche hat sie den Hügel hinab verfolgt und gesehen, wie sie den Höhenzug bei Taradale hinaufritten. Ihm kam es so vor, als wollten sie den Weg nach Kershopefoot nehmen.«

Anne runzelte die Stirn. »Ich glaube, diesen Weg kenne ich nicht, aber ich weiß, wie man von Ellyson Towers nach Kershopefoot kommt. Vielleicht sollten wir zuerst dorthin reiten.«

»Nein«, erwiderte Berridge und lenkte sein Pferd zum Tor. »Ich weiß, welchen Pfad sie genommen haben. Am besten folgen wir ihnen, falls sie unterwegs die Richtung ändern. Und außerdem kommen sie in die Nähe von Liddesdale, wenn sie den Bergrücken bei Tarradale überqueren. Und ich könnte mir gut vorstellen, dass unser Willie dort Wachtposten aufgestellt hat.«

»Ja, liegt Dunsithe denn in der Nähe von Liddesdale?«, fragte Anne, während sie ihm folgte.

»Nein, es liegt ein bisschen westlich von hier, nahe dem umkämpften Land. Aber so weit ist Willie mit seinem Mädchen bestimmt nicht geritten. Er wird sie wohl nach Liddesdale oder Mangerton in Sicherheit gebracht haben.«

»Dann ist er wohl noch gar nicht in Dunsithe gewesen«, sagte Anne.

»Habt Ihr eine Ahnung. Sie sind doch heute Morgen geflohen, oder nicht?«

Sie nickte.

»Dann hätte unser Willie genügend Zeit gehabt, fünfzig Meilen zu reiten. Er hat uns nämlich immer wieder erzählt, dass er mit seiner Räuberbande solch eine Strecke in einer Nacht zurückgelegt hat, und bis Dunsithe sind es wohl nicht einmal dreißig Meilen.«

Als sie den Hügel von Mute Hill House hinunterritten, sagte Anne: »Ihr scheint Euch mit den Räubern ja ziemlich gut auszukennen.«

»Ja, sicher, Willie hat mir eine Menge davon erzählt.«

»Das kann ich mir vorstellen. Er ist wohl von Natur aus redselig, ganz im Gegensatz zu Euch. Kit hat gesagt, auf dem Schiff habt Ihr auch nicht viel erzählt, zumindest nicht über Eure Vergangenheit.«

»Ich bin eben ein schweigsamer Mensch.«

»Weswegen wurdet Ihr zur Gefangenschaft auf dem Schiff verurteilt?«

Er schwieg.

»Ihr wolltet mich unbedingt begleiten, Sir. Ihr müsst zugeben, wenn ich schon so einfach mit einem Mann in die Nacht hinausreite, der von einem Gefängnisschiff geflohen ist, sollte ich wenigstens wissen, für welches Verbrechen er dort festgehalten wurde. Kit hat man schließlich für unschuldig erklärt, Euch auch?«

»Nein«, musste er zugeben. »Aber Willie könnte Euch sagen, dass es gar kein wirkliches Vergehen war.«

»Dann wurdet Ihr also auch der Räuberei beschuldigt«, sagte sie.

»Ja, und ich verdanke Kit Chisholm meine Freiheit und vermutlich auch mein Leben. Aber jetzt müssen wir uns beeilen. Diesen Weg kenne ich gut, und der Mond scheint auch hell genug. Wenn Ihr also mithalten könnt, sollten wir die Zügel ein bisschen locker lassen, finde ich.«

»Ich kann mithalten«, erwiderte Anne und ließ ihr Pferd dahingaloppieren.

»Wach auf, Catriona«, drängte Maggie und rüttelte sie.

»Was ist denn los?«, fragte Catriona, während sie sich aufsetzte und die Augen rieb.

»Du solltest doch auf sie aufpassen«, antwortete Maggie und weckte auch Fergus, der sich am Kamin in der großen Halle zusammengerollt hatte. »Dieser Eustace hat deinen Burschen kurzerhand aus seiner Schlafkammer entführt, und jetzt will er ihn hängen.«

»Oh nein!«, rief Catriona. »Ich bin eingeschlafen und war doch noch nicht mal müde.«

»Ich sage euch, da steckt dieser Eustace dahinter«, sagte Fergus gähnend.

»Wohl eher Jonah Bonewits«, sagte Maggie. »Hast du nicht gesagt, du könntest ihn spüren?«

»Ja«, erwiderte Fergus, »aber jetzt nicht mehr.«

»Ich kann auch Claud nicht mehr wahrnehmen«, sagte Maggie. Während der vergangenen Tage hatte sie sich so sehr an die unsichtbare Anwesenheit ihres Sohnes gewöhnt, dass sie sich jetzt ganz einsam und verlassen vorkam. »Und diese Lady Carmichael schläft tief und fest in ihrer Kammer. Ich habe nachgesehen.«

»Was ist mit meinem Mädchen?«, erkundigte sich Fergus ein bisschen verspätet.

»Sie ist ihm nachgeritten«, antwortete Maggie und versuchte, die Gedanken an Claud für den Augenblick zur Seite zu schieben. »Aber sie braucht unsere Unterstützung.«

»Was können wir denn tun?«, fragte Fergus.

»Kannst du welche von den Ellyllon zu Hilfe rufen?«

»Ja, sicher«, erwiderte er.

»Dann tu das. Ich denke, das wäre jetzt das Beste.«

Er hörte aufmerksam zu, und sein Zorn wurde immer größer. Wenn es keinem gelang, ihn aufzuhalten, würde Jonah dieses Spiel gewinnen.

Da sie ihm die Hände auf dem Rücken gefesselt hatten, musste Kit sich alle Mühe geben, nicht vom Pferd zu fallen, denn Eustace legte ein flottes Tempo vor. Als der Mann, der Kits Tier führte, die Befürchtung äußerte, dass der Gefangene stürzen könnte, lachte Eustace nur und sagte, das sei egal, da man ihn ohnehin bald aufhängen werde.

Kit hatte den Eindruck, als würde es den beiden Chisholm-Cousins, die mit ihnen ritten, gar nicht behagen, welchen Verlauf die Sache nahm. Gegen Eustace kamen sie jedoch nicht an. Nur einmal hatte einer von ihnen etwas von »Mord« gemurmelt und Eustace gewarnt, dass er mit einer solchen Tat sein Anrecht auf das Erbe aufs Spiel setzte.

»Ja, schon möglich«, entgegnete Eustace feixend, »wenn wir ihn tatsächlich umbrächten. Aber das werden wir nicht tun, Jungs. Wir haben den Mann gefangen genommen und bringen ihn jetzt zu Kardinal Beaton. Wenn der nach dem Fest nicht Hals über Kopf nach Caerlaverock aufgebrochen wäre, hätten wir ihm den Gefangenen schon auf Mute Hill House übergeben können.«

»Aber Caerlaverock liegt doch im Westen«, wandte einer der Männer ein.

»Ja, und genau dorthin werden wir jetzt auch reiten«, sagte Eustace. »Ich wollte nur etwaige Verfolger von unserer Spur ablenken, aber du kannst dich darauf verlassen, dass ich Liddesdale und den verräterischen Armstrongs nicht näher kommen will als unbedingt nötig. Wir halten uns westlich von Tarradale und reiten dann nach Süden in Richtung Caulfield.«

»Nach Caulfield? Aber da müssen wir ja über die Grenze!«

»Nein, nur bis in die Nähe«, versicherte Eustace hastig. »Wir werden bestimmt schon weit vor dem Dorf auf unsere Freunde stoßen.«

Kit brauchte nicht lange zu rätseln, wer diese Freunde waren, die Eustace bei einem Dorf unmittelbar an der Grenze treffen wollte. Das Grenzland wimmelte von verfeindeten Heerhaufen, aber er bezweifelte, dass Eustace ihn schottischen Soldaten übergeben würde. Jeder, der seinem Onkel Macht und Reichtum zusagte, konnte ihn mühelos auf seine Seite ziehen, und Heinrich von England würde das alles mit Freuden einem Mann versprechen, der ihm dabei half, Schottland und die schottische Kirche in seine Gewalt zu bekommen.

»Ihr wollt mich also den Engländern übergeben, nicht?«, knurrte Kit.

»Ach nein, wahrscheinlich nicht«, antwortete Eustace.

»Aber Ihr trefft Euch mit ihnen. Ihr seid ein Landesverräter und eine Schande für den stolzen Namen Chisholm.«

»Sei doch nicht so naiv, Junge. Im Grenzland muss jeder sehen, wo er bleibt. Was spielt es schon für eine Rolle, was für einer Kirche man angehört oder welchem König man dient? Sie sind doch einer wie der andere, oder etwa nicht? Nur dass Heinrich ein Heer besitzt und unser Jakob nicht. Also ist Heinrich der Mächtigere von beiden. Und außerdem lässt er jeden umbringen, der sich gegen ihn stellt. Für mich steht fest, dass er am Ende gewinnen wird.«

»Niemals wird Heinrich über Schottland bestimmen«,

entgegnete Kit grimmig. »Dank Verrätern wie Euch mag es ihm vielleicht gelingen, die Grenze zu überschreiten, aber über das Grenzland kommt er nicht hinaus, und die schottische Kirche wird er auch nie in seine Hand bekommen. Glaubt Ihr wirklich, dass er mehr Macht hat als Beaton, der sich auf Frankreich und Rom und, nicht zu vergessen, auf das schottische Volk stützen kann?«

»Meine Auffassung tut nichts zur Sache«, sagte Eustace. »Deinen Tod werden wir jedenfalls den englischen Soldaten, diesen Schurken, in die Schuhe schieben. Aber du brauchst keine Angst zu haben, dass wir dich ihnen tatsächlich ausliefern. Ich habe mich einmal darauf verlassen, dass dich ein anderer aus dem Weg räumt, aber diesen Fehler mache ich nicht noch mal. Und dann gehört Hawks Rig endlich mir.«

»Meint Ihr mit dem anderen Beaton?«

»Ja, deinen ach so mächtigen Kardinal. Er hat mir damals versichert, dass du wegen Mordes verhaftet und hingerichtet würdest. Und dann ließ er es zu, dass man dich stattdessen auf dieses Schiff brachte. Darüber hinaus hielt er es erst für nötig, mich von dieser kleinen Änderung zu unterrichten, als du schon geflohen und hier aufgetaucht warst. Selbst dann noch hat er versprochen, mir Hawks Rig zu verschaffen, und mich in der Verlobungssache erneut betrogen. Angeblich ließ die Rechtslage keine andere Entscheidung zu. Aber er hat auch gesagt, er würde mir wie geplant deine ganzen Besitztümer übertragen, falls du verschwinden oder unverhofft sterben solltest. Und wenn das geschieht, heirate ich die hübsche Witwe und lebe glücklich bis an mein seliges Ende.«

»Lady Carmichael?«

»Ja, oder kennst du vielleicht eine reichere Witwe hier in der Gegend?«

Kit verzog nur das Gesicht, und das Gespräch brach ab.

Als sie dem steilen, halb verborgenen Pfad folgten, der sich vom Bergrücken ins Tal hinabwand, musste Kit wieder seine ganze Geschicklichkeit aufbieten, um sich im Sattel zu halten. Er hoffte, dass das Pferd seinen Weg allein finden würde, und ließ seine Blicke über die Landschaft schweifen, in der Hoffnung, Willie und seine Männer zu entdecken, die ihm zu Hilfe kamen.

Doch das Einzige, was er sah, war eine Reihe von Fackeln auf dem nächsten Hügel. Waffen und Wappenschilde funkelten in ihrem Schein, als eine Kompanie Fußsoldaten ihnen entgegenmarschierte.

»Da sind sie«, rief Eustace. »Ich erkenne die Banner.«

Während Kit noch auf die herannahenden Soldaten blickte, bemerkte er eine Bewegung am Fuß des Hügels. Dort war ein dicker Reiter mit einer Fackel wie aus dem Nichts aufgetaucht. Mit Schrecken erkannte er Sir Toby Bell, der offenbar geduldig auf Eustace wartete.

Hatte Eustace ihn auch gesehen? War er Freund oder Feind? Auf die letzte Frage gab es nur eine Antwort, denn nur ein weiterer Verräter konnte wissen, wo sich Eustace und das englische Heer befanden.

»Ich traue diesen Engländern nicht«, murmelte einer der Männer vernehmlich.

»Ich auch nicht«, stimmte ihm Eustace zu. »Aber jetzt sind sie nun einmal da, und wir haben keine Zeit mehr, den Kerl vorher noch aufzuhängen. Jeder wird bald wissen, dass englische Soldaten über die Grenze gekommen sind. Wenn man ihn also mit einer Kugel im Leib findet, werden alle glauben, die Engländer hätten ihn umgebracht. Und jetzt holt ihn vom Pferd und bringt ihn her«, fügte er knapp hinzu. »Und ihr da drüben steckt ein paar Fackeln an, damit wir etwas sehen können.«

»Er will Kit erschießen!«, schrie Catriona. »Wir müssen ihn aufhalten!«

»Töte Eustace, Maggie!«, kreischte Fergus. »Er ist es, ich weiß es genau. Dann rettest du deinen Claud und Catrionas Burschen auf einen Streich.«

Doch Maggie war eine Idee gekommen. Nach kurzem Nachdenken murmelte sie: »Nein, nein. Eustace hat jetzt nur einen einzigen Grund, den Jungen umzubringen.«

»Er will ihn erschießen und den Mord dann auf die englischen Soldaten abwälzen«, sagte Catriona. »Unternimm doch etwas, Fergus!«

»Nein, das dürfen wir nicht, Fergus«, warnte Maggie.

»Oje, was haben wir nur angestellt!«, jammerte Catriona.

»Denkt daran, was ich euch gesagt habe – jeder Plan hat einen Haken. Ich weiß jetzt, wer Clauds Sterblicher sein muss, und wundere mich nur, dass wir nicht eher darauf gekommen sind.«

»Es ist Eustace«, beharrte Fergus.

»Nein, es ist Olivia«, widersprach Catriona. »Stimmt's nicht, Maggie?«

»Olivia kann es nicht sein«, erwiderte Maggie. »Als sie in ihrer Kammer schlief, konnte ich Clauds Gegenwart nicht spüren. Doch jetzt spüre ich sie, und zwar stärker als je zuvor. Die Wahrheit lag die ganze Zeit offen vor uns, Catriona, denn es ist doch klar, dass Clauds Sterblicher dabei gewesen sein muss, als Claud verschwand.«

»Nein«, flüsterte Catriona entsetzt, als ihr die Lösung dämmerte.

»Doch. Clauds Sterblicher kann kein anderer sein«, sagte Maggie.

»Aber dann scheitern alle unsere Pläne«, keuchte Catriona.

»Wer ist es denn?«, fragte Fergus.

»Es war nur einer anwesend, als Jonah Claud in die Welt der Sterblichen schleuderte – und genau der ist jetzt auch hier: Kit Chisholm.«

»Aber mein Mädchen liebt ihn! Du darfst ihn nicht töten!«, heulte Fergus.

»Ich muss«, entgegnete Maggie. »Ich werde nicht meinen Claud hingeben, um einen Sterblichen zu retten.«

»Aber damit opferst du dich selbst«, rief Fergus. »Lass wenigstens Eustace ihn töten. Wenn es einer verdient, mit der Wilden Jagd fliegen zu müssen, dann ist es Eustace.«

»Nein, denn wenn jemand anderes den Sterblichen tötet, stirbt Claud mit ihm«, erinnerte ihn Maggie. »Es gibt nur einen Ausweg.«

Sie hob die Hände zum Himmel.

»Nein«, flüsterte er. »Du darfst ihn nicht töten, Mam. Wenn du diese Dummheit begehst, musst du für immer mit der Wilden Jagd fliegen, denn Jonah lässt dich nicht aus den Augen.«

Er konnte Catriona nicht mehr sehen. Er sah nur noch Maggie, die mit erhobenen Armen dastand. Und er konnte deutlich ihre Gedanken lesen.

Lautes, hämisches Gelächter erschallte in der Leere rings um ihn. Vielleicht lauerte schon die Wilde Jagd, bereit, ihn und Maggie mit sich davonzuschleppen, oder es war Jonah selbst, der sich am Ausgang seines kleinen Spielchens weiden wollte, jetzt, wo sich alle seine Gänse in einer Ecke zusammendrängten. Als er dieses boshafte Lachen hörte, verwandelte sich all seine angestaute Angst und Not in eine rasende Wut, gegen die die Zornesausbrüche seiner Mutter nur ein laues Lüftchen waren.

»Ist das dort drüben das englische Heer?«, fragte Anne Berridge.

»Das schottische ist es wohl nicht«, antwortete er. »Die meisten unserer Jungs reiten ihre eigenen Pferde, auch wenn einige von ihnen zu Fuß aus dem Hochland gekommen sind. Aber die Offiziere sind immer beritten, und die dort drüben haben keine Rösser.«

Doch Anne achtete schon nicht mehr auf die Soldaten, sondern versuchte auszumachen, was dort unter ihnen vor sich ging. In sicherem Abstand waren sie und Berridge seit einiger Zeit der Gruppe um Eustace gefolgt und sie war zuerst erleichtert gewesen, als sie die Soldaten entdeckte. Sie dachte, es seien Schotten, die Kit befreien würden. Doch dann sah sie zu ihrem Schrecken, dass es wahrscheinlich Engländer waren. Als Eustace sein Trüppchen Halt machen ließ, steigerte sich Annes Schrecken zu blankem Entsetzen.

»Oh Gott, er will Kit kaltblütig ermorden«, keuchte sie, während sie sich bereits die Kapuze des Umhangs tief ins Gesicht zog. Dabei fiel ihr Blick auf Toby, der am Fuße des Hügels auf seinem Pferd saß und Eustace nicht aus den Augen ließ.

»Was macht Ihr denn da?«, fragte Berridge.

»Ich will natürlich Eustace aufhalten.« Ohne ein weiteres Wort zu verlieren, zog sie Kits Pistole aus dem Sattelhalfter und gab ihrem Wallach die Sporen.

»Wartet doch, Mädchen!«

»Wenn Ihr eine Pistole habt«, rief sie ihm über die Schulter zu, »dann zieht sie und folgt mir.«

Als zwei von Eustaces Männern Kit zu ihm hinüberzerrten, zuckte ein Blitz über den Himmel, unmittelbar gefolgt von einem ohrenbetäubenden Donnerschlag.

»Die Götter sind erzürnt, Männer«, rief Kit seinen Bewachern zu. »Als wir von Mute Hill House wegritten, war der Himmel noch wolkenlos.«

»Ach, halt die Klappe!«, blaffte einer der Kerle, wobei er jedoch beklommen nach oben blickte.

Die Engländer kamen schnell näher, und Kit sah, dass der Reiter, den er als Toby Bell erkannt hatte, sie noch immer regungslos beobachtete.

Eustace schien ihn noch nicht bemerkt zu haben, aber Kit war klar, dass Toby als Verbindungsmann zwischen ihm und den Engländern fungierte.

»Wollt Ihr mich etwa eigenhändig erschießen, Onkel?«, fragte Kit.

»Sei doch nicht so dumm«, erwiderte Eustace barsch.

Dann wandte er sich an einen seiner Männer: »Du da, nimm deine Pistole und erledige ihn.«

»Hol Euch der Teufel, ich bin doch kein Mörder«, entgegnete der Mann.

»Ich gebe dir auch fünfzig *marks*«, sagte Eustace.

»Na dann.« Rasch zog der Mann seine Pistole.

Er zielte sorgfältig, während die anderen Männer wie gebannt zusahen. Nur Eustace und Kit drehten sich um, als sie den donnernden Hufschlag in ihrem Rücken hörten. Ein Reiter, vermummt wie der Schwarze Fuchs im Hochland, kam, die Pistole im Anschlag, auf sie zugerast.

Bei dem Anblick und in der elektrisch aufgeladenen Gewitterluft standen Kit förmlich die Haare zu Berge.

Der Mann drückte ihm die Waffe an die Schläfe.

Tief in seinem Inneren formte sich ein Schrei, in dem der Zorn, den er so lange mit sich herumgetragen hatte, Gestalt annahm. »Verflucht sollst du sein, Jonah Bonewits!«, brüllte er. Und dann geschah etwas Erstaunliches.

Kit blieb gerade noch Zeit, Luft zu holen, bevor der Schuss krachte. Doch der Knall ging unter in einem gewaltigen Donnerschlag, begleitet von einem grellen, gespaltenen Blitz. Die Waffe, nur wenige Zentimeter von Kits Kopf entfernt, flog Eustaces Schergen aus der Hand.

Überall ertönten Schreckensschreie, und als Kit zu den englischen Soldaten hinüberblickte, sah er, dass an der Stelle, wo gerade noch Sir Toby auf seinem Pferd gesessen hatte, nur noch ein rauchender, verkohlter Klumpen lag.

20

»Du hast ihn verfehlt, Maggie!«, rief Fergus.

Entsetzt starrte Maggie auf die verkohlten Reste, die von Sir Toby Bell übrig geblieben waren. »Das kann nicht sein«, flüsterte sie. »Was habe ich nur getan?«

»Es war genau das Richtige, Mam«, sagte eine vertraute Stimme hinter ihr.

Sie wirbelte herum. Da stand ihr Sohn, den sie schon fast verloren gegeben hatte.

»Claud!«

»Ja, höchstselbst. Jetzt kann ich dir wieder auf die Nerven gehen«, grinste er.

»A-aber wie …?«

»Ich habe die Beherrschung verloren«, erwiderte er etwas verlegen.

Catriona stürzte auf ihn zu und warf sich ihm so schwungvoll in die Arme, dass er fast das Gleichgewicht verloren hätte.

»Immer langsam, mein Mädchen«, sagte er. »Ich musste meine ganze Kraft aufbieten, um Mams Blitzschlag umzuleiten und deinem Burschen das Leben zu retten.«

Das gab Maggie neuen Grund zur Sorge. »Aber Claud, ich weiß zwar nicht, wie du es angestellt hast, aber mit Toby Bell hast du einen Sterblichen getötet. Jetzt wirst du für immer ausgestoßen.«

»Das war kein Sterblicher, Mam. Es war Jonah, der Tobys Gestalt angenommen hatte. Sir Toby ist auf Mute Hill House in Sicherheit. Ich hatte schon die ganze Zeit über das Gefühl, dass Jonah in der Nähe wäre. Und als ich dann Toby hoch zu Ross sah, wusste ich Bescheid. Du hast ja selbst gehört, dass der dicke Toby nie im Leben auf ein Pferd steigen würde, sondern in einem eigens für ihn gebauten Wagen herumkutschiert. Du hättest es also auch merken müssen.«

»Ich habe dir doch gesagt, dass Jonah in der Nähe ist«, sagte Fergus selbstzufrieden.

»Ja, und du hast auch gesagt, dass Eustace Clauds Sterblicher wäre«, wies ihn Maggie zurecht. »Aber dann war es doch Kit Chisholm, genau wie ich es mir gedacht habe.«

»Stimmt«, sagte Claud. »Und ich konnte einfach nicht zulassen, dass du Kit meinetwegen tötest und dafür ausgestoßen wirst. Sein Tod hätte auch bedeutet, dass Catriona als Beschützerin versagt hätte, und dann wäre der mühsam errungene Frieden zwischen dem Fröhlichen Volk und den Helfenden Händen in die Brüche gegangen. Wo du dich doch so angestrengt hast, die Aussöhnung zustande zu bringen.«

Maggie blickte ihn mit neu gewonnener Hochachtung an. »Ich frage mich immer noch, wie du es gemacht hast.«

Er zuckte die Achseln. »Ich habe gewartet, bis du wütend genug warst. Dann habe ich deine Wut mit meiner zusammengelegt und noch etwas von Jonah mit dazugenommen, auch wenn ich nicht weiß, was das genau war. Schließlich seid ihr beiden ja meine Eltern. Also habe ich anscheinend doch etwas von euch gelernt.«

»Es war mehr als das, Claud«, sagte Maggie mit bewegter Stimme. »Das alles hättest du nicht fertiggebracht, wenn du nicht selbst große Zauberkräfte hättest. Du hast dich selbst gerettet, das steht fest.«

Claud grinste spitzbübisch. »Vielleicht ist jetzt sogar mein Papa stolz auf mich.«

»Wenn, dann wird er es dir wohl kaum sagen«, erwiderte Maggie mit einem schiefen Lächeln. »Bleibt noch abzuwarten, ob du ihm Schaden zugefügt hast.«

»Ich habe seinen Namen gebrüllt, als ich den Blitz schleuderte. Dadurch habe ich seinen Zauber gebrochen.«

»Du bist ein guter Junge«, sagte Maggie und nahm ihn fest

in die Arme. »Ob Jonah nun stolz auf dich ist oder nicht, ich könnte jedenfalls nicht stolzer sein.«

»Ich auch nicht«, sagte Catriona und drängte sich dazwischen. Lachend zog Claud sie an sich.

»Fergus«, sagte Maggie. »Ich muss nun dem Häuptling berichten, was vorgefallen ist. Und es ist auch an der Zeit, dass sich dein Heer zurückzieht.«

Kit starrte noch immer auf die verkohlten Überreste von Toby Bell, als er hinter sich ein wütendes Knurren und einen Warnruf hörte. Er fuhr herum, gerade als Eustace sein Schwert zog.

Schnell wie der Blitz riss Kit dem nächstbesten Mann das Schwert aus der Scheide, noch bevor er auf einmal merkte, dass seine Fesseln verschwunden waren. Doch daran konnte er jetzt keinen Gedanken verschwenden, denn Eustace stürmte wild entschlossen auf ihn los.

Geschickt wehrte Kit den Schlag ab, doch plötzlich griff ihn ein weiterer Mann mit blanker Waffe an. Da hallte ein Schuss, und dem zweiten Angreifer flog die Klinge aus der Hand. Kit warf einen raschen Blick über die Schulter, um zu sehen, wie weit die englischen Soldaten noch entfernt waren, doch die Fackeln auf dem Hügelkamm waren verschwunden. Gleich darauf war Kit wieder voll und ganz mit Eustace beschäftigt, daher merkte er nicht, dass es erneut zu donnern begonnen hatte. Wieder fiel ein Schuss, und die Stimme, die Kit zuvor gewarnt hatte, und die er jetzt als Tams erkannte, brüllte: »Bleib stehen, oder ich schieße!«

Eustace beachtete ihn nicht, sondern griff weiter an. Dieses Mal jedoch parierte Kit den Schlag mit hoch erhobenem Schwert, bevor er die Klinge seines Gegners nach unten drückte. Dann machte er einen Schritt auf seinen Onkel zu, packte ihn beim Handgelenk und entwand ihm die Waffe. Sie fiel zu Boden, und Kit setzte seinen Fuß darauf.

»Zurück, Onkel!«, befahl er. »Jeder hier hätte wohl Verständnis dafür, wenn ich jetzt kurzen Prozess mit Euch machen würde, nach allem, was Ihr mir angetan habt.«

Plötzlich drangen von ferne die Stimmen von Willie und Patrick MacRae an sein Ohr, und er erkannte, dass Verstärkung eingetroffen war. Der Donner kam von den Hufen ihrer Pferde, die den Hügel hinabgaloppierten.

Kit blickte sich um. Während er voll und ganz mit Eustace beschäftigt gewesen war, hatten Willies Räuber und die Leute von Dunsithe Eustaces Männer umzingelt und ihnen die Waffen abgenommen. Einige zündeten noch ein paar Fackeln an, obwohl der Mond gerade hinter den dicken Wolken hervorlugte, die sich so unversehens zusammengeballt hatten.

Das englische Heer war verschwunden.

Ein wenig abseits hielt ein schlanker Reiter in einem weiten schwarzen Cape Eustace mit vorgehaltener Pistole in Schach. Mit einem letzten Blick in die Runde, um sicherzugehen, dass alles unter Kontrolle war, ging Kit zu dem schwarz verhüllten Reiter.

»Du kannst die Pistole jetzt wegstecken«, sagte er leise, um Fassung bemüht. Am liebsten hätte er sie aus dem Sattel gezogen. – »Seid Ihr verletzt?«, fragte sie ebenso leise.

»Nein.«

Trotz der tief ins Gesicht gezogenen Kapuze hätte jeder Mann sie zumindest auf den zweiten Blick erkannt. Mit einem Blick nach hinten entdeckte er Tam, der vom Rücken seines Pferdes aus mit der Pistole ein Grüppchen von Eustaces Männern bewachte. Kit winkte ihn heran und zischte Anne zu: »Reite auf der Stelle mit Tam … ich meine, mit Berridge zurück nach Mute Hill House. Und wenn du klug bist, mein Schatz, gibst du dich nicht zu erkennen.«

»Undankbarer Kerl«, murmelte sie.

Er konnte sich gerade noch ein Grinsen verkneifen. Es hätte nur ihrem guten Ruf geschadet, wenn Eustaces Männer sie erkannt hätten. »Ich schätze, es war dein Schuss, der meinen zweiten Angreifer entwaffnet hat.«

»Ich kann mir immer noch nicht erklären, wieso ich ihn getroffen habe«, sagte sie. »Ich wollte ihn nur erschrecken, damit er die Pistole fallen ließ. Vielleicht hat ihn ja auch der Donnerschlag erschreckt, aber so, wie es ihm die Waffe aus der Hand gerissen hat, glaube ich schon, dass ich ihn getroffen habe.«

»Du schießt besser als jeder andere, den ich kenne, mein Freund Patrick MacRae eingeschlossen«, antwortete er. »Aber jetzt mach dich davon, bevor einer von den Männern merkt, wer du bist, sonst verliere ich noch die Geduld.«

Während er sein Pferd neben sie lenkte, sagte Tam: »Ich finde, das war ein bemerkenswerter Schuss.«

»Stimmt«, erwiderte Kit kurz angebunden. »Aber jetzt bring sie bitte wieder unauffällig nach Mute Hill House. Ich möchte nicht, dass man sich im gesamten Grenzland das Maul über ihre jüngste Eskapade zerreißt.«

»Eine Eskapade also?«, fragte Tam augenzwinkernd. »Sie hat dein Fell gerettet, mein Junge. Dafür könntest du ihr ruhig ein wenig dankbarer sein.«

»Das ist genau meine Meinung«, sagte Anne und reckte das Kinn. »Ich war doch einmalig als Schwarzer Fuchs, oder etwa nicht?« – »Doch, bestimmt«, antwortete Tam lächelnd.

Nur mit Mühe wahrte Kit seine Selbstbeherrschung. »Ihr wisst genau, worum es mir geht. Also bring sie jetzt bitte sofort nach Hause.«

»Ich lasse dich nicht allein«, widersprach Anne trotzig.

»Tam, tu bitte, um was ich dich gebeten habe.«

Zu seiner Überraschung sagte Tam: »Als ihr Ehemann hast du zweifellos das Recht, sie nach Hause zu schicken, aber ich finde, du solltest sie begleiten.«

»Sei doch nicht albern. Ich will hierbleiben und aufpassen, dass Eustace und seine Männer nicht noch mehr Schaden anrichten. Und du reitest jetzt auf der Stelle los«, fügte er an Anne gewandt hinzu. »Oder hast du schon vergessen, dass du mir Gehorsam gelobt hast?«

»Immerhin hätte ich um ein Haar keinen Mann mehr gehabt, dem ich hätte gehorchen können«, erwiderte sie. »Auf jeden Fall vergeudet Ihr nur Euren Atem, Sir. Es ist Euer gutes Recht, mich später dafür zu maßregeln, aber jetzt bleibe ich auf jeden Fall hier bei Euch.«

»Da hat sie nicht unrecht, Junge«, sagte Tam.

Gerade wollte Kit widersprechen, da merkte er, dass Anne über seine Schulter hinwegstarrte und dabei das Kinn noch eine Spur höher reckte. Jeden Augenblick konnte sie jemand erkennen. Er wollte schon Protest erheben, als sie nach oben langte und sich die Kapuze vom Kopf zog.

Unvermittelt verstummte das Stimmengewirr hinter ihm, und die einsetzende Stille lastete so schwer wie in dem Augenblick, als sie den Brautschleier gehoben hatte.

»Das ist ja ein Frauenzimmer!«, rief einer. »Der Schuss kam von einem Frauenzimmer!«

Kit beugte sich zu ihr und zischte: »Bist du wahnsinnig geworden? Dafür hast du weiß Gott eine Strafe verdient.«

Ihr Blick war so unerschütterlich wie immer. »Das habt Ihr mich schon einmal gefragt«, erwiderte sie. »Und auch jetzt kann ich nur sagen: Vielleicht bin ich wirklich verrückt. Aber Ihr müsst wissen, dass ich kein Hehl aus meiner Verkleidung gemacht habe, als wir von Mute Hill House fortritten. Also wird bestimmt jemand erraten, dass ich unter dem Umhang stecke. Und wenn es dann einen Skandal gibt, kann ich es auch nicht ändern. Ich spiele jedenfalls lieber gleich mit offenen Karten.« Mit einem kleinen Lächeln fügte sie hinzu: »Aus diesem Stoff werden doch Legenden gestrickt, oder etwa nicht?«

Einen Moment lang war er sprachlos, doch dann ging ihm auf, wie widersinnig die ganze Situation war, und er musste lachen. Er lachte, bis ihm die Tränen über die Wangen liefen, und scherte sich nicht um das erstaunte Gemurmel rings um ihn her.

Dann fasste er sie um die Taille, und sie ließ sich bereitwillig aus dem Sattel heben. Tam grinste, und auch die Gesichter der umstehenden Männer wirkten jetzt viel freundlicher. Doch dann hörte man Eustaces höhnische Stimme: »Schön, dass du über so ein schamloses Benehmen lachen kannst, Neffe. Wenn das meine Frau wäre, würde ich ihr den Hintern versohlen. Da sie weder mit dir noch mit der verwünschten Räuberbande gekommen ist, muss man annehmen, dass sie ganz allein mit Berridge durch die Nacht geritten ist. Wenn ich behaupte, dass ihr guter Ruf damit endgültig zum Teufel sein dürfte, dann ist das noch stark untertrieben.«

Kit wurde ernst. Er wusste, dass sein Onkel recht hatte. Doch da erhielt er unerwarteten Beistand. In Lord Berridges abweisendem Ton sagte Tam: »Ihr vergesst Euch, Chisholm. Und wenn Ihr nicht noch heute Nacht vor Euren Schöpfer treten wollt, dann entschuldigt Ihr Euch auf der Stelle bei der Lady.«

»Warum sollte ich«, höhnte Eustace. »Ich habe nur die Wahrheit gesagt.«

»Teilweise schon«, knurrte Tam. »Aber es ist eine blanke Unverschämtheit zu behaupten, dass eine Dame ihren guten Ruf aufs Spiel setzt, wenn sie mit dem Mann unterwegs ist, der bis zu ihrer Heirat ihr rechtmäßiger Vormund war.«

Kit und Anne schauten sich mit offenem Mund an, und auch Eustace wirkte verdutzt. »Was soll das denn heißen?«

»Ich warte auf Eure Entschuldigung«, sagte Tam statt einer Antwort und legte die Hand auf den Griff der Pistole, die in seinem Halfter steckte.

»Also gut, ich entschuldige mich«, sagte Eustace widerwillig.

»Bringt ihn weg, Jungs«, befahl Kit. »Ich kümmere mich später um ihn.«

Noch immer starrte Anne den Mann an, den sie so lange als Lord Berridge gekannt hatte. »Seid Ihr tatsächlich mein Cousin Thomas Ellyson, Sir?«

»Ja, Mädchen, genau der bin ich«, antwortete er und stieg vom Pferd.

»Dann seid Ihr der neue Graf von Armadale.«

»Stimmt, aber meine Freunde nennen mich Tam, und ich möchte Euch auch darum bitten.«

»Ich danke Euch, aber warum habt Ihr es mir nicht gleich verraten?«

»Das hatte ich eigentlich vor«, erwiderte er. »Aber als ich dann erfuhr, dass wegen Kit Fionas Hochzeit abgebrochen worden war, und dass er sich zusammen mit seinem zwielichtigen Onkel auf Mute Hill House aufhielt, dachte ich mir, er könnte vielleicht meine Hilfe gebrauchen. Es schien mir allerdings nicht angeraten, gleich als Armadale aufzutreten. Also benutzte ich einen von Armadales vielen geringeren Titeln, den er selbst kaum verwendet hat.«

»Ich verstehe.« Jetzt wurde ihr einiges klar. »Deshalb habt Ihr auf dem Schiff auch nichts über Eure Vergangenheit erzählt, nicht wahr?«

»So ist es. Euer Vater war ein stolzer Mann und so aufbrausend, dass einem angst und bange werden konnte. Wenn er von meiner Gefangenschaft erfahren hätte, hätte er mir wahrscheinlich die Hölle heiß gemacht. Ich hatte nur drei Jahre abzusitzen, war aber von Anfang an fest entschlossen zu fliehen. Also nahm ich den Namen Tam Elliot an, in der Hoffnung, die ganze Sache vor Eurem Vater geheim halten zu können.«

»Aber drei Jahre!«, wunderte sich Anne. »Warum hat er denn nicht gemerkt, dass Ihr verschwunden seid?«

Er lächelte schwach. »Ich habe nur etwas mehr als die Hälfte verbüßt, und er hat sich sowieso nie um mich gekümmert. Außerdem hatte ich meine Leute angewiesen, keine Auskunft über mich zu geben. Wenn sich Euer Vater nach mir erkundigt hätte, wäre er wahrscheinlich von meinem Verwalter abgewimmelt worden. Doch Graf Armadale schickte mir nur einmal einen Brief, um mir mitzuteilen, dass

Euer Bruder gefallen sei. Diesen Brief habe ich natürlich erst nach meiner Rückkehr zu Gesicht bekommen, zur gleichen Zeit, als ich vom Tod Eures Vaters erfuhr. Ihr könnt Euch wohl vorstellen, wie mir da zumute war.«

»Aber wer hat sich während Eurer Abwesenheit um Eure Angelegenheiten gekümmert?«

»Derselbe tüchtige Verwalter«, sagte er. »Ich bin im Grunde ziemlich faul, und meine Leute kennen sich mittlerweile besser mit meinen Ländereien aus als ich.«

Anne fiel noch etwas ein. »In Eurem Brief habt Ihr mir verboten, ohne Eure Erlaubnis zu heiraten. Wollt Ihr jetzt meine Ehe annullieren lassen?«

»Wünscht Ihr es denn?«

Mit brennenden Wangen hielt sie Ausschau nach Kit, der in ein Gespräch mit Willie und zwei anderen größeren Männern vertieft war. Als hätte er ihren Blick gespürt, drehte er sich um und lächelte ihr zu. Sein Lächeln wärmte sie durch und durch.

»Nein«, sagte sie, »ich möchte keine Annullierung.«

»Dann lassen wir am besten alles so, wie es ist«, sagte Tam. »Ich kann mir kein Paar vorstellen, das besser zusammenpasst als Ihr beide.«

»Er hat gedroht, mich zu bestrafen«, erinnerte sie ihn.

»Das stimmt«, sagte Tam augenzwinkernd. »Und nicht zum letzten Mal, könnte ich mir vorstellen. Was soll ich da machen?«

»Ich glaube, Ihr lasst uns am besten unseren eigenen Weg finden, Sir.« – »Das glaube ich auch.«

»Ihr gebt übrigens einen vorzüglichen Grafen ab«, sagte Anne lächelnd.

»Die Stellung ist mit vielen drückenden Pflichten verbunden«, antwortete er. »Da werde ich wohl eine Gräfin brauchen – und einen Erben.«

»Meine Tante scheint viel für Euch übrig zu haben«, bemerkte Anne vorsichtig.

Er zuckte merklich zusammen. »Lady Carmichael werde ich wohl lieber Eustace überlassen, falls er mit heiler Haut davonkommt. Mir wäre eine Jüngere lieber, eine, die nicht ganz so launenhaft ist.«

»Glaubt Ihr wirklich, sie würde Eustace nehmen?«

Er zuckte die Achseln. »Sie liebt die Männer, mein Mädchen, und wird es nicht lange allein aushalten. Und wenn er erst ihr Geld und ihr Land in den Fingern hat, wird sich Eustace vielleicht zufriedengeben und keine Unruhe mehr stiften.«

»Ja, mag sein.« Sie lächelte, als sie Kit auf sich zukommen sah.

In spöttischem Ton wandte er sich an den ehemaligen Lord Berridge: »Habt Ihr die Angelegenheit zur beiderseitigen Zufriedenheit geregelt, mein lieber Graf Armadale?«

»Ja, du darfst sie behalten«, sagte der neue Graf, wobei er den Tonfall Lord Berridges spaßhaft übertrieb. »Bist du böse mit mir, mein Junge?«

»Nein, wieso denn? Allerdings hättest du mich ruhig eher einweihen können.«

»Von dem Grafentitel wusste ich selbst nichts, bis ich nach Hause kam und Armadales Siegel vorfand. Und da hattest du ja schon im Hornissennest gestochert. Ich dachte mir, es würde alles nur noch schlimmer machen, wenn ich mit meinem neuen Titel daherkäme. Toby wäre beispielsweise nur halb so zuvorkommend zu Armadale gewesen wie zu Berridge, und ich habe eine Menge von Toby erfahren.«

»Weißt du, kurz bevor Anne meinem Beinahe-Mörder die Pistole aus der Hand schoss und der Blitz einschlug, hätte ich schwören können, dass ich Toby da hinten am Fuße des Hügels auf einem Pferd sitzen sah.«

»Das kann er nicht gewesen sein«, entgegnete Tam kichernd. »Dieser Fettklops ist seit Jahren nicht mehr geritten. Was hast du übrigens mit Eustace vor?«

»Ich will kein unnötiges Aufsehen erregen, daher werde

ich ihn wohl einfach mit zurück nach Hawks Rig nehmen und ihn dort im Auge behalten. Wenn er wirklich Lady Carmichael den Hof machen will, kann er es auch von dort aus tun. Ich habe Fin und Patrick eingeladen, heute Nacht mit uns auf Mute Hill zu bleiben, bevor wir morgen früh nach Hawks Rig weiterreiten. Schließlich möchte ich meiner Frau ihr neues Zuhause zeigen.« Er legte Anne den Arm um die Schultern.

»Ist das die neue Lady Chisholm?«, fragte eine fröhliche Stimme, als zwei Männer sich zu ihnen gesellten.

»Liebste«, sagte Kit, »ich möchte dich mit Fin Mackenzie, dem Laird von Kintail, und seinem Burgvogt Patrick MacRae bekannt machen. Sie sind von Dunsithe Castle hergeritten.«

»Dann seid Ihr die Freunde, die Willie holen wollte«, sagte Anne und gab beiden Männern die Hand. »Danke, dass Ihr so schnell gekommen seid.«

»Ich bin froh, dass wir noch rechtzeitig hier waren, um das Durcheinander aufzuräumen, das Kit veranstaltet hat«, antwortete Fin. »Aber eigentlich müsste er Euch dafür danken, dass Ihr *Sionnach Dubh* wieder zum Leben erweckt habt, zumindest lange genug, um Kit zu retten. Ich habe mir sagen lassen, dass Ihr mit Eurem waghalsigen Ritt und dem fantastischen Schuss den Männern geradezu den Atem verschlagen und so Euren Mann vor dem sicheren Tod bewahrt habt. Und das englische Heer, mit dem sich Eustace treffen wollte, hat sich bei Eurem Anblick anscheinend auch in Luft aufgelöst.«

»Ich danke Euch, Sir, aber ich schwöre, mit dem Heer hatte ich nichts zu tun.«

»Um Himmels willen, Fin, ermutige sie nicht auch noch«, bat Kit flehentlich.

Fin und Patrick lachten und tauschten dabei einen bedeutungsvollen Blick. Dann sagte Patrick: »Ihr beide müsst uns unbedingt auf Dunsithe Castle besuchen. Unsere Frauen brennen darauf, Euch kennenzulernen, Lady Chisholm. Wenn sie nicht gerade beide in anderen Umständen wären, würden sie Euch einen Verwandtenbesuch abstatten, denn ich glaube, sie sind entfernte Cousinen von Euch. War Eure Mutter nicht eine Gordon?«

»Ja«, antwortete Anne, die sich schon darauf freute, ihre beiden neuen Cousinen kennenzulernen.

»Wir kommen bestimmt bald nach Dunsithe«, versprach sie. »Aber zuerst müssen Hawks Rig seinen rechtmäßigen Besitzer und unsere Leute ihr Zuhause wiederbekommen.«

Tam meldete sich zu Wort: »Darf ich daher vorschlagen, dass wir jetzt gleich nach Mute Hill reiten und versuchen, vor dem Frühstück noch ein wenig zu schlafen?«

Anderswo

Tief im nebelverhangenen Tal von High Glen, in der Höhle, die allgemein als die Große Kammer bekannt ist, glitten zehn schwarz vermummte Mitglieder der Runde an ihre Plätze rings um einen gespenstisch leuchtenden Kreis aus tiefgoldener Glut. Sie blieben reglos stehen.

Brown Claud spürte, dass sich außer seiner Mutter, Catriona und dem Ellyl mit Namen Fergus Fishbait noch viele andere in der Höhle befanden, doch sie hielten sich im dunklen Schatten jenseits des goldenen Glühens verborgen. Erst kurz zuvor hatte man ihn und die drei anderen vor die Runde zitiert, doch während seine früheren Besuche in der Großen Kammer ihm Angst eingejagt hatten, war er diesmal ganz ruhig und gefasst.

Füße scharrten in der Dunkelheit, jemand hustete gedämpft hinter vorgehaltener Hand. Endlich ertönte klar und deutlich die Stimme des Häuptlings.

»Maggie Malloch, tritt vor und nimm deinen rechtmäßigen Sitz in der Runde ein.«

Claud atmete erleichtert auf. Er war sich nicht sicher gewesen, was diese unberechenbaren Zehn zu alldem sagen würden, was er und seine Mutter getan hatten. Doch wenn sie Maggie in ihren Kreis beorderten, würde bestimmt alles wieder gut.

Als Maggie ihren angestammten Platz eingenommen hatte, war die Runde nahezu vollzählig. Lediglich ein Platz blieb leer, und zwar der des Zauberers Jonah Bonewits, der Clauds Vater war. Es hatte für beträchtliche Unruhe gesorgt, dass man Jonah aus der Runde ausgestoßen hatte, denn hier hatte er noch viele Freunde. Und so war sein Platz noch nicht wieder besetzt worden.

»Hast du Neuigkeiten für uns, Maggie?«, fragte das Oberhaupt des Geheimen Clans.

»Ja«, erwiderte Maggie. »Zunächst einmal müssen wir Fergus Fishbait danken, dass er sein Volk, die Ellyllon, dazu bewegen konnte, sich als englisches Heer auszugeben. Sie haben uns sehr dabei geholfen, uns vor den Augen der Sterblichen zu verbergen, damit wir uns in Ruhe mit Jonah Bonewits' Schurkenstreichen befassen konnten.«

Bei diesem Lob und dem anschließenden Beifall platzte Fergus beinahe vor Stolz.

»Zweitens«, fuhr Maggie fort, »hat das Mädchen Catriona vom Fröhlichen Volk die Aufgabe, mit der ihr sie betraut habt, zur vollsten Zufriedenheit erfüllt. Dank ihrer und meiner Bemühungen herrscht jetzt dauerhafter Friede zwischen ihrem Volk und den Helfenden Händen.«

»Dann hast auch du, Maggie, deinen Auftrag ausgeführt und bist in unserem Kreis wieder herzlich willkommen«, sagte der Häuptling. »Jetzt bleibt uns nur noch eines zu tun: das neue Mitglied der Runde zu begrüßen.«

Catriona, die neben Claud saß, flüsterte diesem ins Ohr: »Also haben sie endlich einen Ersatz für Jonah gefunden. Das wird ihm gar nicht gefallen.«

»Der wird ganz schön wütend sein, der Jonah«, fügte Fergus mit bebender Stimme hinzu.

»Pst«, machte Claud. »Ich will hören, wer es ist.« Es herrschte allgemeines Gemurmel, das jedoch sogleich verstummte, als der Häuptling die Hände hob. In der Großen Kammer wurde es totenstill.

Feierlich ergriff er wieder das Wort: »Nachdem wir Jonah Bonewits, den großen Zauberer und Gestaltwandler, vorübergehend aus unserer Runde ausgeschlossen hatten, mussten wir feststellen, dass er nicht aufhörte, schwere Missetaten zu verüben. Wir haben daraufhin entschieden, ihn für alle Zeiten aus dem Geheimen Clan zu verstoßen. Aus diesem Grunde ist ein Platz in der Runde neu zu besetzen. Über das neue Mitglied haben bereits alle abgestimmt – das heißt, alle bis auf eine.«

Er drehte sich ein wenig in Maggies Richtung und fuhr fort: »Maggie, deine Stimme gibt den Ausschlag, denn unser Gesetz ist klar und einfach: Ein neues Mitglied der Runde muss einstimmig gewählt werden. Der jetzige Anwärter stammt aus dem Volk der Guten Nachbarn und hat unter Beweis gestellt, dass er sowohl über beträchtliche Zauberkraft als auch über das Wissen verfügt, das für den Eintritt in unseren Kreis unerlässlich ist. Und mehr noch: Anstatt sein eigenes Leben zu retten, das in höchster Gefahr war, hat er nur an das Wohl anderer gedacht. In nahezu aussichtsloser Lage hat er alles riskiert und damit viele von uns von einem bösen Zauber erlöst und ihnen die Möglichkeit gegeben, wieder ein nützliches Leben in unserer Welt zu führen.«

»Meine Güte, wer kann denn das bloß sein?«, murmelte Claud.

»Scht!« Catriona beugte sich gespannt vor, um nur ja kein Wort zu verpassen. Dabei lag ihre Hand schwer auf seinem Knie, was seine Wirkung auf ihn, wie immer, nicht verfehlte.

Doch dann verging ihm jeder wollüstige Gedanke, denn nun fragte der Häuptling: »Was sagst du dazu, Maggie?«

»Würdest du mir wohl verraten, wer dieser Ausbund an Tugend ist?«, fragte sie.

»Aber gewiss«, antwortete der Häuptling und strahlte sie an. »Es ist natürlich dein eigener Sohn, Brown Claud. Dreh dich doch mal um, Frau.« Wieder hob er die Hand, worauf taghelles Licht aufflammte. Auf einmal war die ganze Halle voller jubelnder Leute vom Kleinen Volk.

Claud war völlig entgeistert. Er konnte sich weder rühren noch einen klaren Gedanken fassen. Da sah er seine alte Freundin Lucy Fittletrot, die mit ihrem Vater Tom Tit Tot im Schlepptau auf ihn zugetänzelt kam.

»Meine Güte, Mädchen, ich dachte, ihr beide wäret für immer verschwunden«, sagte Claud.

»Das wäre auch beinahe passiert«, antwortete sie. »Jonah hat mich nämlich in das ferne Land versetzt, dessen Bewohner einen langen schwarzen Zopf tragen. Dorthin hatte er schon meinen Papa gezaubert und in einen Käfig gesperrt; er musste den Leuten etwas vorfiedeln. Die Menschen dort waren zwar ganz nett, aber wir konnten weder sprechen noch singen, und stell dir vor, ich konnte nicht mal mehr tanzen! Ich bin so froh, dass ich wieder hier bin.« Sie warf einen scheuen Blick auf Catriona und fügte hinzu: »Nimm es mir bitte nicht übel, dass ich mit ihm gesprochen habe.«

Ohne die Hand von Clauds Knie zu nehmen, sagte Catriona mit einem gönnerhaften Lächeln: »Willkommen zu Hause, Lucy.«

»Tritt vor, Brown Claud«, ertönte die Stimme des Häuptlings.

»Oje«, murmelte er vor sich hin. »Sie müssen sich geirrt haben. Ich bin doch bloß ein armer Trottel, der einfach etwas Verrücktes ausprobiert hat, um mit Jonah fertig zu werden.«

»Geh schon, Dummerchen«, sagte Catriona und gab ihm einen Schubs. »Die Runde irrt sich nie. Schau einfach nur auf Maggie.«

Das tat er, und bevor er sich's versah, stand er neben seiner Mutter, und der Häuptling legte ihm eine lange schwarze

Robe mit Kapuze um die Schultern. Als er das Gewicht des schweren Stoffes auf sich lasten fühlte, fiel ihm ein, welche Verantwortung er mit dieser Stellung übernahm. Der Gedanke überwältigte ihn fast, und er blickte in panischer Angst auf Maggie: »Ich kann das nicht, Mam«, flüsterte er verzweifelt.

»Papperlapapp«, fauchte sie zurück. »Nimm den Platz ein, der dir gebührt, und quassel nicht so viel, Junge.« Dann streichelte sie auf einmal seine Wange und sagte mit tränenerstickter Stimme: »Du hast mir Ehre gemacht, Claud, und ich finde, du bist der Beste von allen hier.«

21

Der Rückweg nach Mute Hill House ging zügiger vonstatten, als Anne erwartet hatte. Willies Räuber blieben zurück und passten auf, dass Eustaces Männer sich auch wirklich zerstreuten. Eustace selbst dagegen und die beiden Besucher von Dunsithe ritten mit den Übrigen zurück. Auch Willie kam mit. Er wollte unbedingt mit Olivia sprechen und ihr versichern, dass es Fiona gut ging. Jetzt, in dieser großen Gruppe, brauchten sie sich ihren Weg nicht mehr verstohlen beim Schein des Mondes zu suchen, sondern konnten im Licht der zahlreichen Fackeln geschwind nach Hause reiten.

Anne ritt neben Kit, gefolgt von Fin Mackenzie und Patrick MacRae, doch sie waren noch nicht weit gekommen, da lenkte Willie sein Pferd neben Kits und sagte: »Entschuldige, aber dürfte ich wohl ein Wort mit der Lady reden?«

Kit betrachtete ihn mit hochgezogenen Brauen. »Was hast du denn mit meiner Lady zu bereden, das ich nicht hören darf?«

»Natürlich nichts, aber der Weg ist einfach zu schmal für drei.«

»Na gut, aber beeil dich. Ich möchte sie jetzt ganz für mich allein haben.«

Willie nickte und warf Anne einen furchtsamen Blick zu.

»Habt Ihr Angst, dass ich Euch den Kopf abreißen könnte, Ihr Halunke?«, fragte sie. »Verdient hättet Ihr es ja.«

»Ich weiß«, erwiderte er. »Man hat mir erzählt, Ihr hättet dem Mann, der unseren Kit ermorden wollte, die Pistole aus der Hand geschossen.«

»Was habt Ihr mit Fiona gemacht?«

»Sie geheiratet. Hab' mich auf den ersten Blick in sie verliebt, und sie sagt, ihr wäre es genauso ergangen. Wir konnten Euch nichts davon sagen, weil wir Angst hatten, Ihr würdet es Lady Carmichael erzählen. Ich freue mich ganz und gar nicht darauf, ihr unter die Augen zu treten, aber ich musste Fiona versprechen, dass ich mit ihrer Mutter rede und sie beruhige.«

»Wo ist Fiona denn?«

»Sie ist gut aufgehoben auf Mangerton bei meinem Onkel und einem halben Dutzend Cousins und Cousinen. Meine Cousins können sich an ihrer Schönheit gar nicht sattsehen, aber sie lacht nur darüber und behandelt sie, als würde sie schon immer zur Familie gehören.«

»Ja, so kann sie sein, wenn sie glücklich ist«, sagte Anne. »Sie ist nicht die Spur eitel. Einmal hat sie zu mir gesagt, die Leute würden immer nur ihr Äußeres sehen und nie die wahre Fiona, die dahintersteckt. Ich freue mich so, dass sie glücklich ist, Willie, und ich danke Euch, dass Ihr es mir erzählt habt. Und vielen Dank auch für Eure Hilfe heute Nacht.«

»Ich habe Euch doch gesagt, dass ich Kit mein Leben verdanke, Mistress. Um nichts in der Welt hätte ich ihn im Stich gelassen, noch nicht einmal für Fiona. Das hätte sie auch niemals von mir verlangt.«

Ohne Zwischenfälle gelangten sie kurz vor Sonnenaufgang nach Mute Hill House. Doch ihre Hoffnung, noch ein wenig Schlaf zu finden, wurde sogleich von Malcolm zunichte gemacht, der schon an der Tür auf sie wartete. Offensichtlich erstaunt über die Zahl der unverhofften Gäste, ließ er sie ein und teilte ihnen mit, dass er den strikten Befehl habe, Olivia auf der Stelle Bescheid zu geben.

Anne seufzte und warf Kit einen hilflosen Blick zu.

»Wenn ich darf, würde ich gerne mit der Lady reden«, sagte Tam.

»Ich komme mit Euch«, sagte Eustace schroff und trat neben ihn.

»Jetzt hört mal zu«, wandte sich Tam an ihn, »Ihr werdet jetzt nicht schon wieder mit dem Blödsinn anfangen, dass Kit ein Mörder ist. Willie Armstrong und ich können nämlich beide bezeugen, dass er nie im Leben jemanden umgebracht hat.«

Eustace bedachte ihn mit einem wütenden Blick. »Auf das Wort des Grafen von Armadale muss ich mich ja wohl verlassen, da es jeder Richter auch täte. Aber bei Olivia lasse ich Euch nicht so einfach freie Hand.«

»Die Lady wünscht im Augenblick keinen von Euch zu sehen«, mischte sich Malcolm in hochnäsigem Ton ein und vertrat ihnen den Weg. »Sie möchte nur mit Lady Anne sprechen.«

»Da muss sie wohl zuerst Lady Annes Gatten fragen«, sagte Tam. »Und was Euch angeht, Malcolm Vole, so habe ich munkeln hören, dass Ihr unziemliche Absichten bei Eurer Herrin verfolgt. Ihr solltet wissen, dass ich nicht nur Lord Berridge bin, sondern auch der neue Graf von Armadale. Und als solcher bin ich das Oberhaupt der Familie Carmichael.«

»Ist das wirklich wahr?«, fragte Malcolm und blickte zwischen Eustace und Kit hin und her.

»Zweifelt Ihr etwa an meinen Worten, Kerl?«, fuhr Tam ihn an. »Wenn Ihr Euch nicht gewaltig ändert, könnt Ihr Euch woanders eine Stellung suchen. Das verspreche ich Euch. Und jetzt führt mich zur Lady.«

»Na hallo, da seid ihr ja wieder!«, schallte Sir Tobys dröhnende Stimme von der Tür her. »Dir, Anne, wird Olivia die Hölle heiß machen, weil du so einfach weggelaufen bist.«

»Lady Carmichael hat nicht länger das Recht, über meine Frau zu bestimmen«, sagte Kit mit fester Stimme. Dabei schaute er jedoch Toby an, als hätte er einen Geist gesehen.

»Daran wird sich Olivia wohl kaum stören«, erwiderte Toby aufgeräumt wie immer.

»Los, Toby, Ihr kommt mit uns«, sagte Tam zu ihm. »Wir

beide und Eustace spielen eine schöne Partie Piquet, sobald ich mit Olivia geredet habe. Ach übrigens, was ich noch sagen wollte, ich habe Euch nicht ganz die Wahrheit erzählt. Ich bin nämlich in Wirklichkeit …«

Seine Stimme verklang, als er mit Toby und Eustace hinter Malcolm her durch die Halle davonging. »Was ist denn, Kit?«, fragte Anne. »Warum hast du Toby so komisch angesehen?«

»Ich weiß nicht«, antwortete er. »Irgendwie fand ich es merkwürdig, dass er hier ist. Ich weiß auch nicht, warum.«

Bei seinen Worten hatte sie das eigenartige Gefühl, dass auch sie etwas vergessen hatte. Doch als Kit dann den Arm um sie legte und mir ihr zur Treppe ging, dachte sie nicht mehr daran.

Kits Schlafkammer war aufgeräumt worden. In den Wandhaltern und auf dem Nachttischchen brannten Kerzen, und im Kamin prasselte ein lustiges Feuer.

»Malcolm muss jemanden hier hinaufgeschickt haben, sobald wir durchs Tor geritten sind«, sagte Anne. »Der Mann versteht es wirklich, sich bei allen einzuschmeicheln.«

»Der kann von Glück sagen, dass er nicht für mich arbeitet«, erwiderte Kit. »Ich würde ihn am liebsten einmal am Tag die Treppe runterwerfen und ihm jede Woche eine tüchtige Abreibung verpassen.«

»Das klingt ja grässlich«, sagte sie lächelnd. »Aber ich glaube, Ihr seid nicht halb so jähzornig, wie Ihr immer behauptet, Sir.«

»Du wirst schon sehen, wie jähzornig ich bin, wenn du dich weiterhin so benimmst wie heute Nacht«, entgegnete er und legte ihr leicht die Hände auf die Schultern. »Der Umhang ist dir zu groß.«

»Es ist Eurer.«

»Ich weiß.«

Ein wenig unsicher blickte sie ihm in die Augen. Mit jeder

Faser ihres Körpers verzehrte sie sich nach ihm, doch was fühlte er im Augenblick?

Er löste das Band an ihrem Hals und ließ das Cape zu Boden fallen. »Sind das da vielleicht auch meine Strümpfe und mein Hemd?«

»Ja.« Auf einmal fühlte sie sich sehr verletzlich, viel verletzlicher als jemals in Frauenkleidern.

»Warum trägst du meine Sachen?«

»Sie waren gerade zur Hand. Und außerdem wollte ich mich als der Schwarze Fuchs verkleiden«, fügte sie ein wenig verschämt hinzu. »Ich ... ich weiß auch nicht, warum, aber ich hielt es für eine gute Idee.«

»Ich muss wohl noch dankbar sein, dass du keine Augenschlitze in die Kapuze geschnitten hast, damit du sie als Maske vors Gesicht ziehen konntest.«

Ohne ein weiteres Wort zog er an dem Band, mit dem das Hemd zugebunden war. Die Halsöffnung war so weit, dass er es ihr, wie zuvor den Umhang, einfach abstreifen konnte. Mit leisem Rascheln glitt es zu Boden, und sie stand da in ihrem dünnen Unterhemd, den rutschenden Strümpfen und den Stiefeln.

»Steh still«, befahl er und ließ sich vor ihr auf ein Knie nieder.

»Was habt Ihr denn jetzt vor?«

»Ich werde dich lehren, deinem Mann zu gehorchen«, erwiderte er. »Heb den rechten Fuß hoch.«

Von dem Augenblick an, als er die Schnur ihres Umhangs gelöst hatte, schien sich ihr Körper mit neuem Leben zu füllen, doch jetzt wurde ihr doch ein wenig beklommen zumute. Während sie folgsam den Fuß hob, musste sie daran denken, dass sie ihren Mann eigentlich nicht besonders gut kannte. Womöglich war er wirklich so launisch, unberechenbar und gewalttätig, wie er sich selbst immer darstellte. Ihr Gefühl, auf das sie sich normalerweise getrost verlassen konnte, sprach zwar dagegen, aber man konnte ja nie wissen. Vielleicht würde er sie jetzt nackt ausziehen und ihr eine Tracht Prügel verpassen, weil sie sich so unbesonnen in Gefahr begeben hatte.

»Und jetzt den anderen«, knurrte er.

Sie kam seiner Aufforderung nach, ohne zu murren, doch als er dann ihren bestrumpften Fuß noch immer in der Hand hielt, ihn streichelte und betrachtete, als hätte er noch nie zuvor einen Fuß gesehen, vergrub sie beide Hände in seinem dichten Haar und zog fest daran.

»Was zum ...«

Er ließ ihren Fuß los, packte sie bei den Handgelenken und stand auf. Drohend blickte er auf sie hinunter. »Weißt du, was ich mit dir machen sollte?«

»Ja«, sagte sie, stemmte die Hände in die Hüften und starrte ihn an.

Er öffnete den Mund und machte ihn wieder zu, während er seinen Blick über ihre Gestalt wandern ließ.

Sie wartete noch immer reglos.

Ohne sie zu berühren stand er vor ihr, blickte ihr jetzt gerade in die Augen und fragte mit gepresster Stimme: »Was denn? Was soll ich mit dir machen?«

»Mich ohne Frühstück ins Bett schicken«, antwortete sie mit verführerischem Lächeln.

Da zog er sie in seine Arme und drückte sie fest an sich. »Anne-Mädchen, ich glaube, ich werde dich behalten«, murmelte er in ihre Locken.

»Lass uns zu Bett gehen, Kit«, flüsterte sie, »Ich möchte noch mehr darüber erfahren, was es mit dem Verheiratetsein auf sich hat.«

Das ließ er sich nicht zweimal sagen. Mit den Worten: »Vor allem musst du mehr darüber erfahren, was es mit dem Gehorchen auf sich hat«, hob er sie auf und trug sie zum Bett. Als er sie vorsichtig darauflegte, lächelte er verschmitzt zu ihr hinunter. »Zieh die Sachen aus.«

»Welche, meine oder deine?«

Er schüttelte den Kopf. »Wirklich, dich zu einem folgsamen Eheweib zu machen, wird mich noch viel Mühe kosten.« Und bevor sie es sich versah, schnappte er sich ihren Fuß und zog ihr den Strumpf aus. »Und jetzt ziehst du den Rest aus, oder muss ich das auch noch für dich tun?«

»Ich mach ja schon. Aber du bist auch noch bekleidet.«

»Nicht mehr lange«, erwiderte er und streifte sich das Hemd über den Kopf.

»Du kannst noch die Kerzen ausmachen, bevor du ins Bett kommst«, sagte Anne.

»Hast du deinen Vater auch immer so herumkommandiert?«, erkundigte sich Kit, während er sich seiner restlichen Kleider entledigte.

»Du bist ja nicht mein Vater.«

»Nein, wahrhaftig nicht.« Er wollte zu ihr ins Bett schlüpfen, da kam ihre mahnende Stimme: »Die Kerzen.«

»Die mache ich aus, wenn ich mein freches Weib nicht länger anschauen will. Und jetzt lehn dich zurück, Liebste, damit ich meine Augen an deinem Anblick weiden kann, während ich dir beibringe, wie sich eine brave Gattin zu benehmen hat.«

Anne fand immer mehr Gefallen an diesem Spiel. Von dem Verlangen in seiner Stimme und in seinen Augen erregt, ließ sie sich behaglich in die Kissen sinken.

»Leg die Arme neben dich, und nimm die Beine ein klein wenig auseinander«, wies er sie an, wobei er etwas zur Seite rückte, damit das Kerzenlicht voll auf ihren Körper fallen konnte.

Allein seine bewundernden Blicke ließen sie erbeben, und als er begann, ihre Brust zu streicheln, stieß sie ein kleines Keuchen aus und drehte sich zu ihm.

»Noch nicht«, sagte er. »Halt still. Ich möchte mir Zeit lassen, außer natürlich, wenn du zu müde bist.«

Die Vorstellung war einfach lachhaft. »Das wäre ja wohl kein Wunder, nicht? Aber ich bin nicht müde, nicht im Mindesten. Also lasst Euch so viel Zeit, wie Ihr wollt, Sir. Aber vergesst nicht, dass Ihr mir beim letzten Mal versichert habt, dass ich Euren Körper auch erkunden darf. Heute bin ich an der Reihe.«

Er grinste. »Aber gewiss doch, mein Schatz. Meine Versprechen halte ich immer. Und jetzt spreiz die Beine noch ein ganz klein wenig mehr.«

Sie tat es, und er legte sich dazwischen. Doch als er ihre Brustwarze in den Mund nahm, konnte sie ihre Arme nicht länger stillhalten, sondern verschränkte sie hinter seinem Nacken.

»Noch nicht«, murmelte er. »Küss mich zuerst!«

Sie fragte sich, wie weit er dieses Gehorsamsspielchen noch treiben wollte. Doch dann presste er seine Lippen auf die ihren und ließ die Zunge tief in ihren Mund gleiten.

Mit einem langen, wohligen Seufzer schlang sie die Arme um ihn und ließ es geschehen, dass er sich von ihrem Mund löste und seine Lippen immer weiter abwärts über ihren Körper wandern ließ. Erst küsste er ihr auf die Schulter, dann tastete er sich weiter bis zu ihrer Brust. Genüsslich saugte er erst an der einen, dann an der anderen Brustwarze, bevor er sich mit Zunge und Händen dem Rest ihres Körpers widmete. Geschickt erkundete er ihre geheimsten Stellen, und seine Berührungen riefen ein nie gekanntes Gefühl der Erregung in ihr hervor.

Sie versank in einem Meer von Leidenschaft. Davon hatte ihre Mutter ihr nichts erzählt, aber wenn ehelicher Gehorsam so aussah, dachte sie übermütig, dann nur zu! Doch das hätte sie ihm gegenüber nie zugegeben.

Bald schlugen die Wellen der Lust über ihr zusammen, und sie stöhnte vor Wonne, als er sich auf sie legte und in sie eindrang. Sie sah, wie er die Augen schloss, um die Gefühle, die sie in ihm weckte, so intensiv wie möglich auszukosten. Als sie sich verlangend an ihn presste, begann er sich rhythmisch zu bewegen. Kurz darauf umfasste er sie und drehte sich mit ihr zusammen um, sodass sie nun auf ihm saß. Er öffnete die Augen und sah zu, wie sie erneut von Leidenschaft überwältigt wurde. Gleich darauf erreichte er selbst den Höhepunkt.

Eine Weile lagen sie ganz ruhig da, bevor er sie sanft anhob und neben sich legte. Er nahm sie in den Arm. »Glücklich, mein Mädchen?«

»Ja«, murmelte sie, noch ganz versunken in die Wonnen, die sie soeben gekostet hatte.

»Eine Frau wie du ist mir noch nie begegnet«, sagte er und zog sie an sich.

»Ich liebe dich, Kit.« Sie drehte ihren Kopf und versuchte, ihm ins Gesicht zu sehen.

»Ich weiß, Anne-Mädchen. Fast so sehr wie ich dich.«

»Noch mehr«, sagte sie leise.

»Unmöglich«, flüsterte er.

Unendlich beglückt schloss Anne die Augen.

Die Kerzen in ihren Wandhaltern erloschen alle zugleich, bis nur noch die eine auf dem Nachttischchen brannte. Im Zimmer hing ein leiser Duft nach Holzfeuer und Leidenschaft. Da regte sich etwas in einem dunklen Winkel. Es war ein kleiner Fuchs mit einer weißen Spitze an seinem langen, buschigen Schweif.

Er warf einen langen Blick auf das Paar im Bett, das sich schweigend umschlungen hielt, dann begann seine Gestalt zu verblassen. Kurz bevor er sich in Luft auflöste, verwandelte er sich in eine kleine dicke Bauersfrau mit einer dünnen Pfeife in der Hand, aus der ein weißes Rauchfähnchen aufstieg.

Mit einem zufriedenen Lächeln verschwand Maggie Malloch.

Deutsche Erstausgabe 2007
Weltbild Buchverlag –Originalausgaben–

2. Auflage 2007

Dieses Werk wurde vermittelt durch die
Literarische Agentur Thomas Schlück GmbH, 30827 Garbsen.

Projektleitung: Almut Seikel
Redaktion: Carmen Dollhäubl
Übersetzung: Carola Kasperek
Umschlag: Hauptmann & Kompanie Werbeagentur GmbH, München
Umschlagabbildung: © Jean Monti via Agentur Schlück GmbH
Satz: avak Publikationsdesign, München
Druck und Bindung: GGP Media GmbH, Pößneck

Gedruckt auf chlorfrei gebleichtem Papier

Printed in EU

ISBN 978-3-89897-421-9